Xin Publishing

Tian Di

Reisende

Buch 1:
Der Krieger und die Zauberin

Ein Roman aus
Isrogant

Erschienen im Mai 2010 im
Xin e.V., Overath bei Köln
in Kooperation mit
Xin Publishing
an imprint of Xin He Ltd.
Suite 404, 324 Regent Street
London, W1B 3HH
United Kingdom

Titelgestaltung:
Patrick Ehrmann

ISBN 978-3-942357-02-9

Kapitel 1: Der Krieger

Ga Ta Cien, im Jahr 112 nach der Flut.

»Blendendes Wetter.«

»Staub und Dreck.«

Ix wischte sich mit einer fahrigen Bewegung den Schmutz von der schweißnassen Stirn – und damit über das ganze Gesicht. Er sah müde aus.

»Aber auch blendendes Wetter«, beharrte Ash. Er kniete neben Ix auf dem Boden, ein Bein aufgestellt, um sein Schwert zurück in die Scheide zu schieben. Eine lange, blutige Schramme zog sich an seinem Arm entlang. Sein Hemd war ruiniert, das Schwert völlig verschmutzt. Es wartete harte Arbeit auf ihn, es wieder zu reinigen.

»Bei allen Träumen! Erspar mir die Schönfärberei!« Ix´ Stimme klang knurrig. Und das auf eine Art, die Ash deutlich zeigte, dass sein Freund kurz vor einem Wutausbruch stand. Wohlweislich hielt er den Mund.

Ix hielt seine beiden Kurzdolche noch in der Hand. Von einer der beiden Klingen troff Blut auf den Boden. Auch die Ärmel seines Lederhemdes waren verkrustet, gemischt mit Staub und den Überresten dessen, das sie schon heute morgen vergossen hatten.

Das Wetter mochte blendend sein, der Tag war es nicht. Blauer Himmel, leichter Wind vom Meer, Schreie von Möwen, glasklare Luft, ein Hauch von Frühling... und über allem dieser unverkennbar metallische Geruch, das Stöhnen der Verwundeten, die Schreie eines Sterbenden einige Meter hinter ihnen.

Sie hatten furchtbare Ernte gehalten. Sie und ihre etwa sechzig Schüler, die heute ihre Feuerprobe hatten bestehen müssen. In der kleinen Küstensiedlung, die sie im Morgengrauen überfallen hatten, bewegte sich jetzt nichts mehr. Sieben Stunden harte Kämpfe; Ash hatte die Toten nicht gezählt, aber als sie um die Mittagszeit kurz Pause machten, um die Stürmung des Kastells vorzubereiten, das über der kleinen Stadt thronte, war jeder von ihnen schon vielfach zum Mörder geworden: Männer und Frauen, seit sechs Monaten hart geschult und bestens ausgebildet, um zu vernichten, wenn ihr Herzog es ihnen befahl.

Sehr systematisch hatten sie das Dorf von unten nach oben geräumt - Frauen und Kinder hinausgebracht auf ihr Schiff, das unten in der kleinen Bucht vor Anker lag, die Männer gejagt und nur wenige von ihnen lebend gefangen. Was auch daran lag, dass keiner von ihnen sich ergeben wollte. Jeder einzelne hatte gekämpft, als gäbe es keine Alternative.

Ash war sich tatsächlich nicht sicher, ob ihnen der Herzog eine gegeben hätte. Wer nicht hier im Kampf starb, sollte wahrscheinlich wenige Tage später auf dem großen Platz vor dem Palast in Maiins am Galgen baumeln.

Wie oft in solchen Momenten kam ihm der Gedanke, dass er überhaupt nicht wusste, warum das so war. »Piraten«, hatte man ihnen bei der Besprechung am gestrigen Abend gesagt - und mehr hatte er da auch gar nicht wissen wollen. Piraten, davon gab es genug am Golf von Ga Ta Cien - und noch mehr, seitdem das Königreich Droni die Insel Tschang-Fang in eine Freihandelszone umgewandelt hatte.

All das war Politik, und Politik war nicht Ashs Angelegenheit. Er war Krieger. Die Elitesoldaten, die sein Freund Ix und er heute in den Kampf geführt hatten, waren von ihnen beiden in den letzten Monaten ausgebildet worden, im freien Kampf, jenseits der üblichen Militärdisziplin. Jeder als individueller Kämpfer, jeder gemäß seinen Fähigkeiten. Sie waren keine Armee, sondern eine Gruppe von bestens aufeinander eingespielten Einzelkämpfern. Ganz so, wie Macuu von Maiins, der Herzog von Ga Ta Cien, es sich gewünscht hatte. Ix und er hatten gute Arbeit geleistet. Das hatten ihre Schüler heute bewiesen.

»Meister Gooregan«, sagte eine matte Stimme hinter ihm. Eine weibliche Stimme. Er drehte sich um und richtete sich auf, sein Schwert endgültig in die Scheide zurückstoßend.

Vor ihm stand Mynia, eine der Kämpferinnen ihres kleinen Trupps. Ash verstand sich gut mit ihr, zu manchen Zeiten in den letzten

Monaten war ihr Verhältnis vielleicht ein bisschen zu gut gewesen. An ihrer rechten Hand baumelte ein Nunchaku, in ihrem Schultergürtel glänzten einige wenige verbliebene Wurfsterne. Dass diese schnellen Waffen und ihr fließender Einsatz ihr am besten lagen, hatte Ix schon am ersten Tag des Trainings herausgefunden.

Auch Mynia war abgekämpft. Verschwitzt, schmutzig, müde.

»Was liegt an?« fragte Ash knapp, doch seine Stimme klang weich, am liebsten hätte er ihr mit der Hand über die Wange gestrichen, weil sie so erschöpft aussah.

»Wir haben das Kastell gesichert«, meldete sie. »Harran und Borega bringen noch einige Gefangene zum Schiff. Ansonsten ist die Stadt sauber.«

»Dann sind wir wohl für heute fertig«, stellte Ix fest. Er schwankte ein wenig.

»Alles in Ordnung?« erkundigte sich Ash besorgt und fing sich dafür einen düsteren Blick ein.

»Sieht es so aus?« entgegnete Ix. »Das war ein Schlachtfest. Diese Menschen hatten nicht den Hauch einer Chance.«

Er blickte sich auf dem kleinen Marktplatz um, den Ash und er eben noch gesichert hatten, und spuckte aus. »Sehr ungefährliche Piraten. Wenn das überhaupt welche waren. Tapfer, aber vollkommen unfähig. Wir müssen mindestens fünfhundert von ihnen erschlagen haben.«

Ash zuckte ein wenig zusammen ob dieser Zahl. Er hatte sich jede Schätzung verkniffen, aber vermutlich lag Ix richtig.

»Wir sprechen später darüber«, sagte er harsch, und zu Mynia gewandt: »Gib Befehl zum Abmarsch. Wir sammeln uns am Schiff. Ich denke, in ein oder zwei Stunden können wir die Rückfahrt nach Ga Ta Cien antreten.«

Erleichterung spiegelte sich auf ihrem Gesicht. Sie hatte wohl befürchtet, dass es hier noch mehr zu tun gäbe. Der Tag war allem Anschein nach genug für sie gewesen.

Ein Blick auf Ix zeigte Ash, dass sie damit nicht allein war, und mit einem Blick in sein Inneres stellte er fest, dass dies auch für ihn galt.

Er gab seinem Freund einen aufmunternden Klaps auf die Schulter und sah ein letztes Mal zurück zum Marktplatz, bevor er sich zum Meer wandte, wo ihr Schiff mit den Gefangenen wartete.

***

Der Hofbeamte, der Ix und Ash im Festsaal ankündigte, war nicht nur dick, sondern feist – und er war aufgedonnert mit einer jener lächerlich übertriebenen Galauniformen, wie sie am Hof des Herzogtums Ga Ta Cien beliebt waren: die Herren in einer Weise geschmückt und gepudert, die Ash angesichts der Temperaturen in diesem Wüstenreich undenkbar fand, die Damen aufreizend und knapp gekleidet, was zwar besser zum Klima passte, aber nicht zu jedem Körperbau.

»Meister Ash Gooregan«, rief der Beamte in den Raum und stieß seinen Stock auf den Boden. »Ausbilder der Elitegarde seiner Majestät, des Herzogs Macuu von Maiins.«

Schon ihre Kleidung ließ sie herausstechen: Ash trug eine dunkle Hose und ein Seidenhemd, das sich um seinen Oberkörper bauschte, und wirkte damit bescheiden im Fegefeuer der Eitelkeiten, das sich um sie herum im Festsaal entfaltete.

Noch deutlicher hob sich Ix von der Menge ab. Er trug, was er immer trug: Leder von Kopf bis Fuß. Er war in seinem vorigen Leben Waldläufer gewesen und hatte nur selten Städte besucht. Diesen Nimbus pflegte er noch heute.

»Meister Ixils Yon«, wurde er vom Hofbeamten mit klingender Stimme angekündigt. »Ebenfalls Ausbilder der Elitegarde seiner Majestät, des Herzogs Macuu von Maiins.«

An Ix' Gesichtsausdruck sah Ash, dass dieser nur mühsam dem Drang widerstand, dem fetten Kerl seinen Stock aus der Hand zu reißen und ihn auf seinem pomadisierten Schädel zu zerbrechen. Es wäre nur zu typisch gewesen für Ix, der zu extremen Äußerungen neigte, oft genug unbeherrscht.

Ein kleiner Luftzug wehte Wolken von Parfüm herüber und machte deutlich, dass es der Verkünder mit dem Waschen ähnlich hielt wie die meisten der Höflinge: Er tat es nicht. Statt Wasser verwendete man hier Duftwässerchen.

Selbst in der tiefen Wildnis, in der Ash viele Wochen auf seinen Wanderungen durch die Reste des vergangenen Adjagard verbracht hatte, war er niemals so schmutzig gewesen wie dieses lächerliche, aufgetakelte Männchen.

Die Menge im Saal wandte sich dem Eingang zu und schaute den beiden Männern entgegen. Schon begannen die ersten zu klatschen - Ash hatte so etwas befürchtet.

Schließlich wollte der Herzog an diesem Abend den »großartigen Sieg« seiner neu gegründeten Elitegarde über die »gefährlichen Piraten« feiern, gemeinsam mit den Ausbildern und den Gardisten selbst.

Als Ash diese jetzt in einer Ecke des Raums entdeckte, musste er ein Lachen unterdrücken. In ihren Galauniformen erkannte er sie kaum wieder. Sie wirkten wie Gaukler auf einem Volksfest, nichts war geblieben von ihrem sonst so imposanten Äußeren. Wie unwohl sie sich fühlten, verbargen sie viel zu schlecht.

Am Revers der Uniform entdeckte Ash bei allen das kleine, golddurchwirkte Stoffsäckchen, das ihnen der Herzog an diesem Nachmittag verliehen hatte: Eine große Ehre, ein Orden des Fürstenhofes von Ga Ta Cien, gefüllt mit bestem Salz aus den Wüsten des Reiches. Ga Ta Cien war durch sein regionales Salzmonopol reich geworden, und das Gewürz hatte in alle Lebensbereiche Einzug gehalten, sogar in Tapferkeitsorden.

Für Ash und Ix hatte es keine Salzsäckchen gegeben. Sie waren keine offiziellen Angehörigen der Streitkräfte; immerhin hatte sie das auch der Notwendigkeit enthoben, sich für den Abend besonders herauszuputzen.

»Schau sie dir an«, knurrte Ix. »Was für eine Staffage. Nur Armand fühlt sich pudelwohl, dieser Lackaffe.«

Richtig - da war er: Armand, der Überflieger, der etwas verspätet zu ihrer Truppe gestoßen war, direkt von einer anderen Ausbildungseinheit der Palastgarde. Unter den Helden war er ein Held und sich dieser Tatsache viel zu sehr bewusst. Im Stillen gingen alle davon aus, dass er die Führung der Truppe übernehmen würde, sobald die beiden Ausbilder zu ihrem nächsten Auftrag weiterzogen.

Passend zu den höfischen Gepflogenheiten, wenn auch nicht sinnvoll, denn Armand war ein selbstgefälliger, arroganter Höfling von der Art, die sie beide verabscheuten und der aus den guten Soldaten der Elitegarde mit Sicherheit nicht das Beste herausholen würde.

Die beiden Ausbilder behandelten Armand gemäß ihres jeweiligen Naturells sehr unterschiedlich: Ix beachtete ihn im wesentlichen gar nicht, Ash dagegen suchte immer wieder die Auseinandersetzung und führte den Schüler bei jeder Gelegenheit vor, wenn er wieder einmal zu selbstbewusst auftrat.

»Wer ist das da bei Armand?« fragte Ix.

Ash sah genauer hin.

Und direkt noch einmal.

Eine junge Frau, eher noch ein Mädchen, stand bei ihrem Gardeprimus, sehr rege ins Gespräch mit ihm vertieft. Sie gehörte definitiv nicht zu ihrer Truppe, was schon an ihrer Kleidung zu erkennen war - sie trug keine Uniform, sondern eine sehr eng geschnittene Hose und ein Hemd mit Weste; Kleidung, die elegant wirkte, aber nicht annähernd so aufgesetzt und übertrieben wie die übrige Mode im Raum. Kleidung, die ihren Körper betonte und Ash fesselte.

Vielleicht war sie eine Spur zu klein, die Beine nicht lang genug für eine klassische Hofschönheit, doch ihre Art, sich zu bewegen, war von bezaubernder Anmut. Wie sie dort stand, die langen blonden Strähnen ignorierend, die in ihre Stirn fielen, würde sie Armands Selbstbewusstsein sicherlich noch weiter heben.

Auf diesen war ihr Blick gerichtet, der Kopf leicht schräg gelegt, mit großen Augen, die den Eindruck von Bewunderung vermittelten; fast, aber eben noch nicht ganz ein Anhimmeln. Dass sie ihre Aufmerksamkeit so offenkundig an den Falschen verschenkte, ärgerte Ash auf der Stelle.

»Ich habe nie eine schönere Frau gesehen«, sagte er leise.

Ix warf ihm einen Blick zu, die rechte Augenbraue leicht gehoben.

»Was?« sagte er. »Wer?«

»Schau sie dir an. Ich kann es nicht fassen.«

Der Anblick des Mädchens gab Ash ein Gefühl leichter Trunkenheit. Seine Gedanken schwammen, was ihn irritierte, vor allem angesichts der offiziellen Umgebung.

»Ist bei dir alles klar?« fragte Ix. »*Das* Kindchen? Da sieht man doch zehn Meter gegen den Wind, wie verzickt die ist! Zugegeben, ganz hübsch, aber du hattest viel schönere Frauen in den Jahren, seit wir uns kennen.«

Ash schüttelte verträumt den Kopf, doch bevor er etwas sagen konnte, betrat der Herzog an der anderen Seite des Saals die Bühne und die Aufmerksamkeit der Anwesenden richtete sich voll auf ihren Herrscher.

Sein Auftritt war nicht annähernd so pompös, wie man es hätte erwarten können. Tatsächlich verstand es Macuu von Maiins, bescheiden, jugendlich und dynamisch zu wirken, gerade wegen des ihn umgebenden Prunks, was bei Ash stets einen Nachgeschmack von Falschheit hinterließ. Der Herzog war ein ehrgeiziger Mann, aber er war kein Kämpfer, sondern ein Streber. Seine Freundlichkeit hatte keine Tiefe.

Ash fühlte, wie die Menge ihn voranschob, während er sich seinerseits auf die Gruppe der Kämpfer rund um Armand und die junge Frau zu bewegte. Niemand sprach, alle warteten auf die ersten Worte des Herzogs.

»Ich wünsche Euch allen einen wunderschönen Abend«, begann er. Seine Stimme trug gekonnt bis in den letzten Winkel des großen

Raumes, deutliches Anzeichen, dass er mit einem Schauspiel- oder Rhetoriklehrer geübt hatte. Eine Eitelkeit, die nach Ashs Meinung genau zu ihm passte.

»Schön, dass Ihr so zahlreich gekommen seid, um den ersten sehr erfolgreichen Einsatz meiner neuen Elitegarde zu feiern. Einer Garde, die ausgebildet wurde, um individuell und präzise zu agieren - immer da, wo es notwendig sein wird.«

Er räusperte sich.

»Die Situation in dem Teil Isrogants, der einst die Ius Adjagard war, ist nach wie vor unübersichtlich. Ich betrachte es als meine Pflicht, in den Grenzen unserer Heimat Ga Ta Cien dafür zu sorgen, dass wir alle so sicher wie möglich leben können. Ihr alle wisst, dass das Salzmonopol dieses Ansinnen nicht unbedingt erleichtert, weil viele unserer Nachbarn nach der Macht trachten, die unser Reich auf sich vereint.«

Macuu von Maiins dreht sich mit pathetischer Geste herum zu den Gardisten in ihren steifen Uniformen, die jetzt noch mehr aussahen wie Schulkinder – trotz Narben und martialischem Äußeren. Ash schmunzelte, als sein Blick auf Groogian fiel – ein Hüne von einem Mann, der eine bewegte Geschichte hinter sich hatte und den Kopf bis auf einen schmalen Haarkamm kahlgeschoren trug, so dass man die Überbleibsel einer Auspeitschung sehen konnte, die er in seiner Jugend hatte erdulden müssen.

Selbst er wirkte hier harmlos und schüchtern.

Jetzt konnte Ash auch zum ersten Mal das Gesicht des unbekannten Mädchens sehen: riesige, dunkle Augen, die in seltsamen Kontrast zu ihren hellen Haaren standen, ihr Mund zart lächelnd, aber mit einem deutlichen »ich will«-Ausdruck, der ihm sehr sympathisch war. Vordergründig ein Elfchen, doch hinter dieser Fassade musste sich eine Kämpferin verbergen. Auf ihn wirkte sie gefährlicher als Groogian.

Er traute sich zu, das zu beurteilen. Schließlich hatte er in seinem Leben viele Kriegerinnen kennengelernt. Einige davon standen in der Gruppe der frisch ausgebildeten Gardisten, die heute jene Feuerprobe bestanden hatten, deren Verlauf Macuu von Maiins gerade in blumigen Worten schilderte. Er ließ gegenüber seinen Höflingen und den anwesenden Gästen aus anderen Reichen keinen Zweifel daran, dass er seine militärische Macht ausgebaut hatte und das auch weiter tun würde.

»Wir gehen außergewöhnliche Wege«, sagte er gerade. »Wir verlassen die ausgetretenen Pfade. Und deswegen haben wir als

Ausbilder für die Truppe zwei herausragende Krieger gewonnen, die unsere Talentsucher auf der Suche nach besonderen Kämpfern in ganz Isrogant gefunden haben.«

Blick und Gesten richteten sich auf Ix und Ash, die so in den Mittelpunkt gestellt in dieser höfischen Umgebung noch deplatzierter wirkten. Anders als ihre Gardisten sahen sie aber zumindest weder harmlos noch unsicher aus, sondern eher wie graue Haie in einem Schwarm bunter Fische.

Gerade in solchen Situationen lief vor allem Ix zur Höchstform auf. Er nickte freundlich in alle Richtungen, mit einem wölfischen Grinsen, das den feinen Damen Gänsehaut machte.

»Legenden ranken sich um die beiden, von denen jeder hier sicherlich schon einige vernommen hat«, fuhr Macuu fort.

Ach ja, welche? dachte Ash. *Seit wir hier sind, haben sich zwar eine Menge Leute das Maul zerrissen, ich bezweifle aber, dass sie unsere Namen vorher kannten.*

»Herausragend ist auch ihre Leistung als Ausbilder. Jeder einzelne unserer Gardisten konnte herausfinden, welche Art zu kämpfen ihm besonders liegt, und diese in den letzten Monaten vervollkommnen. Dafür danke ich Meister Ash Gooregan, gebürtig aus der Hafenstadt Ciena am Südmeer und seit vielen Jahren auf Entdeckungsreisen durch Adjagard, und Meister Ixils Yon, Krieger aus dem Ermarad-Gebirge.«

Ashs Blick traf den des Mädchens. Der Moment dehnte sich. Nur langsam lösten sich ihre Augen wieder von seinen, zurück zum Herzog, der seine Rede beendete. Es lag genau die Bewunderung darin, mit der sie zuvor schon Armand bedacht hatte, und es schien ihr nicht schwer zu fallen, erst Ash und jetzt Herzog Macuu damit zu bedenken.

»Macuus Nichte«, sagte Ix´ Stimme hinter ihm, in den Applaus der Menge hinein. »Habe gerade gehört, wer die Kleine ist, die du die ganze Zeit so anstarrst. Zu Besuch in Ga Ta Cien in Sachen Ausbildung. Der Papa hat ein Landgut in der Nähe der nördlichen Grenze, und es scheint, da ist was los - einige Stadtstaaten haben sich dort zu einem neuen Reich vereinigt.«

»Aha«, machte Ash.

»Junge, die ist sowas von unpassend für dich. Du bist vielleicht ein Kriegsheld, aber sie ist eine Provinzadlige. Und wie alt ist sie? Sechzehn? Halb so alt wie du!«

Mit einem harten Knuff auf den Arm lenkte Ix die Aufmerksamkeit seines Freundes zurück auf sich.

»Junge, schau weg. Was willst du da? Sie geht in einem Jahr zurück auf das Landgut ihres Vaters. Dann bist du schon wieder auf Wanderschaft und suchst nach Abenteuern an anderen Küsten. Wenn du nicht endlich Vernunft annimmst und das Handelshaus deiner Eltern in Ciena übernimmst.«

Ash musste lachen. Ix wusste genau, dass diese Idee für ihn ein Alptraum war. Er war auf Wanderschaft gegangen und zum Kampfkunstschüler geworden, um dem engen Gefängnis der Gassen Cienas und der Schiffsflotte des Handelshauses Gooregan zu entgehen und sich seine Grenzen im Leben selbst zu stecken.

Die beachtlichen Erfolge, die er auf diesem Weg bisher gemacht hatte, würde er nicht so bald aufgeben. Wenn überhaupt jemals.

»Wie heißt sie?« fragte er. Seine Stimme klang belegt, er musste sich räuspern.

»Feuer und Flut!« rief Ix. »Du hörst nicht zu! Gerade hab ich dir gesagt: Lass es. Die kriegst du nicht.«

Ash starrte ihn schweigend an, bis er die Augen verdrehte und die Frage doch beantwortete: »Djamila dei Liulan. Sieht aus, als ob jeder hier am Hof ihren Namen kennt. Fällt ziemlich auf, das Püppchen.«

Das Mädchen, jetzt Lady dei Liulan, war wieder ins Gespräch mit Armand vertieft.

»Viel zu klein und knubbelig. Und zu leicht zu begeistern von einem Schleimer wie dem da.«

Ash versuchte, etwas »knubbeliges« an der zierlichen, elfenhaften Gestalt des Mädchens zu erkennen.

»Ist das Zwischenwort dei nicht eher ein Hinweis auf Adelsgeschlechter aus Droni?« fragte er.

Ix machte eine vage Bewegung mit der Hand. »Kann sein. Hier sind ja alle Adligen verschwägert und verwandt. Wer weiß das schon? Sowieso Quatsch. Außer Liebeskummer ist da nichts zu holen.«

»Blödsinn«, erwiderte Ash.

Er sollte sich irren.

***

Der Empfang im Palast lag sechs Tage zurück. Tage, die sich für Ash endlos hingezogen hatten. Ihre Truppe hatte nach dem erfolgreichen ersten Auftrag frei bekommen, und er fand sich auf sich selbst zurückgeworfen – ein Zustand, der ihn normalerweise nicht störte, sondern eher beflügelte. Schließlich war er auf der Suche nach Freiheit und Unabhängigkeit zum Reisenden geworden.

Diesmal war ihm die Hauptstadt zu klein. Trotz ihrer imposanten Ausdehnung, der vielen Menschen in ihren Mauern, trotz der Parks und beeindruckenden Gebäude, trotz Badeanstalten, Theatern, Bibliotheken, Kneipen und all dem anderen, woran er sonst Gefallen fand.

Schließlich hatte er, reichlich frustriert, ein Pferd aus dem Stall des Herzogs gesattelt, um einen längeren Ausflug in die Umgebung zu machen. Ziellos, mit dem altbekannten Gefühl, bald wieder weg zu müssen.

Die Sonne ging über der staubigen und vor allem salzigen Wüste Ga Ta Ciens unter, als er zurückkam. Das Meer funkelte zu Füßen der berühmten Stadtmauer mit den charakteristischen Zacken vor ihm, über den Silhouetten der Häuser ragten die Flammtürme der Kirchen des Einen Gottes empor.

Eine Weile hielt er inne, um den Ausblick auf die Stadt, die Gerüche von Meer und Sand zu genießen – er war genau zum richtigen Zeitpunkt zurückgekehrt, denn die Traumsänger begannen in diesem Moment mit ihren Gesängen. Hier draußen vor der Stadtmauer wurden ihre Worte nicht vom Rauschen der Stadt begrenzt, die Stimmen der Sänger auf den Flammtürmen trugen klar und weit, bis hinaus auf's Wasser.

»Es gibt nur den Einen Gott und in Avenicum Dalor hat er sich offenbart«. Das Glaubensbekenntnis ließ Ash noch immer etwas zusammenzucken, in seiner Forderung nach Ausschließlichkeit. Wie jeder in Ga Ta Cien wusste er, was die Worte bedeuteten, auch wenn sie in Alt-Adjagard gesungen wurden, der offiziellen Kirchensprache, zu weit entfernt vom modernen Neu-Adjagard, das als Lingua Franka überall in Isrogant diente.

Andere Stimmen mischten sich jetzt in den Chor, Sänger, die nicht der neuen Linie der Kirche des Einen Gottes folgten, sondern noch alte Träume verkündeten, aus der Zeit vor der Großen Flut. Ihre Türme waren leicht zu erkennen: Keine Flamme brannte dort, nicht die Feuerschrift des Vulkans in Avenicum Dalor war Ursprung ihrer Verkündigung, sondern die Lehren der Träumer, die einst die Ius Adjagard begründet hatten. Auch diese Gesänge verstand Ash größtenteils nicht, weil sie sich noch der alten cienischen Wüstensprachen bedienten.

Und doch waren sie ihm lieber als die Tradition in manchen Teilen Isrogants, lautstarke Glocken von den Flammtürmen zu läuten. Das mochte zwar im ersten Moment schöner klingen, aber es erschien ihm entsetzlich sinnlos. Wer sollte bei dem Gebimmel denn träumen? Und eine Botschaft ließ sich so auch nicht vermitteln.

Er lauschte eine Weile, genoss die Abendstimmung, doch der nach den langen Monaten in Ga Ta Cien vertraut gewordene Anblick machte ihn am Ende nur noch nervöser, der Ritt in die Wüste hatte nicht geholfen.

Er war in seinen 28 Lebensjahren stets rastlos gewesen, die letzten zehn hatte er auf Reisen quer durch Isrogant verbracht, immer im Versuch, sich selbst näher zu kommen. Und auch jetzt wollte er wieder aufbrechen, den Hof des Herzogs von Maiins verlassen und neue Ziele suchen. Einen neuen Meister, von dem er lernen konnte. Eine andere Aufgabe, die er bewältigen, einen neuen Auftrag, den er erledigen konnte. Herumstreifen und einen neuen Ort kennenlernen, andere Menschen, andere Erfahrungen. Vielleicht auf einem Schiff anheuern. Die Freihandelszone TschangFang kannte er noch nicht. Bestimmt gab es dort jemanden, der einen fähigen Krieger gebrauchen konnte.

Trotz dieser Gedanken hielt er Ausschau. In der Stadt, am Hafen, in den Stallungen des Palastes, überall erwartete er, die zierliche Gestalt zu sehen, die er am Abend des Palastfestes entdeckt und mit der er nicht ein Wort gewechselt hatte.

Djamila – ihr Name hatte in den vergangenen Tagen eine Art Zauber entwickelt und der Blick ihrer dunklen Augen war ihm sogar im Traum begegnet. Als echter Isroganter hatte er die Ehrfurcht vor der Macht der Träume verinnerlicht: Immerhin hatte das Imperium Adjagard einst mit dem Traum vom heiligen Geysir begonnen, der Menschen aus ganz Isrogant auf den Weg gebracht hatte, um die Dunklen Jahre durch die Gründung einer neuen Stadt zu beenden.

Mit einem Seufzen schüttelte er diese Gedanken ab. Es wartete Arbeit auf ihn. Zu seiner Erleichterung war der herzoglich gewährte Urlaub vorbei, das Training musste wieder beginnen. Grund genug, sich diesen Schwärmereien eine Weile zu entziehen.

***

Am kommenden Morgen machte Ash sich auf den Weg in das Ausbildungszentrum der Elitegarde. Ixils Yon und er waren verabredet, um die kommende Arbeit zu besprechen und noch einmal die Stärken und Schwächen ihrer Schüler zu analysieren.

Sein Freund war noch nicht da, und so nutzte Ash die Zeit, sich in Trainingskleidung zu werfen und ein wenig an seinen eigenen Formen zu arbeiten. Diese Übungen hatte er auf seinen Reisen von Meistern überall in Isrogant gelernt. Manche von ihnen beinhalteten das Versprechen, dass sie tatsächlich auf den Erfahrungs- und Wissenschatz der alten Adjagaren oder anderer legendärer Kämpfer zurückgingen.

Doch Stimmung wollte nicht aufkommen. Die leere Trainingshalle war dunkel und muffig, der Hof davor hell und staubig. Das war natürlich immer so gewesen, seit sie hier waren, doch Ash empfand es heute deutlicher als zuvor. In Gedanken schob er es auf die allgemeine Wetterlage in Maiins: Es war warm, schwül und drückend in der Stadt.

Dieses beklemmende Gefühl ließ auch nicht nach, als die Halle sich längst mit Kämpfern gefüllt hatte, die nach ausführlichen Begrüßungsritualen intensiv begannen, die Bequemlichkeit der freien Tage mit Schwertkampf- und Bogenschießübungen aus den Knochen zu schütteln.

Ix kam viel zu spät, so dass sie kaum Zeit zum Sprechen hatten, bevor sie ein Mittagessen mit viel zu fettem Fleisch und verwässertem Wein einnahmen, in einer Taverne, die Ix und er zum ersten und ganz sicher auch letztem Mal besucht hatten.

Das schlechte Essen lag ihm noch immer schwer im Magen, als er am Nachmittag ausgerechnet mit Armand an einer Übungsform arbeitete. Er fühlte sich träge und ungeschickt im Vergleich zu seinem Schüler.

Nie wieder dieser Fraß, dachte er bei sich, während ganz schwach der Gedanke an ihm zupfte, dass Armand vielleicht auch aus anderen Gründen manches einfacher bewältigte als er selbst – schätzungsweise zehn Jahre Altersunterschied konnten bei einem talentierten Kämpfer wie ihm eine Menge ausmachen.

Natürlich eine vollkommen abwegige Idee. In dieser Stadt, vielleicht in diesem ganzen Land, gab es nur wenige, die Ash das Wasser reichen konnten, und ganz sicher nicht Armand. Schlimm genug, dass er überhaupt begann, sich mit anderen zu vergleichen, was er seinen Schülern stets verbot. Es führte zu nichts, aber auch gar nichts.

Djamilas Besuch erwischte ihn in dieser angespannten Stimmung, inmitten des Lärms der Halle und mit dem Gefühl, müde und irgendwie schwerfällig zu sein.

Sie hingegen betrat den Raum mit lässiger Eleganz. Ihr Rock war kurz, ihr Oberteil knapp – nicht völlig untypisch im Wüstenreich, aber für eine junge Adelige dann eben doch nicht normal, zumal sie in Begleitung ihres Onkels kam. Dass der Herzog seiner Garde persönlich die Ehre gab, war ebenfalls ungewöhnlich, und dennoch richtete sich die Aufmerksamkeit der Anwesenden – soweit sie nicht im Schweiße ihres Angesichts beschäftigt waren – auf seine Nichte.

Ihre großen Augen wanderten durch den Raum, musterten die Übenden, die Umgebung und blieben schließlich an Ash hängen. Ganz so, wie es schon im Festsaal einen Augenblick lang geschehen war. Er wollte eben die Hand zum Gruß heben, als er bemerkte, wie Armand neben ihm das Gleiche tat. Mit strahlendem Lächeln (konnte es ein schöneres geben?) winkte sie zurück.

»Autsch«, murmelte Ash. Wann war er sich zuletzt so dumm vorgekommen?

»Was meint Ihr, Meister?« fragte Armand.

Ash grinste etwas schief. »Nichts, Armand. Alles in Ordnung. Geh deine kleine Freundin begrüßen. Ich denke, ich komme mit – wenn der Herzog hier ist, wird er sicherlich Wert darauf legen, mit den Ausbildern zu sprechen. Mal sehen, worum es geht.«

»Meine kleine Freundin?« Armand tat verständnislos. »Ach, Ihr meint Djami?«

Ash nickte. Na klar. Ein Kosename. So weit waren die beiden schon.

»Djami, ja, meinetwegen. Auf, auf. Mach Pause.«

Armand verschwand - breitschultrig, topfit, jung, ein Bild von einem Mann. Ash folgte ihm langsamer, ein Handtuch von einem der Halter an der Wand nehmend, um sich den Schweiß von der Stirn zu wischen.

Der Herzog kam ihm bis zur Mitte der Halle entgegen, dabei einigen Trainierenden ausweichend, die mit gemurmelten Entschuldigungen Platz machten, ihre Arbeit aber nicht unterbrachen.

»Meister Gooregan«, rief er freudestrahlend, die Hände ausstreckend, damit Ash sie ergreifen konnte. »Es ist schön, Euch so fleißig bei der Arbeit zu sehen. Ich hatte gedacht, Ihr würdet es nach den Ferien erst einmal ruhiger angehen lassen.«

»Wohl kaum, Euer Majestät«, entgegnete Ash. »Ich denke, wir alle haben zu gut gegessen und uns zu wenig bewegt in den letzten Tagen - und eine Grundregel der Kampfkunst lautet: *wa yu no goto shi taezu netsudo o ataezareba moto no mizu ni kaeru.*«

Er ließ diesen Satz ein Zeit lang stehen, gesprochen in gomerisch, der Sprache der Dandereden, die er selbst nur sehr unzulänglich beherrschte. Macuu von Maiins liebte solche Spielchen. Er hatte gerne das Gefühl, kluge Männer an seinem Hof zu beschäftigen.

»Was bedeutet das?« fragte er dann, ein mildes Lächeln auf den Lippen.

»Das Handwerk des Kriegers ist wie heißes Wasser, das abkühlt, wenn du es nicht beständig erwärmst«, antwortete Ash. Der Gesichtsausdruck des Fürsten zeigte, dass dieser Sinnspruch seinen Geschmack traf.

»Das klingt sehr weise.«

»Ja, vermutlich. Injiwan Nashigeri, mein erster Lehrer, war ein Experte im Verbreiten solch kluger Sätze. Aber er war auch ein sehr guter Kämpfer. Leitete die Sicherheitsmannschaft im Handelshaus meines Vaters.«

»Sehr gut. Das Handwerk des Kriegers ist wie heißes Wasser. Soso.« Macuus Gesichtsausdruck wurde nachdenklich. »Gibt es in diesem Handwerk auch Dinge, die man einer jungen Frau empfehlen kann, die lernen möchte, sich in Notfällen zu wehren?«

Ash war etwas verblüfft. »Ähm«, machte er. »Nun, ja. Natürlich gibt es Dinge, die man da unterrichten könnte. Wir haben eine Menge Frauen hier, und auch für sie entwickeln wir die richtigen Instrumente für den Kampf.«

»Das meine ich nicht.« Macuu schaute noch immer versonnen. »Es geht um meine Nichte.« Er drehte sich herum und winkte Djamila zu sich heran.

Sie löste sich aus ihrem Gespräch mit Armand und kam herüber. Ash spürte einen kleinen Stoß in seiner Brust, als sich ihre Aufmerksamkeit ganz auf ihn richtete.

»Hohes Fräulein«, begrüßte er sie mit einer leichten Verbeugung. Es schien ihm, als müsse seine Stimme belegt sein – aber sie klang ganz normal.

»Meister Gooregan«, entgegnete sie mit einem angedeuteten Knicks, dann reichte sie ihm die Hand, wie man es unter Freunden tat.

Überrascht schüttelte er sie, erwiderte ihren Blick, verlor leicht den Boden unter den Füßen. »Ich habe viel von Euch gehört«, sagte er.

»Wirklich? Habt Ihr Euch nach mir erkundigt?« In ihren Mundwinkeln zuckte ein Lächeln. »Das ist schön, ich habe nämlich genauso nach Euch gefragt.« Ein Unterton schwang mit, legte nahe, dass sie nur besonderen Menschen diese Aufmerksamkeit entgegenbrachte.

Mit etwas Mühe raffte er seine Würde zusammen. Die Kleine spielte doch mit ihm! War das nicht seine eigene Masche? Dem anderen dieses warme Gefühl zu geben, ganz weit aus der Masse heraus zu ragen? War er nicht selbst immer bereit, zu flirten und zu schauen, wohin es führte, wenn er eine Frau interessant fand?

»Das freut mich!« stellte er fest und setzte ein gewinnendes Lächeln auf. »Und« was interessiert Euch besonders? Vielleicht fragt Ihr besser mich als andere... da sind die Antworten ehrlicher.«

»Ja«, erwiderte sie, und jetzt sprang das Lächeln von ihren Lippen zu ihren Augen und verwandelte ihr Gesicht. »Von Eurer Ehrlichkeit habe ich schon gehört. Und ich will gerne Kampfkunst lernen.«

»Das Notwendige, um sich in Krisensituationen wehren zu können«, warf Macuu von Maiins ein. Er schien sich nicht daran zu stören, dass seine Nichte mit einem Militärausbilder flirtete, aber es war ihm wichtig, dass sie nicht die falschen Ambitionen in Bezug auf ihre Ausbildung entwickelte.

»Oder auch etwas mehr, wenn Ihr mich für begabt haltet«, stellte sie nichtsdestotrotz fest und bedachte ihren Onkel mit einem freundlichen Lächeln, unter dem steinharter Wille verborgen war. Dieser offensichtliche Ungehorsam ließ ihn lächeln. Er konnte ihr anscheinend nichts abschlagen.

»Meinetwegen«, meinte er. »Meister Gooregan - könnt Ihr Unterricht geben?«

Ash zuckte die Achseln. »Gerne. Ich schlage vor, Lady Djamila übt mit einem meiner Schüler die Grundlagen und ich schaue dann, wie weit wir gemeinsam kommen.« Auf eine Eingebung hin fügte er hinzu: »Ich würde Armand vorschlagen. Die beiden kennen sich ja schon ganz gut.«

Ihr Blick in Richtung des Genannten, der etwas weiter hinten in der Halle wieder zu seinen Übungen zurückgekehrt war, machte ihn unsicher. Diese Art Gefühl kannte er eigentlich nicht. Wieso auch? Es war lange her, dass er nicht bekommen hatte, was er wollte – und in jedem Fall war es sehr lange her, dass ihm etwas genug bedeutete.

Diese Sichtweise auf sich selbst bevorzugte er. Dinge wie Eifersucht gab es nicht für Ash Gooregan, den reisenden Krieger.

Eine Haarsträhne fiel in ihre Stirn. Die Hand, mit der sie das Haar zur Seite strich, war klein und zart, ein bisschen rundlich. Die Geste war hinreißend.

Ihre Augen kehrten zu ihm zurück. »Wenn es nicht anders geht, werde ich gerne mit Armand üben. Aber ich hätte lieber Unterricht bei Euch.«

Nichts anmerken lassen, sagte eine innere Stimme zu Ash. Und eine andere: *Tu´s nicht. Du hast nichts zu gewinnen.*

»Gut«, sagte er, alledings bewusst in Richtung des Herzogs. »Wenn es für Euch in Ordnung ist, Majestät, machen wir in jeder Woche einige gemeinsame Stunden. Ich werde nicht immer als Lehrer zur

Verfügung stehen, aber ich denke, wir kriegen das schon hin. Im schlimmsten Fall vertritt mich eben doch einer meiner Schüler.«

Der Herzog lächelte. »Sehr gut, Meister Gooregan. Über die Bezahlung sollten wir dann noch einmal gesondert sprechen.«

Ash schüttelte leicht den Kopf. »Da werden wir uns sicher einig. Lasst uns erst einmal beginnen, vielleicht verliert Lady Djamila ja schon bald die Lust.«

»Djami«, sagte sie und reichte ihm wieder die Hand, die er irritiert annahm. »Bitte nennt mich Djami, Meister. So nennen mich die meisten. Mit Djamila kann ich nicht wirklich etwas anfangen.«

Über die Schulter weg, schon im Gehen, fügte sie hinzu: »Ich glaube nicht, dass ich so schnell die Lust verliere.«

Ash sah ihr nach, als sie mit ihrem Onkel die Trainingsstätte verließ. Mit einem Seufzer wandte er sich um und lief Ix in die Arme.

»Na, da ist aber jemand ganz weit weg«, stellte der Waldläufer fest. Der spöttische Unterton war freundlich, aber es schwang Miss-billigung mit.

Ash zuckte die Achseln und lächelte etwas verlegen. »Nur ein kleines bisschen.«

»Gut so. Pass auf mit dem Mädchen.« Ix schien sich wirklich Sorgen zu machen. »So eine Affäre... die taugt nicht«

Ash schüttelte den Kopf. »Das wird keine Affäre. Ich denke nicht, dass das gehen würde.«

***

Djamila zu unterrichten war kinderleicht und unkompliziert - solange sie sich in ihrem Element befand. Was sie nicht ausstehen konnte, war das Entdecken der eigenen Grenzen. Die waren weit gesteckt, wenn es um Technik, Form oder Bewegungslehre ging. Doch sobald sie sich messbar mit anderen auseinandersetzen sollte, wurde sie schnell anstrengend, reagierte zickig und unwirsch auf Kritik.

»Ein Prinzesschen«, urteilte Ix ungnädig, wenn er Ashs und Djamis gemeinsame Stunden beobachtete. Er ging Ash auf die Nerven. Für ihn waren die Zeiten mit seiner adligen Schülerin Höhepunkte, denen er ent-gegen fieberte.

Ob sie das genau so sah, ließ sich nur schwer einschätzen. Manchmal gab sie ihm das Gefühl, dass sie ihn vermisste und alles andere als das Training für sie zweitrangig war. Dann wieder gab es Zeiten, in denen sie deutlich machte, dass sie sich für ihn nur in seiner

Rolle als Lehrer interessierte. Und nicht selten stieß sie ihn vor den Kopf, indem sie Termine kurzfristig absagte oder ihm durch die Blume mitteilte, dass das Kämpfen nicht ihr einziger Lebensinhalt war.

Er wurde nicht schlau aus ihr, und natürlich wirkte genau das zusätzlich anziehend. Kleine Berührungen elektrisierten ihn. Ein Wort, ein Blick von ihr machten ihn schwindlig.

Er erinnerte sich in späteren Jahren an diese Zeit als fiebrige Trance. Doch jetzt, mittendrin, erlebte er sich energiegeladen wie nie, motiviert und voller Ideen. Den Verlust seiner inneren Balance sah er als begeisterten Aufbruch in ein anderes Leben, und sein Denken kreiste zunehmend darum, bei welchen Gelegenheiten er Djami eine kleine Zeit lang für sich alleine haben konnte.

***

»Kem´ahamsa? Das sind zwei Stunden mit der Kutsche, oder? Ich war noch nie dort.« Djami war überrascht, dass er sie einlud. »Und du würdest mich wirklich mitnehmen?«

Ash war nicht ganz sicher, wann sie zum vertrauten »Du« gewechselt waren. Aber es war schon früh geschehen, und es war ihre Initiative gewesen.

»Warum nicht? Du bist talentiert, fleißig im Training. Benjamin Woodendruijf ist ein guter Lehrer.« Er lehnte scheinbar entspannt auf einem hölzernen Trainingsschwert, mit dem sie eben noch geübt hatten. Schwertkampf gehörte nicht zu den Dingen, von denen Macuu von Maiins sich gewünscht hatte, dass seine Nichte sie erlernte – aber weil Djami sich dafür begeisterte, legten sie von Zeit zu Zeit eine Einheit ein. Sie bewegte sich sehr natürlich mit der Waffe, und er liebte es, ihr zuzuschauen.

Allerdings musste er sich eingestehen, dass es ihn auch als Herausforderung interessierte: Djami war sehr klein, sehr zierlich und nicht besonders kräftig. Weil sie keine Kriegerin war, der er Krafttraining verordnen konnte, musste er noch mehr als sonst seinem Credo folgen, jedem Kämpfer zu einem eigenen Kampfstil zu verhelfen.

Djami hatte keine großen Chancen, scharfe Hiebe des Gegners zu blocken. Sie musste ausweichen, adaptieren, Kontakt mit der Klinge suchen und mit ihren Bewegungen um die Kraftlinien des Gegners herumfließen. Vor allem aber brauchte sie Tempo, um Distanzen zu überbrücken, und ein gutes Gespür für die Klinge.

Die Übungsformen, die er für sie entwickelte, setzten auf

Beinarbeit und Stabilität mit großer Geschmeidigkeit, und sie gefielen ihm selbst so gut, dass er einige davon auch in seinen eigenen Trainingskanon übernahm. Sehr viel später sollten sie in das Trainingsprogramm der She-Bashi-Kampfschulen einfließen – doch davon ahnte er noch nicht einmal in seinen kühnsten Träumen etwas.

»Und ist das nicht eher für Meister?« Djami sprach natürlich von dem Seminar, zu dem er sie eben eingeladen hatte. Sie wirkte alles andere als überzeugt. »Kann ich denn da überhaupt mithalten?«

»Ah, es ist ein Einführungstraining mit einer neuen Waffe. Es scheint, dass Woodendruijf sie aus dem Süden mitgebracht hat. Ein Rundmesser, das über die Fingerknöchel läuft und sehr gut verborgen eingesetzt werden kann.« Ash stellte das Schwert zurück in die Wandhalterung. »Es ist eine perfekte Waffe für eine junge Frau.«

»Oh? Weil Frauen heimtückische Waffen bevorzugen sollen?« Ihre Stimme klang schnippisch. Er hasste es, wenn sie ihn auf diese Weise missverstand.

»Nein«, antwortete er. »Weil zumindest von einer adligen Dame niemand erwartet, dass sie mit Schwert und Harnisch auf eine Abendgala geht.«

Ihre Lippen waren noch immer ein schmaler Strich, aber schließlich lächelte sie. »Müssen wir mit der Kutsche fahren? Sollen wir nicht Pferde nehmen? Wir wären unabhängiger...« Ein unschuldiger Blick traf ihn, gewürzt mit einem Schuss Unsicherheit. Ash schien es, als sei das eher eine Schau, und sie machte das auch gleich deutlich, indem sie hinzufügte: »Und wir hätten etwas Zeit zu zweit, ohne Kutscher oder Bedienstete.«

Solche Spielchen lagen ihm nicht. »Ja...«, sagte er, und fühlte sich hilflos. »Ja, das klingt nicht schlecht. Wir sind schneller dort mit den Pferden. Lass uns das machen« Er dachte kurz darüber nach: »Wenn dein Onkel das erlaubt?«

Sie lachte. »Oh, der vertraut dir in jeder Hinsicht. Keine Sorge«

Er wusste auch bei dieser Aussage nicht genau, wie sie deuten sollte, und ließ sie vorsichtshalber unkommentiert. »Frag ihn trotzdem. Auch, ob du mitkommen darfst. Ich freue mich dann.«

»Gut«, sagte sie mit strahlendem Lächeln und funkelnden Augen, in so großem Widerspruch zu ihrer Skepsis im ersten Moment, dass er sich erneut fragte, wieviel davon sie ihm nur vorgespielt hatte. »Dann freue ich mich, dass du mich mitnimmst.«

Sie warf ihm über die Schulter noch einen langen Blick zu, bevor sie aus der Halle verschwand.

Wenige Tage später zog Ash die Tür der Umkleidekabine hinter sich zu und sah in den Flur. Djami wartete auf ihn. Es war süß, wie sie da stand – der Kontrast zwischen der Kämpferin eben in der Halle und dem Mädchen hier im Flur wirkte betörend. Den Effekt unterstrich ihre Kleidung: Die praktische Kombination aus einem Reitkleid mit einer Hose darunter machte sie noch zierlicher.

»Hey«, sagte er. Ihr perlenweißes Lächeln ließ die Sonne aufgehen. »Wie war´s? Bist du zufrieden?«

»Das war ziemlich gut«, sagte sie. »Ich mag Deinen Freund. Er scheint Ahnung zu haben von dem, was er tut.«

»Ja, hat er«, antwortete Ash. Und dann, mit einem tiefen Atemzug: »Direkt zurück? Oder sollen wir noch ein bisschen durch die Stadt schlendern?«

Sie zuckte die Achseln. »Ist mir eigentlich egal«, entgegnete sie.

Nach Begeisterung klang das nicht. Er hatte gehofft, dass sie sich vielleicht über die Einladung freuen würde. Aber vermutlich war sie zu verwöhnt - eine noch so idyllische Hafenstadt konnte sie nicht reizen.

»Gut«, sagte er. »Im Hafen gibt es eine wunderschöne Taverne mit Fischgerichten aus dem Reich der Elf Großen Stadtstaaten. Echte Delikatessen. Ich lade Dich ein.«

»Einverstanden.«

Mehr sagte sie nicht, und seine Verunsicherung nahm zu. Einen kurzen Augenblick blieben sie noch stehen, während sich eine ungemütliche Spannung zwischen ihnen aufbaute. Dann öffnete sich eine Tür und eine lärmende Gruppe von Leuten zog vorbei, freundlich grüßend. Ash registrierte, wie die Blicke einiger Männer an Djami hängen blieben. Wieder spürte er Eifersucht, verstärkt durch ihre distanzierte Haltung.

Mit einem Seufzer sagte er: »Komm, lass uns gehen.«

Nachdem sie ihre Taschen im Stall bei den Pferden verstaut hatten, schlenderten sie langsam zum Hafen. Die Stadt war lebhaft, beinahe überlaufen: Sie sahen Nomaden aus der großen Acha´id-Wüste, bärtige Krieger aus den Nordländern, eine Prozession Gläubiger, die die heilige Flamme vor sich her trugen und Traumlieder sangen, einen Mann in dunkler Kutte mit einem Edelstein um den Hals, der vielleicht ein Magier, wahrscheinlicher aber nur ein Spinner war... und einmal sogar eine Gruppe von Menschen, in deren Mitte sich ein seltsames Wesen bewegte, das Ash für einen Meeresatmer hielt. Ein kleiner, stämmiger Kerl mit einer Kurzaxt am Gürtel mochte ein Zwerg sein, in Hafenstädten war ja fast alles möglich, wie Ash aus seiner Heimat Ciena wusste.

Obwohl er sich so befangen fühlte, dass er kaum wagte, sie anzuschauen, war sie in all dem Trubel die eigentliche Attraktion für ihn. So aufmerksam, wie sie die Atmosphäre in sich aufsog, hatte er vielleicht – nur vielleicht – doch falsch gelegen mit dem Eindruck, dass sie zu verwöhnt war, um diesen Ausflug zu schätzen.

Mit den Kochkünsten des Gastwirts aus Dan Dered lag er allerdings vollkommen daneben. Spezialitäten aus diesem Teil Isrogants waren eine Rarität. Ash hatte den rohen Fisch und die leicht schmeckende und bekömmliche Küche des Reiches der Elf Großen Stadtstaaten in seiner Zeit dort zu schätzen gelernt.

Djamila fand sie widerlich.

So standen sie schon kurze Zeit später an einem Stand mit Chazzi: Kleine, mit dicken Schichten von Käse überbackene Brötchen, mit allen erdenklichen Arten von Gemüsen und Fleisch belegt.

Ash, enttäuscht vom Misserfolg seiner Einladung in das noble Restaurant des edlen Kochs, tat sein Bestes, wenigstens bei dieser preiswerten Alltags-Nascherei den Geschmack seiner jungen Begleiterin zu treffen.

Mit dem Essen in der Hand setzten sie sich in einen kleinen Park, ein grünes Paradies, wie die Einwohner des Wüstenreiches Ga Ta Cien sie in ihren Städten liebten. Die Besucher des Parkes waren fröhlich und ausgelassen unter der Sonne, deren Hitze von großen Bäumen gedämpft wurde, und diese Stimmung sprang auch auf Djami über.

Mit Genuss biss sie in ihr Chazzi, der geschmolzene Käse zog lange Fäden, und während er ihr grinsend ein Stofftuch reichte, mit dem sie ihren Mund abwischen konnte, fühlte er sich glücklich.

Er spürte zuversichtliche Wärme, während sie nah beieinander saßen, vertraut und friedlich. Sie saß zurückgelehnt, auf einen Arm gestützt, der ganz leicht seine im Schneidersitz verschränkten Beine berührte.

»Warum grinst Du?« fragte sie.

»Ich habe nie jemanden so wunderschön Chazzi essen sehen wie Dich«, antwortete er, was sie lächeln ließ: »Spinner.«

Dass sie gedankenverloren mit einem losen Bändel seines Hemdes spielte, erschien ihm rührend besitzergreifend. Noch schöner war, dass sie ebenso wenig wie er gewillt war, wieder aufzubrechen. Also saßen sie weiter im Schatten eines Busches, allein in der Mitte von Menschenmassen.

Als sie sich schließlich auf den Weg machten, stand die Sonne schon niedrig. Ash spürte einen Anflug schlechten Gewissens, weil sie erst in der Dunkelheit in Ga Ta Cien ankommen würden. Es verflog mit dem Wind, der ihm um die Nase blies, als sie am Strand den Pferden die Zügel locker ließen. Gestreckter Galopp auf dem Rücken von zweien der legendären Hengste aus dem Gestüt der Herzoge von Maiins – Freiheit pur.

Sie sahen die Stadtmauern schon vor sich, am abendlichen Strand vor den Toren waren Spaziergänger unterwegs, als Djami ihr Pferd zügelte und zurück blieb. Ash bemerkte es aus den Augenwinkeln, doch er reagierte zu langsam und musste wenden und zu ihr zurückreiten.

»Was ist passiert?« fragte er. Der Schweiß auf seinem Körper wurde kalt und prickelte leicht.

»Mir ist etwas eingefallen«, sagte sie, ihre Augen leuchtend. »Wenn wir schon einmal hier sind... ich hatte nie vorher die Gelegenheit...«

»Wozu?« Die Intensität ihres Interesses machte ihn neugierig.

»Zippadaidai«, antwortete sie. Ein vollkommenes Unsinns-Wort, soweit er das beurteilen konnte. Doch sie beharrte: »Da vorne«, und deutete mit dem Arm an ihm vorbei in Richtung Stadtmauer.

Als er ihrem Fingerzeig folgte, sah er in nicht all zu weiter Entfernung einen imposanten Turm nahe der Mauer. Er ragte zwischen zweien der Mauerzacken hervor, bullig genug, um die Silhouetten der schlanken Flammtürme der Stadt schmächtig und schmal erscheinen zu lassen. Bei genauerem Hinschauen bemerkte er, dass der Turm mitnichten nahe an der Umfriedung lag, sondern eine ganze Strecke innerhalb des Häusermeers der Stadt. Er mochte einmal weiß gewesen sein, aber im Licht der untergehenden Sonne wirkte er fleckig-grau, was ihm das letzte bisschen Eleganz nahm. Was immer Djamis Begeisterung auslöste, das Aussehen des Gemäuers war es nicht.

»Was ist das?« fragte er schließlich.

»Zippadaidai«, wiederholte sie. »Noch nie davon gehört? Wirklich nicht?«

Es sagte ihm nichts. Falls ihm jemand einmal davon erzählt hatte, war es ihm wieder entglitten, und so schüttelte er den Kopf. »Wirklich nicht.«

»In alten Zeiten war es ein berühmtes Freudenhaus.« Es klang aus ihrem Munde irgendwie frivol, vor allem, weil sie eine Unschuldsmiene dazu aufsetzte. »Aber heute steht es leer. Eigentlich schade.«

»Wieso schade?« Ash war irritiert. »Gibt es nicht genug Freudenhäuser in Maiins?«

Sie starrte ihn an. »Das musst du besser wissen als ich.«

»Wieso? Denkst du, ich besuche sie oft?«

»Ein Mann, ein Krieger, noch dazu immer auf Reisen... tust du das nicht?«

Achselzuckend sagte er: »Eher nicht. Ich mag das Gefühl nicht, dass eine Frau nur mit mir schläft, weil ich sie bezahle.«

»Und so war das in Zippadaidai auch nicht!« rief sie. »Die Frauen haben sich selbst ausgesucht, mit wem sie...« Der Satz blieb unbeendet.

»Gut. Aber das ist nicht das Beeindruckende daran, oder?« Er vermutete, dass sich irgendwelche Sagen um das alte Gebäude rankten, die sich schon die Kinder erzählten und die aus naheliegenden Gründen für Jugendliche einen ganz besonderen Reiz besaßen.

»Nein, heute besucht man nicht mehr den Turm selbst. Heute besucht man den kleinen Pita Toar-Fluss, der durch Zippadaidai fließt.« Sie zeigte auf eine winzige, vergitterte Öffnung in der Stadtmauer, einige hundert Meter entfernt, durch die ein schmaler Bach in Richtung Meer floss, direkt in eine massive Rinne aus Felsgestein, die natürlichen Ursprungs zu sein schien. Vielleicht war diese Anomalität im sandigen Ufer älter als die Stadt selbst, weit weg von der Mündung des großen Ta Cien-Flusses, der sich weiter nördlich hinter der Stadt in ein breites Delta aufspaltete, um sich majestätisch und unter Aufwühlen gewaltiger Schlammassen ins Meer zu ergießen.

»Der Bach fließt durch den Turm?« fragte Ash.

»Ja, man sagt, dass das unterste Geschoss von Zippadaidai einen eigenen kleinen Strand besaß, an dem sich die Menschen nackt und fröhlich dem Vergnügen hingaben.«

»Das kann man sich gut vorstellen.«

Sie nickte eifrig. »Und man sagt auch, dass an diesem künstlichen Strand das Unglück seinen Lauf nahm. Niemand weiß genau, was geschehen ist, es ist ja auch schon sehr, sehr lange her...«, sie strich sich Haare aus dem Gesicht, »nur eins ist sicher: Wer dort an der Mündung des Baches sucht, findet häufig Perlen, die aus Zippadaidai stammen. Aus einer anderen Welt, wenn man so will.« Sie hob den Finger, um ihre Aussage zu unterstreichen, und sagte eindringlich: »Einer untergegangenen Welt.«

Der pathetische Tonfall machte ihm ihre Jugend wieder bewusst, aber sie redete unbeirrt weiter. »Manche sagen, die Perlen sind aus den Tränen der letzten Bewohner des Turms. Aber die Geschichte ist ziemlich verworren.« Sie lächelte. »Wer so eine Perle findet, kann sich etwas wünschen, und deswegen geht man dort mit seinem Liebsten eine Perle suchen.«

»Oh«, machte er.

Ihre Pferde waren ohne ihr Zutun in leichten Schritt gefallen, und so ritten sie einfach weiter.

***

Den Bachlauf musste man recht mühsam erklettern, doch für Djami und Ash wurde das zu fröhlicher Kraxelei. Sie beide kämpften mit der frischen Brise vom Meer, die ihnen ihre langen Haare ins Gesicht blies. Perlen fanden sie keine, aber das tat ihrer ausgelassenen Stimmung keinen Abbruch: Stattdessen sammelten sie Muscheln, von denen es überall am Bachlauf wunderschöne gab.

Beim Aufstieg zurück zum Strand reichte er ihr seine Hand, um ihr hinaufzuhelfen.

»Soll ich die Muscheln halten, während du kletterst?« fragte er. Sie machte große Augen.

»Die haben wir zusammen gesammelt!« sagte sie, mit empörtem Unterton. »Die gebe ich nie wieder her!«

»Zu schade, dass wir keine Perle gefunden haben.«

»Ach, Perlen. Wer braucht schon Perlen?«

Gewandt kletterte sie die Felswand hinauf und wartete auf ihn, bis auch er oben ankam. Einen kleinen Moment lang putzte sie mit den Fingern an den Muscheln herum, dann hielt sie sie hoch.

»Wenn ich richtig überlege, solltest Du auch welche haben. Du kannst sie immer mitnehmen, damit du mich nicht vergisst.«

Er streckte die Hand aus, und sie legte zwei Muscheln hinein. Ihre Finger berührten seine. Er schloss seine Hand um ihre und zog sie zu sich heran. Er küsste sie.

Als sie sich voneinander lösten, blieben ihre Hände verschränkt, zwischen ihren Fingern die Muscheln. Djami löste sie vorsichtig, seine und ihre Muscheln sortierend. Sie tat das mit sehr nachdenklicher Langsamkeit.

»Ich frage mich«, begann sie, wieder in seine Augen schauend, »ich frage mich wirklich, warum du immer weiterreist. Warum springst du von einem Ort zum anderen, bleibst nirgendwo? Vermisst du niemals dein Zuhause?«

Er lächelte – diese Frage mochte er, sie wurde ihm oft gestellt, und er wusste sie so zu beantworten, dass sie den Augenblick nicht stören würde. Sanft nahm er sie wieder an der Hand (ein kleiner Strom von Energie floss von ihren Fingern direkt hinauf zu seinem Herz) und drehte sie um in Richtung Meer. Ein atemberaubender

Sonnenuntergang entfaltete sich vor ihnen, färbte den Horizont in rote Pastellfarben.

»Siehst du?« fragte er leise. »Ganz weit draußen, wo der Himmel das Meer berührt?«

Sie nickte schweigend.

»Da draußen könnte ich den Himmel anfassen. Hier, wo wir jetzt sind, sind wir dafür zu klein. Und werden wir immer sein.«

Ash tat so, als griffe er nach oben, und sie sah aufwärts. Nur einige wenige Wolken zierten einen sonst strahlenden Himmel, rotgetüncht.

»Das ist ein schönes Bild«, sagte sie weich. »Deswegen bist du auf der Reise. Du willst den Himmel erreichen.«

»Mehr oder weniger, ja. Und je mehr ich reise, desto mehr wachse ich, die ganze Zeit.«

»Und hast du ihn jemals berührt, den Himmel?«

»Noch nicht.«

Die Wärme ihrer Hand in seiner ließ nicht nach. »Vielleicht findest Du einen Tag einen Ort, an dem du bleiben möchtest. Ich meine... wo du dich groß genug fühlst, und nicht mehr weiter wachsen musst.«

»Vielleicht.« Seine Stimme klang verträumt. »Einen Ort. Oder einen Menschen.«

***

Sie brachten die Pferde in die herzoglichen Stallungen, dann begleitete Ash sie nach Hause. Die Nähe zwischen ihnen blieb bestehen, auch wenn sie sich wieder distanziert und höfisch-korrekt verhielten. Sie passierten die Wachen, und eine Dienerin öffnete die Tür des freistehenden Hauses im Inneren Palast, in dem Djamila wohnte. Sie verabschiedeten sich förmlich, doch bevor sie die Tür schloss, zwinkerte sie ihm zu. Süßes Geheimnis, stilles Einverständnis.

Er blieb noch eine Sekunde vor der geschlossenen Tür stehen, schloss die Augen, glaubte, ihren Duft in der Luft und ihre Schritte auf dem Marmorboden hinter der Tür wahrzunehmen. Dann wandte er sich um und blickte in die klare Wüstennacht, die über den Gärten des Herzogs lag.

Langsam beruhigte sich sein klopfendes Herz. Das laute Konzert der Grillen holte ihn in die Wirklichkeit zurück. Salzgeruch lag in der Luft, ein bisschen Meer, ein bisschen Wüste – typisch für Ga Ta Cien, ganz anders als die wilde Mischung von Düften, die die Atmosphäre in Ciena bestimmten und oft genug auch einfach nur Gestank waren.

Er rieb sich mit den Händen über das Gesicht, strich seine Haare zurecht und schlenderte langsam zurück in Richtung des Südtores, das seiner eigenen Wohnung am nächsten lag. Die Kühle der Nacht tat ihm gut, ebenso wie die ruhige Schönheit der Palastgärten um ihn herum. Sie waren mit Pflanzen aus allen Teilen Isrogants bestückt, kleine Flussläufe zogen sich durch die kunstvoll arrangierte Landschaft – eine Verschwendung unglaublichen Ausmaßes in einem Land, das trotz des nahen Meeres so knapp an Trinkwasser war wie Ga Ta Cien.

Die Gärten endeten an den Südbefestigungen der Burg. Wehrhafte Mauern, aber auch Wohnhäuser und Gebäude der Administration standen hier bunt gemischt.

Ganz mit sich selbst und seinen Gedanken beschäftigt, hätte er fast die kleine Gruppe von Leuten übersehen, die auf einem kleinen Innenhof zwischen zwei Gebäuden unter einem Baldachin saßen. Sie befanden sich im Schatten eines großen Rosenbusches, der romantisch an einem alten Gemäuer nach oben kletterte - eine gemütliche Ecke, wie Festungen und Schlösser sie für den bereit hielten, der bereit war, danach zu suchen. Kein Architekt plante diese Winkel in seinen Entwürfen nach streng ästhetischen oder rein militärischen Gesichtspunkten, aber es gab sie dennoch.

Gerade weil Ash diese Orte mochte, grüßte er nicht nur achtlos zurück, als ihm jemand von dort zuwinkte, sondern blieb stehen, um genauer hinzuschauen. Er hätte niemals damit gerechnet, ausgerechnet Fürst Macuu von Maiins selbst zu sehen, der dort im Kreise von Vertrauten zusammensaß, Wein und andere Getränke auf dem Tisch.

Soweit Ash es beurteilen konnte, war es eine entspannte Runde, die dort saß, obwohl er schon nach kurzem Hinsehen einige hohe Adlige und wichtige Beamte des Hofes identifizierte. Dann fiel ihm auf, dass alle am Tisch einem Einzelnen zugewandt saßen Ein älterer Mann mit lichtem, weißen Haar und langem, ebenso weißen Bart, der eine gewisse Würde ausstrahlte.

Natürlich, dachte Ash. *Das ist eine Spielgruppe für »Das Letzte Vermächtnis».*

Die Erkenntnis weckte alte Erinnerungen. Das Letzte Vermächtnis der Adjagaren-Krieger war auch an den Kriegerschulen von Dan Dered beliebt gewesen. Als Zeitvertreib – es handelte sich schließlich um ein Spiel – aber auch, weil ihm noch immer der Nimbus der Charakterschulung anhaftete, als die es in der Zeit der Ius Adjagard eingeführt worden war.

Das Letzte Vermächtnis öffnete Türen zu Erfahrungen, schuf neue Blickwinkel und gab den Teilnehmern des Spieles Denkaufgaben. Es vermittelte Wissen und Tradition, wie sie den Adjagaren wichtig gewesen waren, während die Mitspieler einer Runde in die Rolle von Hauptpersonen einer Geschichte schlüpften, erzählt von einem Tutor. Die Tutoren waren weise Männer – oder wurden zumindest als solche angesehen – und nicht wenige von ihnen hatten lange Ausbildungen hinter sich und reisten durch Isrogant, um an Höfen, Schulen und Akademien Spielrunden abzuhalten.

Das galt als große Kunst, denn schließlich musste der Tutor nicht nur die vielen Tausende überlieferter Geschichten kennen und gut erzählen können, aus denen *Das Letzte Vermächtnis* bestand. Es war ebenso wichtig, die Handlungen der Spielteilnehmer aufzunehmen, ihre Folgen abzuwägen und die Geschichte so konstant weiterzuentwickeln. Keine zwei Runden waren gleich. Die Teilnehmer prägten die Geschichte mehr als der Tutor selbst.

Ash gefiel, dass Macuu von Maiins sich darauf einließ. Er hätte es von dem herrischen, oft arroganten Herzog nicht erwartet. Die Einladung, selbst an der Spielrunde teilzunehmen, schlug er allerdings aus – *Das Letzte Vermächtnis* konnte viel Zeit in Anspruch nehmen. Es war sehr fordernd, wenn es richtig gespielt wurde, und diese Tutor sah ihm nach einem echten Könner aus. Es war außerdem nicht ratsam, sich auf eine Spielrunde mit dem Herrscher einzulassen, für den er arbeitete.

Ganz entkam er aber doch nicht, denn der Tutor sprach ihn direkt an. »Ich habe gehört, dass Ihr ein großer Krieger seid«, sagte er, und in seinen Augen blitzte der Schalk. »Selbst wenn Ihr nicht mitspielen wollt, interessiert Euch vielleicht doch unsere Geschichte heute abend. Es geht um einen Drachen.«

Ash lächelte höflich. »Wenn es niemanden stört, würde ich mir gerne den Beginn der Geschichte anhören.«

Der Tutor blickte in die Runde, und weil niemand widersprach, nickte er. »Nehmt Euch einen Stuhl, Meister Gooregan. Es ist ein lauer Abend, wie am Anfang unserer Geschichte. Sie spielt in einer Zeit lange vor der Großen Flut, und es geht um die Entdeckung neuer Sichtweise, um das Einfühlen in andere... und am Ende um eine komplexe Entscheidung.«

Das klang vielversprechend. Ash lehnte sich zurück und nahm dankend ein Glas Wein von einem der Spieler entgegen. Mit leisem Staunen sah er sich in der Runde um. Da war der Schatzkanzler Arabas Cheimcheim, der Handelsminister Chello Aranda, ein General, dessen Namen er nicht kannte, den er aber bei einer Vorauswahl der Elitetruppen getroffen hatte, wie er sich erinnerte.

Es war ein seltsames Gefühl: Seine Lippen schmeckten noch immer nach Djamila, er selbst hing noch ganz und gar an der Verheißung ihres letzten Augenzwinkerns und der Offenbarung dieses Nachmittags. Und jetzt saß er hier, inmitten der Mächtigen des Wüstenreiches, als geachtetes Mitglied des Hofstaates, und fragte sich, was diese hohen Herren wohl sagen würden, wüssten sie von seinem Techtelmechtel mit der Nichte des Herzogs.

Der Tutor erlöste ihn aus diesen Gedanken. Er begann, seine Geschichte zu erzählen.

***

Die Geschichte des Tutors:
Nermaal, der Drache

»Guten Tag«, rief der kleine Mann zu dem Wächter auf dem Tor hinauf. »Ich bin ein Drachenverkäufer.«

»Schön«, antwortete der Wächter. »Wir haben schon einen Drachen.«

»So?« rief der kleine Mann. »Ich sehe aber keinen.«

»Er ist krank und wird im Burghof gepflegt. Vielen Dank, wir brauchen keinen.«

»Wollt Ihr sagen, daß Euer Burggraben ganz ungeschützt bleiben soll? Wollt Ihr die Burg im Notfall wirklich alleine verteidigen?«

Der Wächter knurrte nur. Ein wunder Punkt.

Der kleine Mann war ausgesucht hartnäckig. »Hören Sie, ich habe wunderbare Exemplare im Angebot. Aus bester Zucht, perfekt ausgebildet. Und garantiert ohne Krankheiten. Oder auch kleine Jungdrachen, die Ihr selbst ausbilden könnt. Diese natürlich zu einem Spottpreis.«

Der Torwächter wurde stutzig. Er blickte hinter sich in den Burghof, wo Agrabar, der bisherige Beschützer des Burggrabens, an einer dicken Kette lag und wirklich sehr krank aussah. Die Burg war sein Revier, seit der Torwächter denken konnte. Er war sehr alt und sehr grau, und schon in den letzten Jahren hatte er seine Aufgabe mehr schlecht als recht erfüllt.

Eigentlich erhält er schon lange sein Gnadenbrot, dachte der Wächter. *Aber wer will das so offen sagen? Alle in der Burg hängen viel zu sehr an ihm.*

Gerade trat Borrum, der Koch, aus seiner Tür und brachte eine riesige Schüssel mit Leckereien, die er vor dem alten Drachen abstellte und ihm freundlich die riesige Nase tätschelte.

Er wurde mit einem Schwall heißen Rauches belohnt und zog die Hand schnell wieder weg. Aber er lachte. Jeder wußte, daß Agrabar eine Seele von Drache war und niemandem etwas zu Leide tun konnte - schon gar nicht den Menschen der Burg, die er ebenso liebte wie sie ihn.

Natürlich ist das eigentlich nicht unbedingt ein Argument für ihn, dachte der Wächter bei diesem Anblick. Schließlich hielt man Drachen in Burggraben, damit sie unliebsamen Besuchern etwas zu Leide taten. Und wer wird seinen Kopf hinhalten müssen, wenn kein Drache die Burg beschützt? Doch er selber, der Wächter, oder?

Mit diesen Gedanken musterte er das riesige Tier, auf dessen Rücken reitend der kleine Mann zur Burg gekommen war. Das war ein ganz anderes Kaliber als Agrabar: gewaltig groß (sein Kopf reichte fast bis hinauf zum Torhaus), gewaltig mächtig, und in ihm brannte ein solches Feuer, daß ihm bei jedem Atemzug eine gewaltige Rauchwolke aus der Nase quoll.

Natürlich ist ein solcher Drache unbezahlbar, dachte der Wächter. *Kein normaler Mensch kann es sich leisten, so ein Monster zu kaufen, geschweige denn, zu unterhalten. Solche Giganten benutzt man, um Armeen anzuführen.*

Der kleine Mann wartete geduldig am Fuße des Tores, während oben auf dem Turm der Wächter diese Überlegungen wälzte.

Wie er dort stand, wirkte er ziemlich lächerlich neben seinem Drachen – kleingewachsen, selbst für einen Menschen, ein wenig pummelig und ganz und gar nicht kräftig.

Eigentlich hätte er ohne seinen Drachen genauso lächerlich gewirkt. Dafür war vielleicht seine viel zu bunte Kleidung verantwortlich. Er sah aus wie ein Gaukler, eigentlich kaum dazu angetan, Vertrauen bei seinen potenziellen Kunden zu schaffen.

Mit einem solchen Drachen als Referenz hatte er das vermutlich auch nicht nötig. Der Wächter fasste einen Entschluß.

Er würde zum Burgherren gehen, und er würde sich seinen Unwillen zuziehen. Sollte der doch selber die Entscheidung treffen. Sicherlich galt die Anweisung, auf keinen Fall zu stören, nicht für einen solchen Spezialfall.

»Augenblick, ich hole den Grafen«, rief er zu dem kleinen Mann hinunter und verschwand vom Tor.

Dieser blieb stehen, und ein Lächeln breitete sich auf seinem Gesicht aus. Er wandte sich an seinen Drachen: »Na, Muuron, das sind schon ein paar sehr seltsame Menschen in dieser Burg. Keinen einsatzfähigen Burgdrachen, und dann lassen sie das Torhäuschen unbewacht«, sagte er. »Und das, obwohl ich mit einer so bedrohlichen

Waffe wie Dir vor dem Tor stehe.«

Der Drache neigte ein wenig den Kopf. Er war wirklich ein prächtiger Kerl, der manchen Experten neidisch gemacht hätte.

Der kleine Mann hatte ihn selbst gezüchtet. Seinen Vater hatte er einst, kaum geschlüpft, in einer entlegenen Drachenhöhle gefunden, und er war so gelehrig und intelligent gewesen, daß der kleine Mann fast den Verdacht hatte, daß dort einer der großen, intelligenten Drachen sich an einer der dummen Verwandten aus Drachstaad vergangen hatte.

Der kleine Mann wußte nicht, ob solche Bastarde biologisch möglich waren und ob die »echten« Drachen überhaupt Lust auf Sex mit ihren dummen Artverwandten in dieser Bergregion hatten. Aber er vermutete, dass das schon der Fall sein konnte. Zumindest, wenn die Drachen auch nur geringe Ähnlichkeiten mit Menschen aufwiesen. Denn immerhin waren die Drachstaad-Drachen zwar um einiges kleiner als ihre intelligenten Verwandten, aber dennoch sehr schön von Angesicht. Soweit dies für riesige, schuppige, feuerspeiende Ungeheuer möglich war.

»Vielleicht sollte ich einmal einen intelligenten Drachen fragen, ob er sich freiwillig mit einer von euch paart«, sagte er zu Muuron. Dieser senkte ihm den Kopf entgegen, um sich hinter dem Ohr kraulen zu lassen und gab einen zufriedenen Brummton von sich, als der kleine Mann seinem Wunsch Folge leistete. »Das wäre ein echter Knüller. Und vermutlich ein ziemliches Verkaufsargument.«

Lautes Rasseln schreckte ihn aus diesen Gedanken. Mit einem Blick zum Tor bemerkte er, dass die Zugbrücke heruntergelassen wurde, um ihm Einlass zu verschaffen.

Zufrieden nickend wandte er sich wieder seinem Drachen zu.

»Ich gehe jetzt dort hinein«, sagte er zu ihm, und in den großen, gelben Reptilienaugen schien so etwas wie Verstehen aufzuleuchten. »Du wartest hier auf mich.«

Er klopfte dem riesigen Tier freundlich auf den Hals, dann gab er die entsprechenden Kommandos, nur um sicherzugehen, falls der Drache doch nicht so verständig war, wie er annahm. Man wollte ja vermeiden, dass er wie ein Hurrikan über die Burg hereinbrach und die Holzdächer der Gebäude in Brand setzte.

»Sitz, Muuron!« Der Drache setzte sich gehorsam. »Und bleib! Nicht bewegen! Ich bin bald wieder hier.«

Nach einem letzten Tätscheln wanderte der kleine Mann über die Brücke und durch das Tor der Burg, um ein Verkaufsgespräch zu führen.

***

Graf Lothar von Dräpon war knurrig. Gräfin Darina von Dräpon war besänftigend. Dennoch wurde der Drachenhändler nicht unbedingt gnädig empfangen.

Der Drache Agrabar war Burgdrache, solange der Graf denken konnte. Schon immer hatte er im Burggraben gelegen, und schon in seiner eigenen Jugendzeit hatte es zu den täglichen Aufgaben des Grafen gehört, im Laufe des Vormittags den Drachen mit einem großen, rauhen Schrubber abzubürsten. Er hatte es immer gerne getan, denn Agrabar freute sich enorm über diese Zuwendung - und wer noch nie gesehen hat, wie ein Drache sich freut, sollte dieses Erlebnis unbedingt suchen.

Überhaupt war diese Freude Agrabars Hauptaufgabe. Ab und an hatte er unerwünschtes Gelichter abgeschreckt, aber eigentlich verirrten solche Leute sich eher selten in diese abgeschiedene Gegend. Im Normalfall hatte er einfach herumgelegen und sich von den Burgbewohnern oder Besuchern aus den umliegenden Siedlungen Leckereien zustecken lassen.

Auch das war eher eine Seltenheit in Drachstaad: Die Untertanen des Grafen mochten seinen Drachen. Es konnte daran liegen, daß sie auch ihn selbst mochten, was schon für seinen Vater und Großvater gegolten hatte. Die gräfliche Familie teilte mit den Bauern ihr hartes Brot, schützte sie vor Dieben und anderem Volk (das – wie gesagt – selten hier oben ankam) und war sich auch nicht zu schade, in der Erntezeit auf dem Feld mit anzupacken. Außerdem waren sie als faire Richter berühmt.

Wahrscheinlicher aber lag es an Agrabars ganz eigenem Charme.

Und jetzt war er alt, und es fiel Graf Dräpon ganz enorm schwer, sich vor Augen zu führen, dass Agrabar eben nicht nur als freundliches Haustier im Graben lag, sondern auch als Beschützer.

»Also gut«, sagte er deswegen zu dem kleinen, bunt gekleideten Mann. »Ihr spracht von Jungdrachen, die billig sind und von uns selbst abgerichtet werden können. Ein solcher Drache scheint mir eine gute Ergänzung für unseren alten Agrabar zu sein. Er kann sich seinen Nachfolger dann selbst mit heranziehen.«

In seinem Innern hoffte der Graf, dass Agrabars Nachfolger dann vielleicht selbst ein gutmütiger, freundlicher Drache werden würde. Und kein feuerspeiender Heißsporn. Der Drachenverkäufer verstand diesen Gedanken sofort, obwohl er nicht laut geäußert worden war.

»Werter Graf, darf ich dem entnehmen, dass Ihr weniger ein großes und aggressives Tier wünscht, sondern eher ein ruhiges, intelligentes, daß sich gut in die Umgebung einpasst?«

Ein erfreutes Lächeln huschte über das Gesicht des Grafen.

»Wunderbar«, rief er begeistert. »Ein Mann mit Sinn und Verstand. Sehr schön.«

Der Drachenverkäufer bemerkte nicht nur das Lächeln des Grafen, sondern auch den erfreuten Blick der Gräfin und die Entspannung, die insgesamt durch den Raum ging, in dem sich viele Mitglieder der Burgbesatzung aufhielten.

Ein leichtes Hochgefühl erfüllte ihn. Hier konnte er eine Menge Leute glücklich machen und zugleich ein gutes Geschäft abschließen. Außerdem würde er eines seiner eigenen Probleme lösen: Muurons jüngster Bruder, erst vor kurzem geschlüpft, erwies sich bisher als ein ausgesprochen zurückhaltendes Bürschchen. Er ließ sich von seinen älteren Brüdern herumschubsen und passte so absolut nicht in eine Welt, die immer nur große, feuerspeiende Kampfdrachen kaufen wollte. Aber: Er hatte einen wachen Blick und schien ein sehr cleveres Kerlchen zu sein.

Der Drachenverkäufer warf einen kleinen Blick in sein eigenes Inneres und stellte fest, dass auch das für Menschen vermutlich analog galt: Die cleveren Kerlchen ließen sich oft herumschubsen, während die dummen, großen viel beliebter waren. Eine Sekunde hing er diesem Gedanken nach, dann verwarf er ihn wieder. Es mochte Wahres daran sein, aber verallgemeinern ließ es sich eindeutig nicht. Da musste man nur diesen freundlichen Burgherrn betrachten, der im Augenblick etwas irritiert wirkte.

Natürlich – sie befanden sich in einer Verkaufsverhandlung, und er philosophierte herum.

»Verzeiht, Graf Dräpon. Ich war in Gedanken versunken. Aber«, beeilte er sich zu sagen, »ich habe einen ganz possierlichen kleinen Jungdrachen, gerade drei Wochen alt, der genau Euren Anforderungen entspricht. In einem guten Monat könnte ich ihn ausliefern. So viel Zeit sollte er noch im warmen Nest verbringen.«

Auch das schien dem Grafen zu gefallen und fand eindeutig Anklang bei den Höflingen.

Der Drachenverkäufer kratzte sich an der Nase.

»Bleibt nur noch die Frage des Preises...«

***

Die Ankunft des kleinen Nermaal war ein regelrechtes Volksfest. Als der Drachenverkäufer – wie immer auf dem Rücken des imposanten Muuron – in der Burg eintraf, hatten sich nicht nur die Burgbesatzung und die Bauern aus den umliegenden Dörfern versammelt. Auch Agrabar war dabei. Er lag mitten im Burghof, ohne jede Kette, und hatte seinen großen Kopf auf das Dach des Ziehbrunnens gelegt, um über die vielen Menschen hinwegsehen zu können.

Der Drachenverkäufer bemerkte, dass es dem alten Drachen wieder besser ging, und irgendwie freute ihn das.

Nermaal saß in einer ledernen Tragetasche, die am Hals seines großen Bruders befestigt war. Während des Fluges hatte er sich darin verkrochen, aber jetzt streckte er seinen kleinen Echsenkopf heraus und musterte neugierig die vielen neuen Gesichter.

Mit einer kleinen Verbeugung übergab der Drachenverkäufer ihn an Graf Dräpon, der ganz entzückt auf das Drachenbaby hinabsah und ihn sofort hochhielt, damit alle ihn sehen konnten.

Jubel brauste auf... und verstummte sofort wieder, weil der kleine Drache sich erschreckt duckte.

»Der arme Kleine«, hörte der Drachenverkäufer eine Frauenstimme rufen, und das brachte ihn zum Lachen. Einen solchen Drachenempfang hatte er noch niemals erlebt. Gewöhnlich erklangen dabei eher rauhe, militärische Töne.

Natürlich wurde Nermaal sofort zu Agrabar hinaufgereicht, der den Jungdrachen (freundlich wie immer) beschnüffelte und in eine kleine Rauchwolke hüllte.

Auch hier war also alles in Ordnung.

Der Drachenverkäufer nahm ein Ledersäckchen mit Gold entgegen, verzichtete darauf, es nachzuzählen und verschwand, wie er gekommen war.

Graf Dräpon blickte ihm hinterher und versuchte, sich das Zuhause des kleinen Mannes vorzustellen. Eine Drachenhöhle in den Bergen? Ein großer Gutshof? Wo züchtete man Drachen?

***

Der süße Jungdrache sorgte für viel Aufregung. In den nächsten Monaten plünderte er die Küche, setzte versehentlich eine Scheune in Brand und ging seinem alteingesessenen Gefährten im Burggraben manchmal gehörig auf die Nerven.

Agrabar nahm es mit freundlicher Gelassenheit, und mit ihm auch die Menschen. Schon bald war Nermaal nicht weniger beliebt als sein Kollege, und nicht nur für die Bauern gehörte es zur Tradition, an Sonntagen nach der Kirche »die Drachen« zu besuchen.

Schnell stellte sich allerdings heraus, dass Nermaal zwar genauso freundlich wie Agrabar, aber auch viel intelligenter war.

Graf Dräpon und sein Schwertmeister, Hujan Akjewik, hatten einige Mühe darauf verwendet, Literatur über das Abrichten von Drachen zu besorgen, und einmal war auch ein professioneller Abrichter für einige Tage erschienen, vermittelt vom Drachenverkäufer - aber all die Mühe war überflüssig. Nermaal verstand, was man ihm erklärte. Er lernte schnell, und wenn er einmal nicht gehorchte, dann nur, weil er es nicht wollte.

Und so war er schon nach kurzer Zeit der Chef im Burggraben. Nicht, weil er stärker wurde oder Agrabar terrorisierte, ganz im Gegenteil. Der alte Drache respektierte seinen jüngeren Partner, und anscheinend akzeptierte er dessen Klugheit und richtete sich deswegen auch nach seinen Entscheidungen.

Die Burgbewohner waren darüber oft erstaunt, und noch erstaunter waren sie über die vielfältigen Möglichkeiten, wie die Drachen miteinander kommunizierten. Während die normalen Drachen der Region nicht viel intelligenter als Hunde waren (ganz anders als ihre legendären Verwandten, die im restlichen Isrogant lebten), verfügte Nermaal über Gestik und Mimik, mittels derer er sich mit Agrabar, aber auch mit den Menschen in seiner Umgebung verständigte.

Er hörte Gesprächen aufmerksam zu, und sein wacher Augenausdruck gab manchem das Gefühl, er könne ihnen auch folgen. Einige fanden das beängstigend, die meisten aber (und zu denen gehörte auch Graf Dräpon) bestärkte es in der Meinung, einen sehr guten Kauf getätigt zu haben.

Bis zu dem Tag, als Nermaal seine ersten Worte sprach.

***

Die meisten Zeugen dieses denkwürdigen Augenblicks brauchten ziemlich lange, um zu begreifen, was gerade geschehen war.

Nermaal hatte lange im Geheimen geübt und sich dann viel Zeit gelassen, um einen wirklich guten Moment für seine Überraschung zu finden.

Der Augenblick war gekommen, als an einem klaren Sonntagmorgen nach der Kirche wie so oft einige hundert Menschen auf der Wiese vor der Burg versammelt waren. Die Atmosphäre war die eines Volksfestes, es gab Wein, Gebäck und es wurde Fleisch am Feuer gebraten.

Die alte Lore aus Dischdorf im hinteren Tal der Grafschaft war zu Besuch bei ihrer Tochter. Sie kam in unregelmäßigen Abständen, und immer brachte sie ihre berühmten Maisküchlein mit, von denen natürlich auch die Drachen ihren Anteil bekamen.

Mit freudigem Schnauben hatte Nermaal den seinen entgegengenommen und verspeist, um dann in ganz beiläufigem Tonfall zu sagen: »Lecker. Aber die mit Honig mag ich noch viel lieber.« Seine Stimme klang etwas rauh und kratzig (das lag zum Teil an der Aufregung, aber wer schon einmal mit einem Drachen gesprochen hat, weiß, daß sie eigentlich immer so klingen. Nicht wirklich erstaunlich – schließlich sind sie von Natur aus Dauerraucher).

Die alte Lore blickte auf den Korb in ihrer Hand, dann wieder auf den Drachen und sagte: »Tatsächlich? Es tut mir leid, so einen habe ich leider nicht mehr.«

»Armer Nermaal«, sagte ihre Tochter lachend. »Sicher hast du beim nächsten Mal mehr Glück.«

Es dauerte einige Zeit, bis bei beiden einsickerte, wieso Nermaals Reaktion ungewöhnlich war. Es dauerte noch eine ganze Zeit länger, bis die anderen Anwesenden verstanden, warum die beiden Frauen so aufgeregt schreiend neben dem Burggraben standen.

Der schnell herbeigeeilte Burgherr hörte sich die Geschichte kopfschüttelnd an, warf dann einen langen Blick auf Nermaal und sagte: »Ihr spinnt. Unser Nermaal ist ja sehr intelligent, aber sprechen kann er nun wirklich nicht. Ihr müßt geträumt haben.«

»Mitnichten«, entgegnete Nermaal aus seinem Burggraben.

Der Graf winkte etwas genervt ab und sagte: »Du hältst dich da raus, Kleiner. Davon verstehst du nichts.«

Er hatte die Hand noch in der Luft, und von seinem Gesichtsausdruck sollte sein Sohn noch Jahre später zu hören bekommen: »Dein Vater war kein dummer Mann, aber an dem Tag, als Nermaal sprach, sah er aus wie Rufus, der Dorftrottel.«

***

Die Nachricht verbreitete sich wie ein Lauffeuer: Nermaal musste ein Kuckuckskind sein. Ein intelligenter Drache in einem Burggraben von Drachstaad, und ein sehr netter noch dazu!

Gräfin Darina schließlich warf die alles entscheidende Frage auf, als Nermaal weit außerhalb der Hörreichweite war.

»Agrabar ist eine Art Haustier«, stellte sie fest. »Ein gut behütetes und verwöhntes Haustier, aber ein Tier, das an der Kette im Burggraben lebt.«

Niemand widersprach ihr, aber es war auch niemand da, der den richtigen Schluss aus ihrem Gedanken zog. Sie sah ungeduldig in die Gesichter der anderen Anwesenden, und schließlich sagte sie: »Wenn Nermaal sprechen kann, wie kann er dann ein Haustier sein?«

Das sorgte für Verwirrung und Unordnung. Eifrige Diskussionen entbrannten, die schließlich Graf Lothar selbst beendete. Er machte eine heftige Bewegung mit den Armen, die sich ebenso gut als »Ruhe!« wie als »Kopf ab!« interpretieren ließ. So etwas tat er selten, und deswegen verstummten alle im Raum sofort.

»Meine holde Gemahlin hat Recht«, stellte er fest. »Und um das Problem zu lösen, werden wir jemanden hierher ordern, der etwas davon verstehen muss. Ich lasse den Drachenverkäufer kommen.«

***

Muuron war verkauft - als Zuchtdrache an eine reiche Grafschaft weiter im Süden von Drachstaad. Der Drachenverkäufer hatte seinen Gefährten nur schweren Herzens abgegeben, aber er war ein Profi, und er war ein Drachenverkäufer, kein Drachenpfleger. Und so ritt er nun auf einem neuen Monster, ebenso groß, ebenso beeindruckend, ebenso kraftvoll wie Muuron. Leider war dieser Drache dämlich wie ein Sack Mist.

Auch wenn er es sich nicht eingestehen wollte... er trauerte seinem Muuron noch immer nach, und das würde sich mit großer Sicherheit auch nicht ändern. Es war falsch gewesen, ihn zu verkaufen. Und nach allem, was er jetzt hörte, hätte er auch Nermaal besser behalten.

Der kleine Mann hatte keine Frau und keine Familie, und auch wenn sein Zuhause nicht wirklich eine Drachenhöhle war – viel fehlte daran nicht. Er war meist unterwegs, seine Freundschaften waren oberflächlich, sein Leben vielseitig und bunt und doch eintönig, und er hatte oft niemanden zum Reden als seine Drachen.

Was für eine wunderbare Vorstellung, dass einer von ihnen beschließen sollte, zu antworten!

Das Dilemma, das ihm die Gräfin von Dräpon beschrieb, verstand er deswegen zunächst gar nicht. Nur langsam wurde ihm klar, dass sie Recht hatte. Wenn Nermaal intelligent war und dennoch in

Gefangenschaft gehalten wurde, war er ein Sklave. Und Sklavenhaltung war in ganz Drachstaad verboten.

Allerdings war ihm auch ganz klar, was zu tun war.

»Kommt mit«, sagte er deswegen zum Grafenehepaar, und brachte sie hinunter an den Burggraben.

Sie brauchten nicht zu rufen, Nermaal kam ganz von selber an den Rand des Grabens. Intelligente gelbe Augen funkelten ihnen zu, und der Drachenverkäufer war überrascht, wie alles kindlich-süße aus dem Gesicht des Drachen abgefallen war. Auf den ersten Blick wirkte der Jungdrache vor allem gefährlich.

Als Graf Lothar erkannte, was der Drachenverkäufer vorhatte, versuchte er, ihn mit wildem Arme-Fuchteln davon abzuhalten, doch der kleine Mann in der Gauklerkostümierung fuhr unbeirrt fort. Mit knappen Worten legte er Nermaal die Situation dar und beobachtete fasziniert, wie bei diesem langsam das Verstehen einsetzte.

»Dann bin ich frei...« sagte er mit bedächtigem Tonfall. »Da habe ich noch gar nicht drüber nachgedacht.«

Der Drachenverkäufer überlegte kurz, dass es wohl kaum jemandem im Umkreis vieler Meilen möglich gewesen wäre, den Drachen gegen seinen Willen gefangen zu halten, aber auch das war offensichtlich noch nicht bei Nermaal angekommen. Vielleicht war er doch nicht ganz so intelligent, wie alle annahmen. Auch dumme Menschen waren im Stande, zu sprechen. Oder er war trotz seines bedrohlichen Äußeren doch wirklich immer noch ein lieber Kerl.

»Dann heißt das, ich kann gehen«, stellte Nermaal fest.

Alle am Graben hielten den Atem an, bis Graf Lothar sagte: »Ja, das heißt es.« Ein Blick traf den Drachenhändler, der deutlich machte, dass dieser für den Verlust des Drachens aufkommen würde, falls Nermaal sich wirklich entschloss, die Grafschaft zu verlassen. Genau das tat er aber nicht.

Nach langem und gründlichem Nachdenken legte er die Pranken auf den Burggraben, platzierte seinen Kopf darauf, blickte die Menschen an, mit denen er schon so viel Zeit verbracht hatte. »Ich will aber gar nicht«, sagte er. »Ich fühle mich hier sehr wohl. Und deswegen mache ich folgenden Vorschlag: Ich bleibe hier, und Ihr stellt mich an zur Bewachung der Burg. Ich möchte gerne eine schickere Unterkunft und zwei Goldstücke Bezahlung pro Monat, dazu frei Kost und Logis.«

Der ist doch nicht so blöd, schlussfolgerte der Drachenhändler.

Damit hatte er Recht. Nermaal beschäftigte sich in den nächsten Monaten damit, Lesen und Schreiben zu lernen. Er kümmerte sich liebevoll um den immer tatteriger werdenden Agrabar, und weil ihm natürlich niemand die Flügel stutzte, wie den meisten anderen Burgdrachen, kletterte er bald auf die umliegenden Hügel und begann, das Fliegen zu üben.

Der arme Jungdrachen vermisste allerdings schmerzlich einen Lehrer: Wochenlang sahen die Bewohner der Grafschaft ihn humpelnd und mit allerlei Blessuren zu seinen Flugübungen eilen, bevor er heraus hatte, wie es tatsächlich funktionierte. Anders als seine intelligenten Verwandten hatte Nermaal die Flügel der nicht intelligenten Drachstaad-Drachen geerbt. Es gab kein majestätisches Fliegen auf großen Schwingen, sondern nur ein Gleiten. Auch das war spannenend genug, und ein geschickter Flieger konnte viele Kilometer zurücklegen. So wurden Nermaals Ausflüge weiter und streiften schließlich auch die Ländereien benachbarter Fürsten.

Das führte zum Eklat.

***

Baron Orcin von Lomrode hatte eine laute Stimme, und er machte eifrig von ihr Gebrauch, wenn er es für angemessen hielt. Jetzt hielt er es für angemessen. Er hatte seinen Nachbarn Graf Dräpon stets für einen ausgemachten Trottel gehalten, und der ärmliche Zustand seiner Ländereien, die fehlende Disziplin und die laxe Arbeitsmoral seiner Untertanen waren Orcin von jeher ein Dorn im Auge gewesen.

Tatsächlich waren sie schon öfter aneinander gerasselt, vor allem dann, wenn es darum ging, dass sich Bauern aus Lomrode nach Dräpon flüchteten, um dort ein vermeintlich leichteres Leben zu genießen.

Aber dies war der Gipfel: Nicht nur, dass Lothar seinen Drachen frei fliegen ließ, so dass er die Nachbarn in Angst und Schrecken versetzte; es schien, dass dieser Drache nicht einmal gezähmt war. Manche erzählten sich, dass das Vieh sogar reden könne. Natürlich völliger Unsinn. Intelligente Drachen mochte es einmal gegeben haben in Isrogant, aber soweit Orcin es einschätzen konnte, waren die Kerle schon vor den ersten Träumern und der Gründung Adjagards ausgestorben gewesen.

»Drachen gehören an die Kette!« rief Orcin empört. »Ihr lasst Euren Jungdrachen frei randalieren! Da hört sich alles auf!«

Er war extra nach Dräpon gereist, um seinem Nachbarn die Leviten zu lesen. Die dämliche Gutmütigkeit des Grafen ging ihm auf die Nerven, er brodelte wie der heilige Geysir.

»Wo hat er denn randaliert?« fragte nun nicht Graf Lothar selbst, sondern seine Frau. Das war jetzt noch notwendig! Die dumme Gans mit ihrer sanften Stimme zweifelte an seinen Aussagen!

»Auf ein Hausdach ist er geklettert und heruntergesprungen!« rief er. »Gleich zwei Bauernfamilien hat er so verschreckt, dass sie am liebsten ausgewandert wären. Eine Frechheit!«

»Anlauf wird er genommen haben für den Heimflug«, stellte die Gräfin fest. »Unsere Drachstaad-Drachen können nicht fliegen, nur gleiten. Sie brauchen einen erhöhten Punkt...«

»Das wird immer schöner! Stutzt ihm gefälligst die Flügel, wie es sich gehört!«

»Das fände ich aber gar nicht schön«, sagte eine Stimme aus Richtung der Verandatüre.

Baron Orcin schnappte nach Luft. Im Türrahmen erschien ein gewaltiger Kopf mit grünen Schuppen, riesige gelbe Augen, rauchende Nüstern - es schien, die Gerüchte waren wahr - der Drache sprach.

In den nächsten Wochen erreichten hoch offizielle Briefe die Grafschaft Dräpon. Die Unterzeichner waren Barone, Grafen, Junker aus dem Umland. Sie alle zeigten sich besorgt über die Anwesenheit eines sprechenden Drachen in Dräpon und forderten die unverzügliche Tötung oder mindestens Verstoßung des Untiers.

Die Menschen in Dräpon waren entsetzt: Nermaal war einer von ihnen. Sie würden ihn beschützen, auch gegen die Anfeindungen dümmlicher Adliger, die Neuem gegenüber voreingenommen waren und voller Angst, Macht und Einfluss zu verlieren - noch dazu an Graf Lothar, der seine Untertanen immer anständig behandelt hatte, anders als die meisten seiner blaublütigen Nachbarn.

Bedauerlicherweise wurden nicht nur die Herrscher panisch. Auch die Bevölkerung der umliegenden Regionen reagierte unangenehm und voller Angst auf Nermaal, und so kam es schon bald zu ersten Zwischenfällen an der Grenze.

Weil wirklich niemandem mehr eine Lösung einfiel, tat Graf Lothar schließlich das einzig Richtige: Er appellierte an den Kaiser in Adjagard und bat um die Entsendung eines Adjagaren-Ritters als Schlichter.

***

An dieser Stelle verabschiedete Ash sich aus der Spielrunde. Er ahnte, dass der Tutor versuchen würde, ihm die Rolle des Adjagaren zu geben – er war eine ganze neue Figur im Spiel, und Ash hatte bisher nur zugehört.

Auf gar keinen Fall wollte er tiefer hinein verwickelt werden. Er hatte Nermaal bereits ins Herz geschlossen, aber er sah in den Gesichtern der Mitspieler, dass hier zu viele Politiker saßen. Sie waren mit Graf Dräpons freundlicher Art nicht einverstanden.

Doch ganz so einfach kam er nicht davon. Herzog Macuu legte eine Hand auf seinen Arm. »Meister Gooregan, bevor Ihr uns verlasst... wie würdet Ihr entscheiden?«

Ash hatte Mühe, nicht die Augen zu verdrehen. Genau das hatte er vermeiden wollen. Ein Seufzen konnte er allerdings nicht unterdrücken.

»Aus meiner Sicht sollte Nermaal entscheiden«, sagte er. »Er ist keine Gefahr für niemanden, sondern eine Bereicherung. Wenn er trotz aller Anfeindungen bei den Menschen bleiben will, sollte er willkommen sein.«

Es herrschte eine kurze Zeit Schweigen um den Tisch.

»Klingt gut«, sagte der Herzog. »Aber wenn Nermaal entscheidet... werden die Menschen um ihn herum die Entscheidung akzeptieren?«

Ash schaute in die Runde. »Das ist die Frage«, stellte er fest. Dann lächelte er freundlich und wandte sich zum Gehen.

Kapitel 2: Die Zauberin

14 Jahre später. Ga Ta Cien, im Jahr 126 nach der Flut.

Es wurde gekämpft. Auf Leben und Tod, ohne jede Gnade. Auf Bodenhöhe, an hellichtem Tag. Ohne, dass irgend jemand außer den Kämpfenden sich auch nur im Geringsten darum gekümmert hätte. Ein leichter Wind wehte, bog das Gras zwischen den reglosen Steinen.

Täter und Opfer in diesem Kampf waren eindeutig. Obwohl die heftige Auseinandersetzung nur Minuten dauerte, schien sie sich auf Stunden zu dehnen, kompromisslos und brutal.

Der Angreifer – ein kleiner, gelber Vogel, winzig von Wuchs, aber ein erfahrener Kämpe – zog so stark er konnte, den Schnabel fest geschlossen um den dicksten Wurm, den er jemals gesehen hatte. Was ein Leckerbissen! Was für ein Fest für die Küken im heimischen Nest! All das Geschrei würde für einige Sekunden aufhören, während sie an dieser dicken, schleimigen Kreatur schluckten.

Getrieben von diesem Bild öffnete der kleine Vogel ein weiteres Mal den Schnabel und biss zu, härter jetzt, die letzte Attacke, die zum Sieg führen würde. Er zog, breitete seine Flügel aus, vornübergebeugt, den Wurm aus der Erde zwingend. Ein Schritt zurück mit einem orangefarbenenen Bein, alle Kraft zusammennehmend.

Mit einem Schnappen rutschte der Wurm aus dem Schnabel und zog seinen schleimigen Körper zurück in sein tiefes, matschiges Loch.

Von der eigenen Kraft aus dem Gleichgewicht gebracht, fiel der Vogel zurück und traf einen Stein – ein Berg für seinen kleinen Körper. Sein Genick brach.

Die Welt wurde ein bisschen dunkler, während der Wurm sich zurückzog in die Schwärze der Erde.

Eine alte, runzlige Hand hob wenig später den kleinen Leichnam des Vogels auf, der neben einem Grabstein lag, der in einer langen Linie neben vielen anderen stand. So wie schon gestern und jeden Tag zuvor. Zwei hagere Finger drückten leicht auf die gelb gefiederte Brust, während der alte Mann, zu dem die Hand gehörte, den Tod feststellte. Er kannte den Vogel, seit er ein pinkes Küken gewesen war, in einem Nest auf dem selben Baum in einem Winkel des Friedhofs, auf dem auch jetzt ein Nest voller gieriger Küken auf Futter hoffte.

»Deine Kinder warten auf dich, kannst du sie noch hören?« murmelte der alte Mann leise.

Das kleine Ding öffnete plötzlich die Augen, als habe ihm jemand an einem frühen Morgen kaltes Wasser ins Gesicht gespritzt. Es schüttelte den Kopf, als sei es erstaunt über den strahlenden Tag. Den alten Mann komplett ignorierend, spreizte der Vogel seine Flügel, sprang in den Wind und glitt durch die Luft in Richtung des Baumes, in dessen dichtem Laub er geboren worden war und wo er möglicherweise auch seine letzten Tage verbringen würde. Nur noch nicht heute.

***

Von Zeit zu Zeit vermisste der alte Mann all die Menschen, die er einst gekannt hatte, ganz egal, ob sie gut oder böse zu ihm gewesen waren. Das alles zählte nicht mehr.

Oft hatte er gedacht, dass eine seiner vielen Reisen seine letzte sein würde, und immer wieder kam es ihm vor, als hätten die Pfade, denen er folgte, keine Kurven – aber sie alle nahmen kein Ende. Und dennoch war jeder Schritt, den er getan hatte, so frisch in seiner Erinnerung, dass es schmerzte.

Einsamkeit – auch davon hatte er seinen Anteil gehabt.

Er tätschelte den Grabstein, den der kleine Vogel getroffen hatte, sammelte die winzigen gelben Federn in seiner Tasche. Die Sonne glänzte auf den vielen Spinnennetzen, ebenfalls tödliche Fallen, doch die Stimmung schien wieder weich und friedlich.

Das Gefühl einer ungewöhnlichen Präsenz ließ ihn aufmerksam

werden. Langsam bewegte er sich, selbstbewusst, aber vorsichtig, um herauszufinden, was genau er da spürte. So ging er durch die Bäume und Pflanzen, die wild, aber nicht respektlos, überall auf dem Friedhof wucherten. Bunte Rosen zwischen den dicken, alten Wurzeln dominierten den Ort, direkt neben den Wegen, die zwischen den Grabsteinen verliefen.

Dann fand er die Frau. Er wartete eine Weile, beide Hände auf seinen Stock gestützt, ob sie ihn bemerken würde. Das war nicht unwahrscheinlich, denn ihre Aura war stärker als alles, was er seit langer, langer Zeit gespürt hatte. Ein Dutzend Jahre? Länger? Wer konnte das schon sagen.

Tief in ihre Gedanken versunken, schien die Frau alles auszublenden, was um sie herum geschah, so dass er sie ungestört betrachten konnte. Er wusste nicht, ob sie schön war oder nicht – nach allem, was er in seinem Leben gesehen hatte, wusste er, dass die schönsten Gesichter oft nur eine Hülle für die scheußlichsten, verrottetsten Dinge waren. Doch noch mehr als das schien ihm, dass Schönheit nicht definiert werden sollte, sondern genossen, wann und wo auch immer sie erschien.

In diesem Moment, während die junge Frau inmitten der Rosen und Bäume stand, deren Wurzeln zurück reichten in die Zeit vor der Flut, war sie wunderschön. Schön als Ganzes, nicht nur wegen ihrer schlanken, hochgewachsenen Gestalt oder ihrer nachtdunklen Haare. Er schätzte ihr Alter auf Ende Zwanzig, doch ihre Ausstrahlung passte gut zu Alter und Würde des Ortes.

Auch die Frau selbst hatte diesen Eindruck. Alica hatte viel gehört über diesen legendären Friedhof, ein wenig am Rande der Stadt Maiins, das meiste von der Vermieterin des kleinen Raumes, den sie in der Mitte der Stadt gefunden hatte. Auf der Suche nach einem lohnenden Ziel für einen Ausflug an einem entspannenden Tag war sie hierher gewandert. Und es hatte sich gelohnt – sie war fasziniert von diesem Labyrinth mit den alten Bäumen und den kraftvollen Wildrosen. Es hätte ein Garten sein können, aber eigentlich war es viel eher ein Dschungel voller Leben. Einige der Grabsteine waren flammförmig, in Gedenken an den Einen Gott, doch andere stammten aus der Zeit vor der Flut, als die Kirche noch aus Träumern bestand und Wasser noch als Symbol für den heiligen Geysir und seine Kraft erschien, nicht als todbringende Welle der Vernichtung.

Alica konnte sie regelrecht hören – all die Geschichten, die diese Grabsteine zu erzählen hatten. Die alten Bäume, deren Namen sie nicht kannte, erinnerten sie an ein Lied, das ihre Mutter ihr vorgesungen hatte, als sie noch ein Kind in einem Bauernhaus in Droni gewesen war. Es erzählte von der Solidarität der Bäume, die Seite an Seite standen, dass sie es immer so gehalten hatten und es auch in Zukunft so tun würden. Der Wind konnte ihnen nichts anhaben, und auch wenn sie aussahen, als stünden sie weit entfernt voneinander: tief unter der Erde waren ihre Wurzeln ganz eng miteinander verbunden.

Sie schloss die Augen, um diese Gedanken zurückzudrängen und Raum zu schaffen für den Wind, der sie umspielte, ein ganz klein wenig kitzelnd, was sie lächeln ließ, weil es sich anfühlte, als ginge der Wind am einen Ohr hinein und am anderen hinaus. Sie stellte sich vor, wie er ihre Gedanken mit hinausnahm an die frische Luft, um sie mit anderen zu teilen.

Der Geist dieses Ortes war inspirierend, melancholisch, aber nicht eng oder bedrückend. Aufgeladen mit achí, der Kraft, die den Magiern das Zaubern möglich machte.

Magie ließ sich niemals mit dem physischen Körper allein erfahren. Zauberei brauchte Aufmerksamkeit und Gespür, Augen, die nicht an den Wänden Halt machten, die normalen Menschen Grenzen setzten, und Ohren, offen für die versteckte Musik des Metaphysischen. So war es hier – sie hörte sie nicht ganz klar, aber sie war da, Musik ohne Worte, der Friedhof spielte eine Melodie, die sie nicht vollkommen verstand.

»Sucht Ihr nach etwas Bestimmtem, Fräulein?«

***

Alica öffnete ihre Augen und fuhr herum, bereit, sich zu verteidigen. Überrascht hielt sie inne, als sie sah, wer sie angesprochen hatte. Vor ihr stand ein schmächtiger, kleiner Mann, vielleicht nur halb so groß wie sie, mit dünnem Haar, runzelig und fast zahnlos, was sie deutlich sehen konnte, weil er freundlich lächelte.

Seine Stimme klang kraftvoll, wie die eines jungen Mannes, und so war auch seine Erscheinung: Trotz aller Runzeln wirkte er auf undefinierbare Weise alterslos.

Das war nicht der einzige Widerspruch seiner Erscheinung: Er wirkte respekteinflößend, und doch ging keine Gefahr aus von ihm; er erschien einfach nicht ratsam, Streit mit ihm zu suchen.

»Nein, ich suche niemanden«, antwortete Alica. »Aber ich bin sicher, dass hier viele unter Erde und wildem Gras liegen, die es wert wären.«

»Ich verstehe«, entgegnete der alte Mann. »Eine Menge Menschen werden von vielen Seelen hierher begleitet, aber nur wenige werden noch im Nachhinein besucht.«

Sein Gesicht wurde weich, als habe er einen schönen Gedanken. Dann sagte er: »Lady Yinni zum Beispiel hatte ebenso viele Menschen, die ihrem Leben mit scharfen Messern ein Ende setzten, wie solche, die sie abgöttisch liebten. Und heute...«, er kicherte fröhlich, »... heute ist sie die einzige Blume auf ihrem eigenen Grab.«

Alica sah ihn erstaunt an. Das klang nach einer traurigen Geschichte – wie konnte er so ausgelassen klingen, während er sie erzählte?

»Sie war eine gute Frau, eine meiner ältesten Freundinnen. Kommt. Kommt, ich werde sie Euch zeigen.« Der alte Mann machte eine einladende Geste, und plötzlich gab es keine Spur mehr von seiner vorherigen Belustigung. An ihre Stelle trat etwas so Drängendes, dass Alica es in ihren Knochen zu spüren glaubte.

Sie schüttelte leicht ihren Kopf und folgte dem alten Mann.

Obwohl der Bodenbewuchs undurchdringlich schien, war es erstaunlich einfach, den freien Pfad durch die Pflanzen zu finden – fast, als erwiesen diese jenen die Ehre, die die Toten besuchen kamen.

»Der Friedhof hat einen alten Teil, die Ruinen jener Gräber, die vor der Großen Flut errichtet wurden. Es ist nicht viel übrig davon, nur die Bäume, die aus der Erde wachsen, in der die Seelen ihre letzte Ruhe gefunden haben.« Der alte Mann sprach nach vorne, während er weiterging, doch Alica verstand jedes Wort klar und deutlich. »Die Toten sind tief genug begraben, aber jetzt sind sie alle zurück gegangen zu Mutter Erde. Und trotzdem bleibt dieser Teil des Friedhofs unberührt und wird nicht wieder benutzt. Das ist gut so.«

Er machte einen kleinen Bogen um einen Busch mit bunten Blüten. »Ich meine, jeder verdient einen Platz für sich auf dieser Welt.«

Alica hörte ihm gerne zu. Sie freute sich, diesen seltsamen Alten getroffen zu haben. Es schien, er hatte noch viel zu erzählen.

»Je weiter wir kommen, um so dichter und älter wird die Vegetation, weil die Leute heutzutage ihre Toten andernorts begraben oder nur ganz am Rande des Friedhofs. Sie wollen vermeiden, mir zu begegnen oder wagen sich nicht zu tief hinein in das Gelände.«

Alica öffnete den Mund, um zu fragen, warum irgendjemand ihn meiden sollte, aber dann beschloss sie, lieber zu schweigen. Sie sah sich um. Der alte Mann ging erstaunlich schnell, und sie waren mittlerweile an einem Ort, wo die Bäume fast die Sonne verdeckten.

Wenn er wollte, würde er es mir sagen, dachte sie bei sich selbst. Noch immer fühlte sie keine Gefahr von ihm ausgehen.

Jetzt hielt er an, neben etwas, das weniger ein Grabstein als vielmehr ein großer Felsbrocken war – an seinen Platz gerollt, zu schwer, um jemals wieder bewegt zu werden.

Er sah aus wie neu, kein Moos, kein Schmutz. Nur eine winzige Eidechse lag dort auf ihrem Bauch, alle vier Beine und den Schwanz in verschiedene Richtungen ausgestreckt, ihr Sonnenbad genießend. Sie öffnete ihre Augen, als sie die Neuankömmlinge bemerkte, blinzelte, streckte sich und blieb einfach liegen. Der alte Mann betrachtete das kleine Tier mit hochgezogenen Augenbrauen und freundlichem Grinsen.

»Dies ist Yinnis letzte Ruhestätte«, stellte er fest. »Dieser Stein ist ein Stück von Zippadaidai. Vermutlich habt Ihr davon gehört, der weiße Turm in der Mitte von Maiins, heute ist er ziemlich verfallen. Früher stand er ziemlich abseits, doch die Stadt ist gewachsen seit damals, kurz nach der Flut, und heute stehen auch viele Häuser außerhalb der alten Stadtmauer.«

»Ich habe ihn wirklich schon gesehen«, antwortete Alica. »Direkt vor der Stadtmauer liegt der Strand, und ein kleiner Fluss fließt unter dem Turm. Ich habe gehört, dass es früher ein Ort der Unterhaltung war, spezialisiert auf Männerträume.«

Der alte Mann schüttelte seinen Kopf.

»So war es ganz und gar nicht«, widersprach er. »Der Turm hatte ein ganzes Stockwerk, angefüllt mit Büchern! Ja, es gab Sex, aber er wurde gegen Reichtum getauscht, der weit mehr war als nur Geld. Informationen, Wissen, Macht, was immer Ihr Euch vorstellen könnt, das größeren Wert hat als kalte Münzen. Die Frauen dort waren brillant und gutherzig, talentiert, wenn auch verwaist. Es war ihre Entscheidung, sich von Yinni in dieser Art von Geschäft führen zu lassen. Junge Frauen ohne Namen und Herkunft fanden hier Stolz und Freiheit.«

»Das wusste ich nicht.«

»Das gilt für die meisten. Sie glauben nur, alles zu wissen, und zollen keinen Respekt.« Er räusperte sich. »Verzeihung. Ich ertrage keine Respektlosigkeit, wenn es um Menschen geht, die mir sehr wichtig sind.«

Alica nickte. Das konnte sie sehr gut verstehen, auch sie geriet leicht in Zorn, und sie wusste, wie mühsam es sein konnte, die eigene Position zu behaupten.

Etwas anderes hielt ihre Aufmerksamkeit gefangen. Kurz nach der

Flut, dachte sie. Das lag über 100 Jahre zurück. Wie alt war dieser Mann?

***

Inmitten des uralten Friedhofs fühlte Alica sich vollkommen sicher. Selbst als Kind war sie niemals leicht in Panik geraten, schon gar nicht, wenn es um neue oder unbekannte Dinge ging – und heute war sie eine ausgebildete Magierin, ausgebildet in den Elite-Akademien des Reichs der Elf Großen Stadtstaaten. Aber gerade deswegen blieb sie wachsam.

»Bitte, junge Dame, vertraut mir. Ihr könnt Euren Schutzschild fallen lassen. Nichts von dem, was wir hier sehen und erleben werden, ist gefährlich, weder für Euch, noch für mich.«

Er beugte sich hinunter, eine Bewegung, die die Verletzlichkeit seines Rückens betonte, und pflückte vorsichtig eine der Rosen, die rund um den Stein wuchsen. Er richtete sich auf, sein Rücken noch immer krumm und gebeugt, und reichte sie Alica.

»Diese Rosen sind aus ihr gewachsen«, sagte der alte Mann. »Und sie will uns nicht weh tun. Ihr könnt Euch von dem Dorn berühren lassen.«

Das war ein leichtes. Der lange Stachel schien durch Alicas Finger hindurchzugleiten. Er hinterließ eine winzige Wunde, eine Perle von Blut quoll hervor, blieb auf der Haut hängen. Es fühlte sich warm an.

»Seid Ihr bereit, Kind?« fragte der alte Mann.

Alica lächelte. Sie hatte keine Ahnung, wofür sie bereit sein sollte, aber die Situation war angenehm aufregend, und sie spürte Magie um sich herum. »Oh ja, allerdings.«

Jahre früher.

Der Rindfleisch-Eintopf duftete so verführerisch, dass Alica ihn von draußen riechen konnte. Sie saß vor dem Haus, verborgen hinter einigen großen Steinen, die dort lagen, seit sie denken konnte. Zwischen ihnen gab es ein höhlenartiges Versteck, wie gemacht für ein Kind.

Nicht weit entfernt lag das Bauernhaus, in dem ihre Familie lebte, ein wenig dahinter der Rest des kleinen Dorfes.

Aber niemand wird mich finden, dachte sie rebellisch. Ihre Augen fühlten sich geschwollen an, sie waren gerötet und feucht vom vielen Weinen.

Alica war zehn Jahre alt, aber sie konnte sich noch gut erinnern an den Tag vor sieben Jahren, an dem sie Drei geworden war. Sie hatte sich eine Katze gewünscht, und sie hatte all ihre Sturheit in diese Forderung gelegt.

Die Eleganz und das Selbstvertrauen von Katzen hatten es ihr angetan, aber noch viel wichtiger: Katzen waren Abenteurer, wild und unabhängig, und Alica hatte damals die Idee gehabt, dass sie sich am Schwanz ihrer Katze festhalten und von ihr zu den wirklich aufregenden Erlebnissen führen lassen konnte.

Ganz wie eine Katze sah sie sich als Abenteuersucherin. In den Augen der Erwachsenen um sie herum machte sie das zu einem Quell dauernden Ärgers. Sie war anders als die anderen Kinder in ihrem Alter – verständig, intelligent, aber auch altklug. Dazu kam, dass sie ungeschickt war. Wo immer Alica auftauchte, geschahen seltsame Dinge, sie hatte Unordnung und Lärm in ihrem Gefolge.

Immer und immer wieder hörte sie ihre Mutter seufzen, wenn sich die fleißigen Bauersfrauen der Nachbarschaft einmal mehr über ihre ungebärdige Tochter beschwerten. Und doch hielt sie zu Alica, obwohl sie selbst oft nicht verstand, was im Kopf der Kleinen vor sich ging.

Und so fanden ihre Eltern auch eine Lösung für Alicas konstantes Verlangen nach einem Haustier, so gut, wie eine arme Bauernfamilie sie eben finden konnte. Alica war kein undankbares Kind, und so war sie glücklich, als ihre Eltern sie zu dem kleinen Stall brachten, in dem ein neugeborenes Kalb auf sie wartete, das von jetzt an ihr gehören sollte.

Die Familie hatte nur eine einzige Kuh, und tatsächlich war es ein Glücksfall, dass sie von einem wilden Stier geschwängert worden war. Eine offizielle Begattung des Tieres durch einen Zuchtstier wäre zu teuer gewesen. Um das Glück zu vervollkommnen, hatte die Familienkuh nicht nur ein Kalb geboren, sondern Zwillinge: Ein gelb behaartes weibliches Kalb und einen Bruder, der das schwarzweiße Kurzhaar seiner Mutter geerbt hatte.

Und so verließ die kleine Alica den Stall mit einem kleinen gelben Kalb, das sie an seinem Schwanz hielt. Das Tierkind schien es nicht zu stören.

»Ihr Name ist Goldie«, verkündete das Mädchen stolz, um später von anderen Kindern gehänselt zu werden, dass dieser Name zu einem Goldfisch gehöre, nicht zu einer echten Kuh.

Die Erinnerung daran, wie Goldie sie in ihrem ganzen Leben seither begleitet hatte, machte Alica noch trauriger, vor allem aber wütend. Wie sie auf dem breiten Rücken des Tieres geritten war, wie sie neben ihr im saftigen grünen Gras gesessen hatte, von dem die Kuh genüsslich kaute, während Alica ihr eigenes, eingepacktes Brot vertilgte.

Neue Tränen bahnten sich den Weg über ihre Wangen, wie kleine warme Bäche. Sie war unterwegs gewesen, in den Wäldern am Rande des Dorfes, und als sie zurückkam, tauchte Goldie nicht mehr auf. Ganz egal, wie laut sie nach ihrer tierischen Freundin rief, und wo sie nach ihr sah, sie blieb verschwunden.

Stattdessen füllte der fleischige, saftige Duft des Eintopfs die Luft rund um das Haus. Es gehörte nicht viel dazu, Eins und Eins zusammenzuzählen, und Alica schwor sich, nie wieder das verfluchte Haus zu betreten, in dem ihre beste Freundin ermordet worden war.

Sie würde ihre Mutter niemals wiedersehen. Sie würden sie in ihrer Höhle finden, kalt und bleich, nachdem sie Goldie gefolgt war.

Ihr Kindergesicht schmerzte vom stundenlangen Schmollen, ihre Arme waren schwer davon, dass sie sie trotzig über der Brust gekreuzt hatte, versteckt zwischen den Felsen.

Sie hätte niemals so lange in den Wäldern verschwinden sollen, aber es war eine aufwändige und sehr wichtige Aufgabe, der sie sich dort verschrieben hatte. Die Erwachsenen des Dorfes warnten die Kinder immer und immer wieder, nicht in den Wald zu gehen, weil dort ein verrückter, alter Hexer lebte, der ihnen gefährlich werden konnte. Alica hatte sich fest vorgenommen, diesen Mann zu finden, um seine Schülerin zu werden.

Das war kein einfacher Plan: Der Wald war voller verschlungener, sandiger Pfade, und weil sie zu Hause im Stall oft helfen musste, war ihre Freizeit knapp bemessen. Und so wanderte sie immer nur ein bisschen tiefer hinein in den Wald und knotete ein Stück roten Stoffs an die Zweige der Bäume, so dass sie beim nächsten Mal nur den Knoten folgen musste, um das nächste Stück des Weges abzusuchen.

Bislang war sie nicht erfolgreich gewesen. Sie fand nur Bäume, Sträucher und Eichhörnchen.

Sie hatte viel gehört von gigantischen Dörfern, in denen die Menschen anders lebten als hier, in denen das Leben nicht nur aus dem Melken der Kühe und dem Verbreiten von Tratsch über die Nachbarn bestand. An diesen fernen Orten sollte es Schulen geben, an denen Hexen und Zauberer Schüler ausbildeten. Eine solche Schule zu finden, das war ein Ziel!

Natürlich hatte sie dabei nicht an Goldie gedacht. Jetzt fühlte sie sich schuldig und achtlos, und mit diesem Gedanken fiel sie in einen traumlosen Schlaf, wie jedes Kind nach einem langen Tag und einer herzzerreißenden Erfahrung wie dieser.

»Alica! Alica!«

Von diesen Rufen wachte das Mädchen auf und blickte in das Gesicht ihres Vaters, das den gesamten Himmel verdeckte.

Was ihr wie eine sichere Höhle vorgekommen war, war für die Erwachsenen nur ein großer Stein. Sie mussten lediglich auf die Zehenspitzen steigen, um dahinter zu schauen.

Ganz abgesehen davon versteckte Alica sich immer an genau dieser Stelle, die sie besonders zu lieben schien, was ihren Eltern die Suche erleichterte.

Das Mädchen starrte verwirrt zurück auf ihren Vater, ihre Augen noch rot, aber mittlerweile trocken, ihre dunklen Haare strubbelig in alle Richtungen stehend.

»Hast Du wieder gespielt, dass Du ein Bär im Winterschlaf bist, Kleine?« Ihr Vater war sichtlich amüsiert. Alica liebte ihn sehr, doch schon in ihren jungen Jahren hatte sie erkannt, dass ihr Vater zwar freundlich, aber langweilig war, satt und zufrieden mit seinem einfachen Leben. Er würde niemals über die Grenzen des kleinen Dorfes hinauskommen.

»Nein«, murmelte Alica. Dann fiel ihr das ganze Ausmaß der Katastrophe wieder ein. Wie ein Sturzbach schossen Tränen aus ihren Augen und sie wurde wirklich sehr, sehr böse: »Mörder!« brüllte sie.

Ihr Vater fuhr zurück, schockiert von dieser Anschuldigung. Erschrocken sah er sich um, ob noch jemand ihren Schrei gehört hatte, dann beugte er sich zu ihr hinab und fragte leise, welche Flut in ihrem Kopf sie dazu getrieben habe, etwas so schreckliches zu ihrem eigenen Vater zu sagen.

»Goldie! Du hast meine Goldie gekocht!« schoss es aus Alica heraus, mit dem Satz kam all ihre Wut, und sie schrie: »Sie war meine Freundin!«

Das Gesicht ihres Vaters wurde weich und freundlich, in seinen Augen leuchtete die plötzliche Erkenntnis, worum es hier ging. Er schüttelte lächelnd den Kopf und fuhr mit einer rauhen Hand zärtlich durch ihr zerwuscheltes Haar.

»Das hast du die ganze Zeit gedacht?« fragte er sanft. »Ganz alleine hier zwischen den Felsen? Du armes Kind!«

»Ich gehe nicht mehr nach Hause, nicht in diese Mördergrube!« Alica war noch immer stur. »Niemals wieder!«

Er ging vor ihrer Höhle in die Knie und rief sie heraus. Zu seinem Erstaunen kletterte sie fast sofort aus ihrem Versteck, jetzt einen ganzen Kopf größer als ihr Vater, auf ihn herabblickend.

Alica war groß für ihr Alter – doch sie war so erschöpft, dass sie sich vor ihm auf den Boden setzte. Er musste wieder lächeln, dann sprach er ruhig und sehr friedlich.

»Goldie ist völlig in Ordnung«, sagte er. »Sie hatte Probleme mit ihrem Magen, hat so viel gejammert, dass das ganze Dorf es gehört hat. Ich habe sie zum Tierheiler gebracht, und als Dank für die erfolgreiche Heilung hat deine Mutter einen frischen Eintopf gemacht. Aus den großen Feldhasen, die ich gestern gefangen habe, erinnerst du dich? Du hast sie doch auch gesehen!«

Und ob Alica sich erinnerte! Sie hatte gesehen, wie die Hasen gefangen und getötet worden waren, und sie hatte verstanden, dass das der Lauf der Welt war. Wie alle Kinder des Dorfes wusste sie Bescheid über Leben und Sterben und wie jedes Lebewesen seinen Sinn im Leben hatte. Aber Goldie war nicht nur Vieh, kein Arbeits- oder Nutztier!

Ihr Vater fuhr fort: »Als ich schließlich mit Goldie zurück kam, habe ich nach dir gesucht, falls du sie begrüßen möchtest. Aber du warst verschwunden. Ich habe dich stundenlang vermisst, und als du noch immer nicht auftauchtest, habe ich hier nachgeschaut.« Er kicherte, dann fügte er hinzu: »Du solltest Dein Versteck nicht ändern, Kleine, sonst kann ich dich bald wirklich nicht mehr finden!«

Hier und Jetzt.

»Seid Ihr wieder zurück, Fräulein?« Eine Stimme aus weiter Ferne. Alica blinzelte. Das letzte, was sie erinnerte, war der sanfte Stich der Rose. Alles schien ruhig und friedlich. Noch immer fühlte sich ihr Kopf leicht und verträumt an, die Erinnerung an Goldie stand vor ihren Augen so klar, als habe sie sich gestern erst von ihr verabschiedet. Das Dorf... Ihr letzter Besuch lag so lange zurück...

Natürlich hatte sie von Zeit zu Zeit geschrieben, aber die Entfernung war groß und Post im Isrogant nach der Flut unzuverlässig und langsam, vor allem über Ländergrenzen hinweg. Als der fünfte Brief das Dorf erreichte, war Goldie schon eine Kuh von vielen.

Ihr Körper fühlte sich leicht an, als ob er nur in ihren Gedanken existierte, ohne die Schwere der Wirklichkeit. Kein schlechtes Gefühl: Als sei eine Bürde von ihr genommen worden, die sie ihr ganzes Leben begleitet hatte, zumindest für kurze Zeit.

Sie sah sich um. Sie war wieder in Maiins, der Hauptstadt von Ga

Ta Cien. Der alte Mann war bei ihr, und ihr wurde bewusst, dass sie gemeinsam einem Ritual gefolgt waren, einer Zeremonie, wie sie zu vielen höheren Zaubersprüchen gehörte.

»Es ist nicht Maiins, wie Ihr es kennt, Fräulein«, sagte der alte Mann. »Jetzt noch nicht.«

Es schien, als höre Alica seine Stimme mit einem inneren Ohr, denn sie schien von weit weg zu kommen – und doch stand er direkt neben ihr.

Er lächelte sanft.

»Wir sind jetzt in dem Maiins, das in Yinnis Erinnerungen existiert. Ihr habt der Rose eine Eurer Erinnerungen geschenkt, und jetzt erhaltet Ihr eine zurück. Sehr bald werden wir Zeugen von Yinnis Tod sein.«

Er sagte das, als sei es etwas vollkommen gewöhnliches, ohne besondere Bedeutung.

»Das ist die Stadt, wie Yinni sie zum letzten Mal sah, so, wie sie sich erinnert. Schaut dort hinüber, junge Lady.« Er zeigte auf zwei Bäume, die ein wenig rechts von ihnen standen, direkt neben einem runden, weißen Turm.

Zippadaidai, dachte Alica erstaunt. Sie waren nicht mehr auf dem Friedhof. Die Bäume neigten sich im Wind, alle zur gleichen Richtung, doch dann fiel ihr das erste Detail auf, das nicht zu passen schien. Dann ein weiteres.

»Seht Ihr, was ich meine?«

»Ja. Die Bäume bewegen sich im Wind, aber der Vogel dort drüben sitzt auf einem Zweig, als ob nichts geschieht. Und es ist auch nirgendwo sonst windig, es ist ein sonniger Tag.«

Alica sah sich neugierig um, um weitere Seltsamkeiten zu entdecken.

»Es ist wie ein Puzzle, allerdings ein sehr einfaches, in dem Zeit und Erinnerungen mit grober Hand zusammengefügt werden. Als Yinni zum letzten Mal zu diesen Bäumen hochgesehen hat, war kein Wind – deswegen sitzen die Vögel ganz still. Die Erinnerung mischt sich mit der eines windigen Tages, an dem die Bäume in Bewegung waren.« Die junggebliebenen, hellen Augen in dem alten Gesicht strahlten. »Erinnerung ist niemals strikt und logisch. Immer eine Mixtur aus den stärksten Eindrücken: Der Vogel war süß, der Wind in den Bäumen beeindruckend, der Tag war sonnig bei Yinnis letztem Blick aus dem Fenster.« Ein Lächeln voller Zahnlücken, dennoch strahlend. »Ist es nicht faszinierend? Der menschliche Geist speichert nicht Realitäten, sondern Prioritäten.«

»Also sehen wir den ganzen Apfel auf einem Tisch, obwohl schon jemand einen Bissen davon genommen hat – weil die Frucht in ihrer Ganzheit schön ist und der Biss keine Bedeutung hat?« Alica fand das einleuchtend.

»Ihr habt einen offenen Geist, junge Dame. Das freut mich sehr.«

Doch Alica war in ihren Gedanken schon einen Schritt weiter. »Wenn dies Ga Ta Cien ist, wie es vor 100 Jahren war... Könnten wir dann einfach darin herum wandern, ganz wie wir wollen?«

»So einfach ist es nicht. Wir sind verbunden mit der Erinnerung, die Yinni uns durch die Rose schenkt. Wir können nur ihren Tod und die Umgebung, in der es geschah, wirklich sehen. Schon der Versuch, uns zu entfernen, wäre töricht.« Er zeigte auf den Turm. »Wir können den Turm von Zippadaidai sehen, einen Teil der Mauer, und wir können hineingehen und aus dem Fenster sehen. Aber wir sehen auch weiter nur das, was Yinni selbst erlebt hat. Sie konnte nicht an zwei Orten zur gleichen Zeit sein.«

»Was passiert, wenn wir uns weiter hinaus bewegen?«

»Dies hier ist keine Reise durch die Zeit. Wir lesen in den Erinnerungen wie in einem Tagebuch.«

Alica zog es vor, nicht weiter zu fragen. Sie hatten schon geraume Zeit vor dem Tor des Turms gestanden – wenn man es Stehen nennen konnte, denn sie fühlte den Boden unter ihren Füßen nicht.

»Ich hatte eine Erinnerung...«, sagte sie. »Ganz realistisch, als sei ich zurückgekehrt, und mein ganzes Leben seitdem nur ein Traum.«

»Ah, beim ersten Mal fühlt es sich immer ein bisschen seltsam an. Mit mehr Erfahrung wird es einfacher.«

Sie fand auffallend, wie selbstverständlich er davon ausging, dass sie in der Zukunft noch häufiger Erinnerungen auf diese sehr ungewohnte Art mit Toten teilen würde, aber er sprach schon weiter: »Wir lassen einen Teil unserer Vergangenheit hier. Niemand kann in die Erinnerung eines anderen blicken, ohne selbst erinnert zu werden.«

Das klang nach einem fairen Handel, doch Alica war sich nicht ganz sicher, ob sie es genau so fair fand, dass er sie in dieses Abenteuer schubste, ohne ihr die Regeln im Vorhinein zu erklären.

»Es scheint, als hättet auch Ihr einige Eurer Erinnerungen hier gelassen, im Austausch für das, was wir gleich sehen werden«, stellte sie fest.

»Oh. Das ist wahr, und ich genieße diese kleinen Momente inniger Verbundenheit mit dem, was war. Doch Lady Yinni kennt mich schon gut genug, denke ich.«

»Ich verstehe.«

Alica war erleichtert. Für einen kurzen Augenblick hatte sie befürchtet, dass er die kleine Episode aus ihrer Vergangenheit ebenfalls gesehen hatte. Selbst wenn dieser bemerkenswerte kleine Mann nicht werten oder verurteilen würde, was immer er von ihr sah; sie mochte einfach nicht, dass jemand in ihr Innerstes eindrang. Schon gar nicht, ohne vorher zu fragen. Es war besser, dass diese Frage jetzt geklärt war.

Sie war neugierig.

***

»Wir müssen ein wenig warten.«

Alica nickte. In einiger Entfernung hörte sie Schritte. Näherkommend, schwer, wie ein kleines Erdbeben. Noch war niemand zu sehen.

»Wir können sie hören, aber nicht sehen, bevor Yinni selbst sie vor Augen hat«, sagte der Mann. Seine lauten Worte in so unmittelbarer Nähe anderer Menschen ließen sie zusammenzucken, und er lachte. »Niemand kann uns hören!« sagte er. »Wir sind gar nicht hier! Ich vermute, von solchen Dingen versteht Ihr sogar mehr als ich, junge Lady.«

Jetzt lachte sie. »Das ist wahr. Die metaphysische Welt ist mein Beruf.«

»Willkommen zuhause«, schmunzelte er. Dann hob er seinen Finger, plötzlich sehr aufmerksam.

Noch immer kamen die Schritte näher, warfen ein beeindruckendes Echo, und ganz plötzlich, wie aus einem Nebel, erschien eine Gruppe von Männern zwischen den Häusern rund um den Turm. Sie waren nur schwach zu sehen, fast durchsichtig.

Die Neuankömmlinge trugen Kapuzen, tief in die Stirn gezogen.

»Schaut nach oben, zum höchsten der Fenster.«

Alica sah hinauf.

Der Himmel war noch immer hell, aber nicht sonnig. Die Fensterrahmen des Turms waren weiß gestrichen, rund, sie hatten auf den ersten Blick die Größe eines durchschnittlichen Holzeimers, doch ihr war vollkommen klar, dass das im massiven, bulligen Äußeren des Turmes täuschte. Ziemlich sicher würde ein großer Tisch durch jedes dieser Fenster passen, wenn nötig. Und vermutlich war das auch bereits geschehen. Es gab kaum einen anderen Weg, ein Gebäude wie dieses einzurichten, und manch unliebsamer Gast war vielleicht auf diesem Weg mitsamt seines Essens aus dem Haus befördert worden.

Eine Frau beugte sich aus dem obersten Fenster. Bei der kleinen, schmalen Frau mit dem runden Gesicht und dem scheinbar endlosen schwarzen Haar musste es sich um Yinni handeln.

Ihre Augen waren klein, entgegen dem Schönheitsideal des Wüstenreiches, in dem alle Frauen große Kinderaugen haben mussten, aber sie strahlten mit einer Intensität, die elektrisierend wirkte, selbst aus der Entfernung. Zu Alicas Erstaunen war Yinni nicht mehr jung, aber die Jahre waren freundlich zu ihr gewesen. Selbst die vereinzelten grauen Strähnen in ihrem dunklen Haarschopf unterstrichen ihre Schönheit, statt sie zu stören.

»Vermutlich habt Ihr schon von Lord Harrmon gehört, junge Lady«, sagte der alte Mann. »Er war es, der nach der großen Flut die erste Karawane ausrüstete, die vom Süden her einen Weg durch den zerstörten Kontinent in den hohen Norden suchte.«

Natürlich hatte sie davon gehört. Die Abenteuer der Karawane gehörten zu den vielen Sagen und Legenden des nachflutlichen Isrogants. Sie hatte ihren Weg auch nach Droni geschafft, in das kleine Bauerndorf ihrer Kindheit. »Er war hier?«

»Natürlich. Er war zu Gast bei Yinni, und sie hat ihm in einer Notlage geholfen.«

Das setzte etwas in Bewegung, eine verschüttete Erinnerung. Yinni in Maiins, natürlich.

»Als Lord Harrmon weiter zog, blieb sie zurück, und fortan distanziert sie sich von den Männern, die sie früher unterhalten hatte. Sie war keine Hure, wisst Ihr? Mehr ein Vogel, schön und bewundernswert, sie konnte singen und tanzen, aber auch zuhören und sogar diskutieren. Viele Männer begehrten sie, und die Mädchen liebten sie. Nur ist es so...«, er deutete auf die Männer mit ihren Kapuzen, die jetzt ganz nahe waren, »... was sie nicht haben können, was sie nicht in einen Käfig sperren und besitzen, das wollen sie zerstören. Ihre Bewunderer... je mehr Abstand sie von ihnen hielt, um so mehr vermuteten sie, dass es einen unter ihnen gab, den sie mehr mochte als die anderen. Oder noch schlimmer: Einen Unbekannten, einen Außenseiter, mit dem sie eines Tages davonlaufen würde.« Er schnaubte. »Vordergründig aber verstecken sie sich hinter der Religion. Die Traumtürme wollen sie verteidigen – gegen die Verderbtheit von Zippadaidai, das in seiner Größe den göttlichen Türmen Konkurrenz macht. Seit die Fanatiker Flammen auf den Türmen anzünden und von der Zweiten Offenbarung faseln, wird diese Art von Argumenten noch häufiger.«

Die Männer versammelten sich jetzt vor dem Tor des Turms, und der alte Mann wanderte zu ihnen hinüber, zusammen mit Alica.

Die Gruppe war sehr gemischt: Jungen, die noch gar nicht zum Mann gereift waren, aber auch ältere, die ihre besten Jahre lange hinter sich gelassen hatten. Sie alle trugen Kapuzen, aber die Stoffe ihrer Kleider waren teuer und fein, da war ganz sicher kein Bettler unter ihnen.

»Händler, Kaufleute, Bänker, Stadtverordnete und reiche Erben«, sagte die junge Stimme des alten Mannes, als habe dieser ihre Gedanken gelesen. »Alle verstecken sie ihre Gesichter, während sie sich darauf vorbereiten, ihren wahren Plan in die Tat umzusetzen. Den sie in aller Heimlichkeit feige ausgedacht haben, sich in Sicherheit wiegend, dass niemand sie jemals zur Rechenschaft ziehen würde. Sie sind dumm und verblödet, aber nicht dämlich genug, sich einander das Leben schwer zu machen wie ein Hund, der seinen eigenen Schwanz jagt. Die Kapuzen sind nur für die Öffentlichkeit bestimmt, nicht füreinander.«

Gut organisiert waren die Männer nicht. Das gemeinsame Ziel hielt sie zusammen, während einer von ihnen an das Tor des Turmes klopfte, laut und fordernd.

Alica ging näher heran an ihn, so nah, dass sie seinen Atem riechen konnte. Keine schöne Erfahrung, ebensowenig wie der Blick in seine blauen, vor Neid und Missgunst leuchtenden Augen.

Sie können mich wirklich nicht sehen, dachte sie. *Vermutlich nicht einmal spüren.*

Wie auch. Sie waren Erinnerungen aus einer anderen Zeit. Etwas übermütig pustete sie in das Gesicht des Mannes, der sich unwillig an der Nase kratzte. Alica fing einen Blick auf von ihrem Reiseführer in diese seltsame Welt. Der alte Mann schüttelte den Kopf und formte mit seinen Lippen: »Mach das nicht.« Sie verbiss sich ein Grinsen.

Eine tiefe, kratzige Stimme unterbrach sie. »Bei den Seelen der Ertrunkenen, wieso bist Du so in Eile? Wenn Du die Tür einschlagen willst, warum dann überhaupt noch warten, bis jemand öffnet?«

Die Stimme kam von innerhalb des Turms, dessen Tür sich jetzt langsam öffnete, mit protestierendem Quietschen. Heraus kam ein Zwerg, gekleidet in teures Satin nach neuestem Schnitt. Er fluchte etwas vor sich hin, das Alica nicht verstand, aber sie war ganz sicher, dass die Worte »verdammte Tür« und »dringend ölen« darin vorkamen. Er schien noch nicht zu wissen, dass Zippadaidais letzte Tage angebrochen waren.

Er blieb stehen und richtete sich zu seiner ganzen Größe auf, kaum höher als die erste stählerne Türangel, doch seine Ausstrahlung war sehr viel großartiger.

»Meine Herrin hat Euch bereits gesehen. Was ist Euer Begehr?« fragte der Zwerg. »Sie hat zwar von mir verlangt, Euch alle ohne weitere Fragen einzulassen... aber ich war noch nie ein sehr gehorsamer Diener.«

Sein Blick ruhte stählern auf den Neuankömmlingen, er wirkte wie ein aggressiver Wachhund, bereit, jeden einzelnen der Männer am Genick zu packen und zuzubeißen.

Alicas Nackenhaare stellten sich auf angesichts der negativen Energie dieses schrecklichen Geschehnisses.

»Der Name des Zwerges ist Tippilai, der Diener Yinnis, noch mehr aber ein enger Freund. Er ist ihr Gefährte, seit er aus einem fahrenden Theater geworfen wurde und wie ein Hund in den Straßen schlafen musste, bis Yinni ihn dort aufsammelte. Anders als die anderen Menschen behandelte sie ihn nicht wie den letzten Dreck, und das hat er ihr niemals vergessen. Egal, wie grob seine Sprache und sein Benehmen sein mögen... er ist ein guter Kerl.«

Tippilai. Der Name klang reichlich albern, aber irgendwie süß. Und er passte gut zu diesem Turm mit der noch lächerlicheren Bezeichnung Zippadaidai. Beides hatte eine verspielte Würde.

»Wir sind gekommen, um Deine Herrin zu treffen. Geh aus dem Weg!« Das war einer der jüngeren Männer, hochnäsig und aufgeblasen.

Tippilai ignorierte den Jungspund. Der alte Bulle gab nichts den kleinen Kläffer, obwohl er ihm nur bis zur Hüfte reichte.

Alica wäre gerne durch die Tür in den Turm hinein gegangen, doch sie wartete darauf, was der alte Mann sagen würde. Er nickte wohlwollend, und so schlüpfte sie vorbei an dem Zwerg hinein in die Dunkelheit, sorgsam darauf bedacht, ihn nicht zu berühren.

Das Foyer, das sie so betrat, wirkte drei- oder viermal so groß wie von außen zu erwarten gewesen war: Die Wände waren in freundlichen, warmen Farben gestrichen, im Gegensatz zu krähenschwarzen Kerzen, die mit starker Flamme in bunten Farben brannten.

Alica kannte viele Tricks, wie sich mit diversen Pülverchen solche Effekte erzielen ließen. Sie kannte auch die Methoden, Feuer ohne solche chemischen Zutaten zu manipulieren. Flammen waren dankbare Medien für magische Veränderung. Ironisch, bedachte man, wie eng die magiefeindliche Kirche des Einen Gottes ihre Symbolik mit dem Feuer verband.

Das bunte Licht in der Eingangshalle jedenfalls war – magisch oder nicht – wunderschön. Der sture kleine Mann, der die Tür des Raumes bewachte, fügte sich in dieses Bild ein.

Der alte Mann trat jetzt neben Alica, sich mit großen Augen umblickend wie ein Kind im Zirkus. Sie folgte seinem Blick hinüber zur entfernteren Seite des Turmes, an dem eine Wendeltreppe nach oben führte, die auf seltsame Weise den Eindruck erweckte, bis wirklich ganz oben zu reichen. Neben der Treppe stand ein beeindruckendes, kastenförmiges Gerät, von dem aus Seile nach oben führten, dick wie eine Anakonda.

»Ein Aufzug«, sagte der alte Mann. »Eine der vielen kleinen Freuden Zippadaidais. Man kann sich bis nach oben ziehen lassen. Nur hinunter muss man noch über die Treppe gehen.«

Dann legte er einen Finger auf die Lippen. »Sie ist hier«, murmelte er.

Die Treppe hinunter kam die Frau, die Alica schon im Fenster gesehen hatte. Ihre Schritte waren leicht und behände, selbstsicher. Ganz genau wie ihr Diener wirkte sie größer, als sie wirklich war, doch anders als er war sie nicht aggressiv, sondern souverän.

Als sie das Erdgeschoss erreichte und neben Tippilai trat, verfielen die Männer vor der Tür in Schweigen. Yinni ging leichten Herzens über die Spannung im Raum hinweg: »Hohe Herren, ich habe Euch erwartet. In meinen Gemächern findet Ihr Speisen und Getränke vorbereitet, die Kissen sind weich und laden zum Sitzen ein und der Wein ist gewärmt zu Eurem Genuss.«

Sie wandte sich um. »Folgt mir zur Treppe. Wenn wir den Aufzug benutzen, werden wir angesichts Eurer großen Zahl das Obergeschoss nicht vor Einbruch der Dunkelheit erreichen.«

Ihr Lächeln war warm und einladend, und es war den Besuchern anzusehen, wie sehr sie das aus dem Konzept brachte.

Tippilai zeigte kein Erstaunen angesichts der Worte seiner Herrin, er schaute nur noch wütender. Yinni beugte sich herunter zu seiner Höhe und blickte ihm tief in die Augen. Sie zauselte durch die spärlichen Haare auf seinem Kopf, obwohl sie merken musste, wie sehr er das hasste, und umarmte ihn herzlich.

»Mein Freund, würdest du bitte für mich in die Stadt gehen und dieses Paket versenden? Der Empfänger steht auf der Verpackung.«

Er schnaubte unwillig ob der Dummheit, ihn fort zu schicken, während sich diese Männer, hungrig wie Hyänen, anschickten, auf ihr herumzutrampeln.

»Ist das wirklich notwendig, werte Dame?« stieß er hervor, um das

Zittern in seiner Stimme zu verbergen.

»Ja, das ist es.«

»Seine Rückkehr in den Turm werden wir nicht erleben«, flüsterte der alte Mann Alica zu. »Es gehört nicht zu ihren Erinnerungen. Wenn er schließlich wieder ankommt, wird Yinni schon tot sein, geschlachtet wie ein Tier. Sie wird keine Augen mehr haben, um zu sehen.«

»Was ist in dem Paket?«

»Viele kleine Briefumschläge mit Geld. Auf jedem ein anderer Name, Yinni hat an all die Menschen geschrieben, die je mit ihr und Zippadaidai zu tun hatten. Und jedem Frieden und Glück gewünscht.« Er hielt ganz kurz inne. »Einer dieser Umschläge ging auch an mich.«

Alica zog die Augenbrauen nach oben. Ihr Begleiter war wirklich sehr, sehr alt.

»Das Paket war übrigens an den Turm selbst adressiert – versehen mit einem Lieferdatum einige Tage später. Als Tippilai das bemerkte, hetzte er zurück zum Turm. Er rannte den ganzen Weg, mit dem riesigen Paket in seinen Armen, aber er kam zu spät.« Der alte Mann fuhr sich mit den Händen über das Gesicht. »Ist nie drüber weggekommen, der kleine Mann.«

Yinni stand noch in der Tür und blickte Tippilais fluchender Gestalt nach, die rasch in dem Nebel verschwand, der ihre Erinnerungen umgab.

Sie hat es wirklich gewusst, dachte Alica.

Der alte Mann stuppste sie mit seinem Ellbogen. »Lass uns vor ihnen hinauf gehen, Mädchen. Es ist eine lange Reihe von Männern und eine sogar noch längere Reihe von Stufen.«

Die Stufen waren aus Holz, aber mit Metall eingefasst, kunstvoll gefertigt, offensichtlich gemacht, um der Ewigkeit zu widerstehen.

Auf ihrem Weg nach oben sahen sie viele Treppenabsätze und kleine Balkone zwischen den Stufen. Sie führten zu Türen – erstaunlich vielen Türen, die noch dazu vollkommen unsymmetrisch angeordnet waren.

»Wie viele Stockwerke hat der Turm?« fragte Alica. Je weiter sie kletterten, um so glücklicher war sie darüber, dass ihr Körper von den vergangenen Monaten auf der Reise, dem vielen Wandern, Klettern und Schwimmen in Form gebracht worden war. In der Zeit ihrer Studien im Reich der Elf Großen Stadtstaaten war sie oft genug so beschäftigt gewesen, dass sie sich körperlich schlapp fühlte, wenngleich ihr Geist immer neue Horizonte eroberte.

Das schwere Atmen der Männer in der Gruppe hinter ihr machte deutlich, dass auch diese nicht viel Zeit auf ihr Training verwendeten.

»Es gibt keine Stockwerke in diesem Turm, weil es auch für Menschen keine Hierarchie geben sollte, keinen Wettbewerb um die höchsten Ränge«, antwortete ihr Reiseführer. Ihm schien die Kletterei nichts auszumachen, und Alica fragte sich ernsthaft, mit wem oder was sie es hier wirklich zu tun hatte.

Ein Blick zurück zeigte ihr, dass auch Yinni nicht außer Atem geriet. Aber natürlich musste sie diese Stufen unzählige Male hinauf- und hinuntergegangen sein.

Endlich erreichten sie die letzte Tür. Vor ihr gab es keinen Treppenabsatz, die Treppe war nur einfach zu Ende. Alica und ihr Begleiter warteten am Rand. Sie vermutete, dass sie wohl einfach durch die Tür hindurch hätten treten können, offen oder nicht, und das hatte einen gewissen Reiz. Ihr erschien es nur unpassend, ungefragt den Raum eines anderen zu betreten. Es war nicht schwer, sich in Gedul zu üben und noch ein wenig zu warten.

Als Yinni ihren letzten Schritt zur Tür machte, schluckte sie schwer. Außer ihren beiden unsichtbaren Besuchern hatte es wohl niemand gesehen; die Männer folgten ihr, viele von ihnen neugierig umher blickend, da nur die wenigsten wussten, wie ihre privaten Gemächer aussahen. Sie drängten sich vor der Tür, verlängerten den Augenblick, schoben ihre heimtückischen Pläne noch etwas auf, schwammen in ihrem eigenen Schweiß.

»Willkommen in meiner Kammer, hohe Herren.«

Yinni öffnete die Tür mit einem eleganten Schwung und lächelte ihr geheimnisvolles Lächeln, das ihre Besucher noch immer durcheinander brachte. Wenngleich sie selbst sich beteuerten, dass diese Zeiten jetzt endgültig vorbei waren.

Alica fand es beinahe komisch, wie einfach es war, in den Gesichtern und Gedanken dieser Männer zu lesen. Oder lag das daran, dass Yinnis Erinnerung die Situation nur gefiltert wiedergab?

»Keiner von ihnen konnte noch zurück, in diesem Moment«, bemerkte der alte Mann.

Yinni trat ein, langsam, gab ihren Besuchern die Sicherheit, dass sie nicht weglaufen konnte oder wollte. Der Raum öffnete sich vor ihnen, eine große Fläche, unterteilt von Wänden aus Papier, Kerzen überall, die die Wände lebendig machten.

In der Mitte des größten Raumteils war ein gewaltiger Tisch, der so reichhaltiges Essen trug, dass es unmöglich noch mehr Vorräte im Turm geben konnte.

Stühle gab es keine. Stattdessen lagen auf dem Flur farbenprächtige Kissen, die dazu einluden, sich dort gemütlich einzurichten.

Die Tische bogen sich unter riesigen Vögeln, unter Kirschen begraben, saftigen Schinken, Käse von mindestens vier verschiedenen Tieren, jeder Menge Früchte, wie es sie im Wüstenreich Ga Ta Cien normalerweise nicht gab.

Den Besuchern lief das Wasser im Mund zusammen. Alica sah ihnen zu, wie sie die Gerüche des süßen Fleischs einsogen, die sie selbst sich lediglich vorstellen konnte. Es schien, dass der Duft der Mahlzeit nicht zu Yinnis Erinnerungen gehörte.

»Dieser Genuss bleibt uns verwehrt«, bestätigte der alte Mann. Er mochte die junge Frau, die so lebhaft und interessiert mit ihm ins Land der Erinnerungen gereist war, das andere Menschen ängstlich, verwirrt und hilflos machte. Falls sie sich überhaupt auf ihn und seine Einladung eingelassen hätten. Für die meisten Menschen in Maiins war er nur der verrückte und ein bisschen redselige Gärtner des Alten Friedhofs. Arm und namenlos.

Es hatte etwas lächerliches, wie durchschnittliche und begrenzte Menschen alles fremdartige mit Verachtung straften. Auch die Nachfahren der hier anwesenden Männer taten dies, so, wie es schon ihre Vorväter gehalten hatten. Die hier eine jämmerliche Figur abgaben: Rachsüchtig, kleingeistig, gierig nach der verschenderischen Mahlzeit und erschöpft von dem kleinen bisschen Treppensteigen.

Sie wechselten hässliche Blicke. Die Frau, wie eine Taube, die in einem Käfig darauf wartete, dass ihr Genick gebrochen wurde, würde diesen Raum nicht mehr verlassen. Das Essen war einladend.

Einer der jungen Welpen schließlich machte den ersten Schritt zum Tisch und wurde sofort von einem anderen angefahren: »Es könnte vergiftet sein, Dummkopf! Lass sie es als erste probieren!«

Alle starrten den Sprecher an. Zu ihrer Vereinbarung hatte gehört, so wenig wie möglich zu sprechen. Aber natürlich hatte er Recht.

»Ihr kennt mich doch alle«, antwortete Yinni sanft. »Würde ich ehrlos genug sein, so etwas zu tun?«

Sie trat an den Tisch, griff einen Strunk roter Weintrauben und steckte eine davon in den Mund. Sie schluckte die Traube, fast ohne zu kauen, und als sie versuchte, die nächste zu nehmen, fiel ihr diese aus den Fingern und rollte über den Boden. Sie sprang der Traube hinterher, während die Männer jede ihrer Bewegungen verfolgten wie Falken ihre Beute. Sie hob die Frucht auf, blickte vom Boden hinauf zu dem Mann, zu dessen Füßen sie gerollt war. Er bemühte sich, hart und erbarmungslos auszusehen. Er wirkte lächerlich.

»Sie hat den dummen Kerlen schon vergeben«, flüsterte der alte Mann.

»Ja. Aber es fühlt sich nicht gut an, hier zu stehen und zuzusehen, wenn man doch schon weiß, was passiert«, antwortete Alica.

»Und was würdest du ändern wollen, Kindchen?« Der alte Mann hatte die Anrede gewechselt, was sie bei den meisten Menschen als Affront empfunden hätte. »Es liegt Spannung in der Luft, aber noch ist nichts passiert. Yinnis Ruhe macht den Männern mehr Angst, als sie umgekehrt vor ihnen hat. Sie wusste schon lange, dass die hohen Herren von Maiins ihr gefährlich wurden.« Er versank kurz in seinen eigenen Erinnerungen, dann fügte er hinzu: »Und ich glaube, seit Lord Harrmon die Stadt verlassen hat, wartete sie irgendwie auf diesen Tag.«

»Er hat sie verlassen?« Alica versuchte, sich an die Legende zu erinnern, aber es gelang ihr nicht so recht.

»Sagen wir, sie haben einander verlassen. Die beiden waren sich nicht eine Sekunde lang einig. Über was auch immer sie sprachen, sie hatten verschiedene Auffassungen, und wenn sie gemeinsame Lösungen fanden, so waren sie immer hart erkauft. Es war sehr traurig.«

»Ich verstehe.« So konnte niemand wirklich leben. Ein Leben gegeneinander, statt Hand in Hand, war keine Perspektive, ganz egal, wieviel Liebe zwei Menschen verband.

Die Männer hatten zu essen begonnen, gierig, die Hände voller Essen, auf die Kissen gelümmelt, viele von ihnen starrten auf Yinni, die in ihrer Mitte saß und mehr Würde hatte als sie alle zusammen.

Ungläubig bemerkte Alica, dass ein dicker, alter Mann bereits einnickte. Die anderen fraßen, als hätten sie keine Zähne zum Kauen.

Durch das Schmatzen hindurch wurden sie jetzt laut. Fluchend und unflätig ließen sie die letzten Manieren hinter sich. Das schwere Essen und ihre hässliche Stimmung taten das ihre dazu, verbunden mit den durchzechten Nächten, die sie in burschenschaftlicher Gemeinschaft gebraucht hatten, um den Mut für ihre Untat zu fassen. Hände wanderten zu Messern, die unter den weiten Gewändern versteckt waren. Die Kapuzen waren längst verschwunden, verlorengegangen in der Wärme des Raums und dem Kampf um die besten Stücke des gewaltigen Abendessens.

Alica näherte sich der Gruppe und fragte sich, ob sie selbst vielleicht schon Nachfahren dieser Menschen getroffen hatte, Vertreter der edlen Oberschicht des Staates.

Ein junger Mann neben ihr erhob sich mühsam, seine

Augenbrauen zitterten, sein Kinn war fettig. Er hob eine lange Klinge, bedrohlich, auch wenn er den Eindruck machte, dass er keine Ahnung hatte, wie eine solche Waffe zu benutzen war.

Sie sah hinüber zu Yinni, die noch immer ruhig auf ihrem Kissen saß, mit wissenden Augen, die nicht fürchteten, was kommen musste. Erschreckenderweise schien sie es eher zu begrüßen.

»Schau weg«, sagte der alte Mann. Aber wie konnte sie? Er hatte sie hierher gebracht, um genau dies zu erleben, oder etwa nicht?

»Sie haben vereinbart, dass jeder einzelne von ihnen einen Schnitt in ihren Körper machen würde. Ein Schnitt, der sie alle befreien würde von ihr und ihrer Macht über sie. Feiglinge. Sie verschieben ihre eigene Schwäche in eine Illusion von Macht, die jemand anders über sie hat. Und sie rechtfertigen es mit Religion und Gottes Wille.«

Alica blickte ihn überrascht an. Er kochte vor Zorn, was sie niemals erwartet hätte, obwohl sie selbst ähnliches empfand angesichts der Messer, die jetzt überall gezogen wurden. Die Männer stürmten auf die kleine Frau zu, einige von ihnen auf allen vieren, weil sie zu viel Essen verschlungen und mit zu schwerem Wein hinuntergespült hatten.

Die Messer fuhren in Yinnis Körper, an unterschiedlichen Stellen, während sie sich auf die Lippen biss, um nicht zu schreien. Nicht wegen der Stiche und Schnitte, sie fühlte fast keinen Schmerz mehr, sondern wegen des Blutes, das aus ihren Wunden floss, ihr die Kraft nahm und sie zur Zeugin ihres eigenen Sterbens machte.

Als der alte Mann ihren Arm nahm, merkte Alica, dass sie unwillkürlich aufgesprungen war, um der Szene ein Ende zu bereiten. Er schüttelte den Kopf, machte ihr deutlich, dass sie nichts tun konnte.

Yinnis Kleidung sog sich voll Blut, und jetzt bemerkte Alica, dass sie tatsächlich ein rotes Kleid gewählt hatte. so, als wolle sie das Rot ihres Blutes verbergen, so gut es eben ging.

Zitternd machte die schwer verwundete Frau einen angestrengten Versuch, sich zu erheben. Sie bewegte sich langsam in Richtung des Fensters und hinterließ eine blutige Spur auf dem vormals so edlen und gepflegten Boden ihres Zimmers. Die Männer standen um sie herum und sahen zu, als ob sie ein Recht dazu hätten, jetzt, wo sie sie sie mit ihren Klingen markiert hatten.

Sie schnauften von der Anstrengung ihres gemeinsamen Terrors. In ihren Augen stand die Genugtuung, der so unerreichbaren Frau zuzuschauen, wie sie vor ihren Augen verblutete. Jetzt, je jetzt wusste sie, wie sie alle sich all die Jahre gefühlt hatten: Machtlos ausgeliefert.

Reich an Einfluss und Vermögen, hatte diese kleine Schlampe sie doch abgelehnt und am ausgestreckten Arm verhungern lassen.

Yinni setzte sich am Fenster auf, mit letzter Kraft.

»Jetzt schulde ich euch allen gar nichts mehr«, sagte sie schwach. »Nie wieder.« Und sie sprang.

Völlig überrumpelt spürte Alica, wie der alte Mann ihren Arm packte und sie mit sich zum Fenster zog. Er tat das mit beachtlicher Körperkraft, und so fand sich Alica plötzlich im Fensterrahmen, an dem überall Yinnis Blut verteilt war.

Und dann fielen sie. Der Sturz schien kein Ende zu nehmen. Sie blickte zu ihrem Begleiter, dann zu Yinni, die mit großen Augen nach unten fiel, den Mund weit geöffnet.

Der Turm war eines der höchsten Gebäude in Ga Ta Cien.

»Schau«, sagte der alte Mann. Er hatte die Arme überkreuzt und wirkte entspannt, beinahe gelangweilt. Sie sah sich um, bemerkte, wie langsam sie sich bewegten, beinahe schwebend, wie Wolken. Für Yinni neben ihnen galt dasselbe.

»Es heißt, in den letzten Momenten des Lebens, wenn wir schon wissen, dass der sichere Tod auf uns wartet, kriecht die Zeit wie ein Wurm«, sagte der alte Mann. »Wie ein Wurm, der sich seinen Weg durch die Erde bahnt, und wenn er endlich an die Oberfläche kommt, ist die Welt so leuchtend hell, dass er nichts sehen kann.«

Für den Bruchteil einer Sekunde fragte Alica sich, ob Würmer überhaupt etwas sehen konnten. Ein irgendwie surrealer Gedanke in ihrer Situation. Und dann auch wieder vollkommen passend, denn war nicht alles an diesem Moment fern der Realität?

Dann wurde ihre Aufmerksamkeit abgelenkt von den Lichtern, an denen vorbei sie sich dem Boden näherten. Sie konnte Menschen in den beleuchteten Räumen hinter hinter den Glasscheiben sehen.

Yinni sah sie auch. Ein Lächeln lag auf ihren Lippen, während sie in die Welt von Zippadaidai blickte, die sie selbst geschaffen hatte, und die ihr nun für alle Zeiten unerreichbar bleiben würde. Alica folgte Yinnis Blicken, und so tat es auch der alte Mann.

»Das Mädchen dort drüben dürfte etwa dein Alter haben, junge Dame. Ihr Name ist Namiee. Sie wird Zippadaidai verlassen, aufs Land ziehen und dort Geld sparen für ihren eigenen Hof, in ferner Zukunft.«

Alica betrachtete Namiee, die lächelnd Kleidung in eine Reisetruhe packte und sich dabei versonnen auf die Lippe biss. Sie sah tatsächlich aus, als würde sie glücklich sein weit draußen auf dem Land, wo die Luft frisch war und es viel freien Raum gab zwischen den Menschen.

Das Mädchen im nächsten Fenster saß auf dem Schoß eines jungen Mannes, beide aufgeblüht durch ihre noch frische Liebe. Alica sah, wie Yinni in das Fenster hinein lächelte, ohne zu wissen, dass jemand sie auf diesem letzten Stück des Weges begleitete. Sie schien glücklich, bewegt von dem, was sie sah, und Tränen liefen über ihre Wangen, zogen Spuren durch das frische Blut.

»Das ist Boey. Eine wirklich süßes Frau, die sich schnell verliebt – in jeden, der das Zimmer betritt. Dieser dort wird seine Versprechen tatsächlich halten und sie mitnehmen zu seiner Familie. Sie war immer ein Liebling von Yinni.«

Alica fühlte sich jetzt leicht wie eine Feder, gleitend durch die Luft der Wüstenmetropole Maiins. Und bei aller Trauer für Yinni, die sie gerne in der Wirklichkeit kennengelernt hätte, war ihr Herz dennoch leicht.

Yinni schien nicht all zu traurig über ihr Schicksal, eher erleichtert und befreit. Sie nahm Abschied von ihrem Turm und den Menschen darin, deren Geschichten der alte Mann Alica erzählte, während sie sich dem Boden näherten.

Manche davon waren traurig, doch die weitaus meisten waren voller Hoffnungen. Die Menschen in Zippadaidai hatten alle schwere Zeiten hinter sich gelassen und gingen einer besseren Zukunft entgegen. Selbst Yinnis Tod würde das nicht ändern: Er stand am Ende einer Ära und markierte den Beginn einer neuen. Mit diesem Gedanken lächelte jetzt auch Alica.

Die Steine der Straße wuchsen ihnen entgegen, kamen näher, wurden größer und härter.

Bevor sie den Boden erreichten, erzählte der alte Mann eine letzte Geschichte.

»Ihr Name ist Majull. All die Jahre hat sie sich um die Finanzen und den Haushalt in Zippadaidai gekümmert. Sie wird auch nach Yinnis Tod im Turm bleiben, alles irgendwie zusammenhalten und ihre eigenen Kinder hier großziehen. Eines davon wird später den Turm verkaufen.« Die Frau wirkte streng, aber warmherzig. »Eigentlich ist sie eine Köchin, hergekommen, um sich um die tapferen jungen Mädchen zu kümmern. So nennt sie sie selbst. Eine gute Frau.«

Als sie spürten, wie ihre Füße den Boden berührten, hörten sie gleichzeitig den Aufschlag von Yinnis Körper. Die unheimliche Langsamkeit, in der sie sich bewegt hatten, endete abrupt, und das Geräusch war wie ein Schlag ins Gesicht.

Kapitel 3: Der Krieger

14 Jahre früher. Ga Ta Cien, im Jahr 112 nach der Flut.

Der Morgen grüßte Ash mit einem bunten Sonnenstrahl. Der Nachtdiener klopfte an die Tür: »Es ist sieben Uhr, Meister Gooregan, Ihr wolltet geweckt werden!« Doch Ash war schon lange wach und sah träumerisch den Staubflocken zu, die in der hellen Morgensonne tanzten.

Er schmeckte ihren Kuss auf seinen Lippen. Der Gedanke, sie noch am gleichen Abend beim Training wieder zu sehen, ließ Schmetterlinge in seinem Bauch tanzen.

Genug davon, um ihn an einem ernsthaften Frühstück zu hindern. Er nahm nur einen Happen Brot und einen Schluck Saft, dann machte er sich auf den Weg zur Trainingshalle.

Die Straßen waren voll, weit voller als sonst zu so früher Stunde. Nach einer Weile wurde ihm klar, woran das lag: Es war der erste Montag im neuen Monat. An den wichtigsten Plätzen waren die Gerichtsbühnen aufgebaut, auf denen in Ga Ta Cien kleinere Strafen vollstreckt wurden: Peitschen- oder Stockhiebe, Prangerstunden, öffentliche Vorführungen.

Auf dem Nennatjela-Markt standen Galgen und Richtblock, gnadenloses Zeichen, dass es gegen Abend auch Hinrichtungen geben würde. Ein Schauspiel, das Ash auf jeden Fall vermeiden wollte.

Überall stauten sich Schaulustige. Ash bedauerte bereits, dass er nicht den kürzesten Weg zur Kaserne genommen hatte, sondern noch durch die Stadt hatte spazieren wollen.

Die Strafknechte halfen gerade einem Mann von der Bühne. Er hatte Mühe, sich aufrecht zu halten. Blutige Striemen auf seinem Rücken und über seinen Schultern zeugten davon, dass er gepeitscht worden war.

»Kannst du gehen?« hörte Ash durch das Gemurmel der Menge einen der Knechte fragen. Der Widerspruch zwischen seiner freundlichen, beinahe fürsorglichen Art und der Tatsache, dass er gerade eben noch die Peitsche geschwungen hatte, war auf bizarre Weise rührend.

Der Bestrafte nickte schwach, doch als der Knecht ihn loslassen wollte, sackte er sofort zusammen. Mit einem anteilnehmenden Nicken setzte der Knecht ihn auf einen vor der Bühne stehenden Kasten und reichte ihm einen Becher mit Wasser.

»Wenn du aufstehen kannst, bist du frei, zu gehen«, sagte er.

Ein weiteres Nicken war die Antwort, und der Knecht richtete sich wieder auf, blickte in die Gesichter der Umstehenden, danach auf eine Liste, die an der Wand der Bühne neben ihm angeschlagen war.

»Nächster: Gunnar Grophius«, verkündete er. »Zehn Hiebe mit der Salzpeitsche.«

Ash verzog das Gesicht. Die Salzpeitsche war eine Spezialität in Ga Ta Cien, und auch wenn sie nur in minder schweren Fällen als Strafe angewendet wurde - zehn Hiebe waren eine entsetzliche Tortur.

Er wollte weitergehen, hielt aber inne, als sein Blick auf den Verurteilten fiel. Er stand neben der Bühne, blass und zitternd, ein großer, kräftiger Kerl, vermutlich ein Handwerker. Dass er die Zeit bis zu seiner Bestrafung nicht im Kerker, sondern augenscheinlich auf freiem Fuß und zu Hause verbracht hatte, zeugte von seinem einwandfreien Leumund, und Ash fragte sich, was er getan haben mochte, um seine Strafe zu verdienen.

An Gunnars Arm klammerte sich eine junge Frau. Weit aufgerissene Augen, weiße Knöchel an den Händen. Sie wollte ihn nicht hinauf lassen auf die Bühne, zog an ihm, doch das Publikum um sie herum wich zurück, ließ sie alleine, herausgehoben aus der Menge, von der sie eben noch ein Teil gewesen waren.

Der Knecht sah wieder auf die Liste. »Verurteilung wegen Trunkenheit und Rauferei im Gasthaus am südlichen Wüstentor. Sind Zeugen oder Geschädigte der Tat anwesend?«

»Hier«, rief ein pausbäckiger, freundlich wirkender Mann, und auch von ihm wich die Menge plötzlich zurück, so dass er alleine stand.

»Selim Ozgan, Gastwirt.«

»Sehr gut«, nickte der Knecht. Und, zum noch blasser gewordenen Gunnar gewandt: »Kommt, junger Mann. Das Hemd wollt Ihr vielleicht bei Eurer Gefährtin lassen? Es sieht zu schade aus, um unter der Peitsche zu zerfetzen.«

Die Frau schluchzte auf, und Ash spürte Mitleid mit den beiden. Ihrer Würde entkleidet, ohne Möglichkeit, einander zu trösten, blieb die einzig gute Nachricht, dass die Strafe schnell vorbei sein würde, wenn sie erst begonnen hatte.

Gunnar beugte sich hinunter zu ihr, küsste sie, sie klammerte sich an ihn, strich mit den Händen über seinen Rücken, wie sie es in den nächsten Wochen kaum würde tun können, dann nahm sie das Hemd entgegen. Ein letzter Kuss, eine Berührung der Hände, dann stieg er schweren Schrittes die Stufen hinauf.

Ash fragte sich, ob die Anwesenheit seiner Frau es für Gunnar leichter oder schwerer machte.

Der erste Hieb klatschte auf den Rücken, der Gepeitschte zuckte zusammen und verfolgte mit furchtsamen Augen, wie der Knecht die Peitsche durch eine Schüssel mit Salz zog, bevor er ein zweites Mal zuschlug, das brennende Gewürz in die frischen Platzwunden verteilend.

Seine Frau litt ebenso. Tränen liefen über ihre Wangen, ihre Hände umkrampften das Hemd, und bei jedem peitschenden Knall sackte sie mehr zusammen.

Weil seine Aufmerksamkeit auf sie gerichtet war, verpasste Ash, was auf der Strafbühne schief ging. Er sah erst auf, als von oben statt eines neuen Klatschens ein gurgelndes Röcheln ertönte, gefolgt von einem dumpfen Aufschlag. Wo Gunnar eben noch gestanden hatte, die Hände durch zwei Schlaufen gesteckt, auf den nächsten Schlag wartend, war jetzt niemand mehr. Er war zu Boden gestürzt. Seine Arme und Beine zuckten wild, trommelten auf den Boden, stürzten den Salzeimer um und zwangen den Knecht, zurückzuspringen, wollte er nicht getreten werden.

Gunnar krampfte weiter, rang nach Luft, blau angelaufene Lippen, blutunterlaufene Augen. Seine Frau sprang auf die Bühne, warf sich über ihn, wurde von seinen wild umher schlagenden Armen getroffen. Er stieß etwas hervor, was vielleicht Worte waren, vielleicht aber auch nicht, dann bäumte er sich noch einmal auf und lag reglos still.

Entsetzen machte sich im Publikum breit, das nicht hier war, um eine Hinrichtung zu erleben, sondern um Strafen zu sehen, die gerecht waren und versöhnlich endeten. Im Augenwinkel sah Ash, wie der zuvor Bestrafte entsetzt aufsprang und sich entfernte.

Die Frau saß fassungslos neben Gunnar, die Lippe blutend von einem seiner ungewollten Hiebe, das eben noch so sorgfältig gerettete Hemd im Blut aus seinen Rückenwunden ruinierend. In ihren Händen sah Ash jetzt einen kleinen Holzbären, einen Talisman, wie man ihn kleinen Kindern zum Spielen gab - vielleicht ein Glücksbringer, den ihr Sohn oder ihre Tochter ihnen mit auf den Weg gegeben hatten, als der Vater zu seiner Strafe ging. Vielleicht auch eines der kleinen Geheimnisse eines glücklichen Paares, etwas, das am Ende des Bettes stand und den Schlaf der beiden bewachte.

Mit einem Aufschluchzen legte sie das kleine Holztier an seine Schulter und seinen Arm darum, dann sank sie schluchzend über ihm zusammen.

Die Strafknechte standen hilflos um das Paar herum, während jetzt auch aus der Menge Schluchzer erklangen. Ash hörte, wie jemand das Gebet: »Lebewohl, treue Seele, dein Traum ist zu Ende« anstimmte. Andere fielen ein.

Wie betäubt zog er sich zurück und ging langsam weiter. Verflogen war die gute Laune des frühen Morgens. Zu erschütternd war es, wie schnell ein Leben verging. Schockierend selbst für ihn, den Krieger, der offen dieses Risiko immer wieder einging.

Am grausamsten aber war es für Liebespaare. Sich zu finden - und dann wieder zu verlieren, ohne das geringste daran ändern zu können.

Die plötzliche Erkenntnis drehte ihm den Magen um. Er stürzte in eine Nebenstraße, lehnte den Kopf an eine Wand und erbrach sich. Zitternd blieb er stehen, den Kopf an eine kühle Wand gelehnt. Er fühlte sich einsam.

***

»Bis du dein Schwert aus der Scheide hast... da hat dich ein geübter Sternwerfer oder Bogenschütze längst erledigt.«

»Das muss nicht stimmen... und hat keine Bedeutung. Das Schwert ist die Königin der Waffen. Nichts anderes ist so elegant und hat überall Gültigkeit.«

»Ja, auf Jahrmärkten. Für Schwertschlucker.«

Gelächter. Dann die gespielt verärgerte Antwort: »Ich geb dir gleich mein Schwert zu schlucken!«

»Das ist ein interessantes Angebot! Ich habe immer vermutet, dass du schwul bist.«

Wieder Lachen. Ash schätzte die Gruppe in der Trainingshalle auf fünf bis sechs Mann, falls Frauen dabei waren, sagten sie zumindest nichts oder fanden den Wortwechsel nicht lustig. Ihm selber ging es ähnlich, er hatte keine Lust auf Geplänkel, und das Thema »Wer hat die beste Waffe?« war ihm auch längst zu abgedroschen.

Er stand im Umkleideraum und fühlte sich ungewohnt initiativlos. Drinnen ging die Diskussion weiter.

»Himmel, Groogian, du denkst immer nur an das eine!« sagte jetzt eine dritte Stimme. Das überraschte Ash. Dass ausgerechnet Groogian sich für Fernkampfwaffen ausgesprochen hatte, war untypisch. Er war schon auf Grund seiner beeindruckenden Statur ein echter Nahkämpfer.

»Das ist auffallend.« Das war wieder die erste Stimme, aber Ash konnte sie nicht zuordnen. »Ich glaube, Groogian ist die ganze Zeit geil. Vermutlich ist er nur nach Maiins gekommen, weil ihm niemand gesagt hat, dass Zippadaidai schon vor 100 Jahren seine Pforten geschlossen hat.«

»Oh? In Zippadaidai gab es schwulen Sex?«

»In Zippadaidai gab es alles.«

»So sagt man. Aber man sagt auch, dass nicht jeder dort hinein kam. Ob sie einen Drei-Meter-Krieger ohne Manieren wirklich hineingelassen hätten?«

»Vermutlich nicht.« Das war eine neue Stimme, und der Sprecher zeigte jetzt, dass der Spott gegenüber Groogian durchaus gutmütig war: »Nur wer wollte ihn draußen halten? Groogian kommt ja auch ohne Schwert überall rein.«

Wieder Gelächter. Dann sprach Groogian, und diesmal erkannte Ash seinen rollenden Bass: »Ich finde eher erstaunlich, dass noch niemand Zippadaidai wieder eröffnet hat. So oft, wie das in Ga Ta Cien erwähnt wird, müsste es doch eine Goldgrube sein.«

Plötzliche Stille. »Das ist ein verfluchter Ort«, antwortete jemand. »Er ist mit der letzten Besitzerin gestorben. Eine sehr alte, sehr traurige Geschichte.«

Ash dachte an das, was Djami erzählt hatte – und an die Perlen, von denen gesagt wurde, es seien Tränen aus Zippadaidai. Das Abbild des alten, verlassenen Turmes erschien vor seinem inneren Auge. Mit Sicherheit war das eine tragische Geschichte.

Die Tür des Umkleideraumes öffnete sich, und Ix trat aus dem Flur herein. Anscheinend war auch er gerade eingetroffen.

»Hallo, Ash!« sagte er fröhlich. »Ist schön, dich zu treffen!« Schwungvoll ließ er seine Tasche auf eine der marmornen Bänke fallen, die überall im Raum verteilt waren. Der Fürst hatte keine Kosten gescheut bei der Einrichtung der Trainingsräume für seine Elitesoldaten, und Ash und Ix hatten sich schon oft genug leicht deplatziert gefühlt in der prachtvollen Ausstattung ihres Arbeitsplatzes. Nur die Halle selbst war zu schlecht belüftet und wirkte dadurch oft muffig.

»Das ist wahr«, meinte Ash. Das Erscheinen des alten Freundes ließ die Umgebung von Maiins mit den verwirrenden Geschehnissen der letzten Zeit in den Hintergrund treten, ein Stück Normalität.

»Wie war dein Ausflug gestern? Gab es Neues zu lernen?«

Ash machte eine vage Bewegung mit der Hand. »Es war ganz interessant.«

»Nicht besonders anspruchsvoll vermutlich?« Ix öffnete die Tasche und packte Trainingskleidung aus. »Wie hat sich Lady dei Liulan geschlagen?«

Das brachte Ash zum Lächeln. »Auch das war interessant«, gestand er.

»Du und dieses Mädchen...« Ix gab sich Mühe, es missbilligend klingen zu lassen, aber sein Tonfall war doch freundlich. »Kaum zu glauben, dass der Fürst dir immer noch nicht zürnt.«

Ash zuckte die Achseln. »Das scheint bislang nicht das Problem zu sein.«

»Wer weiß... vielleicht will er dich ja hier am Hof halten? Am Ende wird er dich mit ihr verheiraten.« Ix legte seine Kleider zusammen und schlüpfte in die Trainingshose. »Dann muss ich wohl alleine weiterziehen, wenn du hier sesshaft wirst.«

»Sesshaft...«, wiederholte Ash.

»Ja, das ist ein grauenhafes Wort, was?«

»Hör bloß auf.«

Ix zog sein Hemd über und strich es glatt. »Ich mag diese Fetzen«, stellte er fest. »Wann haben wir jemals in so feinem Zwirn trainiert? Sagenhafter Luxus!« Er musterte Ash. »Ziehst du dich nicht um, alter Krieger?«

Seufzend griff Ash nach seiner eigenen Tasche. »Doch, doch. Ich treffe heute einige unserer Schützlinge für Unterrichtsstunden. Wie sieht dein Plan aus?«

»Oh, Gerard, Armand, Lucia, Mynia. Ich werde schon ins Schwitzen kommen. Ist das nicht wunderbar? Ich liebe diese Aufträge, wenn wir selber an unseren Schülern mehr lernen als sie an uns.«

»Ganz toll.« Ash bemerkte Ix´ unzufriedenen Blick ob seiner

mangelnden Begeisterung und fügte schnell hinzu: »Wirklich toll, Ix. Ich werde dir nicht vergessen, dass du uns hierher gebracht hast.«

Dafür erhielt er einen Klaps auf die Schulter. »Wir müssen bald weiter«, grinste Ix. »Du hängst dir zu viele Probleme auf, wirklich.«

Ash dachte kurz darüber nach, dann schüttelte er den Gedanken ab. »Ach was, Probleme. Lass uns an die Arbeit gehen.«

Ix ging schon einmal vor in die Halle.

***

Djamila erschien nicht zu ihrer Trainingsstunde. Stattdessen betrat zur vereinbarten Zeit eine Palastdienerin die Halle, in der Ash sich gerade von dem drahtigen jungen Mann verabschiedete, mit dem er in der letzten Stunde Nahkampf geübt hatte.

So absurd es auch war, hatte er doch die ganze Zeit darauf geachtet, nicht zu sehr in Schweiß zu geraten, um kein all zu abgekämpftes Bild zu bieten, wenn Djami eintraf. Eine Eitelkeit, die er sich selbst erst eingestand, nachdem er die kurze Mitteilung gelesen hatte, die die Botin ihm ehrerbietig, aber wortkarg übergab.

»Lieber Ash, ich schaffe es heute leider doch nicht. Ich habe entsetzlich viele Aufgaben von meinem Lehrer bekommen, mein Kopf ist voll und ich habe Kopfschmerzen. Machen wir einen neuen Termin? Deine Djami.«

Jetzt kam er sich blöde vor. Er drehte das nüchterne Stück Palastpapyrus, auf dem sie die Worte schmucklos verfasst hatte, in den Händen. Auf unbestimmte Weise hielt er Ausschau nach einer weiteren Botschaft, etwas herzlichem, das der Wärme des letzten Tages und der Intensität seiner Gefühle entsprach. Da war nichts.

»Danke«, sagte er zu der Dienerin, die auf etwas zu warten schien. »Seht Ihr Lady dei Liulan? Ich habe jetzt nichts zum Schreiben zur Hand, aber vielleicht könnt Ihr etwas ausrichten?«

»Sehr gerne, Meister Gooregan.«

Er nickte nachdenklich. Die Kürze der Notiz hatte ihn verletzt, aber er wollte auf keinen Fall, dass seiner Antwort davon etwas anzumerken war.

»Ach was«, versetzte er. »Ich schreibe ihr einfach auf diesen Zettel.« Erst später würde er das bereuen, denn gerne hätte er etwas von ihr gehabt, zum Beispiel eine Notiz in ihrer Handschrift. Je länger er am Abend darüber nachdachte, desto mehr war er überzeugt, dass das Papier nach ihr duftete und sie vielleicht doch eine Botschaft zwischen den Zeilen versteckt hatte, deren genauer Wortlaut schon wenige Minuten später verblasste.

In diesem Moment wollte er nur sein Gesicht wahren. Er suchte nach einem Stift in der Halle und fand ihn auf einem Pult am Eingang. Ein Kohlestift, der eigentlich nicht für diese Art Schreiben gedacht war und deswegen gewaltig schmierte.

»Djami«, schrieb er. »Kein Problem, so habe ich etwas früher Feierabend. Meld Dich, wenn Du wieder Zeit hast« Nach kurzem Nachdenken fügte er hinzu: »Ich freue mich darauf. Ash«

Er faltete das Blatt zusammen, ihre Schrift nach außen, die schon leicht verwischte Kohlenotiz nach innen, und gab sie der Dienerin. Sie knickste artig und verschwand.

In den nächsten zwei Wochen hörte er nichts von ihr.

***

Weil er die gewonnene Zeit nicht untätig verbringen wollte, machte er sich auf den Weg in den Palast, um Routinebesuche bei einigen Beamten zu erledigen, die er ohnehin lange genug aufgeschoben hatte.

Dort traf er auf den Herzog. Es war eine überraschende Begegnung, in einem eher schmucklosen Nebenflur des gewaltigen Herrschersitzes, und Macuu von Maiins war fast allein, nur in Begleitung einiger weniger Berater, was nicht üblich war.

Er grüßte Ash freundlich, in sehr persönlichem Tonfall, und wirkte dabei so müde, dass Ash sich die Frage herausnahm, wie lange die Spielrunde denn noch gegangen war.

»Lange«, antwortet Macuu, während seine Begleiter geduldig das Ende ihres Flurgesprächs abwarteten. »Es war eine sehr schwierige Geschichte.«

»Wie war denn am Ende die Lösung?«

»Sie haben Nermaal heimlich gemeuchelt. Es sah wie eine Krankheit aus. Staatsräson geht vor persönliche Vorliebe, haben sie gesagt.«

Ash war enttäuscht. Er sah Macuu mit großen Augen an.

»Glaubt Ihr das, Euer Majestät?« fragte er.

Macuu seufzte, sein Blick ging durch einen Säulengang hinaus auf die Stadt mit ihrem Häusermeer und den darüber emporragenden Flammtürmen.

Dann legte er seinen Arm um Ashs Schultern und beugte sich etwas näher. »Ich habe schon viele solche Entscheidungen gefällt«, sagte er vertraulich, was Ash ebenso erstaunte wie die anderen

Anwesenden. »Im festen Glauben, dass die Staatsräson das Wichtigste ist.« Er hielt inne, dachte nach.

Ash lachte leise. »Also hat *Das Letzte Vermächtnis* seinen Zweck erfüllt?«

»Aber sicher! Jeder Fürst sollte einmal in seinem Leben ein Drachen-händler sein!«

»Und jeder Drachenhändler einmal ein Fürst?« fragte Ash.

Macuu winkte ab. »Ach, wer will schon wirklich ein Fürst sein? Das ist nur in Träumen und Märchen eine gute Position.«

Er klopfte Ash auf die Schulter, dann straffte er sich, bereit, seinem Tagwerk zurückzukehren. »Das nächste Mal, Meister Gooregan, gebt uns doch die Ehre, mitzuspielen, was denkt Ihr?«

Ash nickte. »In Ordnung, Euer Majestät. Wie könnte ich Nein sagen?«

Macuu nickte ihm ein weiteres Mal zu, dann schlenderte er weiter, bereits wieder tief in Gedanken. Ash spürte die Blicke seiner Begleiter, in deren Augen er durch das vertraute kleine Gespräch einen veränderten Status am Hofe erhalten hatte.

Er blieb stehen, bis Macuu in einem Seitengang verschwunden war.

»Wieder was gelernt«, sagte er leise zu sich selbst. »Selbst dieser Machtmensch will gar kein Herrscher sein.« Er wandte sich zum Gehen und fügte in Gedanken hinzu: *Ich auch nicht.*

***

»Auf keinen Fall auf die Ehrentribüne!« Ixils war nicht kompromissbereit in seiner Ablehnung. »Dieses ganze grässliche Turnier ist sowieso eine Farce. Dann nicht auch noch bei den langweiligen feinen Pinkeln sitzen. Nein, nein, nein.«

Ash war nicht ganz seiner Meinung, aber den Grund dafür wollte er seinem Freund gegenüber nicht zugeben: Er hatte die vage Hoffnung, dass er Djamila treffen würde, wenn er sich in der Nähe des Herzogs hielt.

Ix lästerte unbeirrt weiter. »Dieser ganze Zirkus«, schimpfte er. »Da hetzt das dekadente Pack junge Bürschchen mit korkgepolsterten Stöckchen aufeinander. Und die meinen hinterher wirklich, sie wären große Krieger!«

»Na, letztes Jahr haben sie gefragt, ob wir nicht auch antreten wollen«, schmunzelte Ash.

»Ja, ja, das war Klasse!« Ix lachte keckernd. »Und die haben das ernst ge-meint!« Er nahm, noch immer lachend, den Schlüssel vom

Haken neben der Türe. »Komm, wir mischen uns unters Volk. Wo wild gezecht und ehrlich gesprochen wird, da ist das Turnier am lustigsten!«

Ash seufzte und folgte ihm durch die Tür hinaus auf den kleinen Innenhof, an dem Ixils´ Wohnung lag. Er war froh, wieder nach draußen zu kommen. Ixils war ein großartiger Kerl, aber er war auch ein schrecklicher Chaot. Die Unordnung hatte für den Waldläufer keine Bedeutung, aber für Ash, den Sohn reicher Eltern, die Wert auf Niveau und Stil legten, war sie schwer erträglich.

Forschen Schrittes eilte Ix voran, durch belebte Straßen voller Menschen in Feierstimmung. Diese Art Durcheinander gefiel Ash. Er mochte die ausgelassene Stimmung, die gedankenlose Fröhlichkeit, auch wenn sie möglicherweise mit aggressiven Auseinandersetzungen am späteren Abend enden würde.

Sie passierten eine Gruppe johlender Menschen, die am Straßenrand stehend jemandem zujubelten. Das polternde Geräusch rollender Holzräder machte deutlich, dass hier eines der beliebten »Volksturniere« stattfand: Eine ruppige, gefährliche Version dessen, was etwas später am Tag im großen Park vor dem Herzogspalast begangen wurde.

Während die Opponenten dort auf edlen Rössern gegeneinander ritten, gut gepanzert in aufwändig geschmückten Korkrüstungen, mit sicher gepolsterten, aber pompös verzierten Holzlanzen, ging es hier fast ohne Schutzausrüstung gegeneinander. Es gab auch keine Pferde. Die Bürger Ga Ta Ciens hatten entweder keine so wertvollen Tiere, oder sie benötigten sie zum Broterwerb, nicht für alberne Spiele. Die Gegner fuhren in Holzkarren steile Berge hinab aufeinander zu und rammten sich mit flachen Paddeln zu Boden.

Der steigende Geräuschpegel zeigte, dass genau das hier gerade geschah: In die Anfeuerungen und Schlachtlieder hinein ertönte ein lautes Klatschen, ein Schrei, der sowohl Jubel als auch Schmerz bedeuten konnte, die gesamte Kakophonie wurde beendet von einem berstenden Scheppern, mit dem einer der Wagen den Geist aufgab.

»Dabei würde ich erst recht nicht mitmachen«, kommentierte Ix trocken. »Lebensgefährlich.«

»Aber spannend!«

Wieder lachte Ix. »Klar! Trotzdem ziehe ich lieber in eine Schlacht, als mich in so einen Wagen zu setzen. Da trifft man ja eher eine Wand als den Gegner.«

Vor dem sogenannten Heerlager am Herzogspark bereiteten sich die vornehmen Teilnehmer des offiziellen Turniers auf die

Wettkämpfe vor, indem sie ihr Aussehen im Spiegel bewunderten. Dort trafen sie Armand. Er trug eine der schicken Rüstungen, wenn auch gut verborgen unter einem weiten, weißen Umhang mit blutroter Bestickung: Das Familienwappen, das Armand auch in seiner alltäglichen Kleidung gern zur Schau trug.

Der junge Krieger grüßte seine beiden Lehrer mit gekonnter Mischung aus Respekt und Überheblichkeit: Den Blick leicht gesenkt, als sehe er respektvoll zu Boden, die Winkbewegung der Hand aber gerade so abgezirkelt, dass sie völlig nachlässig blieb.

Das ließ Ix ihm nicht durchgehen. »Oh holder Edelmann!« rief er laut aus. »Was sehen meine ungläubigen Augen? Ihr schaut aus, als wolltet Ihr Euch hier vom Pferd stoßen lassen!«

Armands säuerlicher Gesichtsausdruck dokumentierte überdeutlich, dass er fest davon ausging, selbst nicht von seinem Reittier zu fallen. Bedauerlicherweise musste Ash sich eingestehen, dass er mit dieser Vermutung ziemlich sicher richtig lag.

Ix fuhr unterdessen fort, den prachtvollen Auftritt Armands zu untergraben. Er klopfte anerkennend auf die Rüstung, nickte fachmännisch zur Verarbeitung der Lanze und zog den Krieger schließlich am Ohr. »Fabelhaft«, stellte er fest. »Fabelhaft. Armand, wir werden hier sein, um dich anzufeuern.«

»Zu gütig, ich danke Euch dafür.« Ash bemerkte, dass Armand bemüht war, ihnen zu entgehen. Er wollte ins Heerlager, sicherlich, um dort mit dem gebührenden Respekt behandelt zu werden. Dass ihm der gezollt wurde, ließ sich schon an den Blicken der an ihnen vorbei wandernden anderen Teilnehmer erkennen.

Feuer und Flut, dachte Ash. *Ich bin neidisch. Was für eine schöne Zeit für einen jungen Schnösel wie Armand.*

Und für alle anderen. Die Luft vibrierte von der Aufregung, die einem großen Ereignis vorausgeht, so sehr, dass er selbst davon angesteckt wurde.

»Viel Glück«, wünschte er, bevor sie weitergingen, und meinte es auch so. Warum nicht? Es war ein wichtiges Ereignis, bei dieser alten Tradition dabei zu sein, und es war eine Gelegenheit, sich zu beweisen. Viele wichtige Personen nahmen daran teil - nicht nur junge Heißsporne, auch erfahrene alte Kämpen.

»Was grübelst du?« Ix´ Worte schnitten in seine Gedanken. »Du machst Dir den Kopf viel zu voll mit schweren Gedanken, Ash. Komm, ich hole uns zwei Honigbier.«

Ash verzog das Gesicht. »Ehrlich, Ix - in Ga Ta Cien schmeckt sogar das Honigbier nach Salz. Dann lieber einen schönen Kelch

Wein.«

»Wein haben die auch. Bleib einfach hier stehen, dort vorne ist ein Proviantzelt. Ich hol uns was.« In einigen Metern Entfernung drehte er sich noch einmal um: »Und denk nicht so viel nach!«

***

»Ash Gooregan!« Es kam völlig unerwartet, und ihre Stimme ließ ihn herumfahren. Sie war es tatsächlich: Djamila, im Kreis einiger anderer Hofdamen, jede einzelne eine Schönheit, jede einzelne blutjung, und allesamt fürchterlich aufgetakelt.

Das Lächeln, die Aufmachung, die anmutig-arrogante Haltung: trotz all ihrer Schönheit wurde in diesem Pulk überdeutlich, wie austauschbar diese Mädchen waren.

Djamila löste sich aus ihrer Gruppe und kam zu ihm. Mit verspielt-huldvoller Geste reichte sie ihm die Hand, die er aber nicht küsste, sondern ignorierte. Mit einem (wie er hoffte) sehr gelassenen Lächeln deutete er ein Salutieren an.

»Grüß dich, Djamila. Wie geht es dir?«

»Sehr gut.« Strahlend weißes Lächeln, koketter Augenaufschlag. »Heute ist ein schöner Tag, wir werden feiern, bis die Wunder zurückkommen.«

»Na, dann pass auf, dass dein Kostüm keinen Schaden nimmt.« Trotz Herzklopfen gelang ihm ein leicht spöttischer Unterton.

Sie lachte hell. »Gefällt es dir« Sie drehte sich, ihr Haar flog, das Kleid auch, ihre schlanken Beine entblößend.

»Ich kann den Blick nicht von dir lassen«, antwortete er.

Sie blieb stehen. »Wirklich?« Als könne sie sich das nicht vorstellen. Als hätten sie sich niemals geküsst.

»Wirklich.« Er blickte nachdenklich. »Ich habe dich vermisst.«

Sie verzog das Gesicht. Ihre Hände wanderten über den Stoff des Kleides, strichen Falten glatt, die es gar nicht gab. »Ich dich auch«, sagte sie leise. Sie suchte seinen Blick, und er sah ihre Lippen leicht zittern. »Unheimlich.«

Er fragte sich, was das bedeutete: Hatte sie ihn unheimlich vermisst - oder war es ihr unheimlich, ihn so zu vermissen. Aber Ort und Zeit waren schlecht für diese oder irgendeine andere Frage.

»Ich muss wieder gehen.« Ihre Hand deutete in Richtung ihrer Freundinnen. Oder was auch immer die anderen Mädchen für sie waren.

Er nickte: »Pass auf dich auf.«

»Gute Idee.« Wieder das Strahlelächeln. »Aber das wäre dann weniger Spaß, oder?«

Später am Abend sah er sie am Arm des großen Siegers des Turniers, lachend, fröhlich und mehr als ein bisschen betrunken. Der junge Mann war siegesbewusst und überheblich, seine Hand lag am Rande der schicklichen Grenzen auf ihrer Hüfte.

Es war natürlich Armand. Er hatte alle anderen Teilnehmer aus dem Sattel gehoben und nur einmal selbst das Gleichgewicht verloren. Ash und Ix brauchten Wochen, sein übermäßig angeschwollenes Ego wieder zu begrenzen.

Der Skalorion-Feldzug trug seinen Teil dazu bei. Er kam über die junge Truppe wie die Flut über Adjagard. Obwohl alles so ruhig und verträumt begann.

Kapitel 4: Die Zauberin

14 Jahre später. Ga Ta Cien, im Jahr 126 nach der Flut.

Der Tag wurde immer heißer, die Grabsteine glühten. Der kleine, gelbe Vogel war noch immer nicht erfolgreich gewesen bei der Futtersuche für seine Küken, aber er brauchte trotzdem erst einmal einmal eine kleine Pause.

Der Wind, der vom Fryyywan-Meer herüber wehte, roch nach Regen. Wahrscheinlich ein leeres Versprechen: In der trockenen Jahreszeit war Regen in Ga Ta Cien ein seltenes Ereignis.

Weit ab von den belebten Zentren der Stadt lag der Friedhof in völliger Stille. Der kleine Vogel fand schließlich einen Platz, wo er in Ruhe sitzen konnte, ein hoch gelegener Ort voll dunklen Grases, warm, aber nicht heiß.

Alica fühlte etwas auf ihrem Kopf und kratzte sich verwirrt. Nur Sekunden zuvor war sie noch in der Mitte von Maiins gewesen, hatte ihren Atem mit Tausenden anderer Menschen geteilt, aber jetzt war die Luft wieder frisch und sie war wieder hier.

Das Federgewicht auf ihrem Kopf verschwand. Ein Vögelchen flatterte davon, das es sich dort wohl gemütlich gemacht hatte, während sie selbst auf ihrer Erinnerungsreise unterwegs gewesen war. Der alte Mann saß neben ihr, an den runden Felsen gelehnt, der das Grab der Frau markierte, die einstmals Yinni gehießen hatte.

»Du bist eine Magierin«, stellte der alte Mann fest, ohne sie anzublicken.

Das kam überraschend.

Alica zog die Augenbrauen nach oben, in Erwartung eines weiteren Kommentars, wie sie sie in dieser oder jener Form seit ihrer Kindheit kannte. Seit damals, als ihre Eltern endlich erkannt hatten, dass das Chaos, von dem ihre Tochter überall begleitet wurde, nichts mit Unachtsamkeit oder fehlendem Geschick zu tun hatte – sondern mit ihren noch rohen und nicht geschulten magischen Talenten. Die Magie war in weiten Teilen Isrogants nicht mehr willkommen, und die Kirche des Einen Gottes tat ihr übriges, diese Entwicklung noch zu verstärken.

Doch in den Augen des alten Mannes lag keine Skepsis, und er äußerte keinerlei Kritik. Stattdessen las sie Zustimmung in seinem Gesicht.

Ich habe die beste denkbare Person gefunden, um ihr meine Geschichten anzuvertrauen, dachte er. Er mochte diese Frau. Sie war älter, als er auf den ersten Blick vermutet hatte, aber sie hatte ein höchst kindliches Interesse an der Welt und den Wundern, die sie zur Entdeckung bereit hielt. Ihre Ausbildung und ihre Erfahrung hatten ihre Neugier und Offenheit nicht verringert. Dazu kam ein ruhiges Selbstbewusstsein, das dem alten Mann das Gefühl gab, dass ihr noch viel Bemerkenswertes bevorstand.

»Allerdings, das bin ich«, antwortete die Zauberin.

Er lächelte und reichte ihr die Hand.

»Ich bin Louis«, stellte er sich vor.

Sie ergriff seine Hand erfreut. »Alica«, antwortete sie, genau wie er auf die Nennung des Nachnamens verzichtend. Dann fiel ihr wieder ein, woher sie gerade kamen: »Wir sind wieder hier, aber was geschah später?«

»Yinnis Erinnerungen enden mit ihrem Tod«, entgegnete er. Nachdenklich fügte er hinzu: »Weißt du, sie hat viele Jahre in Ga Ta Cien gelebt und in dieser Zeit eine Menge Einblick gewonnen in die Funktionsweise der höheren Gesellschaft von Maiins. Sie wusste, dass Zippadaidai schon zu ihren Zeiten eine Legende war, aber auch eine Gefahr, denn viele Männer, arme und reiche, hatten ihre Geheimnisse im Turm gelassen. Vor allem bei Yinni selbst.« Ein feines Lächeln stahl sich auf seine Züge. »Aber das war nicht alles. Du selbst, junge Zauberin, wirst wissen, dass starke Frauen den Mächtigen Angst machen. Vor allem dann, wenn es Männer sind, wie es in Ga Ta Cien zumeist der Fall ist.«

Alica lachte auf. »Ja, das ist mir schon aufgefallen.«

«Yinni und ihre kleine Welt in der Mitte des mächtigen Wüstenreiches... das war eine Herausforderung. Was immer ihre Mörder in Wirklichkeit antrieb, ihr Gefühl sagte ihnen, dass es um die Ablehnung ihrer Person ging, dass Yinni jedem Einzelnen von ihnen große Hoffnungen gemacht und noch größere Enttäuschungen beschert hatte, weil sie niemanden erhörte. Und vielleicht ist das sogar wahr.«

Diese Sichtweise fand Alica unpassend. Ihrer eigenen Erfahrung nach funktionierte sie nur in einer Richtung: Schöne Frauen machten Männern Hoffnungen und ließen sie dann unerfüllt. Männer brachen Herzen, aber das war kein Grund zur Empörung.

Louis schien ihre Zweifel wahrzunehmen. »Yinni forcierte dieses Gefühl bei den Männern, und sie tat es bewusst. Ihr war klar, dass sie Zippadaidai und seine Bewohner retten konnte vor dem Zugriff der Mächtigen, wenn sie ihnen etwas anderes stattdessen gab.«

»Sich selbst«, sagte Alica.

»Genau«, nickte der alte Mann. »Und ich denke, nach der Trennung von Wemmonn dei Harrmond lag ihr nicht mehr genug an ihrem Leben, um einen anderen Weg zu suchen. Was sehr traurig ist, denn...«

Der Satz blieb in der Luft hängen. Louis zuckte die Achseln. »Nun, Wemmonn war ein toller Kerl, ideenreich und voller Energie. Aber so, wie ich ihn kannte, war er nicht wert, aus Trauer um ihn zu sterben.«

So, wie ich ihn kannte. Da war er wieder, der Hinweis auf Louis´ Alter.

»Hat ihr Plan funktioniert?« fragte sie.

»Oh ja. Sie alle haben nicht nur überlebt, die meisten Bewohner von Zippadaidai zogen früher oder später aus dem Turm aus, um ein eigenes Leben zu beginnen. Einige Geschichten habe ich dir schon erzählt, während wir am Turm entlang gefallen sind.«

»Wo ist Yinnis Seele jetzt? Es scheint, die Toten hier auf dem Alten Friedhof haben wenigstens ein Stück ihrer selbst hier gelassen.«

Das war eine heikle Frage, denn Alica wusste sehr wohl, dass es keine Antwort darauf gab und jeder Mensch seine eigene Idee dazu entwickeln musste. Doch Louis, der alte Gärtner, hatte viel gesehen, und seine Welt war groß. Sie wollte seine Antwort hören.

»Komm.«

Er drehte sich um und machte einige Schritte, ein klein wenig unsicher, wie ein betrunkener Tänzer. Das war Alica bisher noch nicht aufgefallen: Seine Bewegungen ruckelten, als sei er eine

Marionette, und seinen Wanderstock benutzte er nicht, um sich darauf abzustützen, sondern zur Beschleunigung. Es sah ein wenig komisch aus.

Eine geschlossene Tür, zugezogene Vorhänge, bleierne Stille. Auf einem alten Stuhl, der nicht das kleinste Geräusch machte, saß ein bunt bemalter Gaukler. Übergroße Stiefel, pluderige Hosen, ein gewaltiges Jacket. Sein Kopf wirkte winzig. Darauf saß eine unförmige Perücke von der Größe des Oberkörpers, rotes Kraushaar: »Nehmt diese Person nicht Ernst!«

Das Gesicht erzählte eine andere Geschichte, farbig und wächsern wie eine Maske, nur nicht zum abnehmen.

Eine winzige Bewegung, so unmerklich, dass es theatralisch wirkte: Der Gaukler spreizte seine Finger, schloss sie wieder. Noch einmal. Er wurde alt.

Sein Blick fiel auf den Spiegel, sein Gesicht in der Glasfläche. Harte Linien um den Mund, geformt zu einem konstanten Lächeln. Augen wie Sterne, hell und einsam. Eine große Träne, blau gemalt.

Mit dem Finger zeichnete er auf dem Spiegel eine Linie rund um sein Gesicht. Rote Handschuhe lagen auf einem alten Eichentisch.

Lächle! dachte er, aber nichts geschah.

Dann weine! befahl er sich.

Die gemalte Träne blieb die einzige.

Er hob seine Hände und zog an seinen Wangen, um sie in Form zu bringen, aber seine alte Haut fiel sofort wieder zurück.

All das war ein stummes Gemälde. Keine Worte, kein Lachen, nicht einmal ein Seufzer.

Alica wachte wieder auf. Die plötzliche Vision war so plastisch gewesen wie die Reisen in Yinnis Erinnerungen. War das Bild des alten Gauklers ein Hinweis auf Louis?

In jungen Jahren hatte sie oft ähnliche Visionen gehabt. Nicht selten war sie mitten im Alltag stehen geblieben, um in sich hineinzuhorchen und die Gemälde in ihrem Geist zu betrachten, so real, dass sie fast glaubte, sie anfassen zu können.

Familie und Freunde in ihrem Heimatdorf hatten sich viele Sorgen gemacht über die verträumte Art des kleinen Mädchens, das in Bäume kletterte, um dort sitzen zu bleiben und nachzudenken, alles um sich herum vergessend. Auf der Suche nach etwas weit entferntem, statt mitzuhelfen, die Saat aufs Feld zu bringen, damit das nächste Jahr gesichert würde.

Sie alle liebten die kleine, versponnene Alica, aber damals gab es niemanden, der sie wirklich verstand.

Aber es ist in Ordnung, dachte sie. *Niemand hat je versucht, mich an meiner Entfaltung zu hindern.*

Der alte Mann stand jetzt neben einem anderen Grabstein, eindeutig neueren Datums, denn er wies schon die Flammenform auf, die seit der Flut überall dort Verbreitung gefunden hatte, wo der Träumerkult der Ius Adjagard der Feuersymbolik Avenicum Dalors Platz machen musste.

Alica blinzelte. Die Missionare dieser Kirche waren über Isrogant gekommen wie eine zweite Flut, und sie machten Stimmung gegen die verbliebenen Mystiker auf dem Kontinent.

»Ist es ein Problem für Dich, mein Kind?« Louis folgte ihrem Blick.

»Ich hoffe nicht. Wer die Grenze zwischen Leben und Tod überschritten hat, sollte frei sein von den Vorurteilen der Lebenden. Das gilt wohl für alle von uns, Magier oder nicht«, Alica lächelte, »und auch für auch für uralte Männer, von denen man nicht weiß, was genau sie sind.«

Louis´ Kichern klang so sehr nach einem frechen kleinen Jungen, dass sie lachen musste.

»Aber es gibt Unterschiede zwischen den Toten.« Während er das sagte, zog Louis eine hölzerne Pfeife hervor, mit langem Stiel, die er in seinen Mund steckte, wo sie sofort zu rauchen begann – ganz ohne Kräuter, Gewürze oder Tabak.

»Ein weiser Mann ist meist entweder gefeierter Mittelpunkt oder isolierter Einzelgänger. Die Mystiker geben sich ihrer Kunst mit Körper und Seele hin, zumindest die guten. Aber die Toten – sie sind im wahrsten Wortsinn begraben und vergessen.« Er nahm die Pfeife aus dem Mund und blies kleine, graue Rauchringe, denen er hinterhersah, bis sie sich in Luft auflösten. Dann fuhr er fort: »Selbst liebende Familienangehörige bringen zwar Blumen ans Grab, laden aber die Seelen der Verstorbenen nicht in ihr Zuhause ein.«

Alica wusste aus ihrer Ausbildung, dass es durchaus alte Überlieferungen in Isrogant gab, nach denen die Seelen der Verstorbenen einen Raum im Zuhause der Familie erhielten, aber für die Anhänger der Kirche des Einen Gottes galt das vermutlich nicht. Deren Idee vom Leben als Traum ließ dafür nicht viel Raum: Die Seele hatte nach dem Verlassen dieser Welt neue Aufgaben, sie kam nicht zurück.

Alica hatte den Verdacht, dass es mehr als eine Wahrheit gab. Endgültige Wahrheiten waren ihr ohnehin zuwider. Sie töteten die Neugierde, die für Reisende wie sie und für die Mystiker im allgemeinen so eine wichtige Grundlage ihres Lebens war.

»Es ist ein schwieriges Thema«, sagte sie nur. Sie wollte hören, was Louis noch zu erzählen hatte.

»Das ist es«, bestätigte er. »Denn viele Tote haben noch einiges zu sagen und sehnen sich verzweifelt danach, mit ihren Lieben zu sprechen und ihnen Nachrichten zu hinterlassen. Doch im Isrogant der Lebenden sind ihre Seelen oft nicht willkommen, und so werden manche Botschaften als geisterhafter Spuk erlebt, und als Bedrohung.«

»Die sie ja auch sein können«, stellte Alica fest.

»Auch das kann wahr sein, ja.« Die Rauchwolken aus seiner Pfeife waren jetzt dreieckig. Sie schmunzelte über diesen Trick, der mit Sicherheit in lang verflossenen Zeiten viel Eindruck bei Louis' Zuhörern gemacht hatte.

»Manchmal sind Stimmen im Kopf oder die Erscheinungen in Spukhäusern natürlich auch schwarze Magie«, sagte er langsam und musterte Alica, als wolle er herausfinden, ob sie sich mit dieser Seite ihrer Zunft schon beschäftigt hatte. Sie schüttelte ganz leicht den Kopf. Die Triebfeder ihrer Zauberei war die Lust zu Lernen, nicht der Wunsch nach Macht und Herrschaft.

»Wie auch immer«, fuhr er fort, anscheinend zufrieden. »Ohne eine Einladung kann eine Seele nur darauf warten, dass ein Lebender seinen Schutzschild fallen lässt und hört, was sie zu sagen hat. Die Geister klopfen an die Köpfe der Lebenden wie an eine Tür.«

»Und viele Menschen mögen das nicht«, bestätigte sie. »Wenn sie müde und erschöpft nach dem Abendbrot alleine sitzen, und eine verschwommene Gestalt erscheint ihnen aus welchem Grund auch immer, machen sie die Tür nicht auf. Oder sie tun es mit einer Axt in der Hand, oder verstecken sich unter dem Tisch.«

»Genau so ist es! Und so machen es viele Menschen mit allem, was fremd oder neu ist. Sie brauchen andere, die ihnen dabei helfen, die Tür im richtigen Moment zu öffnen und mit dem umzugehen, was dahinter auf sie wartet. So, wie es die Mystiker über Jahrtausende getan haben, und vor ihnen die Weisen der Elben und Zwerge, und nach ihnen die Träumer und Philosophen am Kaiserhof von Adjagard.«

»Und sie sind alle fort.«

»Alle fort. Zurückgeblieben sind die Priester der Kirche des Einen Gottes, und nur noch verstreute Überlebende der anderen Gruppen.«

»Und Menschen wie Ihr, Louis.«

»Ja, Menschen wie ich. Nur wer hört mir noch zu?«

Der Satz klang traurig, doch sein Lächeln war spitzbübisch. Der

Rauch seiner Pfeife formte Wolken über ihren Köpfen, und mit einem Mal begann es zu regnen. Alica blinzelte durch das Wasser, das auf ihren Kopf herabfiel. Der Regen setzte aus, als aus der Pfeife statt der Wolken jetzt Schmetterlinge hervor brachen.

Seine fröhliche Stimmung war ansteckend. Die Widersprüche in seiner Art, die traurigsten Dinge zu erzählen und dann solche Streiche zu spielen, zeigten ihr, wie einsam der alte Gärtner war – und wie wichtig es für ihn sein mochte, jemanden zu haben, der ihm zuhörte.

Es wurde windig, und mit dem Wind flogen Blätter, Blüten und Sand. Etwas davon kam in ihre Augen. Sie wandte sich ein wenig ab und schlug vor: »Lasst uns weitergehen, Louis.«

Zustimmend machte er sich wieder auf den Weg und hielt an einem Stein, der die Form einer steinernen Säule hatte.

»Schau, dieser Mensch hier liegt nicht unter dem Flammensymbol begraben. Ich habe seinen Stein selbst hierhergebracht. Sein ganzes Leben lang fühlte er sich wie ein Pfeiler, der immer schwer zu tragen hat, Sorgen und Reue lasteten auf ihm, und so habe ich entschieden, dass er nun nichts mehr zu tragen braucht. Die Säule ist frei, nichts lastet auf ihr als die Luft.«

Alica hatte Mitleid ob dieser Beschreibung. »Ihr kennt diese Leute alle, nicht wahr?«

»Ja, aber niemand von ihnen kannte mich selbst so gut wie Bennus. Er war ein gefallener Mönch, und vor langer, langer Zeit waren wir beide wie Brüder.«

»Es scheint, dass nicht mehr viele Eurer Freunde lebendig sind.«

Das gefiel ihm. Sie war geradeheraus, ohne die Fakten zu beschönigen, aber nicht verletzend.

Er pflückte eine weitere Rose und reichte sie Alica, die sie respektvoll entgegennahm, bereit für eine neue Reise.

Er sah, wie sie der Rose einen kleinen Tropfen ihres Blutes gab, dann pflückte er noch eine. Für sich selbst.

Jahre früher.

Die »Shearland-Schule der Mystik« hatte eine lange Tradition im Inselkönigreich Droni. Das brachte so viel Bürokratie und festgelegte Lehrpläne mit sich, dass es kaum zum Aushalten war – vor allem nicht für einen kreativen Freigeist wie die junge Magierin Alica.

Einige Menschen in diesem Schulapparat hielten sich für ganz besonders wichtig. Sie waren es, die auf die strikte Einhaltung der Regeln achteten und sehr viel Wert auf ein korrektes Ausfüllen sämtlicher Formulare legten. Das machte Alica stur. Aus ihrer Sicht war all das nur denen wichtig, die einen festen Rahmen um ihr Leben brauchten, um sich sicher zu fühlen.

Vollkommen unverständlich, dass Menschen so engstirnig sein konnten, die sich den Lehren der Mystik und Magie verschrieben hatten. Den Träumen sei Dank: Es gab auch andere Lehrer an der Shearland-Schule. Solche, die sich dem Experimentieren und Entdecken noch immer verschrieben hatten, statt nur das zu unterrichten, was sie schon dreißig Jahre lang erzählt hatten.

Zu dieser Gruppe gehörte Dr. Xion. Gerade heute hatte er zu einer Lektion noch nach dem Abendessen eingeladen. Das war ungewöhnlich, denn diese Zeit am späten Nachmittag blieb üblicherweise frei, und hatte Alicas Neugierde beflügelt.

Sie war eine der ersten, die durch den kleinen Vorhof der Schule den großen Platz in der Mitte der altehrwürdigen Gebäude betrat, auf dem kurz danach auch ihre Klassenkameraden in kleinen Gruppen erschienen.

Der Hof wirkte anders als sonst, was vielleicht daran lag, dass er weniger belebt war als zu normalen Schulzeiten, vielleicht aber nur am verschwindenden Licht der untergehenden Sonne.

Ihre Klasse war klein, verglichen mit den Gruppen in anderen Fächern. Das lag an Dr. Xions Eigenart, seine Schüler sorgfältig auszuwählen. Er maß seinen Unterrichtsthemen großes Gewicht bei, und gleichermaßen hielt er es auch mit denen, denen er sie nahe brachte: Jeder Einzelne zählte ganz persönlich. Schon in der ersten Unterrichtsstunde machte er deutlich, dass er in seinen Klassen alle mit Namen ansprach und erwartete, dass jeder nicht nur lernte, sondern auch selbst nach neuen Erfahrungen suchte.

Das Schulgebäude lag ziemlich weit hinten am Ende des Platzes, dessen vorderer Teil eine glatte Fläche ohne Gras war, auf dem Pferdekutschen ihre Passagiere entließen oder einsammelten. Dahinter begann der repräsentative Teil, umgeben von alten, schwarzen Bäumen, deren Blätter zu jeder Zeit ein beeindruckendes Rot aufwiesen, als herrsche für sie ein ewiger Herbst, ohne frische Wiedergeburt im Frühling, aber auch ohne den Verlust des Laubes, bevor der Winter begann.

Alica wanderte am großen Springbrunnen vorbei, und wie immer beschleunigten sich unmerklich ihre Schritte. Die Statue einer Eule in der Mitte des Brunnens, majestätisch auf einem großen glanhír thronend, machte sie nervös. Sie schien ihr nachzustarren, und der magische Kristall unter ihren Füßen wirkte lebendig, selbst wenn er nur aus Stein gehauen war und mitnichten die magischen Fähigkeiten aufwies, die diese Edelsteine üblicherweise besaßen.

Unabhängig vom traditionellen Anschein, den sich die Schule gab, waren die meisten der Gebäude neu errichtet worden. Die Schule hatte während der Großen Flut stark gelitten. Was in den meisten Teilen Isrogants für Gebäude dieses Alters völlig normal war, war hier eine Besonderheit: Das Inselkönigreich Droni war von der Katastrophe, die den Kontinent erschüttert und das Imperium Adjagard gestürzt hatte, eigentlich kaum betroffen gewesen.

Das Hauptgebäude, ältester Teil der Schule, bildete den Eingang zu allen anderen Bereichen. Es hatte die Form einer Krone, mit einem großen Portal und einer Vielzahl runder Fenster in völlig unterschiedlichen Größen. Auf den spitzen Zacken der Krone saßen Steineulen, Sinnbild für Weisheit und Klugheit und gleichzeitig Raubtiere und Jäger. Damit repräsentierten sie die beiden Dinge, für die Shearland berühmt war: Die exzellenten Jäger in den uralten Wäldern, und die Mystiker-Schule.

In vielen der Fenster saßen passgenau eingefasste runde Blasen aus undefinierbarem Material, die im Dunkeln leuchteten, so dass sie sogar aus dem nahegelegenen Wald gesehen werden konnten. Die restlichen Fenster führten direkt ins Innere des Gebäudes – von außen waren sie dunkle Löcher. All das zusammen gab der Schule den Anschein, mit tausend Augen ihr Umfeld zu beobachten, wie ein gewaltiges Monster, das auf Beute wartete. Der weit klaffende Eingangsbereich mit den einstmals weißen Marmorstufen vervollständigte das Bild. Er war ein gieriges Maul, dessen Hunger niemals zu befriedigen war.

Alica wusste, dass sie nicht als einzige diese Assoziation hatte, wenn sie das Gebäude betrat. Wer durch das Portal ging, fühlte sich zwangsläufig klein, und angesichts der Fülle an Eindrücken, die jeden Besucher erwarteten, trat auch nach längerer Zeit in der Shearland-Schule kein Gewöhnungseffekt ein. Die Fülle an Details gab Alica das Gefühl, am richtigen Ort zu sein. Die Welt brauchte Magie, auch wenn die Magie vielleicht diese Welt nicht mehr brauchte.

Beim Durchschreiten des Portals spürte sie das magische Energiefeld, das die Schule umgab und Unbefugte am Eintritt hinderte. Es wurde von einem großen *glanhír* erzeugt, versteckt in einem geheimen Raum im Schulgebäude, den Vollzeitstudenten kennenlernten, weil sie dort in den Schutzzauber mit einbezogen wurden; in einem Ritual, das ihnen jederzeit Eintritt in das magische Areal gewährte.

Heute wusste Alica, dass dieser Zauber im Grunde eine sehr simple Sache war. Die hohen Herrschaften der Schule machten eine Legende daraus, zu der auch die Schüler nur zu gerne ihren Teil beitrugen, wenn sie Besucher durch den magischen Vorhang geleiteten. Die große Geste, die mysteriösen Andeutungen gehörten zu den kleinen Freuden der magischen Ausbildung.

Schon wenige Schritte weiter verschwand der Eindruck des hungrigen, dunklen Mauls, doch die Atmosphäre blieb geheimnisvoll. Der Blick öffnete sich auf ein Spinnennetz von Treppen, die an allen Seiten des Raums nach oben stiegen, sich teilweise weiter verzweigten, teilweise ineinander mündeten – ein Wurzelwerk, gewachsen über viele Jahre, beleuchtet vom Sonnenlicht, das durch die von außen so dunkel wirkenden Fenster nach innen geleitet und hier gebündelt wurde.

Direkt unter diesen Lichtquellen hingen unzählige verschiedene Pflanzen – Kräuter, Blumen, junge Bäume, Klettergestrüpp – jede von ihnen rar und wertvoll, der Stolz der Schule, die sich auf diese Weise Unabhängigkeit von den immer weiter schrumpfenden Märkten der magischen Welt bewahrte.

Die Fenster waren mit Zaubern belegt, die dafür sorgten, dass Wind und Wetter in die Schule eindrangen, wann immer es die Pflanzen benötigten. Das machte die große Treppenhalle des Hauptgebäudes zu einem höchst interessanten Ort, aber auch immer wieder zu einer Enttäuschung für Menschen, die hofften, sich vor schlechtem Wetter hierher retten zu können. Wer aus dem schützenden Wald über die Höfe der Schule eilte, um sich hier in Sicherheit zu bringen vor Regen, Wind, Blitz und Donner, mochte sich hier erst Recht inmitten des Sturms wiederfinden.

Alica lächelte bei dieser Vorstellung – und noch ein wenig mehr angesichts des Geräusches, das an ihre Ohren drang: Frösche.

Der Lärm kam aus dem großen, runden Teich in der Mitte des Raumes. Kröten und Frösche verschiedenster Arten lebten hier ein fettes Leben auf Kosten der mannigfachen Insekten, die von den Pflanzen überall im Raum angezogen wurden. Sie saßen am Rand des exakt kreisrunden Teichs, von dem niemand wusste, wie tief das Wasser wirklich wahr, wenngleich manche behaupteten, dass es überhaupt keinen Boden habe, sondern bis in die tiefsten Tiefen Isrogants hinabreiche.

Es war dieser magische Teich, um den herum die Mystik-Schule gebaut worden war. Wegen ihm, und nur wegen ihm, waren die Magier heute hier.

Während der Boden rund um das Wasser von Fröschen beherrscht wurde, dominierten in der Luft die traditionsreichen Eulen. Tagsüber saßen sie zumeist in den vielen versteckten Winkeln der Halle, schlafend oder das Geschehen am Boden und auf den Treppen mit einem nur halb geöffneten Auge beobachtend. Doch jetzt waren sie auf der Jagd und fingen Mäuse und andere kleine Tiere in der Schule.

Die Decke war hoch genug, dass die fliegenden Eulen im silberhellen Mondlicht Schatten auf die Wasseroberfläche warfen. Alica, in die Beobachtung dieses Schauspiels vertieft, verpasste, dass sich ihr jemand leise genähert hatte.

»Hey!«

Sie fuhr herum, erschrocken. Während ihrer Kindheit hatte sie von den Schulrüpeln manche Lektion erhalten über die unangenehmen Folgen von Unachtsamkeit. Doch jetzt schmolzen ihre Schutzschilde so schnell wieder ab, wie sie sie hochgezogen hatte.

»Cagn!« brüllte sie den hinter ihr stehenden jungen Mann an, gespielt wütend, so dass er in einem peinlich berührten Grinsen seine schneeweißen Zähne zeigte.

Cagn war die Person, die ihr in ihrem neuen Leben als Adeptin der Magie bislang am nächsten gekommen war: Sie hatte ihn hier an der Schule kennen gelernt, in genau der Klasse, die sie gleich besuchen würden, und sie mochten einander auf Anhieb. Er stammte aus dem legendären Wüstenreich Ga Ta Cien am Fryyywan-Meer, mit dem das Inselkönigtum Droni in vielfacher Art eng verbunden war. Eine wichtige Rolle spielte dabei das Salzmonopol Ga Ta Ciens in der Region, das natürlich auch Droni betraf. Noch wichtiger aber war der Konflikt um die Insel TschangFang in der Mitte des Fryyywan-Meers. Sie diente dem Königreich Droni als Freihandelszone, seit der König von Droni das Eiland dem Herzog von Maiins, Herrscher von Ga Ta Cien, beim Würfelspiel abgeluchst hatte. Eine nationale Schande in den Augen vieler Ciener, um so mehr, als Droni selbst vor der Küste Isrogants außerhalb des Fryyywan-Meeres lag und so seinen Einfluss erheblich ausgedehnt hatte. Gerüchte behaupteten, der König von Droni nutze die Insel TchangFang auch als Stützpunkt für Missionare der von ihm begründeten unabhängigen Kirche... und möglicherweise halte er dort auch seine schützende Hand über die gefürchteten Familienbanden der Tong, die im ganzen Umkreis Fryyywans kriminelle Machenschaften betrieben.

Ciener wie Cagn waren aus diesen Gründen eher seltene Gäste in Droni, und das galt um so mehr, weil er sich mit dem Studium der magischen Künste befasste, die in Ga Ta Cien selbst meist im

Verborgenen gepflegt wurden, weil der Einfluss der Kirche des Einen Gottes im Wüstenreich groß war.

Seine Erzählungen faszinierten Alica. Sie weckten ihre Reiselust, machten ihr überdeutlich, dass sie mehr von der Welt sehen wollte. Ga Ta Cien klang aufregend, und nach allem, was Cagn über seine Heimatstadt Maiins berichtete, wollte sie die Stadt auf jeden Fall eines Tages besuchen.

Mit Cagn? Vielleicht.

»Ich habe Dir beim Tagträumen zugeschaut und ich konnte nicht widerstehen, Dich zu überraschen.« Er lächelte, und fügte hinzu: »Aber es scheint nie zu funktionieren.«

Sie mochte sein Lächeln, auch wenn es ihn noch jungenhafter aussehen ließ, als er es mit seiner zarten Haut und seiner schlanken Figur ohnehin schon tat. Hinter der Fassade allerdings steckte ein Abenteurer: Er liebte Gefahr und Herausforderung, er brannte dafür, etwas zu erleben.

»Ich? Tagträumen?« entrüstete sie sich. «Niemals! Ich bin immer vernünftig und voll bei der Sache. Träumer kommen doch nirgendwohin!«

Er lächelte ein bisschen bei diesem Satz, der natürlich Unsinn war. Schließlich waren es Träume gewesen, die vor vielen hundert Jahren Pilger zum Heiligen Geysir gebracht hatten, um dort die Stadt Adjagard zu gründen, Keimzelle des tausendjährigen Imperiums.

Weiter diskutieren wollte er nicht. Er wusste, dass viele Frauen schwer zu stoppen waren, hatten sie einmal zu reden begonnen, und dafür hatten sie keine Zeit. »Lass uns hinaufgehen zum Unterricht.«

Nach vielen Treppenfluchten und Wendungen in verschiedenen Richtungen und einigen Moskitostichen erreichten sie den zweieinhalbten Stock. Sämtliche Stockwerke lagen im neu errichteten Teil der Schule, das Hauptgebäude diente lediglich zur Verteilung der Besucher an die richtigen Orte, sah man von den geheimen Räumen in diesen ehrwürdigen Mauern ab.

»Verdammte Steckmücken!» fluchte Cagn. «In dieser Höhe erwischen die Frösche sie nicht. Wir sollten ihnen Flügel geben!«

Bei sich dachte Alica, dass dieser junge Mann niemals auf einer Farm gelebt hatte, wenn er die paar Insekten hier schon lästig fand. Schmunzelnd schaute sie ihm zu, wie er nach einem der kleinen Quälgeister jagte, dann kicherte sie ein wenig bei der Vorstellung fliegender Frösche in den Fluren der Schule.

Sie selbst fing Cagn am Kragen seines Hemdes und zog ihn heran, um ihn zu küssen. Sofort waren Moskitos, fliegende Frösche und die

Welt um die beiden herum vergessen.

»Was für ein wunderschöner Abend für derlei Zärtlichkeiten, nicht wahr, meine Lieben?« Dr. Xion erschien ohne Vorankündigung sehr plötzlich von irgendwoher und öffnete die Tür zum Klassenraum.

Es war ein halbrunder, kleiner Saal mit kreisförmig angeordneten Stühlen, fast wie in einem Theater. An den Wänden hingen Karten, eine aufgeschreckte Eule flatterte aus dem Raum an ihnen vorbei nach draußen. An der Kopfseite standen fünf Buchständer auf edel geformten Metallfüßen. Statt viele Bücher in jedem Raum der Schule aufzubewahren, war es einfacher, die benötigten Seiten jeweils aus der Schulbibliothek auf die leeren Seiten der fünf Bücher zu beschwören – doch je seltener die wertvollen *glanhíre* wurden, um so häufiger griffen auch die magischen Akademien und Schulen auf Druckwerke aus Papier zurück.

Überall verteilt standen Kerzen, doch den größten Teil der Beleuchtung lieferten Glühwürmchen, die in den Klassenräumen zu Hause waren. Alica hatte gehört, dass sie an einem anderen Ort des riesigen Gebäudes mit speziellem Futter versorgt wurden, was wohl bedeutete, dass sie nicht immer im gleichen Raum blieben. Sie fragte sich, wie viel Magie nötig war, um die Tiere so zu dressieren, dass sie verlässlich kooperierten.

Der Klassenraum füllte sich mit Schülern, und Dr. Xion machte mit einem Räuspern auf sich aufmerksam. »Bitte, macht es euch gar nicht erst bequem, wir bleiben nicht lange hier, nur für eine kurze Einführung.« Er hatte eine beachtliche Stimme, vor allem angesichts seiner geringen Körpergröße: Er reichte Alica nur etwa bis zur Hüfte.

Sie mochte seine Einstellung, seine Begeisterung und die Tatsache, dass er immer für etwas zu kämpfen schien, stets engagiert nach einer Veränderung, einer Revolution, einer Weiterentwicklung strebte.

Dennoch, oder vielleicht auch gerade deswegen, war er einer der bekanntesten Magiere in weitem Umkreis, was möglicherweise der Grund dafür war, dass jegliches Unheil, das er mit seinen Ambitionen anrichtete, stets problemlos aufgeräumt und die Trümmer unauffällig vergraben wurden.

Die Gespräche der Studenten verstummten, sie lauschten mit offenen Ohren.

»Ich werde sechs von euch aussuchen, die anderen können für heute nach Hause gehen.« Kaum hatte er den Satz ausgesprochen, schien dem Doktor aufzufallen, dass das nicht besonders freundlich klang. »Bitte, nehmt es nicht persönlich. Mir geht es wirklich nur um die Anzahl der Teilnehmer.«

Er hob den Finger in das aufbrandende Stimmengewirr, offensichtlich zufrieden mit der Aufregung, die er erzeugt hatte.

»Könnte ich noch einmal um eure Aufmerksamkeit bitten?« fragte er. »Diejenigen unter euch, die ihr Leben opfern möchten für einen höheren Zweck und eine tiefgehende Erfahrung, geben bitte Handzeichen.«

Sein Tonfall blieb unaufgeregt, als sei das eine alltägliche Aufforderung. Die Schüler im Raum blickten einander unsicher an. Meinte Dr. Xion das Ernst? Worum ging es hier?

«Bitte, entscheidet euch jetzt.»

Einige waren noch unentschlossen. Hände wurden gehoben und wieder eingezogen, Köpfe geschüttelt und manches Kinn gerieben.

Ein knappes Dutzend Hände blieb schließlich übrig, Alica und Cagn eingeschlossen.

»Nun bin ich aber tatsächlich etwas enttäuscht, wie viele von euch meinen, euer Leben sei wertvoller ohne Abenteuer und gefährliche Erfahrungen«, stellte Dr. Xion fest. »Aber vielleicht meldet ihr euch auch nicht, weil ihr nicht an euch selbst glaubt, und daran, dass ich euch aussuchen würde als einen der sechs?« Er schüttelte traurig den Kopf. »Keine Tapferkeit, kein Ehrgeiz.«

Die verärgerten Gesichter ignorierte er. Er war ohnehin entweder geliebt oder gehasst, gleichermaßen bei Lehrern wie Schülern. In seinen Unternehmungen lag stets entweder größter Misserfolg oder höchster Ruhm, und dazu passte gut, dass er im einen Moment honigsüß sprach und im nächsten Augenblick mit scharfer Zunge schmerzhafte Spitzen verteilte.

»Nun gut. Meistens wählen eure Lehrer zufällige Teilnehmer kreuz und quer aus verschiedenen Teilen des Klassenraums, habe ich Recht?« Dr. Xion stand jetzt genau vor Alica. Sein Atem roch nach Minze – so stark, dass er vermutlich kaum etwas anderes zu sich genommen hatte. »Also breche ich mit der Regel und nehme sechs Leute aus der selben Reihe. Das ist ohnehin zufälliger als die andere Methode, denn wer rechnet schon damit?«

Dass sein Verhalten stets etwas seltsam war, war nichts Neues, aber heute schien er es zu genießen, seine Schüler zu zanken.

»Also sind wir dabei!« flüsterte Alica in Cagns Ohr.

Der junge Mann lächelte ihr zu und konnte nicht widerstehen, ihr einen Kuss auf die Stirn zu drücken – nachdem er eine dichte Strähne dunklen Haares zur Seite geschoben hatte.

»Ja, ja, ich freue mich auch auf unsere Stunde!« Dr. Xion bedeutete dem Rest der Klasse, den Raum zu verlassen. Alica sah Dutzende

Schüler aus der Klasse marschieren, mit verwirrten oder beleidigten Gesichtern. »Nun können wir beginnen.«

Wenig später standen alle Sieben am Ufer des großen Teichs im ersten Stock der Eingangshalle. Ihr Erscheinen hatte das Konzert der Frösche verstummen lassen. Nachdenklich starrte Dr. Xion auf sein Spiegelbild im dunklen Wasser. Er wartete darauf, dass der erste seiner sechs Schüler sich vorstellte, wie er sie alle gebeten hatte. Die meisten von ihnen kannte er zwar, aber eigentlich doch nur oberflächlich.

»Ich heiße Aireen und bin im ersten Jahr hier an der Schule.« Die Sprecherin stand links von Alica, ein rothaariges Mädchen, das noch sehr jung wirkte. Sie schien nett zu sein, aber auch ein wenig von sich selbst eingenommen. Sicherlich gehörte sie zu den Menschen, die ihre Meinungen anderen aufdrängten und nicht merkten, wenn sie zu nerven begannen.

»Cagn, im dritten Jahr. Ich komme aus Maiins in Ga Ta Cien.« Er sagte das mit einem breiten, einnehmenden Grinsen, und Alica schmunzelte, weil das so typisch für ihn war. Sie hatte ihn in den letzten Wochen wirklich lieb gewonnen. Er war sympathisch, offen, einer der wenigen, der ihr ihre zeitweise Ungeschicklichkeit nachsah und sie niemals spüren ließ, dass sie vom Land kam und alles andere als eine feine, wohlerzogene Lady war.

»Ich bin Maqo«, sagte ein gut gebauter, aber sehr stiller Mann. Er sah nicht aus wie ein Schüler, aber es gab viele bereits erwachsene Studenten in Shearland, so dass eher seine Größe und sein breites Kreuz ihn zu einer Ausnahmeerscheinung machten.

Gegenüber von Alica stand ein dunkelhäutiger, überschlanker Mann, der sich selbst als »Jeerling« vorstellte. Dann war Alica an der Reihe. Sie war in ihrem zweiten Jahr, 18 Jahre alt, und sie gehörte zu den Schülern, die schon früh durch besonderes Talent auffielen.

Sie war froh, dass der größere Teil der Gruppe aus Männern bestand. Nicht so sehr, weil sie mit Frauen nicht klargekommen wäre. Sie mochte es, gleichrangig unter Männern akzeptiert zu werden. In ihrem Heimatdorf war den Frauen eine eher untergeordnete Rolle zugefallen, wie es oft der Fall war in Isrogant, ganz besonders, seit die Mystik aus der Welt verschwand, in deren Lehren Männer und Frauen gleichermaßen bedeutsam waren.

Der letzte der Ausgewählten war eingewickelt in schwarze Kleidung, die viel zu groß zu sein schien. Mit den ebenmäßigen Gesichtszügen und dem kurzen Haarschnitt war unmöglich zu erkennen, ob es sich um einen Mann oder eine Frau handelte.

Irritierenderweise wollte er oder sie keinen Namen nennen, und weil auch Dr. Xion entgegen den Gepflogenheiten der Schule nicht darauf beharrte, zuckten alle nur die Schultern und ließen es dabei bewenden.

»Heute ist weithin in Vergessenheit geraten, dass vor mehr als einem Jahrhundert Krieg herrschte in Droni. Unser Inselreich gehörte nicht zur Ius Adjagard, und so kümmerten sich weder der Kaiser auf dem Geysirthron noch seine Adjagarenritter darum, was hier draußen vor den Toren des Fryyywan-Mittelmeers geschah.«

Dr. Xion blickte in die Gesichter seiner sechs Schüler, die jetzt aufmerksam zuhörten. Er wusste, dass die Große Flut und die herrschende Familie der Vale von Westenras in Droni dafür gesorgt hatten, dass über den Bürgerkrieg nicht mehr gesprochen wurde. Aber nicht nur der Krieg, auch viele andere Fakten waren in den Wirren dieser Zeiten verfälscht oder vergessen worden.

»Der Frieden, der schließlich geschlossen wurde, war brüchig. Auch wenn die meisten sich irgendwie daran hielten, so gab es doch ein Dorf, in dem sich Widerstandsgeist hielt. Seine Einwohner blieben kriegerisch, und sie überzogen das Umland mit Streit und Verderben.«

Sein Blick richtete sich wieder gedankenverloren auf den Tümpel. »Dieses Dorf war nichts besonderes. Wäre es von der Landkarte verschwunden, niemand hätte es ernstlich vermisst. Es lag inmitten dichten Waldes, und die umliegenden Städte waren nur all zu leicht bereit, daran zu glauben, dass dieses Dorf aufgelöst wurde, um einer neuen magischen Schule Platz zu machen. Zugleich lag es nahe an der Küste. So nahe, dass es zum Zeitpunkt der Großen Flut fast vollkommen vernichtet wurde.«

Der Lehrer unterstrich seine Worte mit erhobenem Finger. »Das ist bedeutsam! Denn wenngleich die Große Flut halb Isrogant zerstörte, das gewaltige Imperium von Adjagard hinwegspülte und das Gesicht unserer Welt für immer änderte, so blieb das Inselkönigreich Droni doch davon unbeeinflusst. Fast komplett. Bis auf dieses kleine Stück Land, auf dem eine unbeugsame Gemeinde sich gegen einen aufgezwungenen Frieden stemmte und deswegen einer mystischen Schule Platz machen sollte.«

Die Schüler wechselten unbehagliche Blicke. Diese Geschichte klang seltsam, und sie passte nicht zu dem, was sie bisher gelernt hatten.

»Seit der Errichtung der Schule nach der Flut begannen die Menschen zu glauben, dass die Schule schon immer hier gewesen sei. Schließlich gab es alte Ruinen aus der Zeit vor der Katastrophe, und es gab wieder aufgebaute Gebäude, und war das alles nicht vollkommen logisch?« Dr. Xion sprach, als denke er laut für sich selbst, nicht für Zuhörer. Doch jetzt wachte er auf und blickte seinen Zuhörern ins Gesicht: »Ist es nicht erstaunlich, wie der menschliche Geist arbeitet? Wie wenig die Leute sich um die Wahrheit kümmern, wenn sie nur etwas leicht verdauliches vor die Nase gesetzt bekommen?«

»Und dieses Dorf hieß Shear?« fragte Cagn in die folgende Stille.

Alica hörte die anderen laut schlucken, aber Dr. Xion ignorierte den Einwurf und fuhr unbeirrt fort: »Was wirklich geschah in dieser Zeit, das wurde zum Geheimnis: Die großartigen Magier verwandelten das Dorf und seine Feinde, die lieber für einen guten Kampf lebten als in Frieden zu sterben, und versiegelten es mitsamt seinen Einwohnern, so dass es unerreichbar wurde für die, die Frieden wünschten und somit unbehelligt blieben. Und vergaßen, dass es jemals Alternativen gegeben hatte.«

Dr. Xion nahm einen tiefen Atemzug.

»Und an eben jener Stelle, wo einst das Dorf Shear stand, befindet sich jetzt unsere Schule. Und wir, die wir hier Magie unterrichten und ausüben, wir bewachen den versiegelten Ort.«

Alica starrte hinunter auf den Teich, erinnerte sich an all die Erzählungen darüber, dass er keinen Boden habe – ein Tabu, das niemals hinterfragt wurde.

Das Wasser war klar, kleine Wasserpflanzen schwammen an seiner Oberfläche, bewegten sich mit den zahmen, friedlichen Wellen, die der Luftzug verursachte. Ganz so, als gebe es hier nichts zu verbergen. Sie sah ihr eigenes Spiegelbild und das der anderen, die nun auch hinunterblickten auf das Wasser des Teichs, langsam verstehend, worauf Dr. Xion hinaus wollte.

Es war der Teich. Unter dem Teich war sie versteckt, die alte Siedlung Shear.

Dr. Xion zeigte jetzt sein berüchtigtes Grinsen. »Ja, jetzt wisst ihr alle, worum es hier geht. Und auch, warum ich nicht die ganze Klasse mitnehmen kann zu dieser Expedition. Ich brauche sechs Magiere, die mir mit dem Eröffnungszauber helfen, und wie ihr euch sicher vorstellen könnt, konnte ich das kaum den mutlosen Lahmärschen erzählen, die diese Schule führen.«

Er beugte sich hinunter zum Wasser und stupste mit einem Finger auf seine Oberfläche, so dass sich Wellen in alle Richtungen kräuselten. »Und wie ich schon gesagt habe, riskiert ihr alle wirklich euer Leben. Für mich... für mich spielt das keine Rolle. Meine gesamte Familie ist gestern gestorben. In einer Feuersbrunst, während ich unterwegs war.«

Die Schüler wechselten erschreckte Blicke. War das die Wahrheit? Wie konnte er so etwas dramatisches mit einem solchen Nebensatz abtun? Hätten sie nicht davon hören müssen, wenn etwas so schreckliches geschehen wäre, noch dazu einem so bekannten Lehrer an der Shearland-Schule, in deren Korridoren sich Gerüchte und Neuigkeiten sonst so schnell verbreiteten?

Auch Alica war wie vor den Kopf geschlagen. Mit einem Mal erschien Dr. Xion nicht mehr leichthin, nicht mehr locker, sondern vielmehr manisch. Etwas leuchtete in seinen Augen, und sie konnte kaum fassen, dass sie es zuvor nicht gesehen hatte.

Und hatte er nicht gerade allen Ernstes gesagt, dass es ihn nicht scherte, ob er selbst oder irgendeiner seiner Begleiter bei diesem Abenteuer den Tod fanden?

Sie blickte zu Cagn neben ihr, der leicht die Schultern hoch zog. Ich weiß es nicht, sagte diese Geste. Ich habe keine Ahnung, ob das stimmt oder was in den Mann gefahren ist. Aber es spielte etwas um seine Lippen, das die Zweifel Lügen strafte. *Ob Dr. Xion wahnsinnig ist oder nicht,* sagte dieser Gesichtsausdruck, *es ist mir egal. Ich wollte etwas erleben und an die Grenzen gehen. Und hier bin ich!*

Alica teilte dieses Gefühl. Sie fühlte sich ruhig und allem gewachsen, nur ein kleiner Strom flüssigen Feuers floss durch ihre Glieder.

Die Reaktion der anderen war ganz unterschiedlich. Aireen, das rothaarige Mädchen, griff sich an den Kopf und begann zu zittern, bis Jeerling sie schließlich in den Arm nahm, die anderen schauten argwöhnisch auf das Wasser zu ihren Füßen, sagten aber nichts.

»Der Zauber wurde geschlossen, als ihr alle euch am Rand des Teiches vorgestellt habt. Wir haben uns um diese Zeit getroffen, weil die Magiewinde günstig stehen. Unser *achí* ist verbunden, die Reise kann beginnen.«

Mit diesen Worten hob er die rechte Hand, und Alica sah einen hell strahlenden Kristall in tiefem Rot – sein *glanhír*, der magische Stein, der das *achí* bündelte und ohne den die wenigsten Zauber gelingen konnten.

Plötzlich spürte sie einen Sog aus dem Teich. Ein kraftvoller Wind zog sie in Richtung des Wassers, dann mitten hinein. Sie fühlte, dass Cagn versuchte, ihre Hand zu halten, doch es war zwecklos: Das Gefühl, keine Luft zu bekommen, nahm ihr die Kontrolle über Arme und Beine, und unwillkürlich riss sie sich los, während Luftblasen aus ihrem Mund strömten und ihre Lungen explodieren wollten. Ihr Haar schwebte um ihren Kopf, dann legte es sich um ihren Hals und würgte sie. Sie verlor das Bewusstsein.

Eine Wasserfontäne, ein Geysir adjagarischen Ausmaßes. Zerplatzende Wasserblasen. Quak Quak. Quak Quak Quak. Herzschläge, so stark, dass sie Häuser zertrümmern könnten.

Alica öffnete ihre Augen. Sie atmete schnell und hektisch, mit weit geöffnetem Mund. Ganz langsam beruhigte sie sich, spürte den Boden unter ihrem Rücken, sah die anderen um sich herum. Rund um die laut schnaufenden Neuankömmlinge sprangen Dutzende moosgrüner Frösche. Quak Quak.

»Wir sind hier«, ertönte Dr. Xions Stimme über dem froschigen Chor. Seine sechs Schüler kamen langsam auf die Füße, wandten ihre Köpfe in alle Richtungen, froh, noch am Leben zu sein.

Ihnen war kalt, aber sie waren alle unverletzt. Sie befanden sich in einer aus Holz gebauten Kammer, die ein einziges großes, mit einem Vorhang versehenes Fenster besaß, aber ein eigenartiges Gefühl von Instabilität vermittelte – wie eine alte Jagdhütte, um die sich lange niemand mehr gekümmert hatte.

Alica bemerkte, dass der Boden nur dünn war und Löcher zwischen den einzelnen Holzbrettern klafften, so groß, dass man hätte hindurchsehen können, wenn man das wirklich wollte.

Es war ausgerechnet Aireen, die als erstes an das Fenster trat und mit zitternden Fingern den Vorhang zur Seite schob, um frische Luft hineinzulassen und selbst hinaus zu blicken. Erschrocken fuhr sie zurück.

»Es ist... W-w-wir...«, begann sie, händeringend, bevor sie ihren Satz zu Ende brachte: »Wir müssen mindestens eine Meile über dem Erdboden sein!«

Cagn kniete sich hin und tat, was Alica nicht übers Herz gebracht hatte: Er blickte zwischen den Bodenbrettern hindurch nach unten.

»Gute Nachrichten, Jungs und Mädchen. Aireen hat Recht, es befindet sich nur eine wenige Zentimeter dicke Holzschicht zwischen uns und einem freien Fall auf felsigen Boden. Wobei das nur stimmt, wenn wir vorher die vielen Felszacken überleben, und die Bäume, die überall aus den Bergen hervorragen.« Er richtete sich auf und sah mit hochgezogenen Augenbrauen in die Runde. »Es scheint, dass dieses Häuschen genau zwischen zwei Bergkuppen gebaut ist, mit nichts als Luft unter dem Fußboden.«

Fünf Augenpaare weiteten sich erschrocken, nur Dr. Xion grinste. Er zog die Halskette, an der sein *glanhír* befestigt war, wieder über seinen Kopf, behielt den Stein aber in der Hand, als warte er auf etwas.

Alica hielt sich an ihrem ledernen Rucksack fest. Es gab ihr Sicherheit, alles bei sich zu haben, was ihr wichtig war. Sie besaß nicht viel – ein Notizbuch, Stifte, ein warmes Hemd und einige leere Glasfläschchen, in denen sie Erinnerungsstücke aufhob. Wie jeder Zauberer bewahrte sie die wirklich wichtigen Dinge nicht in ihrer Tasche, sondern in ihrem Inneren: Magie war eine Frage der Einstellung, eine geistige Übung.

Um ihren Hals hing ihr eigener *glanhír*. Es würde noch viel Zeit vergehen, bevor sie einen vollwertigen magischen Kristall erhielt, der sie ihr Leben lang begleiten würde, wenn sie sparsam genug damit umging. Jetzt trug sie noch einen minderwertigen Kristall, wie ihn Schüler nutzen durften. Die Steine verbrauchten sich mit jedem gewirkten Zauber, und sie waren wertvoll bis zur Unbezahlbarkeit. Neben dem *glanhír* war ein anderer kleiner Edelstein befestigt, den sie von ihrer Mutter mit auf die weite Reise bekommen hatte.

Was sie wohl denken würde von der merkwürdigen Situation, in die ihre Tochter wieder einmal geraten war? Vermutlich wäre ihr einziger Wunsch in dieser Situation eine zügige Heimreise gewesen. Ein warmes Herdfeuer, um nach dem Schrecken die Hände daran zu wärmen. Alicas Familienmitglieder waren bescheiden und schlicht, sie kannten ihren Platz in der Welt und wollten daran auch nichts ändern.

Die Erinnerung an diese Lebenseinstellung gab Alica ihre Kraft zurück. Sie war nicht umsonst aus dem einfachen Leben geflüchtet. Jetzt gab es keine Kapitulation vor den Konsequenzen.

»Wenn wir schon einmal hier sind«, sagte sie, »sollten wir uns dann nicht ein bisschen umschauen? Was denkt ihr?«

Sie erntete zustimmendes Gemurmel von den anderen. Dr. Xion sagte nichts, er hatte sich auf dem Boden ausgestreckt und lag dort regungslos, als befinde er sich in einer anderen Welt. Was ja vielleicht sogar stimmte.

Der Raum, in dem sie angekommen waren, war leer, bar jeden Möbelstücks und ohne Leben, wenn man von den Fröschen absah. Die Tiere waren allerdings alle so nass, dass sie wohl mit ihnen gemeinsam angekommen waren. Um die lähmende Unsicherheit abzuschütteln, begannen sie, im Raum umherzuwandern. Cagns Hand berührte leicht die Alicas, wenn sie einander begegneten. Es gab nicht das geringste Zeichen für einen Ausgang aus der Hütte, und sie wagten nicht, an die Wände oder den Boden zu klopfen, aus Angst, die Hütte könnte dann komplett in sich zusammen fallen.

»Wir sollten unsere *glanhíre* benutzen. Wer weiß, vielleicht sind sie hier viel stärker als sonst. Immerhin befinden wir uns an einem magischen Ort«, sagte Maqo.

Alica hatte ihre Zweifel, dass dieser Ort wirklich magisch war. Es erschien ihr, als wäre eher der Zugang magischer Natur, nicht die Umgebung, aber sicher konnte sie sich nicht sein, und Maqo hatte zumindest einen Vorschlag gemacht, der Aktivität versprach.

Sie wanderte zu Dr. Xion, näherte sich ihm ganz vorsichtig, um keine plötzliche Reaktion zu provozieren. Es kam keine. Langsam löste sie den *glanhír* von seinem Hals. Niemand sagte etwas dazu.

»Dieser Stein hat uns hierher gebracht. Und Xion selbst hat im Moment wohl keine bessere Verwendung dafür, als uns am Leben zu erhalten«, sagte sie. Die anderen schwiegen noch immer. Mit dem einzigen vollwertigen *glanhír* hatte sie auch die Führung übernommen.

Und so schloss sie die Augen und ließ *achí* fließen, wie sie es seit über zwei Jahren täglich übte.

In der Wand gegenüber des Fensters entstand ein kreisrunder Rahmen, mit Nebelschwaden gefüllt, durch die hindurch ganz langsam das Bild der dahinter liegenden Berglandschaft erschien.

Die Oberfläche war zerklüftet, die Gipfel erinnerten an Dornen. Sie umgaben ein Tal, das allerdings leer war. Keine Flüsse, keine Seen waren in Sicht, dafür aber eine Menge Bewegung am Fuß der Berge. Aggressive Bewegungen, die von beeindruckenden Kreaturen stammen mussten.

»Wenn es hier ein Dorf gibt, müsste es doch eigentlich dort im Tal liegen, oder nicht?« bemerkte Cagn.

Es gab ein wenig Gemurmel, aber dann stimmten alle zu.

»Ich sehe kein Dorf, und diese Wesen dort unten wirken reichlich furchteinflößend. Vielleicht haben sie die Siedlung ja zerstört?« meinte Alica. Das war natürlich ziemlich aus der Luft gegriffen, aber war nicht dieses Tal ausschließlich dazu bestimmt, einen Krieg auszutragen, bei dem es am Ende auch Gewinner und Verlierer geben konnte?

»Die Bewegung dort unten hat eine Richtung«, sagte Jeering unvermittelt. Alle starrten ihn an. Er zuckte die Achseln und deutetet mit der Hand auf den magischen Nebelrahmen, den Alica erzeugt hatte. »Wenn ihr mich fragt, sind sie auf dem Weg hierher. Ich weiß ja nicht, aber es ist immerhin möglich, daß sie Magie spüren.«

Das war nicht unwahrscheinlich. Sie alle hatten sich mit magiefühligen Tier- und Pflanzenarten beschäftigt, und auch wenn viele dieser Rassen aus Isrogant verschwunden waren, vor allem seit der Großen Flut – wer sagte ihnen, dass das auch an diesem magisch versiegelten Ort der Fall war?

Jeering trat neben das magische Fenster und blickte genauer hin. »Vielleicht waren ja Zauberer unter den Dorfbewohnern. Möglicherweise haben diese Wesen ihre *glanhíre*, mit etwas Pech beherrschen sie sogar den einen oder anderen simplen Zauber.«

Der Raum erzitterte leicht, obwohl niemand von ihnen sich bewegt hatte. Für einen kurzen Moment hielten alle die Luft an.

Dann sprang Aireen zum Fenster. Auf irgendeine Weise fühlte sie sich verantwortlich dafür, nachdem sie es gewesen war, die zuerst hinaus gesehen hatte. Das Haus vibrierte jetzt stärker.

»Da ist eine Wolke unter uns!« rief sie. Dann, ohne für Alica ersichtlichen Grund, griff sie an ihr Ohr, wo sie beeindruckende Ohrringe trug, nach neuester dronischer mode. Mit entschlossener Bewegung zog sie einen davon ab und warf ihn aus dem Fenster. »Hey, Leute! Sie trägt meinen Ohrring! Die Wolke trägt meinen Ohrring!»

Die ganze Gruppe strebte zum Fenster. Alica blieb geistesgegenwärtig genug, um die anderen daran zu erinnern, in dieser brüchigen Hütte nicht zu viel Gewicht auf den gleichen Punkt zu verlagern.

Sie sah Cagns Lächeln, mit dem er sie betrachtete. Es lag Stolz auf sie darin, und das machte sie fröhlich. Selbst in dieser unsicheren Situation fand er Zeit und Nerven, ihr seine Zuneigung zu zeigen.

Bislang hatte vor allem sie ihre Beziehung immer in der Schwebe gehalten. So unpassend der Moment war, fand sie ihre bisherigen Zweifel doch plötzlich lächerlich, und ein paar Schmetterlinge in ihrem Magen begannen, zu flattern.

In diesem Moment schlug ein Pfeil von unten durch den Holzboden, von der Größe eines ausgewachsenen Mannes, mit krachendem Splittern. Er spaltete Cagn in zwei Hälften.

Alica hörte ihre eigene Stimme, laut kreischend, wie die einer Fremden. Mehr dieser monströsen Pfeile schossen an ihr vorbei nach oben.

Hier und Jetzt.

Alica fühlte sich, als sei sie zwischen zwei mahlende Mühlsteine geraten. Ihr Kopf schmerzte, ihre Augen waren trocken wie eine Wüste. Noch immer konnte sie die Frösche hören, ihr aufdringliches Quaken. Vor ihrem inneren Auge stand das Bild des armen Cagn, seine Augen auf den beiden Seiten der riesigen Pfeilspitze, noch zwinkernd, als ob er nicht begreifen könne, dass es für ihn vorbei war.

Ihr Atem rasselte, während Erinnerungen ihren Geist überfluteten, zu schwer und zu detailliert, um sie alle auf einmal zu verkraften.

Die Reue, sich auf dieses Abenteuer eingelassen zu haben, der Verlust von Cagn, die verpasste Chance mit diesem jungen Mann, der ihr gewachsen war und ihre Leidenschaft und ihr Talent teilte.

Damals.

Sie sah den anderen zu, wie sie durch den durchlöcherten Boden nach unten stürzten, dann fiel ihr auf, dass die Frösche verschwunden waren. Wo waren sie hin?

Ihr Blick begegnete dem Dr. Xions, der wie durch ein Wunder von keinem der Pfeile getroffen worden war, sondern jetzt den Kopf hob. Der Wahnsinn in seinen Augen war verschwunden, stattdessen stand Entsetzen darin, doch überlagert von einer Müdigkeit, die ihn so hinfällig erscheinen ließ wie einen alten Mann.

»Alica«, sagte er leise. Ein weiterer Pfeil schlug durch den Boden und bis fast zur Decke, von wo er krachend herunterfiel. Alica hörte von draußen, aus der Wolke, einen unmenschlichen Schrei, der ihr einen Schauer den Rücken herunterjagte. Etwas nasses, warmes berührte ihre Hand, und als sie hinblickte, fuhr sie erschrocken zurück. Cagns Blut. Ihr Zurückweichen rettete ihr das Leben, denn der nächste Pfeil schlug ein, wo sie eben noch gewesen war. Dann hörte es auf. Nur das Schreien ging weiter.

Ihre plötzliche Bewegung hatte sie auch in Reichweite von Dr. Xions Hand gebracht, und er griff erstaunlich fest nach ihr, zog sie zu sich herunter.

»Das Wasser ist es, Alica«, flüsterte er. »Das Wasser.«

Sie verstand nicht.

»Deswegen sind die Frösche wieder verschwunden. Sie waren noch vom Wasser des Tümpels bedeckt, und es hat sie zurückgebracht. Nur dass du mehr Wasser brauchst, und vermutlich noch wirst nachhelfen müssen. Dein Körper ist größer, dein Geist komplexer als bei den Tieren.«

Nur langsam dämmerte ihr, was er meinte.

»Ich brauche Wasser«, wiederholte sie. Jetzt verstummte das Schreien von draußen, und das war fast noch schlimmer, denn es hatte etwas endgültiges.

»Ich habe Wasser«, antwortete der Doktor, und drückte ihr etwas in die Hand. »Trink etwas davon, gieß dir den Rest über den Kopf – und benutze den *glanhír*. Denk nicht zu lange nach, es ist viel schlimmer hier, als ich erwartet hatte.« Er verstummte, fügte dann langsam hinzu: »Wer hätte gedacht, dass sie alle verschwunden sind, dass sie verloren haben gegen diese... Bestien.«

»Wieso wusste das niemand?« fragte Alica verstört.

»Es war doch niemand mehr hier! Sie haben diese armen Menschen der Einsamkeit ausgesetzt, all diese Jahre, und niemand hat mehr nach ihnen gesehen. Eine Verbannung, wie sie schlimmer und endgültiger nicht sein könnte...«

Sein Griff um ihr Handgelenk wurde härter.

»Und es ist nicht das einzige Versteck dieser Art. Überall in Isrogant... Es braucht keinen Schwarzmagier, um schreckliches zu tun!«

Alica war erschüttert von dieser Neuigkeit, mit der in der magischen Welt natürlich niemand hausieren ging, doch dann wurde ihr wieder bewusst, wo sie war, weil das Haus erbebte und an einer Seite absackte. Dr. Xion geriet ins Rutschen. Er ließ sie los, glitt auf dem splitterigen Boden nach unten.

»Das Wasser!« rief er. »Benutze das Wasser!«

Und das tat sie.

Sie verbrauchte das Wasser, das er für die Rückkehr aller sieben Teilnehmer ihrer Expedition gedacht hatte, und verbrannte seinen *glanhír* für einen einzigen Zauber... unerfahren und verängstigt, wie sie war.

Nie wieder sprach sie über diesen Vorfall, den sie niemandem hätte erklären können. Und sie verließ die Shearland-Schule so schnell wie möglich, mit einem Stipendium für die magischen Akademien des Reichs der Elf Großen Stadtstaaten weit nördlich vom Fryyywan-Meer.

Hier und Jetzt.

Erst jetzt kam sie endgültig zurück in die Wirklichkeit. Und diesmal wusste sie, wo sie war und mit wem.

»Du siehst nicht gut aus«, hörte sie die Stimme von Louis, dem alten Gärtner. »Kopfschmerzen, scheint es. Das sollte keine Folge des Erinnerungsaustauschs sein.«

Alica schüttelte langsam den Kopf, legte ihre Hand auf die des alten Mannes, wobei sie gar nicht wusste, ob sie damit ihm oder ihr selbst ein Signal zur Entspannung geben wollte.

»Es waren keine besonders schönen Erinnerungen.«

»In unseren Köpfen sind viele böse Dinge eingeschlossen, damit das Leben weitergehen kann«, entgegnete er.

Damit konnte er Recht haben.

»Im Kopf jedes Menschen«, fügte er hinzu. »Wir werden jetzt einen alten Freund besuchen.« Er deutete auf eine Gestalt, die durch das Moos zu ihnen herüberkam.

Alica blinzelte, als sie erkannte, wer es war: Es war Louis selbst, und in diesem Moment veränderte sich die Umgebung schlagartig. Sie waren auf dem Weg in eine andere Erinnerung.

Louis – der andere Louis – trat auf eine mit Steinen gepflasterte Straße, ein wenig hüpfend wie ein fröhlicher kleiner Junge, gleichzeitig aber bei jedem Schritt auf seinen hölzernen Stock gestützt.

»Das seid Ihr!« stellte sie fest.

»Das bin ich, vor einigen Jahren. Um der Wahrheit die Ehre zu geben: Ich kann mich nicht wirklich erinnern, wie viele Jahre, aber es spielt wohl auch keine Rolle.« Der alte Mann wurde mit einem Mal leicht durchsichtig. »Die Erinnerungen von Bennus mixen sich mit meinen eigenen, deswegen ist meine Existenz hier nicht so eindeutig, wie es bei Yinni der Fall war.«

Sie beobachteten aufmerksam den alten Mann, der die Straße entlang ging und schließlich eines von mehreren Häusern in einer langen Reihe betrat.

Es war eine schmale Seitenstraße, aber das Tageslicht beleuchtete die Umgebung sehr genau.

»Diese kleine Gasse liegt in Maiins. Sie ist nicht groß genug, um einen eigenen Namen zu haben, und nicht schmuddelig genug, um eine der berühmten Hurenstraßen zu sein. An diesem weit entfernten Tag war ich mir nicht sicher, ob ich fröhlich oder traurig sein sollte, also entschied ich, einfach beides zu sein«, erklärte der durchsichtige Louis.

Alica lächelte über diese Idee, während sie dem alten Mann in das Haus folgten. Es sah gemütlich aus, und schnell bemerkte sie die zwei Männer, die an einem Tisch saßen.

»Da waren wir also. Er brachte den besten Wein aus seinem Keller und betrachtete mich durch sein Weinglas.«

Die Lippen der beiden Männer bewegten sich, aber sie konnten nicht hören, worüber sie sprachen. Vermutlich lag es daran, dass Louis hier bei ihr war und seine Anwesenheit die Erinnerung durcheinander brachte. Vielleicht konnte er als Teilnehmer die Erinnerung auch beeinflussen?

»Wie viele deiner Freunde sind noch am Leben? Das hat er mich gefragt, und obwohl er das mit freundlichem Lächeln tat, bin ich fast in meinem Weinglas ertrunken.«

Genau das geschah in diesem Moment: Der erinnerte Louis verschluckte sich bei der unerwarteten Frage, hustete, erholte sich aber schnell.

»Also habe ich ihm gesagt, dass ich in einem Alter bin, in dem diese Frage keinerlei Bedeutung mehr hat. Ganz einfach, weil es keine Zukunft mehr gibt für diese Antwort oder die Frage selbst.«

Der alte Mann in der Erinnerung kratzte sich am Kopf, fand einen Floh und aß ihn. Alica sah es mit Ekel, nicht vor dem Mann, aber vor seinem Snack, und bemerkte bei sich, wie seltsam es sein musste, sich selbst von außen zu sehen.

»Und ich dachte, Ihr wäret Vegetarier«, scherzte sie.

»Natürlich, das bin ich auch. Deswegen esse ich auch nur Vegetarier!« Der durchsichtige Mann neben ihr schmollte, und das brachte sie zum Schmunzeln. Es war gut, dass er Humor hatte.

Ernsthafter fügte er hinzu: »Ich habe es ihm erklärt. Wenn ich eine Straße überquere, spüre ich all die Geister, die diese Welt schon verlassen haben. Der Geruch gebratenen Schweinefleischs setzt bei mir Erinnerungen frei an betrunkene Unterhaltungen, die die Luft erfüllt haben an Orten, an denen ich mit einem Freund gesessen und solches Fleisch gegessen habe. Wo auch immer ich bin, begleiten mich alte Geschichten und die Geister vergangener Menschen. Und das ist auch alles. Da ist nichts zu tun, nichts ist offen geblieben.«

Alica nickte, obwohl sie sich nicht ganz sicher war – nicht, ob sie ganz verstanden hatte, was er meinte, aber auch nicht, ob sie daran glaubte, dass er Recht hatte.

Ihr Blick blieb an dem Louis der Erinnerung haften, dann an dem, der neben ihr stand, und sie bemerkte, dass es keinen Unterschied gab. Ganz egal, wie lange diese Unterhaltung her sein mochte, er hatte sich nicht im geringsten verändert. Als ob er aufgehört hätte, älter zu werden, weil er schon die maximale Anzahl an Jahren erreicht hatte.

»Ich habe ihm erklärt, dass ich meine Freunde besuche, während ich über den Friedhof wandere. Für mich gibt es keine langen Spaziergänge mehr, auf denen wir uns ausmalen, wie wir den Himmel erreichen oder die Welt erobern. Ich besuche meine Freunde in ihrer Vergangenheit, und was ich ihnen erzählen kann, ist nur, dass ich immer noch nicht so nah bei ihnen bin wie sie selbst.«

Kurze Spaziergänge ohne Zukunft. Sie verstand jetzt, dass er die Erinnerungen anderer Menschen bereiste, weil er keine Zukunft mehr mit ihnen hatte.

»Ich bin zu einem Museum geworden«, fuhr er fort. »Ich bin ein

Chronist, dem in der Welt der Lebenden kaum jemand zuhört, doch für die Toten der Beweis ihres Wirkens in dieser Welt, in manchen Fällen vielleicht der einzige.«

Während der erinnerte Louis das seinem Freund erklärte, sank der durchsichtige alte Mann, der Alica begleitete, auf einen leeren Sessel, und mit einem Mal sah er wirklich so alt aus, wie er war: Er hatte alles gesehen und alles erlebt, Brücken errichtet und abgebrochen, so viele Steine in seinem Herzen getragen, dass ihm schon ein Lächeln wehtat.

Und während er so da saß, erhaschte sie einen kleinen Blick in sein Inneres. Dieser Tag war außergewöhnlich, weil er eine junge Frau getroffen hatte, die bereit war, ihm und den Geistern des alten Friedhofes zuzuhören. Das war überraschend und schön, der erste solche Besuch seit zehn Jahren, und doch wurde er jetzt müde. Er wollte zurück zum Alten Friedhof, allen eine gute Nacht wünschen und zu seiner winzigen Hütte gehen, in dem versteckten Winkel unter dem Großvaterbaum. Er würde die Tür hinter sich fest verschließen, wie er es seit einiger Zeit zu tun begonnen hatte.

»Ja, ich weiß, was Du meinst.« Bennus, der mit dem alten Mann an seinem Tisch saß, sprach zum ersten Mal laut und vernehmlich. »Deine große Gabe muss eine noch größere Last für dich sein.« Er hatte lang und geduldig zugehört, bevor er diesen Satz sagte.

Louis schien die Aussage nicht zu mögen, als ob es darin eine versteckte Botschaft gäbe. Enttäuscht schüttelte er den Kopf.

»Ich weiß, dass du mir deinen Sohn nicht ohne Grund geschickt hast«, sagte er. »Und du weißt sehr genau, dass ich den Alten Friedhof für nichts und niemanden mehr verlassen würde, außer auf den Ruf meines allerletzten Freundes hin.« Er hielt kurz inne, dann versetzte er: »Bennus, ich glaube nicht, dass ich Dir irgendetwas schulde.«

»Nein, Louis«, sagte Bennus. Alica fragte sich, ob es Schuldbewusstsein war, das sie auf seinem Gesicht sah. »Ich möchte gar nichts von dir, außer dass du mir zuhörst. Es ist jetzt vierzig Jahre her, seit diese schreckliche Sache passiert ist. Ich habe all die Jahre nach dir gesucht, bis ich schließlich aufgegeben habe, um mich niederzulassen und eine Familie zu gründen. So, wie es die meisten Menschen tun. Ich dachte, das würde mich glücklicher machen. Was für ein Dummkopf ich war.«

Bennus zeigte auf seinen Sohn, der in einer Ecke des Raumes stand, wie Alica erst jetzt bemerkte. Er lehnte lässig an einer Wand und hörte dem Gespräch der beiden Älteren zu, zeigte deutlich sein Desinteresse.

»Meine Frau ist gestorben, weil mein feiner Sohn das Geld

versoffen hat, das wir für ihre Medizin benötigt hätten. Und jetzt steht er dort, wartet wie eine Hyäne darauf, dass auch ich endlich meinen letzten Atemzug tue.«

Der Sohn schnaubte nur bei diesen Worten, als wolle er sie noch bestätigen. Ein Blick in sein Gesicht zeigte Alica, dass er nicht intelligent genug war, um wirklich bösärtig zu sein. Er war nur selbstsüchtig und dumm, und das brachte Grausamkeit und Arroganz mit sich.

»Niemals hätte ich noch damit gerechnet, aber als ich eines Tages meinen wertlosen Sohn aus einer Bar abholte, sah ich dort dich, direkt vor meinen Augen, so steinalt wie ich selbst, aber doch auf dem Tisch tanzend, ausgelassen wie ein junger Bock.«

Bennus gab sich redlich Mühe, über dieses Bild zu grinsen. Als er merkte, dass Louis es ignorierte, fuhr er fort: »In diesem Moment wusste ich, dass ich die Suche nicht hätte aufgeben dürfen. Also hörte ich mich um, und die Leute erzählten mir, dass du dich jetzt Saint Louis nennst, und dass du den gesamten Alten Friedhof für dich beanspruchst.« Er holte tief Luft. »Und also habe ich meinen Sohn geschickt, um dich zu holen, alter Freund.«

Bennus hustete, zog ein Taschentuch aus der Tasche und hielt es sich vor den Mund. Vor Louis´ und Alicas Augen färbte es sich rot. Dann sah er auf, mit einem entschuldigenden Blick.

»Ich möchte, dass du dich auch an mich erinnerst.«

Louis seufzte leise. Er würde den Wunsch seines letzten Freundes nicht ablehnen. Der Mann starb, daran gab es keinen Zweifel.

»Han ist nur hier, weil er mein Haus haben will. Mit fast 40 Jahren hat er keine Arbeit, keine Frau, kein Geld. Wenn ich sterbe, wer wird sich an mich erinnern? Er? Er würde auf mein Grab pissen, wenn er es jemals fände.«

»Also bin ich froh, dass du mich gefunden hast, Bruder«, sagte Louis, und hielt Bennus Hand in seiner. Einer Hand, die mit weit mehr Fett gepolstert war als seine eigene. Er zwang ein Lächeln auf seine Lippen, wollte seinem einzigen Freund vergeben, so wie er es sich wünschte. Ihr Treffen heute war die letzte Chance dazu.

Alica schaute auf den alten Mann, der plötzlich nicht mehr nur Louis war, sondern Saint Louis. Sie kannte das Wort. Es stammte aus der traditionellen Sprache Dronis, die auch heute noch in vielen Teilen der Insel gesprochen wurde – neben dem offiziellen Isrogant. Saint – der Heilige.

Sie sann darüber nach, was wohl vorgefallen sein mochte zwischen den beiden alten Männern, das so dramatische Folgen hatte, dass es noch nach so vielen Jahren eine frische Wunde geblieben war.

»Ich war ein Dichter«, sagte der heilige Louis, direkt neben ihr, als habe sie ihre Frage laut gesprochen. Er war noch immer durchsichtig, und er sah noch immer erschöpft aus, aber er erzählte seine Geschichte. »Ich war ein Dichter. Es gab eine wunderschöne Frau, die erst mein Herz nahm, dann meine Finger und meine Fähigkeit, zu schreiben. Und es war Bennus´ Schuld.«

Mit einem Blick auf seine Hände zählte Alica seine Finger. Alle zehn waren noch genau dort, wo sie hingehörten.

»Oh, sie sind noch vorhanden, alle meine Finger, aber es ist kein Knochen unverletzt geblieben. Meine Verletzungen sind verheilt, aber ich werde niemals mehr einen Stift heben können – oder irgendetwas, das schwerer ist als ein kleiner Vogel.«

Es scheint sich nicht um eine körperliche Verletzung zu handeln, dachte Alica. Sie hätte gerne etwas von dem gelesen, was er geschrieben hatte, in seiner weit entfernten Zeit als Poet. Doch in diesem Moment fuhr Bennus fort zu sprechen, seine Stimme rauh, als habe er Sand in der Kehle.

»Mein Name wird keinen Bestand haben in dieser Welt«, sagte er. »Zumindest hoffe ich, dass keine Frau dumm genug sein wird, einem Mann wie meinem Sohn Kinder zu schenken oder ihn auch nur zu heiraten. Han wird wohl all meinen Besitz schnellstmöglich an den Höchstbietenden verscherbeln. Lass mich dir von meiner Frau erzählen, Bruder, denn auch sie verdient es, erinnert zu werden.«

Zu Alicas großem Erstaunen hatte der erinnerte Louis am Tisch Mühe, seine Augen offenzuhalten. Die Geschichte, die Bennus von seiner verstorbenen Frau erzählte, war durchschnittlich, geradezu langweilig. Die Bitte, auch diese Erinnerung zu bewahren, war eine weitere Last für Louis. Bennus setzte ihm Menschen auf den Schoß, die er nie gekannt und nicht einmal gesehen hatte. Er war nicht der Erste, der das getan hatte, und tatsächlich war es das, was Louis zu Saint Louis machte. Er war kein tapferer Märtyrer, er war niemals in ein blankgezogenes Schwert gesprungen, damit man ihm ein Denkmal errichtete. Die Menschen, die etwas von ihm wollten, machten ihn zum Chronisten Ga Ta Ciens. Sie lagen auf dem Alten Friedhof. Er bewahrte ihr Vermächtnis.

All das spielte keine Rolle für Bennus, der Mühe hatte, zu atmen, und nur unter großer Anstrengung weiter sprechen konnte: »Von allem, was in meinem Leben geschehen ist, bedauere ich nichts so sehr wie den schrecklichen Bruch, den ich in deinem Leben verursacht habe.« Er schluckte, dann murmelte er: »Es gab keinen Tag, an dem ich nicht für dich gebetet hätte.«

Er begann zu husten und zu würgen, und jetzt, wo alles gesagt war, hielt es es nicht mehr zurück. Schleim und Blut sprühten in roten Fäden auf den Tisch, sein Kopf fiel vornüber und schlug auf den Tisch, stieß sein Weinglas um. Der rote Wein mischte sich mit dem Blut.

Mit Schrecken verfolgte Alica, wie Louis seinem letzten Freund die Augen schloss, und überrascht sah sie, wie er den Toten ohne große Anstrengung in seine Arme hob. Er wirkte so klein, und dennoch schien es ihm keine Mühe zu bereiten.

Anders als in Yinnis Erinnerung waren sie auch nach Bennus´ Tod noch hier. Es waren also auch Louis´ Erinnerungen, die sie hier besuchten. Alica nahm zur Kenntnis, welchen sehr persönlichen Zugang der alte Mann ihr damit gewährte. Sie blickte zu seiner durchsichtigen Gestalt, die noch immer zusammengesunken auf einem Stuhl saß, den Blick nach innen gerichtet. In diesem Moment wachte er auf, wie aus einem Traum.

»Lass uns gehen.«

Kapitel 5: Der Krieger

14 Jahre früher. Skalorion, im Jahr 112 nach der Flut.

Fürst Macuu von Maiins eroberte das Nachbarland jenseits des Armitad-Gebirges im Handstreich. Ein Meisterstück, der Kriegskunst der alten Adjagaren würdig, sagten die einen. Andere nannten es ein Lehrbeispiel für Verrat und Ehrlosigkeit.

Der Erfolg selbst war nicht erstaunlich. Fürst Macuu nutzte das Wissen von drei Experten, die er mit Bedacht in den Jahren zuvor ausgewählt hatte. Die unkonventionelle Mischung trug Früchte.

Die Feldtruppen führte General Morian dei Fieldram. Er stammte aus dem Inselreich Droni, dessen König Struern Vale von Westenra üblicherweise mehr als aufgeschlossen für außergewöhnliche Ideen war. Die Legende sagte, Fieldram sei selbst diesem kreativen Herrscher unheimlich geworden, und so hatte er sich auf die Suche nach einer neuen Wirkungsstätte machen müssen. Fürst Macuu hatte den Strategen angeworben und ihm die Chance gegeben, seine Theorien in die Praxis umzusetzen. Den eigentlichen Krieg gewannen dennoch Ixils Yon, Ash Gooregan und ihre Einsatztruppe. Noch bevor die Armee des Generals die Passstraßen durch das Armitad-Gebirge vollends hinter sich gelassen hatte, stießen sie unbemerkt durch feindliches Gebiet vor bis in die Hauptstadt Parmea, besetzten den Palast der Fürstin Haikia und brachten die gesamte Führungsriege Skalorions in ihre Gewalt.

Wenn er in späteren Jahren zurückschaute, war Ash immer erstaunt, wie die ersten Tage des Feldzugs ihn von düsteren Gedanken befreiten und seine Stimmung erhellten.

Auch Ix nannte diese Zeit später an manchem Lagefeuer den »blutigen Blütentraum von Skalorion«. In dieser Bezeichnung verbarg sich schon die grausame Realität, der die traumhafte Atmosphäre der ersten Tage bald wich.

In Skalorion herrschte Frühling. Nach der trockenen und kargen Landschaft des Wüstenstaates Ga Ta Cien wirkte die Welt hinter dem Armitad-Gebirge wie kühler Regen an einem heißen Tag.

Landschaften voller Blumen, Wälder und kleiner Flüsse empfingen die Krieger, als sie das Gebirge nach anstrengendem Marsch über verlassene, menschenleere Passstraßen verließen. Die Luft war voller betörender Gerüche. Niemand hatte damit gerechnet, eine so entwaffnend schöne Landschaft zu durchqueren.

»Wir bringen Krieg und Verwüstung in dieses herrliche Land«, stellte Mynia leise fest, nachdem sie an einem der ersten Abende ihr Lager aufgeschlagen hatten.

»Nein«, erwiderte Ash. »Wir sorgen dafür, dass Krieg und Verwüstung so gering wie möglich bleiben. Die Truppen von General Fieldram werden hier alles verheeren - und das nicht zu knapp, weil sie sich wie jede Armee aus dem Land ernähren müssen, durch das sie kommen.«

»Es ist friedlich hier...«, Mynia ließ den Satz ein bisschen in der Luft hängen, bevor sie weiter sprach. »... und jetzt kommen wir.«

»So ist es«, bestätigte Ash.

»Und es ist doch scheißegal«, rief jemand von der anderen Seite des Lagerfeuers mit vollem Mund. Ihm schmeckte eine Hasenkeule; in ihrem Trupp waren eine Menge guter Bogenschützen, und sie hatten unterwegs einige dieser kleinen Tiere erlegt und für das Abendessen mitgenommen. »Dafür sind wir doch da. Wir gehen dahin, wo unser Fürst uns braucht - und machen unsere Arbeit.«

Ash wusste, dass der Soldat Recht hatte. Er fragte sich, wie Djamila das wohl sehen würde. Vermutlich würde sie vehement widersprechen und sie alle hier an ihre Verantwortung als Menschen erinnern, als fühlende und vernunftbegabte Wesen; um dann im nächsten Atemzug das exakte Gegenteil zu behaupten, wenn es darum ging, ihren heiß geliebten Onkel Macuu von Maiins zu verteidigen, der sie in diesen Kampfeinsatz geschickt hatte.

An diesem Lagerfeuer, inmitten von Soldaten, bemerkte Ash, dass er sie vermisste. Ihre Stimme, ihre Augen und vor allen Dingen ihre Art, sich zu bewegen. Wie sie durch einen Raum ging, war ein wunderbarer Anblick, und selbst wenn sie innehielt, blieb etwas von der Grazie ihrer Bewegungen zurück.

Ash erinnerte sich an seinen Versuch, Ix von diesen Gefühlen zu berichten. Der hatte ihn mit Stirnrunzeln angeschaut und gesagt: »Also, ja, die Kleine ist hübsch. Aber was du sonst in ihr sehen willst, klingt arg bescheuert. In meinen Augen ist das ein verwöhntes, zickiges Mädchen. Die Welt ist voller echter Frauen... Die da spielt nur mit dir.«

»Aaah«, hatte Ash gesagt, bemüht, sich nicht anmerken zu lassen, dass Ix´ Worte ihn verletzten. »Ich weiß genau, dass sie etwas für mich fühlt.«

»Ist trotzdem undenkbar«, lautete Ix´ Antwort. »Akzeptier das und lass die Finger davon.«

Ash blickte zu ihm hinüber. Sein langjähriger Weggefährte saß an einem der weiter entfernten Feuer im Kreis von Kämpfern, die eher ihm zugetan waren. Jeder hatte seine Lieblinge, und so hatten auch die Schüler die ihren. Ix schien seinen Blick zu spüren, denn auch er sah zu Ash und hob lächelnd seinen Weinbecher.

Ash prostete zurück. Es war gut zu wissen, dass es jemanden gab, der zu ihm hielt, gerade weil er sich im Augenblick einsam fühlte.

Seine Augen wanderten weiter zu Mynia, die neben ihm am Feuer saß und versonnen in die Flammen blickte. Verträumt schaute sie auf und sah zu ihm. Er spürte Wärme. Heute abend würde er nicht einsam sein. Zumindest nicht allein.

Vorsichtig lächelte er ihr zu, ganz leicht.

»Ich habe ein Stück die Straße hinunter einen alten Träumer-Tempel gesehen«, sagte sie leise.

Er nickte. »Ich auch.«

Ein Funken des Einverständnisses sprang über, und sie lehnte sich in seine Arme. Er hielt sie fest, dann küsste er sie sanft auf die Schläfe.

»Lass uns ein Stückchen gehen«, flüsterte er und spürte ihr Nicken.

Der Träumer-Tempel war wirklich alt, aber er trug die Insignien des Einen Gottes und die Flamme Avenicum Dalors. Ash mochte diese Symbole nicht. Die Kirche des Einen Gottes hatte zu viel Enge für seinen Geschmack, und zur Magie und ihren verschiedenen Formen hatte er noch keine rechte Einstellung gefunden. Aber der Tempel verfügte über eine rituelle Schlafstelle, groß genug für sie beide, und wo sonst Gläubige im Schlaf auf Botschaften des Schicksals hofften, nahmen Mynia und Ash ihres in dieser Nacht in die eigenen Hände.

***

Der Plan zur Besetzung Parmeas war so schlicht, dass Ash zu anderen Zeiten nicht an sein Gelingen geglaubt hätte. Sie verließen am Abend die alte Handelsstraße, die die Hauptstadt mit den Zollstationen an der Grenze nach Ga Ta Cien verband, und teilten im Schutz kleiner Seitenstraßen ihre all zu auffällige Gruppe in viele kleine. Diese sickerten auf den verschiedensten Wegen nach Parmea ein.

Ohne Schwierigkeiten sammelten sie sich zwei Tage später am vereinbarten Treffpunkt, zu Füßen des großen Doms, direkt neben dem Palast. Die Nacht wurde vom Vollmond hell erleuchtet, die Straßen der Stadt waren erfüllt von den Lichtern eines lebhaften Nachtlebens. Die Menschen, denen sie begegneten, wirkten glücklich und entspannt – übergangslos erfasste diese Stimmung auch Ash.

Im Rückblick fand er das seltsam. Er war nicht hier, um mit diesen Menschen zu feiern. Er kam, um ihre Idylle zu zerstören, aus welchem Grund auch immer.

Ix und er gehörten zu den Letzten, die am Treffpunkt eintrafen. Sie fanden ihre Leute in ähnlich freudiger Erwartung.

»Wir sind verrückt«, sagte er leise zu Ix und registrierte das feine Lächeln des Freundes, das im kalten Licht des Vollmondes seltsam fremd wirkte.

»So willst Du doch leben, Ash«, erwiderte er.

Leise flüsternd verständigten sie sich, dann schwärmten sie aus. Ihr nächstes Treffen fand bereits innerhalb des Palastes statt, der zwar gut bewacht war, aber bei weitem keine Festung. Weder Fürstin Haikia noch irgendeiner ihrer Berater rechnete mit einem Angriff. In ihr Heim gab es viele Schleichwege, selbst die Mauern waren kaum hoch genug, um geschulte Krieger abhalten zu können.

Viel schwerer noch wog, dass es am Hof von Parmea unzählige Verräter gab. Der Adel Skalorions war zutiefst zerstritten, und die freundliche Art der Fürstin, die gerne durch Kompromisse regierte und selten ein hartes, entschiedenes Wort fand, trug nicht dazu bei, diese Auseinandersetzungen zu reduzieren.

Die Geheimdienste Ga Ta Ciens verfügten folglich über detaillierte Pläne des Palastes und wussten genau, wo welche Wachen patrouillierten und zu welchen Zeiten.

Die meisten dieser Wächter fielen in den ersten fünf Minuten des Angriffs. Alles lief nach Plan. Ashs Leute eroberten den Palast im Handstreich, die skalorischen Gardisten wurden getötet, bevor sie realisierten, dass sie überfallen wurden.

Ohne großes Aufsehen übernahmen Soldaten Ga Ta Ciens ihre Posten, den Palast aufmerksam sichernd.

Der erste echte Widerstand begegnete ihnen erst im Inneren des Hauptgebäudes.

Ash stieß als einer der ersten seiner Gruppe darauf.

Bislang war alles so gut gelaufen, dass er schon misstrauisch wurde. Leise schlich er mit einigen seiner Leute durch einen der langen Flure, die zum Trakt der Fürstin und den Wohnräumen der Adligen führten, von denen immer einige im Palast zu Gast waren.

Der Flur war in edlem Marmor gestaltet, dessen Kälte von weichen Teppichen an den Wänden und auf dem Boden gemildert wurde. Kleine Büsten standen an in langen Reihen, zeigten Vertreter aus Kunst und Aristokratie Skalorions, beleuchtet vom flackernden Licht unzähliger Standleuchter, die überall im Palast zu finden waren und deren Feuer von Bediensteten über Nacht am Leben erhalten wurden.

Bewacht wurde der Gang von einem einsamen Soldaten. Ash fing ihn aus dem Hinterhalt ab, an einer Kreuzung zweier Flure. Eine schnelle Bewegung, ein kurzer Schlag zum Hals brachte den Mann zu Fall. Ash sorgte dafür, dass er vor seine Füße rutschte und fing ihn kurz vor der Bodenberührung wieder auf. Noch war der Gardist bei Bewusstsein, nur sprechen konnte er nicht, weil ihm von Ashs Schlag die Luft weggeblieben war.

Ash ergriff ihn unter Kinn und Nase, schob ihn als Schutzschild vor sich, um einen neuen Blick in den eben noch leeren Flur zu werfen. Hinter ihm warteten seine Gefährten auf ein Signal von ihm, dass die Luft rein war.

Das war sie nicht.

Ash zog den Kopf direkt wieder ein, nachdem er an der Schulter seines Gefangenen vorbei in den Flur gespäht hatte. Mit tödlichem Surren schlugen zwei Pfeile in den Körper des Mannes ein. Er stieß den Sterbenden nach vorne und glitt zurück in Deckung. Etwa vierzig Meter in ihre Bewegungsrichtung war ein beeindruckender Trupp von skalorischen Gardisten aufgezogen. In den langen, übersichtlichen Fluren waren Fernwaffen eine gute Methode, die ihre Wirkung erst verlor, wenn die eigenen Leute im Nahkampf verstrickt waren. Um so dümmer war es, dass die Gardisten darauf verzichteten, weiter mit Pfeil und Bogen den Flur zu überwachen, sondern ihre Schwerter zogen und lautstark lärmend auf Ash und seine Gruppe zukamen.

Von seinen eigenen Leuten hinter sich spürte Ash eine Welle der Erleichterung. Ihnen war soeben ein mühsames, gefährliches Annähern erspart worden. Stattdessen bot ihnen der Ausbruch echter

Feindseligkeiten endlich Gelegenheit, anzuwenden, was sie gelernt hatten.

Mit einem beinahe fröhlichen Lächeln zog er sein Schwert. Er freute sich an dem charakteristischen Geräusch und dem vertrauten Gewicht in seiner Hand. Das damit verbundene Gefühl der Unbesiegbarkeit hatte er in den letzten Moaten oft vermisst.

Die Gegner kamen in dichtem Pulk, überzeugt davon, nicht verlieren zu können. Ash machte selbst den ersten Schritt, mitten hinein in die weit geschwungene Bahn eines selbstbewusst gehandhabten Schwertes. Er empfing den Angriff mit einem mühelosen Block, ließ sein Schwert der Wucht des Angriffs folgen und seine Klinge das erste Blut schmecken. Entschlossen schaffte er Platz und Bewegungsfreiheit für seine Leute, die hinter ihm nachdrängten.

Die Auseinandersetzung dauerte nur wenige Sekunden, dann waren sie ihrer Gegner ledig. Allerdings hatte der Lärm für genügend Aufsehen gesorgt, dass schon nach kurzer Zeit der Palast widerhallte von den gebrüllten Kommandos der erwachenden Gardisten und dem Kampflärm, wann immer sie auf Ashs und Ix´ Leute trafen.

Diese änderten ihre Angriffstaktik. Um Verluste in den eigenen Reihen zu vermeiden, nahmen sie jetzt keine Rücksicht mehr. Ihr Ziel war, jeden Verteidiger so schnell und einfach wie möglich kampfunfähig zu machen.

Wie oft in solchen Momenten überkam Ash ein kurzes Gefühl der Reue angesichts des Blutbades, das sie unter den unvorbereiteten Skaloriern anrichteten. Wie jedes Mal verflog es auch heute schnell angesichts der fiebrigen Aktivität, die das Kampfgeschehen mit sich brachte, und des ungeheuren Genusses an den eigenen Fähigkeiten, die hier erprobt werden konnten.

Ash verspürte niemals Angst, wenn er wirklich gefordert war. Die Welt wurde klar, sein Verstand arbeitete ruhig und geradlinig – zumindest so lange, die gut geschulte Intuition des erfahrenen Kämpfers ihm Raum dafür ließ und nicht alleine das Kommando übernahm.

Weit weg vom eigentlichen Schlachtgetümmel, in ruhigen Momenten, war ihm oft vage bewusst, dass ein Teil seiner Furchtlosigkeit von seinem unverschämten Glück und seinem außergewöhnlichen kämpferischen Talent herrührte. Es war ihm noch nie etwas Ernsthaftes zugestoßen, er lernte schnell und setzte Gelerntes mühelos um, auch in Situationen, in denen Panik oder Wut anderen das Gehirn vernebelten.

Wenn es Ruhepausen im Kampf selber gab, begegnete Ash solchen Zweifeln immer mit einer Reinigung des Geistes, so, wie er es schon von seinem ersten Lehrer Nashigeri gelernt und dann in seinen Jahren an der Kriegsschule in Dan Dered vervollkommnet hatte.

So stand er auch jetzt in einem Winkel eines Flures, von dem er wusste, das er zu den Gemächern der Fürstin Haikia führte, verschaffte sich Überblick über die vor ihm liegenden Meter und wartete, dass einige seiner Leute zu ihm aufschlossen. Sie waren damit beschäftigt, einen Nebengang von feindlichen Soldaten zu säubern.

Versonnen und doch vollkommen wach und aufmerksam, sah er einem Blutstropfen zu, der sich von der Klinge seines Schwertes löste und zu Boden fiel. Es war frisches Blut, und er wusste, dass eine Verletzung durch ein Schwert, das schon das Blut anderer Opfer trug, zu schweren Infektionen führen konnte und manchem Kämpfer noch Monate später zu schaffen machte.

Für ihn war es lediglich ein faszinierender Anblick. Blutrot, lebendig, warm. Er drehte die Klinge mit einer schnellen Bewegung, so dass der nächste Tropfen nicht einfach herunterfiel, sondern den Vorhang traf, der hier vor der sauber verputzten Wand hing. Er zerplatzte auf der gelben Seide - ein winziger Makel in der sonst so perfekten Gestaltung der Palastumgebung.

Ash merkte, wie die plötzliche Störung der Harmonie seine Aufmerksamkeit auf eben diese richtete, und mit Bewunderung blickte er den Flur entlang. Mit Bedacht abgestimmte, warme Farben, weiche Materialien, mit Sorgfalt bearbeitet und aufeinander abgestimmt. Jedes Detail betonte die Kunstfertigkeit der skalorischen Architekten und Handwerker. Die Vermutung lag nahe, dass das die Handschrift der Fürstin Haikia höchstpersönlich war.

Bedauerlich, dass ihre Ära heute zu Ende war.

Schnelle Bewegungen im Gang. Ash sah auf und ordnete die huschenden Schatten seinen eigenen Schülern zu, die heraneilten. Mit leichter Besorgnis musterte er jede einzelne der Gestalten: Niemand verletzt, keiner fehlte. Alle, die nach Plan hier sein sollten, waren auch erschienen.

»Bericht?« fragte er, erhielt in kurzen Sätzen Überblick über ihre Erfolge. Nüchterne Zahlen: »12 im südlichen Gang, niemand entkommen.« »Kleine Gruppe von Wachen, entkam in den Südflügel, wir haben sie der Gruppe von Oliver überlassen.« »Vier Bogenschützen, kamen von einem der Wachttürme, keine Überlebenden.« »Wachräume in den Zugängen des Fürstenflügels gesäubert.«

Es verbargen sich viele kleine Geschichten hinter diesen kühlen Ansagen, Familien, die in Zukunft ohne Vater sein würden, getötete Brüder, junge Bräutigame oder die ältesten Söhne, auf denen große Hoffnungen ruhten. Ashs fokussierter Geist ließ der Traurigkeit keinen Raum, sondern richtete sich nach vorne.

Es war nicht mehr weit bis zu den Gemächern der Fürstin. Tatsächlich lag hier eine der wenigen Unsicherheit des Überfalls. Von allen anderen Bereichen des Palastes gab es detaillierte Zeichnungen, die bisher auch bemerkenswert korrekt gewesen waren, bis hin zu kleinsten Details. Die Geheimdienste hatten gute Arbeit geleistet. Der Verrat funktionierte.

Die Wohnräume der Fürstin selber waren aber ein Geheimnis geblieben. Es schien, dass nur sehr wenige Auserwählte Zutritt zu ihnen hatten. Bekannt war lediglich, dass die edle Haikia ein eigenes kleines Haus bewohnte, das durch einen gut bewachten Innenhof vom Rest des Palastes getrennt war. Welcher Art diese Bewachung war, darüber hatten sie keine Informationen erhalten können. Grund genug, sich erst mit ihr auseinanderzusetzen, wenn der Rest des Palastes gesichert war, und dann mit einer Truppe, die in ihrer Größe auch mit schwierigen Situationen fertig werden konnte.

»Wunderbar«, stellte er fest. »Hat jemand Neuigkeiten über die nächste Etappe?«

Verneinendes Kopfschütteln in der Runde. Etwas anderes hatte er nicht erwartet, es gab keinen Grund zur Beunruhigung.

Langsam wanderten sie durch die Gänge zu dem Ort, an dem sie Ixils treffen wollten. Wenn alles weiter nach Zeitplan lief, würden kurz danach auch die Gruppen von Mynia und Armand zu ihnen stoßen. Dann waren sie weitestgehend komplett, der Palast in ihren Händen, nur Fürstin Haikia fehlte noch, um den Coup komplett zu machen.

Ash erkannte den vereinbarten Treffpunkt an einem gigantischen Kronleuchter, der einen kleinen Saal dominierte, in den gleich mehrere Gänge einmündeten. In seiner nur sehr vagen Vorstellung hatte er bislang eher gedacht, dass es sich um eine karge Wegkreuzung handele, doch eine solche Idee wurde überall im Palast Lügen gestraft. Die Sorgfalt, mit der hier eine kleine, künstliche und sehr eigenwillige Welt geschaffen worden war, beeindruckte ihn.

»Gut, Leute«, sagte er. »Jetzt heißt es warten. Zwei Wachen an jeden Gang, dann könnt ihr euch ausruhen.«

Das traf nicht auf Gegenliebe. Natürlich waren alle in Anspannung, niemand wollte jetzt eine Zwangspause einlegen, schon überhaupt nicht hier, wo alle wussten, dass es gleich weitergehen würde und ihnen möglicherweise das Gefährlichste erst noch bevor stand.

Auch ihm graute bei der Vorstellung, jetzt untätig herumzusitzen. Er sah sich um, auf der Suche nach einer sinnvollen Beschäftigung für sie alle - und entdeckte eine hohe Vase mit frischen Frühlingsgräsern, anmutig drapiert mit einigen bunten Blüten in der Mitte. Das Ensemble gefiel ihm nicht, er fand es langweilig und gewöhnlich, aber die Grashalme brachten ihn auf eine andere Idee.

***

»Was ist denn das?«

Auch im Flüsterton hörte Ash das Entsetzen in der Stimme von Iro. Der junge Soldat hatte zu den sechs Glücklichen gehört, die beim Halmeziehen einen Platz in der Kundschaftertruppe erobert hatten.

Ash beglückwünschte sich noch immer zu der Idee. Eine Kundschafter-Expedition war sinnvoll, und das Auswahlverfahren hatte für Ablenkung gesorgt. Dass er sich selbst das Privileg zugeschanzt hatte, auch dazuzugehören, war vielleicht kritikwürdig, aber wahrscheinlich scherte sich niemand darum.

Iros Entsetzen hingegen war echt. Vor allem war es begründet. Der stilvoll geschmückte Gang hatte sehr abrupt auf einer Art Balustrade geendet. Eine hohe Steinmauer trennte den breiten Umlauf von einem großen Innenhof. Darüber fehlte das Dach: Blauer Himmel und zartes Morgenrot tauchten den Hof in warmes Licht, der Blick hinunter wirkte nervzerfetzend. So, als habe ein Riese ein ganz normales Wohnhaus in die Mitte des Palastes gerammt. Der Kontrast zwischen weiter Fläche und umliegenden Räumen war bizarr.

Rund um diesen Hof hatte es erstaunlicherweise keine Kämpfe gegeben, keine Gardisten, keine Wachen. Was sie hier sahen, waren die Gemächer der Königin. Unzweifelhaft ein kleines, unscheinbares, völlig durchschnittliches Stadthaus, das in der Mitte des Hofes in friedlichem Schlaf lag.

Und vor diesem Haus sahen sie den Grund dafür, dass das Allerheiligste des Palastes nicht besonders intensiv bewacht wurde. Es lag an dem ganz speziellen Wachhund, der nahe der Eingangstür friedlich schlummerte.

»Ein Drachstaad-Hofhund«, sagte Ash leise, als Antwort auf Emgrods Frage.

»Ein Hund?« Die Frage kam ungläubig und in viel zu lautem Ton. Das hatten sie so nicht geübt.

»Psssst«, machte Ash. »Natürlich ist es kein Hund. Siehst du doch. Er kommt aus Drachstaad.«

»Er muss 20 Meter lang sein«, stellte Emgrod fest.

»Er hat Flügel«, bemerkte eine andere Stimme trocken.

Ash beruhigte die aufkeimenden Befürchtungen: »Keine Angst, die können nicht fliegen, nur gleiten. Dafür hat er da unten nicht genug Anlauf.«

Alle starrten hinunter.

»Wir müssen ihn dennoch nicht wecken«, fuhr Ash fort. »Abmarsch, zurück zum Treffpunkt. Hoffen wir, dass Fürstin Haikia sich von selbst ergibt und wir nicht mit dem Vieh in den Ring müssen.«

***

Ix reagierte genauso unglücklich wie Ash. Hinter der Mauer der Balustrade hockte er auf den Fersen, das Kinn mit einer Hand reibend, nachdenklich in den Hof hinunter blickend. Um die beiden herum kauerten Armand und Mynia, deren Gruppen vor gut einer Stunde zu der von Ash gestoßen waren.

Jetzt hatten sie sich rund um den Innenhof verteilt und warteten auf neue Befehle. Ihre Anspannung war selbst auf die große Entfernung deutlich zu spüren.

»Am besten wäre, sie streckt die Waffen von selbst«, stellte Ash fest.

»Ja«, machte Ix. »Jaja. Nachdem wir ihren halben Hofstaat abgemetzelt und sämtliche Wachen entwaffnet haben... Ja, ich meine auch, sie sollte sich einfach ergeben.«

»Sollte sie.«

»Ja, Mann, um so mehr, als wir es bis hierhin ohne Verluste geschafft haben. Der Bursche da unten«, Ix deutete mit einer heftigen Bewegung hinunter, »der kann uns den ganzen Schnitt versauen! Was meint ihr?«

Armand holte tief Luft. »Das ist ein harter Brocken.«

Auch Mynia nickte.

Ix schnaubte. »Ein harter Brocken!« wiederholte er. »Da verschwenden wir Monate auf eure Ausbildung, und dann kommt da nix Gehaltvolleres als das? Pappnasen!«

Betroffene Gesichter bei beiden, doch Ash war klar, dass Ix es nicht als Kritik gemeint hatte. »Du hast auch keine Idee, oder?« fragte er.

»Nää«, lachte Ix. »Was soll man denn da für eine Idee haben? Wir brauchen ein verdammtes Katapult für den Dicken da unten.«

»Vielleicht ist er ja ganz verträglich. Ich meine, wenn er sich als Schoßtier entpuppt....«

Diese Worte trugen Mynia verdatterte Blicke von allen anderen ein.

»Schaut nicht so!« meinte sie. »Warum nicht? Wieviele gefährliche Hunde sind in Wirklichkeit nur Mummenschanz?«

Ash gedachte der Geschichte von Nermaal, die er noch vor kurzem in Maiins vernommen hatte, und fand den Gedanken nicht völlig abwegig, doch in diesem Moment hob der Drache unten den Kopf. Geschlitzte Reptilienpupillen musterten die Balustrade. Sie funkelten bösartig, und die plötzliche Anspannung im riesigen Körper machte den Anblick noch bedrohlicher.

Ix lachte wieder. »Schaut mal, der ist ja wirklich ganz niedlich!« flüsterte er. »Jetzt will der ein bisschen hinter dem Ohr gekrault werden, seht ihr? Natürlich erst, nachdem er ein paar Ochsen zum Frühstück hatte.«

Mynia winkte ab. »Hast ja Recht.«

»Ungefähr fünfzehn, würde ich sagen.« Ix hatte immer noch ein breites Grinsen im Gesicht. »Ochsen, meine ich.«

»Solang es keine Jungfrauen sind...« bemerkte Armand, und Ash sah ihn verblüfft an. Der Junge hatte tatsächlich Humor? Unerwartet.

Der helle Klang einer Glocke unterbrach ihre Diskussion. Der Ton kam von unten, aus dem Haus, wo sich jetzt die Vordertür öffnete. Eine Frau trat heraus, mittelgroß, Kleidung aus edler Seide, aber von schlichtem Schnitt, die krausen Haare in einem praktischen Kurzhaarschnitt. Soweit es von oben erkennbar war, hatte sie ein rundes Gesicht, das von einem ansprechenden Lächeln dominiert wurde, das Ash so früh am Morgen irritierend fand – selbst eingedenk der Tatsache, dass sie noch keine Ahnung hatte von dem, was über ihren Palast hereingebrochen war.

Sie sagte etwas zu dem Drachen, zu leise, um es zu verstehen. Das Untier reagierte wie ein gutmütiger Hund, mit einem freundlichen Brummen und schiefgelegtem Kopf. Ihr Lächeln wurde noch ein wenig breiter, bevor es langsam zu verblassen begann. Sie drehte sich um, zog an einer Leine, die direkt hinter der Eingangstür befestigt zu sein schien, und die Glocke ertönte erneut.

Die Frau wartete auf etwas.

»Die Glocke ist wohl Signal für die Dienerschaft«, flüsterte Ix. Ash nickte. Das war eindeutig.

Wieder meldete sich Armand zu Wort: »Zu blöd, dass ihr jetzt keiner die Aufwartung machen kann. Die Leute sind alle entweder gefangen oder bluten mit durchschnittener Kehle gerade aus.«

Gut, dachte Ash. *Vielleicht hat er Humor, aber er ist von der hämisch-brutalen Sorte.* Es war ein gutes Gefühl, in seinen Vorurteilen bestätigt zu werden. Ein ganz klein bisschen schäbig vielleicht, aber gut.

Ix richtete sich ein wenig auf, sah über die Mauer hinweg hinunter in den Hof, in dem der Drache jetzt unruhig mit dem Schwanz schlug und misstrauisch in alle Richtungen schaute. Das erinnerte noch mehr an einen Wachhund, und damit erledigte sich endgültig die Frage, ob es sich um einen intelligenten Vertreter seiner Art handelte. Das hier war ein Drachstaad-Drache, ohne Frage.

»Fürstin Haikia!« rief Ix. »Eure Dienerschaft wird sich nicht melden. Wir haben sie in Gewahrsam genommen.«

Seine Stimme klang klar und deutlich über den Platz. Der Kopf des Drachen fuhr ruckartig herum, und ein Feuerstrahl schlug die Mauer hinauf, ihnen entgegen. Ix duckte sich, sengende Hitze traf die Wand hinter ihnen und reflektierte zurück auf die hinter der Mauer versteckten Soldaten.

Ashs und Ix´ Blicke trafen sich. »Das wird interessant«, flüsterte Ix. Ash nickte. »Hast du schon mal mit einem Drachen gekämpft?«

Ix verneinte. »Du?«

»Nein, auch nicht. Aber viel davon gehört.«

»Bleiben wir dabei, dass wir Haikia zu überreden versuchen. Vielleicht ruft sie ihren Schoßdrachen ja von selbst zurück.«

Damit richtete er sich langsam wieder auf. »Euer Majestät!« rief er. »Wir wollen reden, bitte ruft...« Weiter kam er nicht. Diesmal spie der Drache nicht nur Feuer, er sprang die Mauer hinauf, krallte die riesigen Pranken in den Stein und schlug mit den Flügeln.

Ash war sich nicht ganz sicher, ob das riesige Wesen es vielleicht bis nach oben schaffen konnte. Im ersten Anlauf jedenfalls gelang es ihm nicht.

Von unten ertönte ein schriller Pfiff. Er kam von Fürstin Haikia, die ihren Bewacher damit zurückrief: »Rodger! Platz!«

Auf eine skurrile Weise gehorchte das gigantische Ungetüm und legte sich auf den Boden, dabei eine Runde um sich selbst drehend, wie es auch bei Hunden vorkam. Seine Augen allerdings blieben nach oben gerichtet, der Körper unter Spannung.

Die Fürstin bewegte sich langsam aus der Türe des Hauses, und jetzt wurde deutlich, dass der graue Stoff, der sich so edel um ihre etwas rundliche Figur drapierte, wirklich noch ein Nachtgewand war. Haikia wirkte verschlafen und etwas zerzaust – kein Wunder um diese

Uhrzeit. Ash vermutete, dass sie im repräsentativen Alltag eine Perücke trug, aber vielleicht pflegte sie auch tatsächlich das Großmutterbild, das sie mit Frisur und Kleidung im Augenblick vermittelte.

»Was ist hier los?« rief sie. Ihre Stimme klang kein bisschen ängstlich, sie verlangte Aufklärung.

»Euer Majestät«, begann Ix wieder. »Der Palast ist eingenommen worden. Die Palastgarde ist unter Kontrolle. Ich fordere Euch auf, Euch zu ergeben. Bitte nehmt Euch Zeit, Euch angemessen zu kleiden, dann kommt zu uns herüber.«

Die selbstsichere Haltung der Fürstin bekam Risse. »Mit wem spreche ich?« fragte sie scharf.

Der Drache – Rodger – reagierte auf ihre Stimmlage. Ein Zittern lief durch den Körper, eine Rauchwolke entwich seinen Nüstern, und er beruhigte sich erst, als sie etwas in seine Richtung murmelte.

»Mein Name ist Ixils Yon. Ich gehöre zur Besatzerarmee des Herzogs Macuu von Maiins. Wir haben den Palast besetzt und gesichert. Bitte kommt ohne weiteren Widerstand heraus.«

Ash hob den Kopf über die Brüstung, um zu sehen, wie Haikia reagierte. Sie blieb still. Nachdenklich blickte sie in die Richtung, aus der Ix´ Stimme erklungen war. Man konnte sie regelrecht denken hören... wie sie die Chancen abwog, dass dies eine Finte war, oder wie genau das alles geschehen war, wo es doch keine Nachrichten eines durch das Land ziehenden Heeres gegeben hatte.

Vielleicht erwog sie auch, wer die Schuld dafür trug, dass feindliche Soldaten ins Innerste ihres Königreiches vorgedrungen waren, oder wie Herzog Macuu die Dreistigkeit besitzen konnte, eine solche Verletzung aller Gepflogenheiten zwischen Staaten in Isrogant zu begehen.

Die Frage, die sie schließlich stellte, klang allerdings ganz anders: »Das muss ein Scherz sein. Wer seid Ihr wirklich?«

Ash und Ix wechselten einen verdutzten Blick.

»Wenn an diesem Hof Späße dieser Art an der Tagesordnung sind«, murmelte Ix, »dann ist die Übernahme der Macht schon länger fällig.«

Ash winkte ab. »Sie hat´s einfach nicht verstanden. Sag es ihr noch einmal.«

Mit genervtem Gesicht richtete Ix sich wieder auf. »Sind die Bogenschützen in Stellung?« fragte er leise, und dann lauter: »Fürstin Haikia, dies ist kein Scherz. Ich spreche im Auftrag des Herzogs Macuu von Maiins. Unsere Truppen haben den Palast besetzt. Ergebt Euch, dann wird es zu keinem weiteren Blutvergießen kommen.«

Ash hörte nur mit halbem Ohr zu. Gleichzeitig bewegte er sich geduckt um die Mauer herum zu Mynia, die zu ihren Leuten zurückgekehrt war und mit einer Gruppe von Bogenschützen an einem der Gänge kauerte, die von der Balustrade ins Innere des Palastes führten.

»Seid ihr bereit?« fragte er leise. Ein Nicken war die Antwort, und er sah zufrieden, dass tatsächlich auf allen Bögen Pfeile lagen. Bei der Planung waren sie davon ausgegangen, dass die Herrscherin vielleicht Brieftauben oder ähnliches hielt, um Nachrichten an ihre Untergebenen zu versenden. Diese Lücke galt es zu schließen.

Auch Ix stieß jetzt zu ihnen. »Sie ist ins Haus zurück gegangen.«

»Wie? Ohne noch etwas zu sagen?«

»Ja, wortlos. Sie hat sich umgedreht und ist ins Haus gegangen.«

»Das ist nicht zu fassen.«

»Muss nicht sein«, warf Mynia ein. »Sie kennt die ganze Situation nicht. Für sie muss es aussehen, als sei das ein Versuch, sie gefangen zu setzen. Dann spielt sie auf Zeit, bis ihre Palastgarde aufwacht.«

Ein schriller Pfiff unterbrach sie. Alle schauten in die Richtung, aus der er gekommen war. Dort winkte jemand, Ash konnte nicht genau erkennen, wer es war, aber er hörte, was er rief: »Ratten! Sie benutzt keine Tauben, sondern Ratten!«

Mynia verstand zuerst. Sie sprang auf und huschte zur Mauerbrüstung. Nach einem Sekundenbruchteil folgten auch die anderen, die Bögen gespannt. Als Ash an der Mauer ankam, flogen schon die ersten Pfeile.

Tatsächlich: Über den Innenhof, in dem noch immer der Drache gereizt mit dem riesigen Schwanz schlug, huschten Ratten. Nicht nur eine, sondern eine ganze Armee der kleinen, grauen Nager war unterwegs. »Das ist clever«, hörte er Ix neben sich sagen. »Wir können natürlich nicht erkennen, welche der Ratten die Botschaft trägt.«

Ash wiegte den Kopf, während Pfeil um Pfeil von den Sehnen huschte und mehr und mehr der kleinen Nager liegenblieben. In einem entfernten Winkel seines Geistes registrierte er zufrieden die hohe Trefferquote ihrer Leute, aber gleichzeitig bemerkte er auch, dass es unmöglich war, wirklich jedes der kleinen Tiere zu treffen.

»Wie weiß denn der Empfänger, welche Ratte die richtige ist?«

»Keine Ahnung. Vielleicht muss er sich einfach Mühe machen. Oder die Ratte selbst ist die Nachricht.«

»So oder so kriegen wir sie nicht alle.«

Unten im Hof geschah noch etwas anderes: Aus dem Haus der Fürstin ergoss sich plötzlich ein kleiner Bach von Wasser, das in eine in den Boden gemeisselte Rinne floß. Es verschwand an der Seite des Innenhofes in einem Loch im Boden.

»Das ist klug«, bemerkte Ash. »Viel klüger als Brieftauben. Das ist ein Signal, das wir kaum fangen können.«

»Wasser des Verderbens«, stieß Ix hervor, ein populärer Fluch in Isrogant seit der Großen Flut, sehr treffend in diesem Moment. »So gut hat der Geheimdienst doch nicht gearbeitet. Aber vielleicht haben wir ja Glück, und die Empfänger der Nachricht gehören schon zu unseren Opfern.«

»Das ist gar nicht unwahrscheinlich.«

Mehr Zeit zum Überlegen blieb ihnen nicht, denn die Bewegung im Graben und die hektische Aktivität der Bogenschützen auf der Mauer hatten jetzt endgültig die Lebensgeister des Drachens geweckt; mit lautem Fauchen, gefolgt von einem unheilverkündenden Krachen.

»Rodger«, stellte Ix schicksalsergeben fest.

Ash war schon einen Schritt weiter.

»Auseinander!« befahl er den noch immer Pfeile verschießenden Schützen. »Er kommt zuerst zu euch!«

Sein Kommando kam keine Sekunde zu früh, denn fast im gleichen Moment tauchte der riesige, schuppige Kopf über der Mauer auf – nur für einen kurzen Augenblick, bevor er wieder verschwand, mit einem grässlichen, scharrenden Geräusch, das vermutlich bedeutete, dass er den Halt an der Mauer verloren hatte und wieder in den Graben gerutscht war.

Die gesamte Mannschaft ließ sich zu Boden fallen, während ein heißer Schwall Feuer über sie hinwegtobte. Das Verstecken half nicht. Die Flamme brach sich an der Wand hinter ihnen, setzte Vorhänge in Brand und schlug zu ihnen zurück.

Ash hatte Glück. Die Hitze streifte ihn nur. Ix wurde voll getroffen. Seine reiseerprobte Lederkleidung erwies sich als brandresistent, aber sein Gürtel fing Feuer. Damit war er nicht alleine. Mehrere der eben noch so tödlich treffsicheren Krieger standen nun in Flammen.

Um alles noch schlimmer zu machen, tauchte der Kopf des Drachens schon wieder über der Mauer auf. Ash hörte die furchteinflößenden Kiefer zusammenklappen, die Flügel gaben mit ihrem Windhauch den Flammen neue Nahrung - aber immerhin gab es keinen weiteren Brandangriff.

Ash wusste nicht, wie oft hintereinander ein solcher Drache eine neue Flamme produzieren konnte. Er wollte es aber auch nicht darauf ankommen lassen.

»Zum Angriff!« brüllte er. »Alle auf! Lenkt das Scheißvieh ab.«

Rund um die Mauer, die den Graben in der Mitte des Hofes umgab, sprangen jetzt Krieger auf. Ash sah einen Speer fliegen, dann erschien der Drache wieder in seinem Blickfeld, ein böse funkelndes Auge, ein weiterer Feuerstrahl.

Mit einem waghalsigen Sprung rettete er sich aus der Gefahrenzone und auf die Mauer. Der Speer hatte Rodger getroffen, war aber an seiner dicken, schuppigen Haut ohne nennenswerte Wirkung zerschellt. Wo war er verwundbar? Auf welche Stelle mussten sie zielen?

Die meisten Bogenschützen hatten sich wieder in Stellung gebracht, auch wenn einige von ihnen sich noch am Boden wälzten, im Versuch, die eigene Kleidung zu löschen. Ix war auch schon wieder in Bewegung, es war ihm also nichts all zu Schlimmes zugestoßen.

Pfeile und Wurfgeschosse prasselten auf den Drachen ein, der an der Wand hinunter wieder zurück in den Graben gerutscht war und sich zornig umschaute. Mit riesigen Sätzen sprang er zur anderen Seite seines Geheges, wo jetzt ein paar Krieger auf die Mauer geklettert waren und Lärm schlugen, um ihn von seinen bisherigen Opfern abzulenken.

Ash sah gebannt, mit welcher Kraft und Eleganz das Tier nun dort die Mauer hinauflief, die Flügel ausgebreitet, ein majestätisches, tödliches Bild. Er wurde mit Schwertern, Äxten und Speeren empfangen. Ash verspürte wieder ein bisschen Stolz auf seine Schüler, doch im selben Blick erschrak er, denn der Drache, der sich wieder nicht an den Steinen halten konnte, nahm einen seiner Gegner mit in die Tiefe.

Der laute Schmerzensschrei des Mannes verstummte abrupt, als er unter einer der gewaltigen Klauen begraben wurde. Unglücklich erkannte Ash den noch jungen Bauernsohn Fjedar, der ein Meister mit dem Zweihänder war und mit der Doppelaxt umgehen konnte wie sonst nur Groogian.

Dieser arbeitete gemeinsam mit einigen an der Zugbrücke, die hinunter in den Graben führte - sie bemühten sich, sie zu öffnen, und Ash war sich gar nicht so sicher, ob er das für eine gute Idee hielt. Nur war es vielleicht die einzige Möglichkeit, den Drachen wirklich zu bekämpfen: Aus der Nähe, auf einer Ebene. Von allen Fernkampfwaffen, die ihnen zur Verfügung standen, zeigte das Biest sich bislang reichlich unbeeindruckt.

Dennoch musste es bessere Wege geben. Vor allem ruhigere. Es war typisch für Groogian, den Nahkampf zu suchen. »Wahre Kraft braucht keine Technik«, pflegte er zu sagen, ein Motto, dem er mit großer Begeisterung treu blieb, wann immer sich die Gelegenheit dazu bot.

Dieser Gegner allerdings, ein großes, feuerspeiendes Monstrum, kannte das Motto ebenfalls, auch wenn er es nicht artikulieren konnte. Mit völliger Sicherheit würde Groog den Kürzeren ziehen. Das war keine Lösung.

»Zurück!« brüllte Ash. »Alle zurück. Lasst den Drachen sich austoben, wir müssen uns nicht an ihn verfüttern!« Eine Erkenntnis, die im Widerspruch zu seinem letzten Kommando stand. Und außerdem zu spät kam.

Rodger fegte mit riesigen Schritten durch den Graben, auf die Zugbrücke zu, und diesmal trugen ihn seine Schwingen; vielleicht durch den Anlauf, den er genommen hatte, vielleicht war auch seine Wut noch gewachsen. Jedenfalls schaffte er hinauf bis zur Brüstung - und darüber hinweg.

Noch viele Monate später stand Ash dieses Bild vor Augen: der riesige, schuppige, dunkelgrüne Körper, halb auf der Mauer, halb auf dem riesigen Holztor, das unter seiner Silhouette wie ein kleines Gartentörchen aussah, zu seinen Füßen die wie Miniaturen wirkenden Krieger.

Mit einer schwungvollen Bewegung seiner Vorderklauen fegte der Drache die ersten von ihnen zur Seite, darunter auch Groogian, der mit erhobener Axt zum Angriff übergehen wollte. Ein kleiner Schritt, und das Tier stand auf der Balustrade, die Zeit seines Lebens für ihn wohl tabu gewesen war. Ash bezweifelte, dass den Erbauern von Fürstin Haikias Privathaus klar gewesen war, dass Rodger sein Gefängnis jederzeit hatte verlassen können – womit er falsch lag, denn später sollte er erfahren, dass der Drache trotz seiner Kampfbereitschaft eigentlich ein Haustier gewesen war, gut abgerichtet und friedlich. Er hatte seinen Graben häufig verlassen, um Spaziergänge mit seiner Herrin zu machen. Ein friedlicher, wenn auch brandgefährlicher Angehöriger des Hofstaates.

Dass diese Information die Geheimdienste von Ga Ta Cien niemals erreicht hatte, zeigte deutlich, dass der Verrat in Skalorion doch nicht so weit gegangen war, wie die Strategen des Hofes in Maiins glaubten.

Von allen Seiten liefen jetzt die Krieger aus Maiins zusammen, um sich todesmutig der Herausforderung zu stellen, die der bisherigen Erfolgsgeschichte ihres Überfalls so ein jähes Ende bereitete. Rodger hielt schreckliche Ernte mit Pranken und Schwanz, aus seinem Rachen schlug neues Feuer.

Ash stand in seinem Rücken, sah den gigantischen Körper mit den groben Schuppen und den beeindruckenden Finnen, die wie eine Treppe am Rückgrat entlang nach oben zum Kopf liefen. *Wie eine Treppe...* Der Gedanke hinterließ ein Echo in Ashs Kopf.

Mit weit ausgreifenden Schritten rannte er über die schmale Mauer, im Eifer des Gefechtes die Tiefe des Grabens an seiner Seite vergessend – in der Hoffnung, dass der Drache sich nicht umdrehen würde. Weitere Kämpfer hatten das Tier jetzt erreicht, gruben ihre Waffen in den Schuppenpanzer, den Bewegungen des Tieres geschickt ausweichend. Sie blieben chancenlos.

Ash erreichte die Stelle, an der Rodger auf die Balustrade gesprungen war. Ungläubig registrierte er, wie tief die Scharten waren, die die Klauen in das Holz der Zugbrücke und des Tores geschlagen hatten. Das Gewicht des Tieres musste Tonnen betragen, seine Krallen messerscharf sein.

Er verbot sich, darüber weiter nachzudenken. Noch immer wandte ihm der Drache den Rücken zu, auch wenn er sich so schnell bewegte, dass Ash Zweifel an seinem Vorhaben bekam. Doch egal. Eine andere Möglichkeit sah er ohnehin nicht, und so machte er einen waghalsigen Sprung auf den schuppigen Rücken.

Nur mühsam fand er sein Gleichgewicht, hielt sich mit einer Hand fest, nutzte die andere zum Balancieren. Kaum hatte er Halt, ließ er sich auf den Bauch fallen. Tatsächlich war der Rücken des Drachen in etwa so, wie er es sich vorgestellt hatte: Die Schuppen hart und fest verbunden, die Finnen des Rückgrats in komfortabler Distanz, um an ihnen entlang nach oben zu klettern. Hätte Rodger sich nur nicht so schnell und unberechenbar bewegt.

Mühsam kämpfte sich Ash nach oben. Am Kopf vermutete er die verwundbarsten Teile des Körpers. Er kannte kaum ein Lebewesen, dessen Augen nicht empfindlich gewesen wären, und vielleicht fand er schon vorher einen Punkt, den er mit seinem Schwert erfolgreich attackieren konnte.

Fluchend rutschte er ab, dann entdeckte er, dass gerade das ihm zur Hilfe gekommen war: Der Drache hatte einen Kragen aus besonders hervorstechenden Schuppen rund um seinen Nacken, und auf diesen konnte Ash sich jetzt recht trittsicher weiter bewegen.

Es schien, Rodger selbst hatte noch nicht bemerkt, dass er beklettert wurde. Es war aber auch allen anderen entgangen: Jetzt prasselten Pfeile rund um Ash auf die Schuppen des Tieres.

»Flut und Verdammnis«, keuchte Ash, der sich besseres vorstellen konnte, als von einem Pfeil seiner eigenen Leute getroffen zu werden - doch da war es schon zu spät. Stechender Schmerz raste durch seine rechte Schulter, während der Drache sich schüttelte, so dass er sich krampfhaft festhalten musste, um nicht unter die riesigen Pranken zu geraten.

Wenn ich rauskriege, wessen Pfeil das war... das gibt Ärger.

Er konnte den Gedanken nicht festalten, denn der Drache sprang herum und rammte ihm einige seiner Schuppen in den Magen. Pfeil und Geschüttel hatten ihn unaufmerksam werden lassen, das rächte sich jetzt. Ohne Anspannung der Bauchmuskeln schlug der Hieb voll durch, und ihm blieb die Luft weg.

Gleichzeitig beugte der Drache den Kopf zum Boden. Ungeachtet von Atemnot und Schmerzen sah Ash seine Chance. Er streckte seinen Körper, so gut das ging, seine rechte Hand fuhr zum Schwert. Ein kurzer Schrecken: War ihm die Klinge in den turbulenten letzten Minuten verloren gangen? Doch sein treuer Begleiter war genau dort, wo er ihn erwartet hatte.

Mühsam sog er Luft in die gequälten Lungen, während das Schwert aus der Scheide in seine Hand glitt. Das vertraute Gewicht beruhigte ihn inmitten des Chaos, das jetzt durch einen neuen Pfeilregen noch verschärft wurde.

Vor sich sah er das Auge des Drachens, der wild mit dem Kopf hin- und her schlug. Es war schwer, sich weiter zu halten, dieser Moment kam vielleicht niemals wieder. Ash sprang.

Er drehte die Klinge voran, fasste mit der zweiten Hand an den Schwertgriff. Die Spitze des Schwertes durchbohrte die Oberfläche des Auges, dann sank der Rest hinterher, und Ashs Hand wurde regelrecht aufgesogen.

Das gigantische Brüllen des verwunderten Drachen schüttelte ihn, drang unter seine Haut und brachte seine Knochen zum Vibrieren. Der Drache sprang herum und riss ihn mit.

Verzweifelt zog er am Schwertgriff, doch die Waffe verhakte sich, und ihm wurde klar, dass er andernfalls in die Tiefe gestürzt und wahrscheinlich unter das vor Schmerzen tobende Ungetüm geraten wäre. Also klammerte er sich mit aller Kraft fest.

Er konnte nicht sagen, ob der Pfeilregen anhielt und die Angriffe der Krieger aus Ga Ta Cien noch weitergingen. Sein eigener Überlebenskampf nahm ihn vollkommen in Beschlag. Mit Erschrecken erkannte er, was der Drache vorhatte: Er bewegte sich weg von seinen Gegnern und zurück in Richtung Mauer.

»Nein, nein, nein«, keuchte er, als er spürte, wie das Tier zum Sprung ansetzte, dann folgte der Fall… und alles Licht verlosch.

***

Er erwachte mit Schmerzen. Sein Körper fühlte sich innen roh und außen matschig an, sämtliche Knochen schienen gebrochen, die Muskeln brannten. Vor allem aber bekam er keine Luft. Heißkalte Panik durchlief ihn.

Die Erinnerung kehrte zurück. Nicht auf einmal, sondern Schritt für Schritt, wie Perlen an einer Kette, die aus einem dunklen Versteck gezogen wurde. Eine Perle nach der anderen tauchte aus der Schwärze auf, bis das Bild komplett war.

In absurder Klarheit erschienen Details vor seinem inneren Auge. Er war mit dem Drachen gemeinsam in den Graben gestürzt. Was er eigentlich wissen wollte – nämlich, was danach geschehen war – blieb allerdings schwarz. Absurderweise fragte er sich sofort, wo sein Schwert geblieben war. Er schluckte mit spröder, trockener Kehle, versuchte, die Augen zu öffnen. Doch alles blieb dunkel.

»Das ist eine Augenbinde, Meister Gooregan«, sagte eine Frauenstimme, die er nicht zuordnen konnte. Sie klang auf unbestimmte Art vertraut, aber woher? Eine sanfte Hand hob seinen Kopf, kurz darauf spürte er etwas rundes am Mund. Eine Schnabeltasse! erkannte er. Ein lauwarmes Getränk, kein kühles Wasser, wie er es sich gewünscht hätte. Leicht salzig.

»Kraftbrühe«, sagte die Frau. »Ihr habt fast zwei Tage geschlafen. Zwei Tage, in denen Eure feinen Generäle mir mein Land aus den Händen genommen haben - wie man einem kleinen Kind das Spielzeug wegnimmt.«

Er verschluckte sich, hustete. Haikia! Das war die Stimme von Fürstin Haikia!

Sie klopfte ihm auf den Rücken, bis er wieder zu Atem kam, und obwohl sie das alles andere als sanft tat, war es nicht unangenehm. Die Erkenntnis brachte Erleichterung. Seine Verletzungen waren wohl doch nicht schlimm. Wenn er wirklich zwei Tage ohne Bewusstsein gewesen war, war es kein Wunder, dass ihm alles wehtat.

Doch die Augenbinde blieb beunruhigend. Und was machte Fürstin Haikia hier?

Sie hatte seine Frage verstanden, als habe er laut gesprochen. »Eure Leute mögen hervorragende und todesmutige Krieger sein, aber vom Umgang mit Drachen haben sie keine Ahnung.«

Kein Wunder, dachte Ash. *Man trifft sie eher selten im heutigen Isrogant.*

»Dreiundzwanzig Eindringlinge hat Rodger erledigt, und ohne Euren heldenhaften Einsatz wären es wohl noch mehr geworden«, fuhr Haikia fort.

Ash blieb das Herz stehen. Dreiundzwanzig Tote. Und das, nachdem sie zuvor den Palast ohne jegliche Verluste eingenommen hatten. Sie waren sich wohl zu sicher gewesen, und Hochmut kommt vor der Flut.

»So weit, so schlecht«, sagte Haikia, und in ihrer Stimme schwangen eine Menge Emotionen mit. Nicht überraschend, denn die Welt der Fürstin war in den letzten Tagen komplett zusammengebrochen. Es wunderte ihn sowieso, dass ausgerechnet sie den Krankendienst für einen der Anführer der Eroberungstruppen übernommen hatte.

»Über Drachenblut und seine Auswirkungen wussten sie auch nichts.« Sie setzte ihm wieder die Tasse an die Lippen, und gehorsam trank er. Ganz kurz blitzte der Gedanke auf, dass sie ihn vergiften konnte. Doch das war Unsinn. Wieso hätte sie ihn erst pflegen und jetzt töten sollen?

»Kennt Ihr die Legenden, dass ein Bad in Drachenblut unbesiegbar macht?« fuhr sie fort, und auch, wenn sie zu einem heiteren Plauderton gewechselt war, hörte er noch immer die Stimmungslage darunter. »Wisst Ihr, das ist gelogen. Im Gegenteil. Das Zeug ätzt. Als Rodger noch kleiner war, hat er sich einmal verletzt, und ich habe ihn verbunden und seine Wunden gereinigt. Man musste aufpassen. Kam man mit dem Blut in Berührung, gab das Verbrennungen.«

Sie schwieg kurz, dann sagte sie: »Ach, Ihr könnt das ja nicht sehen. Ich habe einige kleine Narben am Arm von dieser Zeit. Sie wurden damals mit einem speziellen Kräuterbalsam behandelt. Für Eure Augen habe ich den gleichen benutzt, und es sieht aus, als würdet Ihr Eure Sehfähigkeit behalten. Wir werden später danach sehen.«

Wir werden später danach sehen, wiederholte er in Gedanken. Sie war sehr resolut in ihrem Auftreten, sehr bestimmt. Er fand das sympathisch. Ihm fiel auf, dass er noch immer kein Wort gesagt hatte.

»Danke«, krächzte er.

Sie lachte und tätschelte ihm den Hinterkopf. »Wenn Ihr die Deppen gesehen hättet. Große Krieger, aber als Ihr da am Boden gelegen und Euch gewunden habt, waren sie überfordert wie die Kinder. Ihr habt aber auch schrecklich gebrüllt, wie von Sinnen.«

»Ich kann mich an nichts erinnern.« Sprechen tat weh, seine Stimme brach in der Mitte des Satzes, der Rest war ein heiseres Flüstern.

»Nicht zu viel reden«, sagte sie in mütterlichem Tonfall und stopfte ihm den Schnabel der Tasse wieder in den Mund. Er trank dankbar. Neue Schwäche durchflutete seine Glieder. Er gab ihr nach. Sorgen machen konnte er sich später. Als sie seinen Kopf wieder auf das Kissen zurück legte, glitt er sofort in den Schlaf.

Die nächsten beiden Tage verbrachte Ash im Haus der Fürstin Haikia, in der Mitte ihres Palastes, gemeinsam mit ihr. Sie kümmerte sich sorgfältig um ihn und seine Genesung – allerdings nicht, ohne hin und wieder mit bitterer Heiterkeit anzumerken, dass sie ja zur Zeit ohnehin nichts anderes zu tun habe. Schließlich hatten die die tapferen Beamten des Herzogs von Maiins ihre früheren Aufgaben in der Verwaltung des Reiches so gekonnt übernommen.

Der Graben rund um ihr Haus wurde jetzt nicht mehr von einem Drachen, sondern von einem kleinen Kontingent cienischer Soldaten bewacht. Wo es zuvor darum gegangen war, Eindringlinge heraus zu halten, ließen die Wachen jetzt niemanden mehr hinaus.

General dei Fieldram persönlich war schließlich Ashs erster Besucher, noch vor Ix, der wenige Minuten später eintraf. Bis dahin hatte Fieldram Ash bereits über alle wesentlichen Geschehnisse in Kenntnis gesetzt.

Der General war ein kleiner, etwas grauer Mann mit einem Mausgesicht, das er noch durch einen Spitzbart betonte. Seine Familie gehörte zum dronischen Adel, blickte zurück auf uralte militärische Tradition; nur er fiel aus dem Rahmen, als kreativer Außenseiter, den niemand liebte außer König Struern Vale von Westenra selbst. Solange, bis Fieldram schließlich auch bei ihm in Ungnade gefallen war.

Überraschend eigentlich, dachte Ash, denn Struern war bekannt dafür, weit aus dem Rahmen zu denken und stets unerwartete, neue Lösungen zu finden, oft jenseits dessen, was in Isrogant zur gängigen politischen Moral gehörte. Das ging so weit, dass er der Kirche des Einen Gottes eine eigene spirituelle Glaubensrichtung entgegen setzte, der er selbst als Oberpriester vorstand.

Vermutlich waren aber die intriganten Strategien des Generals, deren Hauptideen stets in Verrat und Lüge bestanden, irgendwann doch zuviel gewesen.

Ash war froh, dass er noch immer die Augenbinde trug. So musste er den schmierigen Kerl zumindest nicht sehen. Fürstin Haikia hatte in den letzten Tagen seine Augen regelmäßig mit heilendem Sud gewaschen, und dabei hatte er festgestellt, dass er nur sehr verwaschen sehen konnte und Licht ihm Schmerzen bereitete.

»Alles reibungslos verlaufen!« verkündete der General zackig, nachdem er Ash mit einem knappen Händedruck begrüßt hatte. »Eure Truppen haben hier den Palast klar gemacht, unser Heer ist ins Land hinein gegangen wie ein langer, harter Schwanz in die Muschi einer Jungfrau. Am Anfang gab es etwas Widerstand, dann eine Menge Blut, und schließlich war sie willig und fügsam.«

»Interessanter Vergleich«, bemerkte Ash. »Und? Hat die Jungfrau auch Freude an Eurer Eroberung?«

Fieldram lachte keckernd. »Wer hat eine Jungfrau jemals danach gefragt?« meinte er. »Es ist alles ruhig in Skalorion.«

»Aber alle warten auf ein Lebenszeichen der Fürstin«, sagte eine ruhige Stimme von der Tür her. Ash horchte auf. Ixils Yon war eingetroffen. Er stand in den Türrahmen gelehnt und musterte den General mit einem abschätzigen Blick, der einem gewöhnlichen Soldaten vermutlich Peitschenhiebe eingetragen hätte. Auch ohne das zu sehen, hörte Ash die Missachtung in der Stimme seines Freundes. »Eine Abordnung von Landadligen ist in der Hauptstadt eingetroffen, und auch die Gouverneure der sechs Provinzen. Mit Ausnahme des Barons von Modan. Es scheint, Eure Truppen haben seine Burg und die umliegenden Dörfer beim Durchmarsch gebrandschatzt, General.«

Fieldram runzelte die Stirn. »Allerdings«, sagte er. »Es gab eine kleine Meinungsverschiedenheit, und wir wollten verhindern, dass der Baron Alarm schlägt.«

»Hm.« Ix klang zweifelnd. »Ich habe anderes gehört. Und wir hatten die Hoffnung, dass unser geheimer Einsatz hier solche Massaker würde vermeiden helfen.«

»War unvermeidlich.« Die Stimme des Generals duldete keinen Widerspruch. »Der Baron war ein Widerborst. Die anderen Gouverneure und Adligen bekommen Verwalter und Besatzungstruppen. Dann geht die ganze Baggage zurück in ihre schäbigen Siedlungen.«

Ash wiegte den Kopf. »Was ich vor unserem Einmarsch gehört habe, klang gar nicht so schäbig. Hat sich seitdem etwas geändert?«

Ix lachte leise, und Fieldram ignorierte den Kommentar. Es schien wichtigeres zu geben: »Meister Gooregan, ich habe gehört, die Fürstin hat Euch hingebungsvoll gepflegt, obwohl Ihr ihr liebstes Haustier erschlagen habt.«

»Sie ist sehr fürsorglich«, bestätigte Ash. »Ich bin ihr zu Dank verpflichtet.« Er erhielt ein Schnauben zur Antwort. »Ich hoffe, die Dankbarkeit geht nicht zu weit. Die hohe Dame verweigert uns die

Zusammenarbeit. Es wäre leichter, wenn sie kooperativ wäre. Sie muss unseren Sieg anerkennen und offiziell kapitulieren. Außerdem weiß sie vieles, was wir auch wissen müssen.«

Wieder ein Lachen von der Tür. »Das ist aber viel verlangt, General. Wir rauben ihr Land, setzen sie gefangen, und dann soll sie uns noch helfen? Was wäre denn, wenn sie beim Angriff ums Leben gekommen wäre?«

»Das wäre vielleicht ein besserer Verlauf gewesen«, versetzte Fieldram scharf, und Ash merkte auf. Daher wehte der Wind. Macuu von Maiins und seine Gefolgsleute hatten Angst vor Fürstin Haikia und der Rolle, die sie für den Widerstand in Skalorion spielen konnte.

Ixils hatte es auch gehört. »Das war nicht unser Auftrag«, stellte er fest. »Und es ist auch kaum ein guter Stil. Die Fürstin hat sich hervorragend verhalten, und von Widerstand ist keine Spur.«

»Sie kooperiert nicht.«

»Das muss sie auch nicht.«

Kurzes Schweigen. Die Luft war zum Schneiden dick. Ix war sauer, Ash konnte das gut verstehen, und General Fieldram entdeckte gerade, dass er nicht auf Unterstützung der beiden Kampflehrer zählen konnte. Sie waren seit Jahren enge Freunde, und sie waren ihm nominell im Rang gleich gestellt, auch wenn sie in dieser Sache eigentlich nichts zu entscheiden hatten.

»Soweit ich mich erinnere«, warf Ash jetzt mit ruhiger Stimme ein, »sollte es für Fürstin Haikia die Möglichkeit geben, ins Exil zu gehen, richtig?«

Der General antwortete nicht sofort, deswegen hakte er nach: »Richtig?«

»Richtig, richtig«, murmelte der General. »Dafür sollte sie aber kooperieren. Wir möchten die Übergabe möglichst reibungslos gestalten, wenn sie uns dabei im Weg ist...« Der Satz blieb unbeendet. Ash war angewidert. Es hatte großartig geklungen, ein ganzes Land ohne unnötiges Blutvergießen zu erobern, im Handstreich, aber langsam wurde es schmuddelig.

»Danke, General«, übernahm Ix wieder das Gespräch. »Ich denke, wir sind bestens informiert, ich werde heute abend bei der Lagebesprechung sein, pünktlich. Wenn es in Ordnung ist, halte ich Meister Gooregan auf dem Laufenden, bis er selbst wieder einsatzbereit ist.«

Ash nickte nur, auch als der General sich verabschiedete. Er merkte deutlich, dass sie sich einen Feind gemacht hatten, und er befürchtete, dass das der Anfang vom Ende ihres Engagements in Ga

Ta Cien sein würde.

Der Gedanke an die Rückkehr nach Maiins war plötzlich fremd. Das alles schien sehr weit weg von ihm, was ihn traurig stimmte. Er war froh, dass er mit Ix ein paar ungestörte Worte wechseln konnte.

Der Freund ließ sich neben Ash aufs Bett fallen und legte ihm eine Hand auf die Schulter. »Du stinkst gewaltig, mein Lieber«, sagte er, aber es klang herzlich. »Das Drachenblut, in dem du gebadet hast, hat scheinbar auch deine Nase verstopft.«

Seine Nähe tat gut. »Wo hast du die ganze Zeit gesteckt, Alter? Ich habe dich vermisst!«

»Ich?« Ix lachte heiser. »Du hast doch die ganze Zeit gepennt! Die alten Träumer wären stolz auf dich gewesen, eine ganze Bibliothek heiliger Schriften hast du zusammengeratzt.«

»Ich war ziemlich k.o.«

»Kein Wunder! Wer hat dir denn gesagt, du sollst einen Drachen bespringen und dich dann unter seinem Kadaver begraben lassen?« Ix verlagerte sein Gewicht, und Ash spürte, dass er sich gerade hinsetzte. »Aber jetzt ohne jeden Spaß: Was machen die Augen.«

»Es geht. Ich sehe nicht viel.«

»Das liegt an der Augenbinde! Die musst du abnehmen, kein Mensch kann durch zwei Zentimeter dicken Stoff sehen.«

»Sehr lustig.« Ash wollte genervt klingen, aber es gelang ihm nicht. »Du lenkst ab. Wo hast du denn gesteckt die letzten Tage?«

Jetzt wurde Ixils Stimme deutlich ernster. »Ich war in der Stadt und im Umland unterwegs. Du kannst dir nicht vorstellen, wie Fieldrams Truppen hier hausen. Ich weiß nicht genau, woran es liegt. Alles war ruhig. Zuerst dachte ich, er hat seine Männer nicht unter Kontrolle. Aber es scheint Methode zu haben.«

»Das klingt seltsam.«

»Sehr.«

Sie schwiegen eine kurze Weile.

»Können wir etwas daran ändern?« fragte Ash dann.

Ix ließ sich etwas Zeit mit der Antwort. »Ich glaube nicht. Aber wir müssen aufpassen und in Maiins berichten. Ich bezweifele, dass Herzog Macuu über alles Bescheid weiß, was hier passiert.« Er dachte noch ein wenig länger nach. »Fieldram geht uns ans Leder, wenn wir nicht aufpassen. Zeugen beseitigen, das ist etwas, was man ihm zutrauen kann.«

»Uns?« Ash war nicht überzeugt. »Meinst du nicht, dafür ist er zu feige?«

»Aaah!« stieß Ix hervor. »Feige hin, feige her. Ich weiß nicht, ob er zu feige ist. Wahrscheinlich ja. Aber er ist hinterfotzig genug. Widerliches kleines Wiesel. Zack, und du hast ein Messer in der Kehle.« Ix unterstrich seine Worte durch ein Klatschen in die Hände, das Ash zusammenzucken ließ. »Aber ich sehe, du hast dein Schwert wieder.«

Ash schmunzelte. »Ja, die Fürstin hat es mir gebracht.« Er tastete nach dem vertrauten Griff des treuen Begleiters, der neben dem Bett an der Wand lehnte.

»Gut gut.« Ix klang zufrieden. »Und Kämpfen ohne Sicht ist ja deine Spezialität. Also halt die Augen offen.«

Sie lachten kurz, und Ash fühlte sich wohl. Egal, wo sie sich aufhielten, Ix war ein verlässliches Stück Heimat.

Plötzlich war er vom Bett verschwunden – Ash merkte es am Nachgeben der Matratze, auf der er eben noch gesessen hatte – und die Tür wurde aufgerissen.

»An Türen horchen ist aber nicht die feine Art!« hörte er ihn rufen, und dann Fürstin Haikias Stimme, die scheinbar ohne jede Furcht antwortete: »Es ist mein Haus, und in fremde Häuser einzubrechen, scheint mir auch nicht das beste Benehmen.«

Ix lachte auf. »Sehr gut, hohe Dame, besser hätte ich es nicht sagen können. Kommt doch herein, ich wollte gerade über Euch sprechen.«

»Über mich?«

Ash hasste seine Blindheit in diesem Moment mehr denn je. Er konnte sich nur vorstellen, wie Haikia jetzt den Raum betrat, und wie Ix sie in seiner üblichen, forsch-rustikalen Art auf einen der gepolsterten Stühle im Raum nötigte. Ix konnte unwiderstehlich sein, wenn er auch immer hart am Wind segelte zwischen Charme und grober Dreistigkeit.

»Ja, ja, liebe Lady, über Euch. Ich fürchte nämlich, Eure Freundschaftsdienste an Meister Gooregan werden Euch nicht wirklich entlohnt werden.«

Ash seufzte und ließ sich ins Bett zurückfallen. Das hatte er befürchtet. Ix wusste mehr, und er fuhr auch direkt fort: »Die meisten Menschen in Skalorion haben keine Ahnung, was aus Euch geworden ist, Majestät. Gerüchte kursieren. Viele behaupten, Ihr wärt schon tot, und einige wenige hoffen darauf, dass Ihr irgendwo im Land seid und den Widerstand organisiert, der bald wie die Flut die Besatzer hinwegfegen wird.«

Leises Kichern von Haikia. »Was für eine Vorstellung! Sie haben mich immer die Hausfrauenfürstin genannt, weil ich zu gutmütig war.«

»Das wusstet Ihr?«

»Ja, haltet Ihr mich denn für blöde? Und jetzt meinen die Leute wahrscheinlich, dass ich mit einem Wischmob in der Hand die Gegner aus dem Land feudele!«

Ash fand die Vorstellung erfrischend. Er hatte Haikias bodenständige Weltsicht schätzen gelernt in den letzten Tagen.

»Über den Wischmob kann ich nicht viel sagen«, meinte Ix. »Aber General Fieldram will, dass Ihr getötet werdet. Ich werde dagegen intervenieren, und ich glaube, Ihr habt auch Ash auf Eurer Seite. Oder?«

Ash nickte müde. »Natürlich. Natürlich.« Er war sich aber nicht ganz sicher. Wenn es sich um ein offizielles Todesurteil handelte, waren ihnen die Hände gebunden. Natürlich konnten sie Haikia zur Flucht verhelfen... aber das brauchte mehr Planung, und es war die Frage, ob ihr Einfluss am Hof in Ga Ta Cien wirklich groß genug war, um aus einer solchen Geschichte ungeschoren herauszukommen.

Er dachte kurz an Djamila. Es war durchaus möglich, Ga Ta Cien den Rücken zu kehren und im schlimmsten Fall einen Bogen um das Land zu machen, bis Gras über die Angelegenheit gewachsen war. Es stand Bezahlung aus für ihre Arbeit in Maiins, und er hatte viele persönliche Habseligkeiten in der Stadt zurückgelassen, aber für seinen Teil brauchte er das Geld nicht und hatte kein Problem mit dem Verlust irgendwelcher Gegenstände.

Aber Djamila würde er dann nicht wiedersehen.

Das war nicht alles. Haikia war die Herrscherin eines Landes, eine Fürstin, und auf diesem Feldzug hatte er viele Menschen getötet, die in ihrem Namen gestorben waren. Wieso sollte er ausgerechnet sie schonen?

Er dachte an Haikias sanfte Hände, wie sie ihn gebettet, gewaschen und seine Wunden versorgt hatte. Ihre spöttischen Bemerkungen, ihre humorvolle Ruhe im Angesicht des Untergangs. Wieviele Frauen ihres Standes kannte er, die so herzlich und ehrlich waren? Widerwillig räumte er in Gedanken ein, dass Djami beispielsweise kaum die Größe besessen hätte, die Haikia so selbstverständlich an den Tag legte.

»Ash?« Ix´ Stimme riss ihn aus seinen Gedanken.

»Ja. Ja.« sagte er.

»Ich gehe jetzt. Wir sollten darüber nachdenken, was wir für Haikia tun können, was meinst du?«

»Ja.« Ash nickte, und angesichts der eben noch durch seinen Kopf wirbelnden Gedanken fühlte er sich schuldig und ertappt. »Ja, das werden wir«, bekräftigte er.

Er ahnte Ix´ Nicken, bevor dieser sich verabschiedete. Herzlich, wie es sich unter guten Freunden gehörte. Wie gut, dass es ihn gab.

Ash lauschte seinen Schritten, als er sich entfernte. Eine Zeit lang war Ruhe im Raum, dann sprach Haikia: »Ich habe Baron von Modan gut gekannt«, sagte sie leise. »Er war ein guter Mann, ehrlich, aufrecht und fair. Ich wünschte, es gäbe mehr solche Anführer in Isrogant.«

»Ich auch«, antwortete Ash, ohne nachzudenken, und erschrak dann über seinen Satz. Aber wider besseres Wissen fügte er noch hinzu: »Und Ihr, Haikia. Es müsste auch mehr Herrscherinnen wie Euch in Isrogant geben.«

»Ah ja«, machte sie. »Nun, meine Zeit scheint ziemlich abgelaufen, nicht wahr?«

»Als Fürstin... vermutlich schon.«

»Ja. Als Fürstin.« Sie atmete tief durch. »Ich habe die Arbeit ohnehin nie gemocht. Aber die Menschen. Euer Angriff hat mir viele, viele Menschen geraubt, die mir nahe standen. Ihr habt nicht nur Bedienstete getötet, die ich seit meiner Kindheit kannte, auch Freunde und Verwandte. Wie so ein Hof eben funktioniert. Die meisten, die mir nahe standen, waren hier. Einige sind vielleicht auch geflohen.«

Ash wartete, bis sie weiter sprach.

»Die Ungewissheit macht mich fertig.«

Wieder schwieg sie ein Zeit lang, dann sagte sie, fast fröhlich: »Aber um all die Speichellecker ist es nicht schade. Viel zu viele davon. Es ist ein Krampf an jedem Hof. Schrecklich.«

Ash grinste und hob die Hände in gespielter Verzweiflung. »Überall das Gleiche!« rief er aus.

Sie lachten zusammen, dann sagte er, ruhiger: »Es tut mir leid um Euren Verlust, Majestät.«

»Ich weiß. Ihr seid kein grausamer Mensch. Ich bin froh, dass Ihr es wart, der Rodger getötet hat. Nicht irgendeiner Eurer gefühllosen Muskelprotze.«

»Rodger...« wiederholte Ash. Er hatte noch immer Mühe, die Bestie, die so blutige Ernte unter seinen Leuten gehalten hatte, mit einem solch harmlosen Namen zu versehen.

»Ja, Rodger«, versetzte sie. »Ich habe ihn aus dem Ei schlüpfen sehen. Damals war ich neun Jahre alt. Er war hinreißend. Die erste kleine Flamme aus seinem Schlund, nicht stärker als ein Streichholz. Und er hat ihr hinterhergeschaut, so verdattert, fast erschrocken. Als wollte er sagen: War ich das etwa?«

Sie lachte ein bisschen. »Die meisten Menschen hier mochten ihn.

Er konnte keiner Fliege etwas zu Leide tun.« Innehaltend: »Das muss komisch klingen für Euch. Entschuldigung. Ihr habt den Guten etwas anders erlebt.«

»Ja, das habe ich.« Ashs Stimme war tonlos. Es wäre leichter für ihn gewesen, nur die Bestie in Erinnerung zu behalten. Er wollte nicht wissen, dass Rodger ein beliebter Teil des Hofstaates gewesen war, und die Vorstellung des kleinen Jungdrachen, tapsig und mit einer kleinen Streichholzflamme vor der Nase, brach ihm das Herz. Er überlegte, ob er ihr die Geschichte von Nermaal erzählen sollte, doch das hätte bedeutet, auch das Ergebnis von Herzog Macuus Überlegungen zu berichten.

»Wie alt werden diese Drachen normalerweise?« fragte er stattdessen.

»Oh, sie werden leicht 150, manchmal 200 Jahre. Rodger war noch in der Blüte seiner Jugend, ein bisschen älter als 30.«

Er wusste nicht, was er dazu sagen sollte, also blieb er stumm. Es machte ihn hilflos, als sie zu weinen begann.

Langsam, unbeholfen, kletterte er aus dem Bett, tastetete nach der Wand, folgte seinem Gehör bis zu dem Stuhl, auf dem sie saß. Nahm sie in den Arm. Der Gedanke an Ix, der ihm erzählte, wie sehr er stank, blitzte auf, aber es schien sie nicht zu stören, also hielt er sie, während sie an seiner Brust um ihren Drachen weinte, ihre Freunde, und um das Leben, das sie verloren hatte.

***

Der Meuchelmörder kam zwei Nächte später. Ash hörte ihn, als er ins Haus eindrang. Angesichts der Tatsache, dass die Wachen draußen im Graben keinen Laut gegeben hatten, konnte er sich denken, dass General Fieldram bestens Bescheid wusste.

Er selbst hatte am Abend vorher seine Augenbinde endlich ausgezogen. Seine Augen gewöhnten sich stückweise wieder an das Licht, und soweit es Ash betraf, hatte er den Eindruck, glasklar sehen zu können, nur ein wenig empfindlich gegen Helligkeit war er noch.

Ein ganz kleines bisschen schien es ihm, als sehe er sogar besser als vorher. Aber war das wirklich möglich? Er bezweifelte das. Die Verätzungen seiner Haut sahen aus, als würden sie weitesgehend narbenlos verheilen (Narben hatte er ohnehin genug) und Brüche hatte er keine davongetragen. Sein unverschämtes Glück hatte ihn wieder einmal beschützt, auch wenn er sich nach wie vor nicht bei Kräften fühlte. Sehr langsam wollte er in den nächsten Tagen mit körperlichen Übungen beginnen, damit er schnell wieder auf die Höhe kam.

Als er jetzt das Klirren des Fensters hörte, war er sofort hellwach. Das Geräusch zeugte von professionellen Fähigkeiten, da machte jemand nicht viele Scherben und vermied Splitter. Ash ahnte, was das bedeutete.

Leise schlüpfte er aus dem Bett. Seine Knie gaben kurz nach, ihm wurde schwindlig, aber dennoch griff er nach seinem Schwert und glitt aus dem Zimmer.

Seit er die Augenbinde abgelegt hatte, hatte er sich mit dem Interieur des Hauses vertraut gemacht. Es war bemerkenswert durchschnittlich. Fürstin Haikia hatte es verstanden, inmitten des Pomps und Prunks des Palastes für sich selbst ein ganz normales Heim zu schaffen, in dem sie ein Leben fast wie alle anderen Einwohner Skalorions führen konnte.

Ash mochte die Idee, im Moment aber verfluchte er die Bauweise des engen Gebäudes. Die Räume und Flure ließen nicht viel Bewegungsraum, und schwach wie er war, wollte er sich lieber auf die Reichweite seines Schwertes verlassen als in Nahkampf mit jemandem zu geraten.

Auch der Eindringling schien sich auszukennen. Ash hörte seine Schritte, wie er sich zum Schlafzimmer der Fürstin bewegte. Er folgte ihm, so leise wie es ging, aber weit entfernt von seiner üblichen Form kam er sich plump und laut vor.

Die Tür des Schlafzimmers öffnete sich, Ash hörte eilige Schritte. Jetzt musste er schnell sein.

Mit einem Satz sprang auch er durch die Tür, das Schwert erhoben, bereit zum Kampf – und erstarrte. Ihm gegenüber stand Armand, das Messer in der Hand, das Gesicht zur Tür gewendet, als habe er Ash erwartet.

»Es ist ein Befehl von oben, Meister Gooregan«, sagte er leise. »Von Herzog Macuu von Maiins persönlich.«

Ash fühlte sich, als verliere er den Boden unter den Füßen. Gott oder das Schicksal, wer auch immer hier seine Finger im Spiel hatte, musste eine ganz besondere Boshaftigkeit an den Tag legen, ihm ausgerechnet Armand zu schicken.

So wenig dieser in einer normalen Auseinandersetzung eine Chance gegen seinen Lehrer gehabt hätte: Unter diesen Umständen hatte der Jüngere durchaus eine Möglichkeit, ihn schwer zu verletzen oder gar zu töten.

Vermutlich hatte General dei Fieldram das sogar mit einkalkuliert.

Zwei Fliegen mit einer Klappe, und es würde ich auch noch eine Möglichkeit finden, Ixils Yon unauffällig zu beseitigen.

Selten nur stieß Ash an die Grenzen von Talent, Erfahrung und Ausbildung, wenn er sie nicht selbst aktiv suchte, aber in diesem trostlosen Moment hatte er sie erreicht.

»Armand«, sagte er leise. »Das ist ein Verbrechen. Du kannst sie nicht töten.«

»Es ist ein Befehl«, beharrte der Soldat, und Ash sah, dass nichts an dem Panzer aus Gleichgültigkeit und ehrgeizigem Gehorsam vorbeigehen würde. Nichts außer einem Schwert, geschwungen von einem besseren Krieger als er es in diesem Moment war.

»Lass es!« befahl er eindringlich, doch Armand sah ihn nur stumm an.

»Ich habe den Befehl von Herzog Macuu persönlich«, wiederholte er.

»Schriftlich?«

»Wer braucht es schriftlich?«

»Weiß Ixils Yon davon?«

Armand schüttelte den Kopf. »Es scheint, der Herzog traut Euch beiden in dieser Hinsicht nicht. Ihr seid eben trotz allem Söldner... Eure Loyalität zu Ga Ta Cien reicht nicht so weit.«

Ashs Hand krampfte sich um den Schwertgriff, einen Moment war er versucht, alle Bedenken in den Wind zu schlagen und einfach anzugreifen. Doch dann siegte die für ihn so ungewohnte Schwäche.

»Nichts für ungut, Meister. Ich schätze Euch, Ihr seid der vielleicht beste Lehrmeister in ganz Isrogant. Aber wir beide wissen, dass der Herzog Recht hat.«

Ash blieb stehen, wie gelähmt, senkte das Schwert nicht. In diesem Augenblick schreckte Fürstin Haikia aus dem Schlaf hoch und setzte sich im Bett auf. Sie schaute sich um, sah die beiden Männer, ihr Blick wanderte vom einen zum anderen, sie sagte nichts. Ganz leise saß sie da, nur ihre Augen bewegten sich.

»Armand«, sagte Ash noch einmal. »Das führt zu nichts Gutem.«

Langsam schüttelte Armand den Kopf. Drei schnelle Schritte, dann stand er neben dem Bett, griff nach Haikias Haaren, zog sie zu sich heran, entblößte ihren Hals. Sie gab einen spitzen kleinen Schreckensschrei von sich, dann spürte sie das Messer an ihrer Kehle, wich vor dem kalten Stahl zurück, doch Armand hielt sie mitleidlos fest, die Augen auf Ash gerichtet.

»Geht, Meister«, sagte er. »Das hier hat mit Euch nichts zu tun.«

Haikia öffnete den Mund, um etwas zu sagen, doch das Messer brachte sie zum Schweigen. Sie verharrte, die Augen in stummer Panik aufgerissen, auf Ash gerichtet, als erwarte sie Rettung von ihm.

Er stand still, das Schwert noch immer erhoben, wusste, dass er sich entscheiden musste – und dass es genauso eine Entscheidung war, wenn er nicht handelte. Eine Chance hatte sie ziemlich sicher so oder so nicht. Egal was er versuchte, Armands Klinge würde schneller sein. Und was dann?

Die Hilflosigkeit saugte alle Kraft aus ihm. Reglos erwiderte er ihren Blick, nicht im Stande, etwas zu tun.

Armand nickte leicht. »Danke, Meister. Ihr macht es uns allen leichter.« Und, an Haikia gewandt: »Ich bitte um Vergebung, Majestät. Es geht schnell, ist gleich vorbei.«

Ihre Augen öffneten sich noch weiter, dann führte er den Schnitt, leicht und fließend durch die eben noch makellose Haut ihres Halses, während er routiniert mit der anderen Hand ihren Kopf nach hinten drückte, um die Wunde zu erweitern. Blut pumpte hervor, dem er gekonnt auswich, um nicht die eigene Kleidung zu beschmutzen. Es floß in die Bettwäsche, verfärbte sie von weiß zu dunklem Rot.

Ihr Blick blieb auf Ash gerichtet, im Terror der Erkenntnis, dass dies endgültig war. Dann verlosch er mit einem letzten Glimmen.

***

Ash hielt es keine Sekunde länger im Haus. Er verweigerte auch den Umzug in den Teil des Palastes, in dem General Fieldram sein Hauptquartier aufgeschlagen hatte. Stattdessen gesellte er sich zu Ix, der in einem Gasthaus Quartier bezogen hatte und Wert darauf legte, dass er die Unterkunft bezahlte.

»Es ist nicht gefährlich für die Besatzer«, erklärte er Ash. »Die Leute hier in Parmea sind nicht rebellisch. Sie sind traurig und wie vor den Kopf geschlagen, sie rechnen mit nichts Gutem. Aber die Straßen sind sicher.«

Ashs zweifelndes Gesicht ließ ihn weitersprechen: »Wenn man keiner cienischen Patrouille begegnet.«

»Das stand zu befürchten.« Ash spürte Resignation. Ohne nennenswerte eigene Verluste hausten Fieldrams Leute rücksichtslos und brutal. Es war ein Wunder, dass es in der Hauptstadt keine Aufstände gab.

Er brachte seine Sachen in das Gasthaus und deponierte sie im Zimmer neben dem seines Freundes. Der Gastwirt war freundlich, wenn auch einen Hauch zu unterwürfig. Nur zu deutlich spürbar war, dass er sich Vorteile erhoffte, wenn hochrangige Besatzer in seinem Hause wohnten.

»Der würde uns bedenkenlos verraten, wenn es seinem Vorteil entspräche«, stellte Ash fest.

»Natürlich. Verrat ist nichts Neues in Parmea. So sind wir hierhergekommen, richtig?« Ix stand am Fenster und blickte hinunter in den Hof. »Es ist auch nichts Neues in Ga Ta Cien. Für mich ist der kleine Wicht Armand ein Verräter.«

»Er hat einen Befehl befolgt.«

»Den er an uns vorbei erhalten hat. Das ist schlechter Stil. Von Fürst Macuu, und erst recht von Armand.«

Zweifelnd wiegte Ash den Kopf.

Ix geriet in Rage. »Du hättest dasselbe gemacht? Gewissenlos und ohne Loyalität?«

Weil Ash nicht sofort antwortete, legte er nach: »Hättest du? Na komm, gib deinem Herzen einen Stoß, Alter! Hättest du die Fürstin getötet? Auf Befehl?«

»Mensch, Ix, hör auf! Ich hätte es nicht getan, du hättest es nicht getan, aber wir sind auch Söldner. Wäre nicht gerade das Nicht-Befolgen eines solchen Befehls zutiefst illoyal?«

»Söldner!« Ix brüllte, schlug mit der Faust an den Fensterrahmen. »Ja, ist es denn so? Haben nur gekaufte Söldner ein Gefühl für das, was richtig und falsch ist?«

»Beruhig dich.«

»Nein!« Diesmal bekam der Fensterrahmen einen kleinen Riss unter Ix´ Hieb. »Nein, ich beruhige mich nicht! Ich knöpfe mir Armand vor, und auch den kleinen dronischen Brutalo. Und dann reise ich ab, und zwar zügig!«

»Beruhig dich«, wiederholte Ash. Seine Stimme war eindringlich, aber ohne jede Schärfe. Er erwiderte Ix´ starren Blick, bis dieser weicher wurde und fragte: »Was willst du?«

»Etwas Zeit. Ich muss wieder zu Kräften kommen. Ich werde den Innenhof für einige Übungen benutzen, vielleicht stehst du mir als Übungspartner zur Verfügung? Ich will nicht sofort weg, ich möchte sehen, was hier passiert. Es kann sein, dass wir bei Macuu intervenieren müssen, dann sollten wir Beweise mitbringen.«

Ix starrte weiter, wenn auch weniger aggressiv. »Richtig.« Es dauerte eine Weile, bevor er dieses Wort sagte, aber dann fügte er noch hinzu: »Du hast Recht. Sieh zu, dass Du zu Kräften kommst. Morgen gehen wir zu Fieldram und sprechen Tacheles mit ihm, was denkst du?«

»Sehr gut. Und wir halten die Augen offen. Er ist der Typ für Meuchelmord. Wie wir beide wissen.«

Am hellichten Tag wirkte Skalorion sonnig und freundlich wie immer. Die Bauern brachten Getreide und andere Schätze der ländlichen Erde durch die Stadttore wie jeden Tag, der Blumenladen neben dem großen Südtor war geöffnet wie immer, und die Blumen verbreiteten betörende Gerüche. Wie gewöhnlich.

Die Straßen waren voller Menschen, die Blätter der Bäume warfen willkommenen Schatten, Ausdruck der Harmonie und Schönheit, für die Parmea und Skalorion berühmt waren.

Wer sich von dieser Illusion fangen ließ, auf den wirkte die furchtbare Wahrheit dieses Frühlings wie ein Schlag ins Gesicht: Es waren weit mehr Bauern, die die Stadt verließen als solche, die sie betraten. Auf dem Weg hinein fanden sich die alten und armen, in vielen Fällen auf dem Weg, ihre letzte Habe und ihre Möbel zu verkaufen, vielleicht sogar, um ihre Kinder an den Meistbietenden zu verdingen. Hinaus zogen die Reichen und Wohlhabenden, Hab und Gut und auch die Kinder der Armen im Gepäck; Kriegsgewinnler, die in der Krise immer reicher wurden.

Der Blumenladen war offen, doch nicht die Blumen sorgten hier in diesen Zeiten für den Lebensunterhalt der Besitzerin: Ein schwitzender Soldat mühte sich zwischen ihren gespreizten Beinen, und anders als andere würde er kein Geld dafür bei ihr lassen. Der Liebesdienst gehörte zu dem, was die Besatzer als Steuern von den Ladenbetreibern erhoben.

Die Menschen in den Straßen beeilten sich, sie wieder zu verlassen, und wer nicht unterwegs sein musste, hielt die Türen verriegelt und die Fenster geschlossen.

Der Schatten der Bäume fiel auf ein untergehendes Reich, das einen langsamen und qualvollen Tod starb unter den Stiefeln junger Soldaten aus einem Wüstenreich, das mit der Schönheit und Harmonie des blühenden Skalorions nichts anfangen konnte.

Natürlich war es seit dem Tod der Königin (über den in den Straßen Parmeas viele Gerüchte kursierten) nicht allen Skaloriern schlecht ergangen. Nicht nur reiche Bauern mästeten sich an den Leiden des Landes, auch in der Stadt gab es solche, die ihre Chance zu nutzen wussten. Sie scharten sich um General Fieldram, der selbstbewusst den Thron der Königin als Sitzplatz benutzte, wenn er Audienz hielt.

In den Wochen seit der Machtübernahme verdichteten sich sogar die Gerüchte, dass der General eine eigene kleine Armee aufstellte, die ihm direkt verpflichtet war, ohne den Eid auf Herzog Macuu von Maiins geleistet zu haben.

Die Skalorier nannten sie *Reittiopi*, was im Dialekt des kleinen Reiches »die Alten Männer« bedeutete. Warum ausgerechnet dieser Name in Parmea von Mund zu Mund ging, wusste niemand zu sagen. Die Reittiopi agierten im Verborgenen, folglich kannte auch niemand ihr Alter. Dass Ash und Ix mit ihnen in Berührung kamen, verdankten sie einem unglücklichen Zufall.

***

»Gioto, komm runter!«

Eine Tür knallte, ein junger Mann eilte über die Treppe, sich mit den Bändeln einer Jacke mühend, die nach dem traditionellen skalorischen Muster mit hunderten kleiner Schnüre gebunden wurde.

»Beim heiligen Feuer!« rief seine Mutter, die im Flur stand und auf ihn wartete. »Wie siehst du denn aus? Verdammter Bengel, kannst du nicht zeitig anfangen, dich anzuziehen? Vilera und ihre Bewacher warten schon im Wohnzimmer auf dich! Ihr werdet zu spät kommen!«

»Es tut mir leid.« Gioto klang kleinlaut. Nicht, dass er sich so gefühlt hätte, er wusste nur aus langjähriger Erfahrung, dass das im Umgang mit seiner resoluten Mutter der Tonfall war, der am schnellsten zum Ende der Gardinenpredigt führte.

»Wo ist Papa?« schob er hinterher, in der Hoffnung, ihre Aufmerksamkeit abzulenken.

Das gelang. »Der Nichtsnutz treibt sich irgendwo herum«, schimpfte sie los, ohne sich darum zu kümmern, dass man sie vermutlich auch im Wohnzimmer hören konnte. »In diesen Zeiten! Seit dem Beginn der Besatzung hat er noch mehr zu tun als zuvor! Ich hoffe nur, er ist nicht in irgendwelche dunklen Geschäfte verwickelt. Muss doch seine Nase immer überall reinhängen, der Knilch. So«, endete sie, die letzten Schnüre befestigend. »Gut schaust du aus, Junge!«

»Danke.«

Gioto schlüpfte an ihr vorbei, überquerte den Eingangsflur und öffnete die Tür zum Wohnzimmer. »Vilera!« rief er erfreut, und dazu hatte er jeden Grund. Seine Verlobte sah hinreißend aus: In einem Kleid, ebenso traditionell wie seine Kleidung, aber so eng geschnitten, dass es ihre Figur betonte, und schulterfrei. Er konnte sein Glück kaum fassen.

Ohne darüber nachzudenken, dass sie nicht alleine waren, riss er sie in seine Arme und drückte ihr einen Kuss auf die Lippen. Sie gab willig nach, erwiderte den Kuss, doch dann unterbrach die laute Stimme seiner Mutter ihre Begrüßung.

»Werdet ihr euch wohl benehmen?« rief sie lautstark. Die beiden jungen Leute fuhren auseinander. Gioto versuchte, das breite Grinsen der drei muskulösen Bewacher zu ignorieren, mit denen Vilera zu ihnen gekommen war. Solche Aufpasser waren notwendig im cienisch beherrschten Skalorion... niemand konnte sich mehr alleine auf die Straßen trauen, schon gar nicht eine Frau.

Es ging ihm dennoch auf die Nerven. Vilera und er kannten sich nun seit drei Jahren, hatten sich bei einem Konzert am Darmada-Meer kennengelernt, wo der berühmte Komponist Fredo von Heichlingen aus den Jungen Königreichen seine neueste Schöpfung vorgestellt hatte; eine vom Glauben den Einen Gott inspirierte Hymne auf den Kreislauf des Lebens, ergreifend vorgetragen vor atemberaubender Kulisse.

Viele junge Menschen aus Parmeas besserer Gesellschaft hatten damals die Reise mit Billigung ihrer Familien angetreten. Dass Konzert und Zusammenkunft eine Gelegenheit war zum Kennenlernen und Techtelmechteln, war den meisten Eltern durchaus bewusst. Viele von ihnen hatten einander ebenfalls in den musischen Gärten an der Darmada-Küste kennengelernt. Ob es diese traditionellen Festivitäten je wieder geben würde, stand in den Sternen. Gerüchte besagten, dass die Besatzer die Gärten als Gefangenenlager nutzten, dass dort schreckliche Dinge vor sich gingen und niemand seines Lebens sicher sein konnte, der einmal dort gelandet war.

Der Musiker von Heichlingen war ebenfalls in den Wirren des Überfalls verschwunden. Der letzte Ort, an dem man ihn gesehen hatte, war der Palast der Fürstin Haikia gewesen, am Vorabend des Umsturzes, und das war ganz sicher keine gute Nachricht.

»Eine schlechte Zeit zum Heiraten«, meinte Vilera, aber dann beschlossen die dennoch, den Terminplan einzuhalten. »Gerade in finsteren Zeiten brauchen wir freudige Nachrichten«, diese Ansicht vertrat Vileras Vater, der wohlhabende Teppichhändler Mejmet Rojdem, dessen Familie aus Ga Ta Cien nach Skalorion ausgewandert war.

Und so waren sie beide heute abend auf dem Weg zum Priester, der traditionelle Besuch zwei Tage vor der Hochzeit, bei dem jedem Paar noch einmal die Pflichten und Regeln des ehelichen Lebens aufgezeigt wurden, damit sie sich in der kurzen Zeit bis zur Trauung doch noch überlegen konnten, ob sie das alles wirklich auf sich nehmen wollten.

Ebenso aus Tradition ging das Brautpaar alleine zu dieser Unterredung mit dem Priester. Die Familien hielten sich heraus aus dieser letzten Entscheidung, und das war auch gut so. Normalerweise. Heute bedeutete es eine Wanderung durch die Stadt, in Eile und unter Bewachung, was den gemeinsamen Weg eigentlich sinnlos machte. Wer wollte sich schon in An-wesenheit bewaffneter Wächter offen unterhalten?

Giotos Vater kam natürlich nicht rechtzeitig. Das war typisch für ihn. Joffre Diogetti war eine umtriebige Person, ein Geschäftsmann mit unüberschaubaren Kontakten und Freunden, denen er auf vielfältige Weise verbunden war. Nie war ganz klar, wer wem etwas schuldete, aber es stand doch fest, dass Joffre ein Spinnennetz pflegte, das in schlechten Zeiten wertvolle Hilfe, aber auch jede Menge Arbeit mit sich brachte.

Gioto konnte es seinem alten Herrn nicht übelnehmen. Auch wenn seine Anwesenheit das Mundwerk seiner Mutter hätte stoppen können, die nun ungebremst mit Ratschlägen und Ermahnungen den Aufbruch des Paares begleitete. Sie schafften es dennoch auf die Straße. Hier draußen, zwischen den gewohnten Häusern, mochte es gefährlich sein, aber dennoch friedlicher als in Anwesenheit der herrischen Signora Diogetti.

»Wie du das aushältst«, sagte Vilera im Flüsterton, obwohl sie schon weit außer Hörweite waren. »Wenn ich mich jemals so entwickele, wirf mich raus! Das musst du dir nicht antun!«

Gioto schmunzelte, auch wenn ihm nicht ganz geheuer war bei diesen Worten. Seine Mutter konnte eine Nervensäge sein, aber es schien ihm dennoch nicht günstig, wenn Ehefrau und Schwiegermutter einander nicht grün waren.

»In unserem Zuhause wird alles anders«, versprach er. »Wir schaffen uns die Welt, wie sie uns gefällt.«

Ihr verliebtes Lächeln zeigte ihm, dass er den richtigen Ton getroffen hatte. Ihre Hand stahl sich in seine. Alles war gut.

Die kleine Kirche des Einen Gottes lag nicht weit entfernt vom Wohnhaus der Familie Diogetti. In besseren Zeiten hatten die Bewohner der umliegenden Stadtteile der Kirchengemeinde eine hohe Flammensäule gestiftet. Die ewige Flamme, die an seiner Spitze brannte, war auch jetzt gut zu sehen, während die Dämmerung über die Stadt kam. Niemand achtete darauf. Obwohl die Straßen voller Menschen waren, blieb jeder für sich alleine, in der Hoffnung, unbehelligt von Patrouillen sein Ziel zu erreichen.

Gioto, der die Schriften des berühmten Weltreisenden Sheman´O begeistert verschlungen hatte, erinnerte sich an eine Passage über die Besetzung der Irríad-Ebenen durch die Heere des benachbarten Fenjal.

Die Geschichte selbst war im Grunde nur eine weitere der vielen Szenen, die Sheman´O erlebt und beschrieben hatte - aber ein Satz stach so heraus, dass Gioto ihn immer noch auswendig kannte:

»Es waren blutrünstige Zeiten in Irríad, als ich das Land das erstemal besuchte. Als ich nach 11 Jahren erneut dort weilte, klagten viele mir ihr Leid über die hohe Kriminalität, die es in Zeiten der Fenjal-Verwaltung nicht gegeben habe. Ich erinnerte lebhaft den Terror der Besatzer und das Blut in den Straßen. So dumm können die Menschen sein, so sehr verfälscht die Erinnerung die Vergangenheit.«

In die furchtsamen, bedrückten Gesichter der Vorbeieilenden blickend, fragte er sich, ob in einigen Jahren auch die Skalorier solche Dummheiten verkünden würden.

»Da vorne ist eine Abkürzung«, hörte er Vilera sagen. »Es ist unheimlich hier, lass uns sehen, dass wir in die Kirche kommen.«

Gioto nickte, und auch die Bewacher signalisierten Zustimmung. Es waren vierschrötige, grobe Kerle, und er fragte sich, wie sie wohl in die Dienste ihres Vaters gekommen waren. Dieser hatte einen beachtlichen Ruf als jemand, der seine Finger überall im Spiel hatte. Damit war er seinem eigenen Vater sicherlich mehr als ähnlich.

Sie beschleunigten ihre Schritte und bogen in eine Seitengasse ein, die zwischen zwei frisch renovierten Häusern entlang führte, links und rechts von hohen Mauern gesäumt, hinter denen sich die Gärten wohlhabender Familien verbergen mochten.

Ein Tor schlug klappernd, ein unterdrückter Schrei klang aus dem Inneren dahinter: »Hilfe, Hilfe!« Gurgelnd brach er ab, als werde jemand gewürgt. Der Tonhöhe nach handelte es sich um eine Frau.

»Was war das?« fragte Vilera erschrocken. Er sah, dass ihre Wangen erröteten, ihre Augen größer wurden. Er fand sie hinreißend. Vielleicht war das der Grund, warum er den Schrei nicht einfach ignorierte, wie es in diesen finsteren Tagen jeder in Skalorion tat.

»Ich weiß nicht«, sagte er stattdessen. »Aber wir sollten nachschauen. Wir sind vier starke Kerle, richtig?«

Bevor einer ihrer Bewacher Einspruch erheben konnten – die Männer waren auf Auseinandersetzungen vorbereitet, aber sie suchten sie in keinem Fall – stieß Gioto bereits eine Tür auf.

Er blickte in einen Garten, aufwändig gepflegt, mit teuren Pflanzen und einem geschmackvollen kleinen Teich, die große Veranda am Haus einer mit Rosensträuchern bewachsenen Mauer anmutig umschlossen.

Das Blumenbeet in der Mitte allerdings war ruiniert. Eine Gruppe von Männern stand dort rund um eine am Boden liegende Frau, die sich nach Kräften wehrte. Zwei der Kerle saßen auf ihren Armen, ein anderer versuchte, ihre Beine festzuhalten, während sie strampelte.

Warum haben die das Mädchen ausgerechnet ins Blumenbeet geworfen? Hier ist doch genug Wiese, die keinen Schaden nehmen würde! dachte Gioto absurderweise.

Ein erfahrener Krieger hätte ihm erklären können, wie sich in Momenten höchster Gefahr der Geist oft an Nebensächlichkeiten festbeißt, an Gewohntem. Natürlich war diese Erkenntnis unwichtig, denn die Täter hatten ihn jetzt bemerkt.

»Da ist jemand!« rief einer der Männer, eine andere Stimme kam dazu: »Der hat uns gesehen!«

»Haltet ihn!«

Gioto verstand zu spät, was das bedeutete. Die Männer trugen Uniformen. Cienische Uniformen. Was immer sie sich zu nehmen gedachten, niemand konnte es ihnen verwehren. Und dennoch hatte er sie gestört.

Sein Blick wanderte über die verschlossenen Läden des Hauses, zu dem der Garten gehörte. Niemand würde dort hinaus kommen, um dem Mädchen zu Hilfe zu eilen oder sich über die zerstörten Blumenbeete zu beschweren. Die Bewohner des Hauses hatten sich verschanzt, wenn nicht sogar das Mädchen dazu gehörte.

Sie strampelte noch immer, und Gioto erwachte aus seiner Trance. Er drehte sich um und rannte durch die Tür nach draußen, wo Vilera und ihre Bewacher noch standen. Er war viel zu langsam.

Dafür waren seine Verfolger sehr, sehr schnell. Die Soldaten kannten kein Erbarmen.

Obwohl ihre drei Bewacher die Knüppel zogen, blieben sie chancenlos gegen die Lanzen und Schwerter der aus dem Garten stürmenden Männer. Es waren mehr, als Gioto auf den ersten Blick erfasst hatte – eine Patrouille anscheinend, die beschlossen hatte, dass die junge Frau im Garten ihren langweiligen Rundgang aufzuwerten hatte.

Sie erschlugen zwei der eben noch so stark wirkenden Sicherheitsleute, der dritte nahm Reißaus. Vilera und Gioto gaben die Soldaten diese Chance nicht. Sie waren unbewaffnet und überrumpelt, ganz abgesehen davon auch noch unerfahren. In ihrer Welt war Gewalt dieser Art bislang undenkbar.

»Wer bist du?« herrschte ein rotgesichtiger Soldat Gioto an. »Wieso kümmerst du dich nicht um deine Sachen? Was hattest du da drin zu suchen?«

»Ich...« begann Gioto, doch er kam nicht weiter. Er wusste nicht, was er sagen sollte.

»Ich, ich!« äffte der Soldat Gioto nach und stieß ihn vor sich zurück in den Garten. »Bringt das Mädel mit!« kommandierte er über die Schulter zu seinen Kameraden. Die Soldaten sahen nicht aus, als wollten sie Vilera loslassen, egal, was ihr Anführer ihnen befahl. Eine kalte Hand griff nach Giotos Magen, ihm wurde speiübel.

»Das ist eine Braut!« rief einer der Soldaten. »Die beiden tragen Hochzeitskleidung. Sie sind auf dem Weg zum Priester, zur Belehrung vor der Ehe!«

Hoffnung flammte auf in Gioto. Auch diese Soldaten waren Menschen, sie hatten vermutlich Freundinnen oder Ehefrauen. Sie würden sie laufen lassen, schließlich waren sie harmlose Bürger auf dem Weg zu einem wichtigen Schritt in ihrem Leben.

Aus dem Blumenbeet erklang ein schmerzerfülltes Stöhnen. Die Frau hatte ihren Widerstand aufgegeben, einer der Ciener bewegte sich auf ihr. Giotos Hoffnung schwand wieder.

»Jetzt haben die ohne mich angefangen«, hörte Gioto den Anführer murmeln. »Verdammte Scheiße.« Er konnte nicht glauben, was er hörte. Der Mann sah nach einem harten Kerl aus, aber nicht grausam. Ganz im Gegenteil. Seine Uniform war ordentlich, ein schmales Bärtchen lief um sein Kinn herum und betonte ein entschlossenes Gesicht. Ein Mann, dem man vertraute, ein Schutzmann vielleicht, auf jeden Fall jemand, den man um Rat fragte und der anpackte, wenn es darauf ankam. Ein guter Nachbar.

»Was starrst du?« herrschte er Gioto an. Plötzlicher Schmerz folgte der Frage. Schnell wie ein Blitz war seine Faust nach oben gekommen und hatte Gioto im Gesicht getroffen. Er taumelte rückwärts, wurde von kräftigen Armen aufgefangen.

»Das ist deine Braut, eh?« fragte der Anführer. Seine Hand deutete auf Vilera, und Giotos Panik explodierte förmlich, als er sah, wie blass sie geworden war. Sie hing mehr in den Händen der zwei Männer neben ihr, als dass sie noch aus eigener Kraft stand.

»Jungs, zeigt dem jungen Spritzer hier mal, wie man das macht. Ich meine, er muss es ja wissen, vor der Hochzeitsnacht.«

Hämisches Gelächter folgte diesen Worten, in dem der leise gesprochene Nachsatz fast unterging: »Auch wenn ich daran zweifele, dass er die noch erleben wird.«

»Nein, nein, wartet!« rief Gioto – und fing sich dafür einen weiteren Hieb. Hilflos musste er zusehen, wie die Männer Vilera auf die Knie schubsten.

Sie drehte sich um, rutschte rückwärts von den Männern weg.

»Nein, lasst das. Das dürft ihr nicht. Lasst das!« Ihre Stimme war brüchig.

Gioto versuchte verzweifelt, sich zu befreien, erhielt dafür aber nur noch mehr Schläge und fand sich schließlich am Boden wieder, wo einer der Soldaten auf seinem Kopf kniete.

Sein Schädel wollte zerplatzen vor Schmerz, grauer Nebel legte sich über alles, aber dennoch bekam er mit, was sie mit Vilera taten.

Eine seltsam ausgelassene Stimmung herrschte unter den Männern, als vergnügten sie sich mit harmlosen Spielereien. Derbe Scherze flogen hin und her. Ideen wurden ausgetauscht, was sie noch mit den beiden Frauen tun konnten, die mittlerweile völlig willenlos alles geschehen ließen. Es war eindeutig, dass die Kerle so etwas nicht zum ersten Mal taten.

Nach einer Weile wurde Giotos Bewacher abgelöst. Der Druck auf seinem Kopf löste sich für kurze Zeit. »Komm, Kleiner, ich übernehm das mal für dich, damit du auch deinen Spaß haben kannst«, sagte eine Stimme. Sie klang freundlich, kumpelhaft, und gleiches galt für die Antwort: »Danke, Mann! Die kleine Braut gefällt mir.«

»Dann sieh zu, dass du sie bekommst, bevor die anderen sie völlig kaputt gemacht haben.«

Gioto bäumte sich bei diesen Worten auf. »Na, na«, sagte die erste Stimme, beinahe gutmütig, dann wurde er zum Boden zurück geschubst.

Kurz danach wich der Druck ganz. Er hörte ein Ächzen über sich, plötzlich waren seine Arme frei, und als er sich langsam herumdrehte, blickte er in das furchteinflößendste Gesicht, das er jemals gesehen hatte.

Ein wahrer Riese stand dort, über ihn gebeugt, mit fast kahlrasiertem Kopf. Er trug eine cienische Uniform wie die Täter, aber ihm schien sie nicht wirklich zu passen - zu breit die Schultern, zu gewaltig der Körper.

»Bist du okay, Kleiner?« fragte der Riese. Gioto bekam keine Antwort heraus, aber es hätte sie auch niemand gehört, denn ein lauter Schrei übertönte alle anderen Geräusche im Garten.

Er verstand die Worte nicht, aber er sah die Soldaten von ihren Opfern ablassen und auseinander springen. Der Mann, der da so brüllte, war eine auffällige Erscheinung, wie Gioto in seinem verwirrten Zustand nur am Rande wahrnahm. Schlank, die dunklen Haare zum Pferdeschwanz gebunden, in sehr lässiger Kleidung, hielt er eines dieser eleganten, leichten Zweihänderschwerter in der Hand, wie sie die Dandereden benutzten. Es beschrieb einen funkelnden Bogen in der Luft, während der Mann die Soldaten zurück scheuchte.

Mühsam stemmte Gioto sich auf die Ellenbogen hoch. Ihm wurde schwindelig, er schmeckte Blut, spürte etwas hartes im Mund und spuckte einen Zahn aus. Vilera aber war es viel schlimmer ergangen, und darum raffte er sich wieder auf. Er wollte nach ihr sehen.

Zwei große Hände griffen ihm im Wortsinne unter die Arme, brachten ihn auf die Füße, wo er schwankend sein Gleichgewicht suchte. Es war der Riese, der ihn eben von seinem Bewacher befreit hatte. Noch immer wirkte er entsetzlich furchterregend. Aber hatte nicht umgekehrt der Anführer der Patrouille völlig normal gewirkt und dennoch so fürchterlich gewütet? Warum sollte das nicht auch andersherum möglich sein?

»Deine Freundin?« fragte der Riese, während er Gioto langsam zu Vilera geleitete. Der andere Mann hatte zu brüllen aufgehört, und in der plötzlichen Stille wirkten die Soldaten wie geprügelte Hunde. Gioto sah verschwommen, dass einige von ihnen noch ohne Hose waren. Ihm wurde übel, aber er kämpfte es nieder.

Sie lag zusammengekrümmt im Gras, der Boden um sie herum zerwühlt, die so sorgfältig ausgesuchten Verlobungskleider übel zugerichtet, ihre Beine blutig.

Als Gioto sanft ihre Hand nahm, zuckte sie zurück und begann zu wimmern. Nur langsam drehte sie sich um, als sie merkte, dass es keiner ihrer Peiniger war, der da neben ihr saß, und wandte ihm ihr schlimm zugerichtetes Gesicht zu. Eines ihrer Augen begann bereits zuzuschwellen, ihre Lippen bluteten, ihre Mundwinkel waren eingerissen.

Voller Mitgefühl wollte er sie in seine Arme nehmen, doch sie schrie auf und hob abwehrend die Arme.

»Lass sie«, brummte der Riese. »Das Mädel braucht 'nen Arzt. Dann brauchtse viel Ruhe. Und dann 'ne Menge Hilfe. Da kommt keiner so leicht drüber weg.«

Ganz langsam begann Giotos Kopf sich zu klären. Stechender Kopfschmerz setzte ein, aber er konnte wieder denken, und auch seine Augen funktionierten wieder klarer. Er musterte den Riesen und seine cienische Uniform, dann den langhaarigen Mann, der jetzt an die Fensterläden des Hauses klopfte.

»Wer seid Ihr?« fragte er. »Und was tut er da?«

»Er besorgt Hilfe für euch drei.« Der Riese richtete sich auf, und unter seinen Blicken schrumpften die Soldaten weiter zusammen.

Tatsächlich öffnete sich jetzt die Verandatür, und Gioto sah, dass der Langhaarige mit den Bewohnern des Hauses sprach. Dann kam er herüber, kniete sich neben Vilera und berührte sie sehr sanft mit der Hand.

»Armes Ding«, sagte er, stand auf und wandte sich an den Riesen: »Ich werde diese Hundesöhne peitschen lassen, dass sie drei Wochen nicht dienstfähig sind. Egal, was Fieldram dazu sagt.«

Fieldram. Der Name sickerte in Giotos Bewusstsein, und er verband sie mit der Uniform des Riesen. Wer immer diese beiden waren, sie gehörten nicht zu den Guten. Sie waren Besatzer wie ihre Vergewaltiger-Kameraden. Es hieß, auf der Hut zu bleiben.

»Wer seid Ihr?« fragte er wieder

»Wir sind die, die dich nach Hause bringen, junger Mann«, antwortete der Langhaarige. »Dich und deine Freundin. Aber noch viel wichtiger ist: Wer bist du? Und kennt ihr beide das andere Mädchen, das in die Fänge dieser zukünftigen Strafarbeiter in den Salzminen von Ga Ta Cien geraten ist?«

Dieser Satz war zu viel für Gioto. Er wusste noch immer nicht, wer ihm gegenüberstand – aber er wusste, dass dieser Mann zu geschwollen redete, zu routiniert angesichts der Situation. Unsympathisch.

»Gioto Diogetti«, sagte er. »Meine Eltern wohnen nicht weit von hier. Aber ob Ihr dort willkommen seid, weiß ich noch nicht so genau.«

Dann überkam ihn neue Übelkeit, und er erbrach sich auf die Wiese, bevor er das Bewusstsein verlor.

***

»Ihr habt Euch mit den falschen Leuten eingelassen.« Die Stimme klang in Giotos Bewusstsein, als käme sie aus weiter Ferne. Er konnte sie nicht zuordnen, aber den Mann, der antwortete, erkannte er sofort. Es handelte sich um seinen Vater.

»Ihr anscheinend auch, Meister Gooregan«, sagte die vertraute Stimme.

Die Antwort bestand nur aus einem Seufzen.

Gioto schlug die Augen auf und sah den langhaarigen Mann in einem Sessel im Wohnzimmer seiner Eltern sitzen. Er selbst lag auf dem geräumigen Sofa am Fenster, und nur wenige Meter entfernt sah er auch Vilera, in bequeme Decken gehüllt. Jemand hatte sie gereinigt und ihr einen Kühlbeutel gegeben, den sie selbst mit einer Hand an ihr Auge hielt. Als sie merkte, dass er erwacht war, schaute sie zu ihm herüber und winkte schwach.

Eine Welle der Erleichterung durchströmte ihn. Das war wieder mehr seine Vilera als das hilflose Bündel Elend, das sich vor kurzem von seiner helfenden Hand abgewandt hatte.

Er wollte sich aufrichten, doch stechender Schmerz fuhr durch seinen Rücken, und er fiel wieder zurück.

Schritte. Sein Vater erschien neben ihm.

»Gioto, mein Junge!« rief er. »Beweg dich nicht zuviel! Der Arzt hat festgestellt, dass du eine Wirbelverletzung im Nacken hast. Du musst eine Weile ruhig bleiben. Kaum zu glauben, aber es hat dich schwerer erwischt als deine Braut, auch wenn du zuerst noch so locker herumgelaufen bist.«

Gioto bezweifelte, dass er es schlimmer hätte treffen können als Vilera, selbst wenn er gestorben wäre. Aber sein Vater war natürlich nicht dabei gewesen, sonst hätte er auch kaum behauptet, er sei noch »locker herumgelaufen«.

»Wo ist...«, begann er, aber dann wusste er nicht weiter, »das andere Mädchen?«

»Carmina«, sagte der Vater. »Carmina Estella. Ihre Familie wohnt einige Straßen weiter, ich glaube, du kennst sie sogar.«

Das stimmte. Sie waren sogar eine Zeit lang auf der gleichen Schule gewesen.

»Wo...?« fragte er wieder, und sein Vater legte ihm beruhigend die Hand auf die Schulter. »Sie ist zuhause bei ihrer Familie. Alles ist in Ordnung.«

Nichts war in Ordnung, aber da das sowieso niemand verstehen würde, schwieg Gioto, bis ihm etwas ganz anderes einfiel.

»Die Wächter...?« fragte er. Irgendwie schaffte er es nicht, einen kompletten Satz herauszubringen. Er wurde aber dennoch verstanden.

»Einer ist gelaufen wie ein Hase, ihm ist nichts passiert, außer dass er seinen Job los ist.«

Das fand Gioto ungerecht, schließlich wäre die Alternative der Tod gewesen, wie sein Vater auch sogleich bestätigte: »Die anderen beiden hat es erwischt. Die Täter haben keine halben Sachen gemacht.«

»Ciener«, stieß Gioto hervor.

»Kriegsverbrecher«, antwortete sein Vater. Es lag etwas in seiner Stimme, das Gioto nicht zuordnen konnte und nicht verstand. Er wusste aber auch nicht, ob er es verstehen wollte, vor allem nicht mit den starken Kopfschmerzen, die jetzt wieder aufflammten.

»Sie werden ihre Strafe bekommen«, ertönte eine Stimme aus dem Hintergrund. Natürlich, der Langhaarige. Wie hatte sein Vater ihn genannt? »Meister Gooregan«. War das jemand wichtiges? Auf jeden Fall schien er ein Ciener zu sein, auch wenn sein Akzent nicht dazu passte. Ein Söldner vielleicht.

»Strafe«, stieß Gioto hervor. »Und wem hilft das?«

»Dem nächsten, der vielleicht ein Opfer werden könnte«, lautete die ruhige Antwort, und jetzt tauchte der Mann auch in Giotos Gesichtsfeld auf. Aus der Nähe betrachtet, wirkte er ganz freundlich, auch wenn er angespannte Kraft ausstrahlte und das Schwert, das Gioto schon in dem Garten gesehen hatte, an seiner Hüfte hing.

»Gioto, es tut mir leid«, sagte er. »Was da passiert ist, ist indiskutabel, und es geschieht nicht zum ersten Mal in Parmea. Ich habe noch heute eine Unterredung mit General Fieldram, dem Statthalter Ga Ta Ciens. Wir werden das abstellen, sonst reise ich nach Maiins und spreche mit Herzog Macuu von Maiins persönlich.«

»Das könnt Ihr?« fragte Gioto misstrauisch. »Flut und Verderben, wer seid Ihr?«

»Meister Gooregan ist ein berühmter Krieger«, mischte sich sein Vater wieder ins Gespräch ein. »Und er steht in Diensten des Herzogs.«

Als er Giotos finsteres Gesicht sah, fügte er schnell hinzu: »Ich weiß, dass das zur Zeit in Skalorion nicht unbedingt eine gute Visitenkarte ist, aber es sind nicht alle Menschen gleich.«

Gioto bemerkte den Blick, den Gooregan seinem Vater zuwarf. Da war etwas, was er nicht wusste, und er würde seinen Vater danach fragen müssen, wenn mehr Zeit war. Und seine Kopfschmerzen nicht ganz so quälend.

»Wir reden später darüber«, sagte Meister Gooregan. »Schaut erst einmal zu, dass Ihr wieder auf die Beine kommt.«

***

Als Ash den Thronsaal der Fürstin Haikia betrat, war die Auseinandersetzung bereits in vollem Gange. Ixils Yon und er hatten die Verabredung mit General Fieldram gemeinsam ausgemacht, aber er hatte sich leicht verspätet, und es schien, dass Ix nicht hatte warten wollen.

»Fünf Peitschenhiebe?« hörte Ash seinen Freund schon schreien, bevor er die Tür zum Thronsaal überhaupt geöffnet hatte. »Fünf? In

Maiins wird ein Gemüsedieb härter bestraft!«

Die Antwort des Generals war durch die Tür nicht zu verstehen, also öffnete Ash sie rasch, die beiden schwer bewaffneten Wachen links und rechts der Tür nicht beachtend. Sie machten keine Anstalten, ihn am Eintreten zu hindern.

»Fünf Peitschenhiebe!« Ix war eindeutig fassungslos, und Ash hatte einen unheilvollen Verdacht, worum es hier ging. »Das ist wie eine Einladung zum Plündern, Morden und Vergewaltigen! Was ist in Euch gefahren, General?«

Diesmal verstand Ash die Antwort: »Ich werde die Moral der Truppe nicht wegen solch kleiner Übergriffe gefährden.«

Er zuckte zusammen. Es gab schwerlich einen falscheren Satz als diesen, nicht bei diesem Thema, und nicht mit Ix. Auch wenn der Waldläufer nicht Augenzeuge gewesen war (so wie Ash und Groogian, als sie Schlimmeres verhindert hatten), sinnlose Gewalt gegen Zivilisten war ein Angriff auf Ix´ Ehre, und Frauen Gewalt anzutun, war jenseits jeder Diskussion.

Sie hatten schon häufiger Situationen gehabt, in denen Ix bei diesem Thema an die Decke ging. Es war ja kein seltener Tatbestand bei kriegerischen Auseinandersetzungen.

»Ash! Hast du gehört, was dieser Flutsäufer hier für einen Unsinn verzapft? Hast du gehört, wie diese abartige Sau hier schmutzigen Flutschlamm auskotzt?«

Fieldram fuhr zurück. Da er auf dem Thron saß, gab es nur geringen Bewegungsspielraum, und es erfüllte Ash mit großer Genugtuung, dem Mann dabei zuzusehen, wie er sich wand, während Ix ihm auf die Pelle rückte.

Trotzdem ging das zu weit. Ix musste sich beherrschen. Kam er Fieldram körperlich zu nahe, konnte ihn das Kopf und Kragen kosten. »Beruhig´ dich«, sagte Ash, und es kam ihm vor, als habe er diese beiden Worte in den letzten Woche viel zu häufig zu seinem Freund gesagt.

»Das meine ich auch!« ließ sich Fieldram vernehmen und zuckte erschrocken zurück, als Ix wieder zu ihm herumfuhr.

»Ix!« mahnte Ash. »Lass ihn. Er ist ein Versager, der in Droni schon rausgeflogen ist und jetzt hier an seine Grenzen stößt. Lass ihn. Wir klären das mit Fürst Macuu persönlich.«

»Sämtliche Befehle kommen aus Maiins!« sagte Fieldram schnell.

»Ach?« fragte Ix. »Gab es ein Kommando, wehrlose, unbescholtene Bürger zu schänden? Ja, gab es das? Ash, ich wiederhole, das ist ein Arschloch!«

»Beruhig dich!«

»Nein! Du erzählst mir, dieses Würstchen ist nur unfähig, aber ich sage dir: Er ist ein brutales Arschloch. Der muss hier weg. Wir reisen noch diese Woche nach Maiins.«

»Das halte ich für eine gute Idee«, nickte Ash. »Es kann so wirklich nicht weitergehen.«

»Auf keinen Fall!« Ix drehte sich herum. »Hast du noch etwas zu sagen?«

Ash zuckte die Achseln. »Ich hatte mir den Gesprächsverlauf etwas anders vorgestellt«, bekannte er. »Aber du hast wohl schon alles gesagt.«

»Gut.« Ix stürmte an ihm vorbei auf die Tür zu, die sich in diesem Moment öffnete. Zu ihrer Überraschung erschien ausgerechnet Armand im Türrahmen. Ix blieb stehen, drehte sich zu Fieldram um, mit einem Finger auf den Krieger zeigend.

»Was macht der denn hier?« fragte er. »Ash, hast du eine Ahnung, was der hier will?«

Kopfschüttelnd antwortete Ash: »Keine Idee.«

Wenn Ix in dieser Stimmung war, konnte es weiser sein, reiner Stichwortgeber zu bleiben.

»Fieldram, was macht der hier?« fragte Ix, und als der General nicht direkt antwortete, fuhr er direkt fort: »Der gute Armand hat schon einmal unter Missachtung der Befehlskette einen Auftrag direkt für Euch durchgeführt, Fieldram. Das kommt nicht nochmal vor. Ich habe die Schnauze voll hier. Das ist mein Untergebener, haben wir uns verstanden?«

»Streng genommen ist er sowohl Euch als auch Meister Gooregan untergeordnet«, meinte der General kleinlaut. Armand selbst stand mit leicht offenem Mund in der Tür und wartete ab, was geschah.

Ix ließ sich nicht bremsen.

»Meister Gooregan ist ganz mit mir einer Meinung«, versetzte er. »Und Armand steht Euch nicht zur Verfügung, Fieldram. Er hat einen Termin in einer halben Stunde mit mir in der Übungshalle des Palastes.« Zu Armand gewandt, blaffte er: »Du bist pünktlich da, Armand. Und sieh zu, dass du fit bist. Wenn du heute einen Fehler machst, bring ich dich um. Haben wir uns verstanden?«

Er wartete das entgeisterte Nicken Armands ab, dann verließ er den Raum, die Tür hinter sich ins Schloss schlagend.

Ash sah sich im Raum um, vom fassungslos schauenden General Fieldram zu Armand, der ganz entgegen seinem sonstigen Auftreten kleinlaut erschien.

»Ich gehe davon aus, dass Ihr eine angemessene Strafe verhängt, General Fieldram«, sagte er ganz ruhig. »Fünf Peitschenhiebe sind ein Witz. Und ich möchte die Strafe öffentlich, so dass die Bevölkerung sieht, dass sie Rechte hat und diese auch eingefordert werden von der Militärregierung.«

»Ich werde darüber nachdenken«, antwortete der General.

»Die Antwort gefällt mir nicht. Seht zu, dass ihr eine anständige Strafe verhängt, sonst übernehme ich das. Nachdem Ihr mit meinen Untergebenen tut, was Euch beliebt, ohne mich zu fragen...«, er ließ seinen Blick lange auf Armand ruhen, »... gehe ich davon aus, dass ich mit Euren Untergebenen das Gleiche tun kann.«

Im Hinausgehen blieb er kurz bei Armand stehen. »Dein Maß ist voll«, sagte er leise und tippte dem Jüngeren mit dem Finger an die Stirn. »Besser, du nimmst ihn ernst. Und wenn du mich fragst: Ersuche um deine Versetzung. Für dich ist kein Platz mehr in unserer Truppe.«

Ash zog die Tür leise hinter sich zu. Er fühlte sich schon wieder viel besser. Auf Ix war Verlass.

***

»Es gibt sie also wirklich.«

»Ja, es gibt sie wirklich. Und es gab sie schon vor dem Überfall der Ciener auf Skalorion.«

»Verräter.«

»Nun, wir nennen uns Reittiopi, und unsere Absichten waren edel.«

»Edel?« Gioto starrte seinen Vater entgeistert an. »Was ist edel daran, das eigene Volk zu verraten?« Sie saßen gemeinsam an dem großen Eichenholztisch im Büro seines alten Herrn. Gioto hatte eine Menge Fragen nach den Geschehnissen der letzten Tage, und dieser hatte zustimmend genickt, als er ihn darauf ansprach.

Jetzt waren sie hier, sein Vater mit einem Humpen starken Bieres, wie er es am Abend gerne zu trinken pflegte, Gioto mit einem starren Halsverband, der ihm fast unmöglich machte, sich zu bewegen.

»Weißt du, Gioto, das Leben ist nicht immer so einfach, wie man es vielleicht als junger Mann glaubt...«, hob der alte Mann an, doch Gioto unterbrach ihn.

»Erspar mir den Mist, Papa, bitte. Was ist edel am Vaterlandsverrat?«

»Was ist denn ein Vaterland?«

»Was?«

»Ja, was ist das? Schau - bis zur großen Flut waren Skalorion ebenso wie Ga Ta Cien und alles Land ringsum Teil der Ius Adjagard. Das waren gute Zeiten, seit dem Zusammenbruch der alten Ordnung sind die Dinge nicht besser geworden.«

Gioto schüttelte den Kopf. »Was ist denn heute schlechter?«

»Oh, viele Dinge.« Noch immer klang die Stimme des Vaters müde. »Skalorion hat Probleme. Wir wollen sie nicht wahrhaben, weil das Klima mild ist und die Landschaft schön, weil die Armen in den Straßen unseres Landes nicht erfrieren und niemand verdursten muss. Aber die Armut wird größer, die Kriminalität höher, und draußen auf dem Land, außerhalb der Städte, liegt noch viel mehr im Argen.«

Das ließ Gioto an Sheman´O denken und an seine Sätze über die Besetzung der Irríad-Ebene. Es machte ihn bitter, diesen Unsinn gerade aus dem Munde seines alten Herrn zu hören.

»Aber das ist nicht alles. Skalorion ist ein kleines, schwaches Land, und es liegt in einer gefährlichen Umgebung. Schon immer haben sich die Herrscher um unser Stück Erde geschlagen.« Auch Sheman´O hatte das so beschrieben. Die vielen Kriege um Skalorion wurden dort ausführlich behandelt. Schweigend hörte Gioto weiter zu.

»Auch du hast mitbekommen, was geschieht. Ga Ta Cien und Droni streiten um die Vorherrschaft im Fryyywan-Meer, und im Norden Skalorions haben drei Stadtstaaten ein neues Reich gegründet. Vor allem der Fürst von Dsita ist als sehr kriegerisch bekannt. Fürstin Haikia war schwach. Was denkst du, was uns bevorgestanden hätte?«

»Eine Eroberung?« fragte Gioto ironisch.

»Aber was für eine!« Sein Vater stand auf, um im Raum umherzugehen. »Feuer und Schwert hätten unser Land zerstört, mit fürchterlichem Blutzoll. Herzog Macuu versprach eine sinnvolle Alternative. Friedlich und größtenteils unblutig...« Er stockte und schaute seinen Sohn an. »Wir hatten keine Ahnung, dass auf den unblutigen Umsturz ein solches Schreckensregime folgen würde. Wirklich. Wir hatten keine Ahnung.«

Gioto lehnte sich zurück. Schmerz fuhr durch seinen Nacken, der ihn das Gesicht verziehen ließ. »Weißt Du, Papa, was ich komisch finde?«

»Was?«

»Dass ich den Verdacht habe, dass du und deine... Freunde... dein Netz von Beziehungen... dass ihr irgendwie einen guten Schnitt gemacht habt bei der Sache. Irgendeinen Vorteil müssen die... Reittiopi... doch von ihrem Verrat gehabt haben.«

»Es war kein Verrat. Es war ein Geschäft. Eine schwache Fürstin gegen einen starken Herzog. Eine unsichere Zukunft gegen den starken Schild eines einflußreichen Herrschers.«

»Und eine Menge persönlicher Gewinn.«

»Für unsere ganze Familie. Was denkst du, woher unser Wohlstand kommt? Und was denkst du, woher Vileras Vater und ich uns so gut kennen? Er ist ein Reittiopi, so wie ich.«

Das verschlug Gioto die Sprache. Bislang hatte er noch nicht darüber nachgedacht, dass ja auch er selber ein Nutznießer des Verrates gewesen war. Ihm wurde kalt.

»Für unsere Familie. Du hast unser Land für die Familie verraten.«

»Ich habe niemanden verraten. Ich habe mitgestaltet, damit wir eine bessere Zukunft haben.«

»Warum hältst du das dann geheim? Warum bekennen die Reittiopi sich nicht?«

Schweigen. Sein Vater setzte sich wieder. Er holte tief Luft, dann sagte er: »Was ist wichtiger als die Familie?«

Gioto sah ihn erwartungsvoll an. Er vermutete dass noch mehr kommen würde, und er behielt Recht: »Gioto, mein Junge. Es gibt viele Gemeinschaften, zu denen wir Menschen gehören. Freundschaften, Familie, Stadt, Staat und Gemeinschaft, vielleicht eine Firma. Was denkst du, welche davon am wichtigsten ist?«

»Was denkst du?« fragte Gioto.

Sein Vater nickte, als stimme er zu. »Die Familie, Gioto. Es ist die Familie. Staaten vergehen, Unternehmen machen pleite, Freundschaften zerbrechen. Aber die Familie – die bleibt. Wenn du dich entscheiden musst, für wen du etwas tust, dann ist die Familie die erste Wahl. Du wirst sehen, wir alle werden nicht schlecht fahren. Wir gewinnen an Einfluss, wir gewinnen an Wohlstand, und auch die finstersten Zeiten gehen vorbei, und dann können wir Einfluss und Macht auch für unsere Mitbürger einsetzen. Das tun wir ja schon jetzt!«

Ungläubig starrte Gioto seinen Vater an. Vielleicht hatte er Recht, vielleicht hatte er die richtigen Entscheidungen getroffen, die besten Weichen gestellt, aber wenn der Preis Terror und Unterdrückung waren, wenn so entsetzliche Dinge geschahen, wer konnte das rechtfertigen?

»Papa, ich möchte nicht hier bleiben. Die neue Welt, die du und deine Freunde geschaffen habt, die gefällt mir nicht. Ich muss hier weg.«

Zu seiner Überraschung nickte sein Vater wieder. »Wenigstens eine

Weile«, sagte er, und Gioto ließ das unkommentiert. »Ich habe mit Vileras Vater gesprochen. Wir wollen euch vorschlagen, dass ihr in Frieden und Ruhe auf seinem Landgut heiratet. Und dann könnt ihr für eine Zeit verreisen und Erfahrungen andernorts in Isrogant sammeln.«

»Andernorts?« fragte Gioto, der ahnte, dass auch dieser andere Ort schon arrangiert worden war von ihren umtriebigen Vätern. Wer eine Fürstin stürzen und ein Land ins Verderben reißen konnte, machte auch vor dem Wohnort seiner Kinder nicht Halt.

»Wie wäre es mit Ciena, mein Sohn?«

»Ciena.« Gioto war sicher, dass er den Namen schon gehört hatte. Bestimmt hatte auch Sheman´O darüber geschrieben.

»Ja, Ciena. Die Hafenstadt. Der Zufall will, dass wir jemanden kennen, dessen Familie dort ein einflußreiches Handelshaus unterhält.«

»Der Zufall. Aus Zufall kennt unsere Familie eine andere Familie. Du weißt, wie das klingt?«

»Jaja«, sein Vater wischte den Einwand mit einer Handbewegung vom Tisch. »Du denkst das Falsche. Es ist kein Handelskontakt, und er kommt auch nicht über die Reittiopi zu Stande. Meister Gooregan ist es, dessen Vater in Ciena noch helfende Hände benötigt. Du kannst dort arbeiten, Geld verdienen und viel lernen. Wenn du das willst. Wir bezahlen euch beiden die Passage und statten euch mit einem guten Grundvermögen aus.«

Er machte eine Pause, dann legte er seine Hand auf die seines Sohnes. »Es tut mir leid. Wir haben Mist gebaut. Jetzt wollen wir das Beste für euch. Wer weiß, vielleicht werden wir euch eines Tages folgen?«

Bitter fuhr die Erkenntnis in Giotos Knochen: Sein Vater dachte nicht nur an Vilera und ihn bei seinen Planungen. Er dachte weiter. Er baute eine mögliche Fluchtburg für die Familie, in einem weit entfernten Stadtstaat. Doch er wollte jetzt nicht streiten. Er wollte mit Vilera darüber reden.

»Ich denke darüber nach«, antwortete er

»Das ist gut. Lass dir Zeit. Erst einmal müsst ihr beide wieder gesunden. Dann sehen wir weiter.«

Damit leerte der alte Mann sein Glas und zwinkerte seinem Sohn zu.

***

Vor dem Blumenladen am Südtor Parmeas saß die Besitzerin entspannt auf einem Stuhl. Der Duft ihrer Waren stach ihr angenehm in die Nase, und sie beobachtete aufmerksam eine große Gruppe Bewaffneter, die sich auf dem Platz vor dem Tor sammelten.

Es war eben jene Besitzerin, die wochenlang ihre Steuern in Naturalien hatte entrichten müssen, bevor diese Forderungen von einem Tag auf den anderen verschwanden. Es schien, dass die öffentliche Auspeitschung einiger cienischer Soldaten die Einstellung der Besatzungstruppen gegenüber den skalorischen Frauen grundlegend geändert hatte.

Die Blumenhändlerin wusste nicht, dass die beiden Anführer jener Truppe, die sich vor ihrer Nase sammelte, eben diese Auspeitschung beim Statthalter durchgesetzt hatten. Sie wusste auch nicht, dass diese Soldaten Parmea einige Wochen zuvor zu Fuß und ohne Pferde erreicht hatten, um unbemerkt in die Stadt einzusickern und die Fürstin gefangen zu setzen.

Aber sie wusste, dass ihr Leben nach all dem Horror wieder ein kleines bisschen einfacher geworden war, was immer das für die Zukunft bedeuten mochte.

Die Soldaten selber waren guter Stimmung. Viele von ihnen stammten aus Ga Ta Cien und einige sogar aus Maiins selber, so dass die Heimreise eine gute Nachricht war. Aber auch für die anderen war die Zeit in Skalorion lang und unangenehm geworden. Der Blütentraum der ersten Tage war vorbei, die Wirklichkeit war traurig, ermüdend und ungerecht.

»Wirklich gut, dass ihr beide uns losgeeist habt«, sagte Mynia zu Ix und Ash, die neben ihr auf dem Rücken edler Hengste aus den Stallungen der Fürstin Haikia saßen.

»Hoch an der Zeit«, entgegnete Ash. »Jemand muss mit Herzog Macuu sprechen. Zu vieles liegt hier im Argen.«

»Es ist gut, dass ihr das übernehmt.« Mynia schaute angestrengt die Straßen hinunter, die vom Südtor in die Stadt hinein führten. »Ich vermisse Armand.«

»Ach, Armand. Er hat um Versetzung zu den Besatzungstruppen gebeten«, bemerkte Ix.

»Was?« Verblüffung spiegelte sich auf Mynias Gesicht, und auch einige andere Mitglieder der Gruppe drehten sich erstaunt zu Ix um.

»Ja, es scheint, er sieht hier bessere Karriereperspektiven, nicht wahr, Ash?« meinte Ix.

»In Parmea? Weit weg von allen Machtzentren in Maiins? Das kann er nicht ernst meinen.« Mynia sah von Ix zu Ash. Ihre Gesichter blieben ausdruckslos.

»Er wird seine Gründe haben«, stellte Ash fest. Bevor Mynia weiter fragen konnte, galoppierte ein berittener Bote auf den Platz.

»Meister Gooregan?« rief er. »Ich suche Meister Ash Gooregan!«

»Hier!« Ash hob die Hand, und der Bote kam zu ihm.

»Ich soll hier einen Brief abholen. Nach Ciena. Er ist bereits bezahlt, und zwar von....«

»Tut nichts zur Sache«, unterbrach Ash. Er griff in seine Satteltasche. »Gut, dass Ihr noch rechtzeitig eingetroffen seid. Hier, der Brief geht an Rod Gooregan, im Handelshaus Gooregan. Er wird ihn gerne entgegennehmen, also falls Ihr selbst der Überbringer seid, bleibt ein bisschen in der Tür stehen, ich denke, es gibt eine Belohnung und zumindest ein gutes Essen.«

Der Bote lächelte. »Verstanden, Meister Gooregan. Euer Vater, richtig?«

»Mein Vater, ja.« Ash lächelte ein wenig.

»Soll ich persönliche Grüße bestellen?«

Ash dachte ein wenig darüber nach, dann sagte er: »Ja. Das fände ich nett. Bestellt dem alten Zausel meine Grüße. Vielen Dank!«

Der Bote legte die Hand zum Gruß an die Mütze, dann ließ er seinen Blick über die gefährlich aussehenden Krieger um sie herum gleiten. »Es scheint, Euch wird nichts geschehen«, bemerkte er.

»Euch auch nicht«, sagte Ash. »Die Wege nach Ciena sind sicher. Und ich nehme an, Ihr werdet über See reisen?«

»Das werde ich. Gute Reise!«

»Euch auch.«

Der Bote verschwand mit dem Brief. Alle sahen ihm hinterher.

»Was war das?« fragte Ix.

»Oh, Vilera und Gioto Diogetti haben sich entschieden, nach Ciena zu gehen für eine Zeit lang. Mein Vater braucht jemanden, der ihm unter die Arme greift in seinem Handelshaus, und ich bin dafür wohl nicht geeignet. Ich denke, er wird mit Gioto gut auskommen.«

Sie ließen Parmea hinter sich.

Kapitel 6: Die Zauberin

14 Jahre später. Maiins, Hauptstadt von Ga Ta Cien.

»Saint Louis.« Alica ließ die Worte auf der Zunge zergehen. »Und was macht Euch zum Heiligen, Louis?«

»Was macht Menschen üblicherweise zum Heiligen? Der Tod. Oder aber, wenn man dem Tod von der Schippe springt.« Der alte Mann begann plötzlich zu gickeln. »Ich sollte schon lange tot sein, und so oft, dass ich wohl eher ein Gott als ein Heiliger bin.«

Er zog seine Pfeife wieder aus der Tasche, noch immer über diesen Witz lachend, und steckte sie in seinen Mund, genau in die breite Lücke zwischen seinen wenigen verbliebenen Vorderzähnen. Er nahm einen langen Zug, die Augen genießerisch geschlossen.

Alica verfolgte dieses Ritual, neugierig, welche Form der Rauch diesmal annehmen würde. Grashüpfer? Ballons? Gabeln? Fledermäuse? Ein Drachen?

Das hätte sie gerne gesehen. Alica liebte Drachen.

Sie seufzte.

Der kleine, alte Gärtner trug so viel schweren Ballast mit sich herum, so viele Geschichten und so viele Geheimnisse. Ob sie selbst vielleicht einen ähnlichen Lebensabend verbringen würde? Alleine, melancholisch, weise, mit einem so scharfen und klugen Blick auf die Welt, dass sie niemand mehr verstehen konnte? Würde sie dann auch das Gewicht der Welt und der Vergangenheit weglachen, so wie Louis es tat?

Es war nicht unbedingt schlecht: Offenen Auges fröhlich dem Schicksal zuwinken, und den Dingen, die sich eben nicht ändern ließen.

Doch sie wollte reisen. Die Vorstellung, an einem Ort zu bleiben, für den Rest ihrer Zeit, erschien ihr fürchterlich. Andererseits schien Louis zu seiner Zeit seine eigenen Reisen erlebt zu haben. Vielleicht war er dessen ja müde geworden?

»Mein Atem ist leer«, murmelte der alte Mann, Alicas Gedanken unterbrechend. Sie sah, dass er sich bemühte, aber aus seiner Pfeife kamen keine neuen Wolken: Keine Grashüpfer, keine Fledermäuse, keine Ballons, und schon gar kein Drache.

Nach einigen weiteren Versuchen begann er zu husten. Alica klopfte ihm besorgt auf den Rücken. Es dauerte eine lange Zeit, bis sein knochiger Körper sich wieder beruhigte und die verkrampften Hände um den Gehstock wieder locker wurden.

»Eure Pfeife ist leer?« fragte Alica. »Wie kann das geschehen? Es schien mir, sie ist nicht einmal wirklich gefüllt.«

Louis sprach etwas verwaschen, als er schließlich antwortete.

»Nein, nein. Es ist nicht die Pfeife. Es liegt an mir. Ich bin außer Atem.«

Zu Alicas Schreck stolperte er, taumelte und rutschte neben Bennus´ Grabstein zu Boden. Sie eilte ihm zu Hilfe, aber er winkte müde ab, und so setzte sie sich vorsichtig neben ihn. Erstaunlicherweise blieben sie unversehrt von den Dornen der Rosen um sie herum, sie kratzten und stachen nicht.

»Sie verletzen niemals Menschen«, sagte Louis´ Stimme, schwach, aber nach wie vor deutlich. Es lag mehr als eine Bedeutung in diesen Worten, wie sie sehr wohl verstand.

»Gib mir deine Hand, kleine Frau«, sagte er. Er streckte seine eigene aus, scheinbar ruhig, doch Alica spürte ein Drängen in seinen Worten, als hätten sie nicht genügend Zeit. Sie legte ihre Hand in seine. Er lachte, und auch wenn es schwach war, blitzte doch sein eigentümlicher Humor noch einmal durch.

»Ich gehe nirgendwo hin. Würdest du mir ein wenig Gesellschaft leisten? Nur ein ganz klein wenig.«

Sie nickte. Und dachte: *Sie verletzen niemals Menschen.*

Jahre früher.

Alica lauschte auf das Rauschen des Regens. Es war dunkel im Raum, alles war ohne Leben, abgesehen von ihr selbst. Ihr Mann zu

Bett gegangen und würde morgens nicht mehr aufstehen. Und hier stand sie, mit einem Mal eine reiche Witwe ohne Erben.

Ihr Mann. Ein hoher Adliger, auf seine alten Tage zurückgezogen lebend, weitab von den Zentren des Reiches, in denen die Fäden der Politik zusammenliefen, die er einst selbst gesponnen hatte. Viel zu weit ab für Alica, eine Sackgasse für eine begabte Magierin am Beginn ihrer Laufbahn. Allerdings eine notwendige, denn ihr hatte zum Ende ihrer Ausbildung an der Hohen Akademie der Mystik eine weit auswegloser Situation gedroht. Wie sie von Anfang an hätte befürchten sollen, war der Hohe Mentor des Dardan-Ordens an sie herangetreten und hatte ihr angetragen, Mitglied des Ordens zu werden, eine steile Karriere in der Hierarchie dieses traditionsreichen mystischen Verbundes eingeschlossen. Eine große Ehre aus seiner Sicht, aus Alicas Sicht ein Ritterschlag mit der scharfen Seite des Schwertes.

Die Stadt Dardan, im Norden des Reiches der Elf Großen Stadtstaaten gelegen, war einer der letzten Orte Isrogants, an dem tatsächlich Mystiker regierten. Im legendären Reich, das schon zu Adjagards Zeiten eine Sonderstellung eingenommen hatte, brachte jede der elf Reichsstädte eine eigene Besonderheit mit. In ganz Isrogant bekannt waren die Edelsteine aus der Diamantenstadt Karsania, die Elitekrieger aus Dan Dered und die Zauberer aus Dardan.

Alica hatte ihr Glück kaum fassen können, als sie noch in Droni die Einladung an diese renommierte Akademie erhalten hatte. Um so mehr, als sie ihre Heimat damals schnell hatte verlassen wollen. Dass die Akademie eng vernetzt war mit dem Magierorden, der seine eigenen Zwecke verfolgte und eine sehr straff organisierte magische Macht darstellte, hatte sie verdrängt. Die Ausbildung an der Hohen Akademie war kostenfrei.

Die Professoren und Ausbilder sortierten den Nachwuchs für den Orden, und Alica gehörte zu ihren Favoriten, gerade wegen ihres nach Freiheit strebenden aufrührerischen Geistes. Sie schätzten ihre Kreativität und ihr Charisma. Ihre Unabhängigkeit aber galt es, in die richtigen Bahnen zu lenken.

Dass der Hohe Mentor persönlich sie, mit gerade dreiundzwanzig Jahren, in den Orden einlud, war ein Kompliment, das nur wenige erhielten. Es war aber auch eine Ansage. Zu dieser Aufforderung sagte niemand Nein.

Es sei denn, man flüchtete sich unter den sicheren Schirm einer größeren Macht.

Der Dardan-Orden herrschte uneingeschränkt in der Stadt. Ihm nicht beizutreten, hätte einen Affront bedeutet, nach dem sie die Dardan-Magier hätte meiden müssen, überall in Isrogant. Doch mit einem Beitritt hätte sie sich lebenslanger Gängelung unterworfen, einem Kodex von Verhalten und Verantwortung, den sie nicht ertragen konnte.

Sie erkor Emial du Satakax zu ihrem Schutzschirm. So einflussreich die Dardan-Mystiker auch waren, so gehörten sie doch als einer von elf Partnern ins Reich der Elf Großen Stadtstaaten. Der reiche Adlige du Satakax gehörte zur Elite dieses Staatenbundes, nicht nur zur Führungsschicht einer einzelnen Stadt. Er war alt, seine aktiven Tage in der Politik waren zu Ende.

Sie hatten ohne jedes Zeremoniell geheiratet. Keine Gäste, keine Torte. Beide wussten, dass sie nicht viel mehr teilten als den gegenseitigen Nutzen. Der alte Politiker wollte nicht alleine sterben, und er wollte keine Erbschleicher und keine eingebildete junge Adlige in sein Haus holen. Die junge Zauberin, die sich selbst nach oben gearbeitet hatte, klug und vielseitig, hatte sein Herz sofort gewonnen.

»Nenn mich Emial, Alica, denn du wirst von nun an meine rechtmäßig angetraute Ehefrau sein«, hatte er zu ihr gesagt, in Anwesenheit eines hohen Beamten des Reiches. Das war schon alles.

Trotz seines relativ zurückgezogenen Lebensstils bestand Emials Leben aus Einladungen, Empfängen und Veranstaltungen, die er in großer Zahl wahrnahm, weil er trotz seines Ruhestandes den Kontakt in die hohe Gesellschaft nicht verlieren wollte.

So gern er seine junge, schöne und ausgesprochen geheimnisvolle Ehefrau in dieser Umgebung vorgestellt hätte, so sehr respektierte er ihren Wunsch, sich herauszuhalten. Die beeindruckende Dame an seiner Seite aß lieber mit den Dienern in der Küche als an der großen Tafel im Esszimmer, mit Silberleuchtern und teurem Geschirr.

Untätig war sie nicht. Während er gekonnt auf offiziellem Parkett parlierte und Zeit mit seinen noblen Freunden verbrachte, war sie unterwegs in den Wäldern rund um sein Anwesen, benutzte eine Sprache, die er nicht verstand, übte Künste, die dem normalen Menschen verborgen blieben. Ihre geheimnisvollen Fähigkeiten hätten ihm Angst gemacht, wenn er nicht so häufig unterwegs gewesen wäre.

Aus seiner Sicht rangierte Alica in einer vollkommen anderen Klasse als alle Frauen, die er bisher kennengelernt hatte. Kein Mann würde sie jemals kontrollieren, niemand konnte ihr blind vertrauen. Sie war nicht willens, die Dinge so zu akzeptieren, wie sie waren oder eine ihr von Gott zugedachte Rolle im Leben hinzunehmen.

Stattdessen lebte sie mit den uralten Weisheiten von Völkern, die entweder vergangen oder im Verschwinden begriffen waren. Emial hielt das für eine gute Bestätigung der gesunden Skepsis, mit der er Zeit seines Lebens den undurchsichtigen Mystikern aus Dardan begegnet war. Und dennoch bewunderte er seine junge Frau, die ihn nicht um seines Reichtums oder seines Status wegen geheiratet hatte, sondern weil er ihr die Freiheit erhielt, an der ihr so viel lag.

Einige seiner Freunde waren unsensibel genug gewesen, nach der Möglichkeit eines Nachfolgers aus der Ehe mit Alica zu fragen. Er hatte darüber gelacht, erstaunt über die eigene Bitterkeit, und ihnen geantwortet, er sei zu jung um in den Krallen eines Tigers zu sterben, und doch zu alt, um eine so junge Frau zu berühren. Es würde keine Intimität zwischen ihm und der Magierin geben, und es gab auch keinen Moment, in dem er zugegeben hätte, daran Interesse zu haben.

Jetzt war er tot. Alica fragte sich, ob sie die Diener hereinrufen sollte, um ihnen zu eröffnen, dass sie als die Witwe jetzt die rechtmäßige Herrin über seine Besitztümer war. Mit einem Schlag verfügte sie über beachtlichen Wohlstand, einen hohen Status im Reich und zugleich war sie als trauernde Witwe von allen Verpflichtungen gegenüber dem Dardan-Orden entbunden.

Einen Augenblick ließ sie ihrer Fantasie freien Lauf, versuchte, sich ein Leben vorzustellen, in dem sie ihre Einstellung vollkommen änderte, sich in der Anteilnahme der kondolierenden hohen Gesellschaft sonnte und sich umschwärmen ließ von jungen Männern, die sich mit Sicherheit bei einer so jungen, vermögenden Witwe vorstellen würden. Sie konnte auch wahlweise Haustier oder Mätresse eines noch reicheren, mächtigeren Mannes werden, oder sich selbst einen Status erarbeiten, mit edlen Kleidern und mondänem Lebensstil, zarter Haut und sanfter Stimme, die Ehrgeiz und Machtstreben versteckten.

Flut und Verderben, dachte sie. *Was für unerträgliche Aussichten.*

Während sie ihren toten Ehemann betrachtete, wurde ihr die tragische Komik ihrer Situation bewusst. Ihre Hochzeit mit Emial hatte sie aus einem Gefängnis aus Verpflichtungen befreit und sie prompt in ein anderes geworfen.

Sie seufzte. Nicht, dass ihr das nicht von Anfang an bewusst gewesen wäre. Und ein Leben als reiche Adlige in der feinen Gesellschaft welcher der elf Reichsstädte auch immer kam nun wirklich nicht in Frage.

Sie schloss ihre Augen und griff mit ihrem Geist hinaus ins *achí,* spürte den Magiewinden nach. Die Sonne schien, draußen, vor den Fenstern, ein Regenbogen spannte sich nach nächtlichem Regen über den Horizont.

Der *glanhír* in Alicas Händen erwachte zum Leben, sein übernatürliches Leuchten spiegelte sich in Sternenstaub, der scheinbar aus dem Nichts heraus den Raum erfüllte. Sie murmelte einen uralten Segensspruch, den seit Urzeiten Mönche in Klöstern genutzt hatten, um ihren Ältesten einen ehrenhaften Ausgang aus dem Leben zu ermöglichen. In einer Zeit, als die Mönche des Einen Gottes noch Träumer waren. Nicht Feuerprediger, gesteuert aus Avenicum Dalor am Heiligen Vulkan, und voller Gift, dass sie gegen die Anhänger der Mystik verspritzten.

Vom Segensspruch wechselte sie zu *korash*, der Magiersprache. Leise gemurmelte Worte, doch voller Kraft: Jedes einzelne der Worte nahm dem *glanhír* in ihren Händen etwas von seiner Strahlkraft.

Die hell leuchtenden Staubflocken umkreisten Emials Körper, unschlüssig, als versuchten sie, seinen Wert abzuwägen. Während Alicas Murmeln eindringlicher wurde, drangen sie schließlich durch Mund und Nase in den Körper ein, verschwanden in seinen Tiefen, bis die Luft im Raum schließlich klar und frei von Bewegung war.

Alica öffnete die Augen, richtete ihren Blick auf den Leichnam, atmetete tief durch. Dann hob sie die Arme, seufzte tief und entließ die gesammelte Energie.

Von innen heraus fing der Körper im Bett Feuer, rauchlos, geruchslos, löste sich auf, entließ den wirbelnden Sternenstaub, der noch eine kurze Zeit über dem Bett hing und dann, als habe er sich besonnen, aus dem geöffneten Fenster nach draußen verschwand, die sterbliche Überreste Emial du Satakax´ mit sich nehmend.

Warmes Glühen erfüllte den Raum und tauchte Alica, die regungslos inmitten all der Bewegung saß, in bunte Farben. Sie beachtete sie nicht, blickte dem entschwindenden Staub nach. Ihre Kraft ließ jetzt schnell nach, und sie wusste nicht, wie lange sie noch durchhalten musste, bevor es vorbei war: Es war das erste Mal, dass sie einen solchen Zauber wirkte, und vielleicht auch das letzte Mal. Es war kraftvolle Magie, und sie kostete ihren Preis, und einen neuen glanhír konnte sie sich auch mit viel Geld nicht ohne weiteres beschaffen. Die magischen Kristalle waren rar, und sie befanden sich in weiten Teilen im Besitz von Schulen, Akademien und mystischen Organisationen.

Schließlich war es vorbei. Alica atmete tief durch, lauschte wieder dem fallenden Regen.

Sie war müde. Dennoch erhob sie sich und begann, ihre Sachen zu packen. Die Kette mit dem *glanhír* streifte sie wieder über den Kopf, während sie zusammensuchte, was sie für die kommende Reise brauchte.

Als die Diener den Raum betraten, Stunden später, um ihrem Herrn das Bad zu bereiten, fanden sie niemanden.

***

Als sie aus der Erinnerung aufwachte, fand sie sich diesmal nicht in einer anderen Geschichte aus einem anderen Leben wieder, sondern saß noch immer an Bennus´ Grabstein gelehnt, während Louis, der alte Gärtner, mit seinem Kopf in ihrem Schoß lag, schwach hustend.

Diesmal hatte sie keine Rose benötigt, um die Reise in die Erinnerungswelten anzutreten. Saint Louis hatte ihr die Tür ganz ohne diese Hilfe geöffnet.

Er lächelte ob ihres besorgten Gesichtsausdrucks.

»Es war wunderschön«, sagte er verträumt. »Eine wunderschöne Art, die Reise anzutreten. Würdest du für mich das selbe tun wie für deinen Ehemann, Alica?«

Sie zuckte zusammen. Es war einige Zeit vergangen seit diesem Tag, und sie war nicht unbedingt stolz darauf, so rücksichtslos alles getan zu haben, um sich einen Ausweg zu bahnen aus welchen Umständen auch immer.

Saint Louis bemerkte ihre Stimmung. »Es war gut, was du getan hast, Alica, eine gute Sache«, beruhigte er sie.

Sie nickte. Es machte sie traurig, dass der alte Mann jetzt sterbend auf ihrem Schoß lag, obwohl sie ihn doch erst seit so kurzer Zeit kannte.

Er lächelte. »Nimm meine Pfeife, ich hätte gerne, das du sie bekommst. Ich bin sicher, du wirst sie zu benutzen wissen. Und wenn du dir das zutraust, nimm auch das Geheimnis dieses Ortes, all dieser Menschen.«

Er sah ihr überraschtes Gesicht. »Es wird dich nicht fesseln oder binden. Auch ich war hier niemals gefangen. Ich hatte nur genug gelebt, um mich mit Freuden hierher zurückzuziehen. Wann immer du möchtest, besuch den Alten Friedhof, und wenn Du möchtest, teile deine Erinnerungen mit denen, die hier zuhause sind.«

Alica nickte. Sie konnte nicht an diesem Ort bleiben, der von den Lebenden vergessen worden war, aber sie würde Zeit finden, ihn zu besuchen. Vielleicht gelang es ihr, einen besseren Hüter zu finden?

»Und lass mich dir noch einen Hinweis geben.«

Sie lauschte.

»Wenn du jemals eine Zuflucht brauchst, besuche das Haus, in dem Bennus lebte. Sein Sohn hat es tatsächlich verkauft, allerdings an vertrauenswürdige Menschen, die ich ausgesucht habe.«

Der alte Mann hielt ihr die Pfeife hin, seine Hand zitternd, und Alica nahm sie, während Tränen in ihre Augen traten. Ohne darüber nachzudenken, steckte sie die Pfeife zwischen die Lippen und nahm einen tiefen Zug.

Es schmeckte bitter, dann süß. Farben! Gerüche! Wind! Wetter! Sie konnte spüren, was die geschmeckt hatten, die einmal gelebt hatten, fühlte das Licht am Ende des Tunnels auf ihrer Zunge. Als sie ausblies, die Augen geschlossen, wusste sie, dass bunte Blasen aus ihrem Mund kamen, jede einzelne mit einer Kerze darin, die nach oben schweben, immer weiter nach oben, als wollten sie jedem im Umkreis zeigen, dass die Pfeife eine neue Besitzerin hatte.

Nur dass es rundum niemanden gab, der es sehen konnte. Alica öffnete ihre Augen und blickte hinab auf Louis in ihrem Schoß, ob er vielleicht ein bisschen stolz war auf sie und ihren kunstvollen Rauch. Aber Saint Louis war aus der Welt gegangen, sein Traum war zu Ende. Eine Bewegung ließ Alica aufblicken – der kleine gelbe Vogel flatterte um sie herum, als ob er wüsste, was gerade geschehen war.

Die Sonne war untergegangen, und ein kühler Wind drückte die Rosen hinunter, so dass es aussah, als wollten sie sich verbeugen vor dem toten Gärtner.

Sie verwendete den Rest des Tages darauf, den Zauber zu wirken, den Louis sich gewünscht hatte. Und sie hatte den Eindruck, dass einige der Seelen um sie herum sich zu ihm gesellten und Frieden fanden. Selbst, wenn es nur für diese eine Nacht war.

Kapitel 7: Der Krieger

14 Jahre zuvor. Am Hof des Herzogs Macuu von Maiins.

Sie hatten kaum die großen Stadttore und die gezackten Stadtmauern der Hauptstadt hinter sich gelassen und Waffen und Ausrüstung in der Halle der Elitegarde deponiert, schon stand ein Bote vor ihnen und bat Ash und Ix zu einem persönlichen Gespräch mit Herzog Macuu von Maiins.

Der Fürst war auf dem Sprung zwischen zwei Terminen, aber er hörte sich den Bericht seiner beiden Ausbilder hoch konzentriert an. Dann legte er den Kopf in die Hände und dachte eine Zeitlang angestrengt nach.

»Ich mag Fieldram nicht«, sagte er dann.

Ash und Ix wechselten einen erstaunten Blick. Das war eine ungewohnte Ansage.

»Ich kann ihn wirklich nicht leiden«, fuhr der Herzog fort. »Und ich denke, das geht uns allen dreien so, richtig?«

»Es geht uns eigentlich nicht um die Person des Generals«, warf Ash ein, aber Macuu schüttelte unwillig den Kopf: »Genau daran habe ich Zweifel.«

Er stand von dem Sessel auf, in dem er sie empfangen hatte, nicht im Thronsaal, sondern in einem etwas abgeschiedeneren Raum, der für private Audienzen genutzt wurde. Mit langsamen Schritten wanderte er eine Runde. Ash wollte etwas sagen, doch Ix legte ihm die Hand auf den Arm.

»Tatsächlich habe ich hier ein Gesuch des Elitegardisten Armand Nasar'Eddin, der die Garde verlassen wollte. Auf Grund persönlicher Differenzen und ungerechter Behandlung durch Euch.« Macuu blieb stehen. »Auch von Fieldram liegen hier einige Berichte über Konflikte. Und natürlich habe ich die diversen Schreiben von Meister Gooregan, die auf die Missstände in Skalorion hinweisen.«

Wieder setzte Ash zum Sprechen an und wurde von Ix daran gehindert, so dass Macuu nach kurzer Zeit fortfuhr: »Geachtete Meister, Ihr solltet wissen, dass die Skalorion-Kampagne der erste echte Feldzug ist, der unter meiner Ägide geführt wurde. Ich kenne mich also nicht gut aus mit den Begleiterscheinungen solcher Kriegshandlungen, auch wenn ich meinen Sheman'O gelesen und die Schriften vieler Kriegstheoretiker studiert habe.«

Seufzend ließ er sich wieder in den Sessel fallen, lehnte sich vor, eine Hand auf ein Knie gestützt, und fixierte seine Besucher, die nach wie vor standen. Zuvor waren sie genötigt gewesen, sich stets umzudrehen, wenn er wieder den Ort wechselte.

»Es scheint mir aber, trotz meiner Unerfahrenheit, dass eine Vergewaltigung hier oder dort, ein Übergriff von Besatzern, etwas Plünderung und Diebstahl durchaus normal ist bei solchen Eroberungen. Oder sehe ich das falsch?«

Diesmal unterbrach Ix seinen Freund nicht, als er antwortete: »Das liegt immer ganz am Führungsstil des Feldherren. Und ganz sicher auch an den Zielen, die damit erreicht werden sollen.«

»Richtig«, bestätigte der Herzog und lehnte sich zurück. »Es liegt am Führungsstil des Feldherren. Und das ist meiner Meinung nach General Fieldram. Den nun zufällig wir alle drei nicht leiden können, worauf wir uns ja eben geeinigt haben.«

»Es soll Fälle geben, in denen ein Feldherr versagt.«

»Richtig«, sagte der Herzog wieder. »Aber dafür habe ich in diesem Fall keine Anhaltspunkte außer Euren Interventionen, Meister Gooregan. Und die kommen nun wirklich nicht aus einer neutralen Quelle, denn Ihr habt selbst zugegeben, den General nicht leiden zu können. Und was erschwerend hinzukommt – Ihr habt Euch im Rahmen der Mission sogar mit mindestens einem Eurer eigenen Leute überworfen.«

Ash atmete tief aus, um nichts falsches zu sagen, und er hoffte, dass auch Ix sich am Riemen riss. Das tat er, denn alles, was er sagte, waren die Worte: »Starker Tobak, Euer Majestät.«

»Mitnichten, Meister Yon. Ich sehe die Situation nur mit den Augen des Verantwortlichen, der sich um viele Menschen kümmern muss. Und deswegen habe ich, auch zu Eurer Beruhigung, Beobachter entsandt nach Skalorion. Ich möchte mehr wissen, was dort vor sich geht. Sie werden auch den Tod der Fürstin Haikia untersuchen.«

»Der doch von Euch angeordnet worden ist, Majestät!« rief Ix aus.

Macuus Gesicht verfinsterte sich schlagartig. »Meister Yon, Ihr vergesst Euch. Noch eine solche Anfeindung, und Euer Engagement hier in Maiins ist zu Ende.«

Jetzt war es an Ash, seinen Freund am Weitersprechen zu hindern. Er selbst fragte: »Entspricht das denn nicht den Tatsachen, Euer Majestät? Das ist die Information, die wir erhalten haben.«

»Von wem?«

»Von besagtem Armand Nasar´Eddin. Und zwar in dem Moment, in dem er den Mord ausführte.«

»Davon lese ich nichts in den Berichten, und Ihr habt es auch gerade nicht erwähnt.«

»Aus gutem Grund, Euer Majestät, denn es enthält eine gewaltige Anschuldigung, auf die Ihr selbst gerade mit einer Drohung reagiert habt.«

Macuu starrte ihn an. Ash erwiderte den Blick, auch wenn er sich nicht ganz sicher war, ob das in diesem Moment die richtige Reaktion war. Er bemühte sich, Ruhe und Freundlichkeit auszustrahlen, um so mehr, als er Ix neben sich kochen spürte.

Schließlich schnaubte der Herzog. »Vermutlich sollte ich jetzt froh sein, dass Ihr beide nicht die üblichen höfischen Speichellecker seid sondern wagt, mir die Wahrheit zu sagen«, sagte er grimmig. »Aber ich bin ich nicht froh. Ich bin unzufrieden, und ich mag diese Diskussion nicht. Meine Entscheidung steht fest, ich werde hören, was die Beobachter sagen, und ich werde mir Soldat Nasar´Eddin zur Brust nehmen, um zu hören, warum er solchen Unsinn verzapft. Ihr seid entlassen. Geht zurück an die Arbeit, wir werden zu einem anderen Zeitpunkt wieder sprechen.«

Als die beiden Krieger noch einen Moment zögerten, fügte er unwirsch hinzu: »Ihr seid entlassen!«

Ash und Ix verließen das Zimmer. Die Tür fiel ins Schloss, und Ix stieß hervor: »Flut und Verderben! Unsere Tage hier sind gezählt!«

»Das ist wahr«, nickte Ash. »Lass uns zusehen, dass wir nicht im Streit gehen.«

»Nicht im Streit, aber bald«, stellte Ix fest.

»Ja, du hast Recht. Mir ist noch etwas aufgefallen«, fügte Ash nachdenklich hinzu, während sie durch die Flure des Palastes gingen.

»Der Herzog hat den Mordauftrag an Armand nicht abgestritten.«

***

Am folgenden Tag erschien Djami in der Übungshalle. Ash sah sie auf einer Bank nahe des Eingangs sitzen, als er den großen Raum betrat, und er konnte nicht anders, als ihre anmutige Haltung zu bewundern, den Schwung ihres Halses, die über ihre Schultern fließenden weißgoldenen Haare.

Sie hatte ihn noch nicht bemerkt, das gab ihm Zeit, schweigend im Türrahmen zu stehen und sie anzusehen. Sie trug weite, lässige Kleidung und offene Schuhe, die ihre Fersen frei ließen und den Blick auf schlanke Fesseln und Waden lenkten. Die Hände ruhten entspannt in ihrem Schoß, die großen dunklen Augen blickten verträumt.

»Niemand kann so schön sein«, murmelte er zu sich selbst. Sie schaute auf, als habe sie seine Worte gehört, und ein Lächeln flog über ihre Züge. »Ash!« rief sie. »Dich wollte ich treffen!«

Armand ist ja nicht mehr hier, dachte er, mit einem Stich kindischer Eifersucht.

Er schluckte dieses peinliche Gefühl hinunter. Sie stand auf und öffnete die Arme, so dass er nicht umhin konnte, sie zu umarmen. Er spürte die Konturen ihres Körpers, verlockend.

»Wie geht es dir?« fragte er.

Sie nickte. »Alles klar. Und du bist heil zurück.«

Er erwartete, dass sie etwas sagen würde wie dass sie ihn vermisst hatte, aber stattdessen kam etwas ganz anderes: »Ich habe gehört, ihr hattet einen Streit mit meinem Onkel.«

»Ach, hat er das gesagt?«

»Nein, aber ich kenne ihn ein bisschen, und er sagte mir, dass Ixils Yon und du an Weiterreise denkt.« Ihre Augen blickten besorgt, und sie legte ihre Hand auf seinen Arm. »Er hat mich gefragt, ob wir noch weiter trainieren, jetzt, nach deiner Rückkehr.«

Aus einem Impuls heraus nahm er ihre Hand in seine. »Und? Werden wir?«

»Ich weiß nicht. Wir haben lange nichts getan.«

Das lag nicht an mir, dachte er. *Oder vielleicht doch?*

»Wenn du jetzt gehst, wird wohl nichts mehr draus werden, oder?«

»Du scheinst sehr sicher zu sein, dass ich Ga Ta Cien verlassen will, meinst du nicht?«

»Ich weiß nicht.«

Er sah in ihre Augen und suchte die Nähe, die sie vor einigen Wochen verbunden hatte. In einer anderen Zeit, vor dem Skalorion-Feldzug. An ihre Stelle war Verwirrung getreten.

»Was hältst du von einem Spaziergang?« schlug er vor. »Wir könnten uns unterhalten, ich bringe eine Flasche Wein mit, das hier ist fühlt sich nicht gut an.«

»Stimmt. Ist doof hier, und du musst bestimmt auch arbeiten.«

»Mal schauen.« Er lächelte. »Morgen? Ich hole dich ab, wir wandern ein bisschen herum. Warst Du schon einmal auf dem Großen Friedhof?«

»Auf dem Friedhof? Naja. Einmal, bei einer Beerdigung. Wieso?«

»Es soll ein schöner Ort sein, habe ich immer wieder gehört, aber ich war noch nie dort. Und jetzt, wo ich Maiins ja anscheinend bald verlasse....« Er grinste, und sie entzog ihm ihre Hand, um ihm in gespielter Entrüstung auf die Schulter zu schlagen.

»Du machst dich lustig über mich!«

»Kein bisschen. Morgen, drei Uhr, ich hole dich ab.«

»Auf einen Friedhof.« Sie klang skeptisch. »In Ordnung, dann machen wir das.«

Sie wandte sich zum gehen. »Bis morgen, Ash.«

»Bis morgen, Djamila.«

»Djami«, korrigierte sie ihn.

»Djami«, bestätigte er, blickte ihr hinterher, als sie die Übungshalle verließ, etwas in Gedanken, bis ihn eine reichlich aufgerauhte Stimme daraus weckte: »Guten Morgen, Ash, alter Freund!« Er fuhr herum und gewahrte Ixils Yon, der die Halle hinter ihm betreten hatte. Es lag soviel falsche Fröhlichkeit in seiner Stimme, dass Ash aufhorchte.

»Was ist mit Dir passiert? Hast Du eine Erkältung?« fragte er.

»Mitnichten. Mir geht´s blendend.« Ix nahm ihn am Arm und zog ihn etwas zur Seite. »Aber ich habe gestern Abend einen Haufen netter Informationen erhalten. Habe dafür reichlich bechern müssen mit Brainda Al´Habbi. Du kennst sie.«

Allerdings tat Ash das. Lady Al´Habbi war eine einflussreiche Hofbeamte, vordergründig zuständig für die Straßen und Wege nach Maiins und die Kanalisation der Hauptstadt, was ihr den Beinamen »Kloakenmutter« ein–gebracht hatte. Sie war lautstark, sie war durchsetzungsfähig, und sie fand des Herzogs Gehör, was ihr weit mehr Macht einräumte, als ihr Amt vermuten ließ.

»Wie bist du denn ausgerechnet an die gekommen?« fragte Ash.

»Na hör mal!« rief Ixils aus. »Lady Brainda und ich, wir sind doch so miteinander!« Er verschränkte beide Hände, um zu demonstrieren, wie nah sie einander standen. »Seit sie mich mal bei einer Partie Geysirthron-Rochade abgezogen hat. Wie gut, dass ich keine ganze Insel zum Verspielen hatte, sondern nur ein paar lausige Kröten.«

Ash lachte bei dieser Anspielung auf die Insel TschangFang, die Macuus Großvater an den König von Droni auf eben diese Weise verloren hatte. »Gut, gut, verstanden. Du hast sie gewinnen lassen.«

»Nein, nein! Wie kommst du denn darauf? Nein, die Lady hat ganz ehrenhaft gewonnen, soweit man es ehrenhaft nennen kann, wenn eine Dame von edlem Geblüt zockt wie ein eingesalzter und versandeter Wüstennomade.«

»Und gestern wart Ihr zusammen trinken?«

»Tatsächlich. Die Lady weiß, wo es einen guten Becher Wein gibt – oder auch zwei. Oder drei. Meine Erinnerung an die genaue Anzahl ist etwas verschwommen.«

»Gut, ihr beide habt also gegen die Flut angesoffen, und da ich keine nassen Füße habe, vermute ich, es ist euch gelungen. Was hast du erfahren? Ich nehme an, Du hast etwas rausbekommen?«

»Nichts schönes.« Ix schaute sich schnell um, als fürchte er heimliche Lauscher. »General Fieldram soll die Verwaltung in Skalorion bald in die Hände verdienstvoller Adliger aus Ga Ta Cien legen.«

»Die ganze Verwaltung?« fragte Ash erstaunt.

»Komplett. Keine Ausnahmen. Er erarbeitet eine komplett neue Verwaltungsstruktur, die ganze bestehende Herrschaftsschicht wird ausgetauscht.«

»Ausgetauscht?«

»Genau so habe ich auch gefragt. Nach dem, was wir von Fieldram kennen, was vermuten wir da?«

Ix riss die Hände auseinander, in gespielter Unwissenheit.

»Eine radikale Lösung«, murmelte Ash. »Er wird ein Blutbad anrichten.«

»So!« rief Ix aus. »Genau so!«

Die beiden sahen einander kurz an, dann bekräftigte Ix: »Ein Massaker! Fieldram ist ein Metzger, und es gibt ein Massaker an der Führungsschicht in Skalorion.«

»Wir wollten ohnehin verschwinden.«

»Es ist verdammt hoch an der Zeit, dass wir hier die Biege machen!«

In einem plötzlichen Wutausbruch trat Ix gegen eine Rüstung, die auf einem Gestell am Rande der Halle aufgehängt worden war. Laut krachend ging sie zu Boden. »Nur schade, dass wir die Truppe hier wohl einem aufgeblasenen Arschloch wie Armand überlassen. Grässlich. Wirklich grässlich.«

Das Chaos der umgefallenen Rüstung ignorierend, wandte er sich um und marschierte aus der Halle, ohne zu schauen, ob Ash ihm folgte.

Ash war noch an diesem letzten Satz hängen geblieben. Wieso ausgerechnet Armand? Was hatte Ix noch erfahren und nicht erzählt?

Die Vorräume des Übungssaals waren im Vergleich zum Innenraum dunkel – eine Konstellation, die Ash für ausgesprochen ungünstig gehalten hätte, wäre die Übungshalle ein zu verteidigendes Gebäude gewesen.

Wer aus dem Dunkeln nach draußen trat, war zumindest bei gutem Wetter einen kurzen Moment geblendet. Deswegen sah auch er jetzt nur die vertrauten Bewegungen von Ix, der nach dem Verlassen der Halle plötzlich stehenblieb, und eine weitere Silhouette, die ihm vage bekannt vorkam, sich aber nicht wirklich zuordnen ließ.

»Shivan!« rief Ixils.

»Das kann nicht wahr sein«, sagte er, halb zu sich selbst, und beeilte sich, zu den beiden aufzuschließen. Es war tatsächlich sein alter Weggefährte Shivan Germont, der draußen vor der Halle auf sie gewartet hatte.

Ash erkannte ihn sofort wieder. Eine Vielzahl gemeinsamer Erlebnisse und bestandener Gefahren hatten sie einander vertraut gemacht, und auch wenn Shivan seit ihrem letzten Treffen um einiges an Gewicht zugelegt hatte, so waren sein breites Grinsen und die hell leuchtenden Augen doch immer noch unverkennbar.

»Ixils Yon und Ash Gooregan!« antwortete Shivan, mit der altbekannten, dunklen Stimme, mit der er sich so beeindruckend eindringlich durchsetzen konnte, wenn er etwas wichtig fand. »Als ich gehört habe, dass Ihr in der Stadt seid, hab´ ich´s kaum glauben können – und hier seid ihr!«

Ix hatte den alten Freund jetzt erreicht, nahm ihn herzlich in die Arme, schob ihn dann ein Stück zurück, um nach kurzer Musterung mit dem ihm eigenen Charme festzustellen: »Junge, du bist fett geworden!«

Das brachte Shivan zum Lachen. »Ich bin Dreißig geworden dieser Tage, die Jugend ist vorbei, und wo ich früher fressen konnte ohne Folge, setze ich jetzt an. Wartets nur ab, ihr zwei Jungspunde.«

Ash, der sich mit seinen achtundzwanzig Jahren tatsächlich noch ziemlich jung fühlte, nahm sowohl diesen Spruch als auch die neue Gewichtsklasse von Shivan Germont mit leichtem Befremden auf.

Dann aber schob er es zur Seite. Es war ein erfreuliches Zusammentreffen, vor allem, nachdem Ix und er gerade eben noch beschlossen hatten, ihren Aufenthalt in Ga Ta Cien zu beenden.

»Was treibt dich nach Maiins, Shivan?« fragte er.

Das zauberte einen ausgesprochen hochnäsigen Ausdruck auf dessen Gesicht. »Eine Mission! Ich habe beschlossen, dem reisenden Dasein Lebewohl zu sagen. Ich werde sesshaft, und ich habe mir dafür einen guten Ort ausgesucht... jetzt suche ich nach herausragenden Kriegern, die mich bei meiner Idee unterstützen.«

»Ach, und da triffst du uns hier?« In Ix´ Stimme vernahm Ash die gleichen Zweifel, die auch ihn selbst befielen. »So einfach so, im Vorbeireisen, sozusagen.«

»So einfach so!« Shivan strahlte, und sein Gesicht hatte etwas seltsam vollmondartiges. »Das ist Schicksal, Jungs! Und darum lade ich Euch auf ein Glas Wein ein. Ihr könnt auch langweilig Kaffee trinken, aber einen heben, das müssen wir!«

»In Ordnung«, sagte Ix und platzierte eine schwere Hand auf Shivans Schulter. »Ich will mehr von dir hören, aber wirklich.«

***

Bei geräuchertem Fisch und einer großen Karaffe Wein lief Shivan zur Höchstform auf.

»Ich habe mich in den letzten Monaten immer wieder gefragt, warum ich durch die Gegend ziehe«, verkündete er. »Ich meine, machen ja viele, vor allem solche, die wie wir solide Ausbildung genossen haben.«

Er nahm einen tiefen Schluck Wein, bevor er hinzufügte: »Gibt ja auch genügend Schlägerpack auf den Straßen, das sich für schmales Geld als Prügler verdingt.« Ix und Ash nickten. Natürlich. Sie alle hatten genügend Erfahrungen damit gemacht.

»Und dann gibt es die niedergelassenen Lehrer. Die Meister in Dan Dered. Ausbilder von Armeen. Lehrer in privaten Schulen, wie die Riinja-Schule, aus der Ash und ich damals so spektakulär entkommen mussten... oder unser alter Freund Humban Giwdo, bei dem wir Ragnor Swazumbu-Unterricht hatten. Den habe ich übrigens vor kurzem besucht. Es gibt ihn noch.«

Ash verzog das Gesicht.

»Jaja, ich weiß, ihr wart Euch nicht wirklich grün, Humban und du. Er meint übrigens immer noch, du hättest einen versteckten Hass auf Schwarze, wo du doch aus dieser stinkreichen Patrizierfamilie stammst.«

»Arschloch«, entgegnete Ash, und auf Ix´ erstaunten Blick hin fügte er hinzu: »Na, der Kerl ist einfach ein Idiot, und er versteckt sich hinter seiner Hautfarbe. Das mag ich nicht.«

»Verstehe«, meinte Ix. Er hatte den fettigen Räucherfisch kaum angerührt, kaute stattdessen auf einem Stück Brot. Vor ihm stand kein Wein, sondern ein Glas Fruchtsaft.

»Ach was. Man muss ihn nur richtig anfassen, den Humban«, meinte Shivan.

»Hast ihm Honig um den Bart geschmiert, hm?« Ash hatte keine Lust, das länger zu diskutieren. »Gehts da auch um deine neue Idee? Deine Mission?«

Shivan nickte. »Ja, allerdings. Aber nur vornweg: Humban fand sie auch dämlich, die Idee. Er denkt nur in ganz kleinem Rahmen, nicht wie wir.«

»Denken wir im großen Rahmen?« fragte Ix, an Ash gewandt, und dieser wiegte den Kopf hin und her. Er wollte Shivans Idee hören. Dieser konnte ein Großkotz sein, aber er hatte auch immer wieder Anflüge von Genie. Es lohnte meist, ihm zuzuhören, auch dann, wenn er gerade wieder zu dick auftrug.

»Jungs, wenn ihr es bisher nicht gemacht habt, tut es doch jetzt!« Shivan goss Wein nach. »Seht mal, all diese marodierenden Krieger – oder Prügler, in vielen Fällen – die gab es zu allen Zeiten, wenn die alten Berichte stimmen. Aber während das Imperium Adjagard für Ordnung sorgte, konnten die großartigsten von ihnen Adjagaren werden, im Auftrag des Kaisers auf seinem Geysirthron, und die anderen wurden in Schach gehalten. Richtig?«

Die anderen beiden nickten.

»Davor, im Zeitalter der Mystik, sorgten Hohes Konzil und Rat der Magier für Ordnung. Heute weiß zwar keiner mehr, wie viele Magier es damals wirklich gab – vermutlich waren es gar nicht so viele, die Zahl an magischen Edelsteinen war ja begrenzt – aber so oder so... sie waren eine Elite. Die hielten Ordnung. Bis sie angefangen haben, sich gegenseitig zu schlachten. In den Dunklen Jahren war Unordnung, und war das nicht auch nach der Flut so, als Adjagard unterging? Da hat doch kein Mensch für Frieden gesorgt!«

Er blickte in ihre verständnislosen Gesichter und riss die Arme hoch.

»Seht ihr es denn nicht? Es muss ordnende Kräfte im Leben geben, und wer ordnet seit der Flut in Isrogant die Verhältnisse, jetzt, wo es Tausende von Herrschern und noch mehr Reiche und Stadtstaaten gibt? Na, wer?«

Ohne eine Antwort abzuwarten, rief er: »Die Kirche! Die Kirche des Einen Gottes!«

Er schmetterte eine Hand auf den Tisch, was dafür sorgte, dass die Leute an den umliegenden Tischen herübersahen.

»Noch ist der Laden schlecht organisiert und der Lektor in Avenicum Dalor hat erst begonnen, seine Macht auszubauen. Aber in jedem Monat werden neue Priester mit dem heiligen Siegel gebrannt, die heilige Flamme leuchtet über mehr und mehr Kirchen, und alte Träumertempel und imperiale Bibliotheken werden dem Einen Gott gewidmet. Mehr und mehr der adjagarischen Universitäten laufen zur Kirche über. Ich sage euch: Die Pfaffen in Avenicum Dalor wollen Isrogant übernehmen!«

»Stimmt«, meinte Ix trocken. »Und?«

»Ja, findet ihr das gut?«

Erwartungsvoll starrte Shivan in ihre Gesichter, bis Ash schließlich sagte: »Ich finde die Kirche des Einen Gottes nicht begeisternd... aber eigentlich ist sie mir ziemlich egal.«

»Genau!« rief Shivan, als habe Ash soeben begriffen, worum es ihm ging. »So ist es! Sie ist dir egal, und sie ist vielen Menschen überall in Isrogant egal, aber wenn sie die Macht ergreift... glaubst du, du hast dann noch das verdammte Recht, sie egal zu finden? Meinst du nicht, sie werden aggressiv missionieren, wie sie es jetzt schon tun? Seid ihr mal in den Jungen Königreichen gewesen?«

Beide schüttelten den Kopf.

»Da seht ihr das Isrogant von morgen! Aggressiver Glauben, absolute Verfolgung von Mystikern und allen, die in Verdacht geraten, mit ihnen zu tun zu haben. Gibt schon einen Grund, warum König Struern auf Droni seine eigene Kirche entflammt hat!«

Ix nickte langsam. Für ihn klang das einleuchtend. Auch Ash konnte die Gedankengänge nachvollziehen. Shivan war ein heller Kopf, wie er sich gedacht hatte, nur eines verstand er nicht: »Was hat das alles mit uns zu tun?«

»Krieger!« stellte Shivan fest.

»Ja?«

»Krieger. Wir haben eben festgestellt, dass es davon viele gibt, dass sie in schlechten Zeiten marodieren und in guten Zeiten sinnvolle Dienste erbringen, richtig?« Shivan stippte Brot in die fettige Tunke des Fisches. »Und Krieger haben zu allen Zeiten auch die Politik beeinflusst. Wenn ich richtig gehört habe, habt ihr beide gerade erst Skalorion platt gewalzt und die Fürstin Haikia geschlachtet. In ihrem eigenen Bett ausbluten lassen, sagt die Gerüchteküche. Finde ich übrigens ziemlich widerlich, und alles andere als ehrenhaft, das muss ich euch sagen.«

»Das ist so ein Unsinn, das lässt ja den Geysir versiegen!« rief Ix. »Wer hat so etwas behauptet?«

»Oh, die gleichen Menschen, die Ashs Heldentaten als Drachentöter verkünden. Ich bin ganz sicher, dass im wesentlichen dieser Teil der Geschichte in die Annalen eingehen wird, und die Genialität von Herzog Macuu, der ein ganzes Land im Handstreich ohne Blutvergießen erobert hat.«

Shivan musterte sie beide, und hinter seinem jovialen Auftreten blitzte sein messerscharfer Verstand. »Ihr habt sie nicht ausbluten lassen, stimmts?«

Beide schüttelten den Kopf. »Aber unschuldig sind wir trotzdem nicht daran«, bekannte Ash. »Wir hätten vielleicht klüger sein können.«

»Ach was«, Shivan wischte das vom Tisch. »Niemand ist perfekt, und mit 28 hat man noch nicht so viel Erfahrung. Werde erstmal 30, mein Freund. Dann sieht die Welt schon ganz anders aus.«

»So?« Ash war belustigt, obwohl er noch an Shivans Vortrag herumkaute. Er fand viele seiner Aussagen schwer verdaulich.

»Papperlapapp.« Ix wurde ungeduldig. »Worum geht´s dir denn jetzt, Shivan?«

»Ich will Kriegerschulen eröffnen«, erklärte dieser und hob die Hand, um ihre Einwürfe abzuwehren. »Nein, nein. Nicht nur kleine Schulen. Ich will die Kriegskunst mit einem Verhaltenskodex verbinden, so wie Ash und ich es ja schon aus Dan Dered kennen. Ein komplexes System, und das möchte ich über Isrogant verbreiten. Als Alternative für all die Krieger, die unterwegs sind. Ein Ort, sich anzudocken, ein Ziel, um es anzustreben. So wie die alten Adjagaren.«

Ix lachte laut auf, und auch Ash musste schmunzeln. »Klar«, sagte er ironisch.

»Ach, lacht ihr nur.« Shivan schien ihre Reaktion nicht übel zu nehmen. Er grinste selbst ein wenig. »Ich weiß ja, dass das zu hoch gegriffen ist. Noch.«

Er lehnte sich nach vorne, fing ihre Aufmerksamkeit mit seinen funkelnden Augen.

»Aber ganz ehrlich: Kampflos überlasse ich den Kirchenfatzken das Feld nicht. Da draußen sind viele sehr, sehr gute Leute, unterwegs auf den Straßen des alten Adjagard, oder in Diensten oft unfähiger Könige, Herzöge und anderer Fürsten. Ich will ihnen etwas bieten, eine wertvolle Zukunft, eine Chance!« Er breitete die Arme aus, dann fügte er mit diabolischem Grinsen hinzu: »Und ich will stinkreich werden. An Geld und Einfluss. Stinkreich, das sage ich euch!«

Wieder lachten die beiden anderen, aber diesmal ohne Häme, sondern fröhlich.

Das war Shivan Germont, wie sie ihn kannten: Großspurig, übertrieben, sprühend vor Ideen und voller Ehrgeiz. Er fiel in ihr Gelächter ein, und eine Zeit lang hallte das Gasthaus wieder von ihrer Fröhlichkeit, bis es sich schließlich in sehr unkriegerisches Gegickel auflöste.

»Super, Shivan«, keuchte Ix. »Du bist der Größte, wirklich. Nix kleine Sachen. Gleich der Kirche willst du Konkurrenz machen und die Adjagaren neu gründen.«

»Naja«, sagte Shivan. »Ich hab nicht gesagt, dass ich Kaiser werden möchte. Nur stinkreich. Und euch nehme ich gerne mit dabei. Ich brauche noch gute Krieger, herausragende Lehrer, und da ich selbst nicht mehr reisen kann, brauche ich auch Leute, die unterwegs sind, neue Ordensmitglieder werben und neue Schulen begründen.«

Es lag nichts Lustiges mehr in seiner Stimme.

»Du meinst das wirklich ernst«, stellte Ash fest. Er war fasziniert.

»Todernst«, bestätigte Shivan. »Es wird funktionieren, und es ist sinnvoll.«

»Na, ich weiß nicht.« Ix klang mehr als zweifelnd.

»Ich auch nicht«, meinte Ash. »Aber ich will darüber nachdenken, das klingt nicht völlig verkehrt. Wie soll das Ganze heißen?«

Shivan zuckte die Achseln. »Ich dachte an Ai`ridjam«, sagte er.

Ix schaute verständnislos, weil er die Sprache Dan Dereds nicht verstand, aber Ash kniff ein Auge zusammen und sagte ungläubig: »Legendenkrieger? Ai´ridjam? Na, da müssten wir aber noch mal drüber diskutieren.«

Shivan hatte nur das gehört, was für ihn interessant war. »Wir!« rief er erfreut. »Natürlich können *wir* darüber diskutieren, Ash!«

Das brachte Ash ebenso wie Ix wieder zum lachen.

»Shivan, du bist wirklich der Alte geblieben«, sagte Ash.

»Plus zwanzig Kilo«, fügte Ix hinzu.

»Blablabla«, Shivan hob die Hand, um den Kellner zu ordern. »Von jemandem, der noch nicht mal richtig mittrinkt, lass ich mich doch nicht ärgern. Heben wir jetzt einen, oder was?«

Das taten sie. Die Stunden verflogen mit dem Austauschen alter Erinnerungen und neuer Erlebnisse. Als sie sich am späten Abend von Shivan verabschiedeten, blieb Ix noch kurz stehen. »Sag mal, Ash - nimmst du ihm das wirklich ab mit seinen Legendenkriegerschulen?«

Ash dachte kurz nach. Sein Kopf drehte sich, Alkohol war wohl nicht die beste Grundlage für schwierige Entscheidungen. Dann nickte er. »Ich glaube, da ist was dran. Ich denke da ernsthaft drüber nach. Wir wollten sowieso hier weg. Warum nicht Shivan mit seiner Idee unterstützen?«

»Jajaja.« Ix kratzte sich am Kinn. »Aber der Name, der geht gar nicht. Wie wäre es denn mit etwas mehr pragmatischem? Was heißt denn ´immer weiter lernen´ in der Sprache Dan Dereds?«

»Fortwährendes Lernen«, sagte Ash. »She-Bashi. Klingt nicht schlecht. Ich werde es ihm vorschlagen.«

***

Der Friedhof war ein voller Erfolg. Ash hätte selbst nicht damit gerechnet, aber alles, was er an Gutem über den Ort bislang gehört hatte, wurde bestätigt: In allen drei Teilen des riesigen Geländes gab es nicht nur wunderschöne Natur und eine warme Atmosphäre, sondern auch viel zu entdecken.

Staunend wanderten sie durch die Gräberreihen der drei Friedhofsareale *Vorflut*, *Nachflut* und *Namenlos*, wie die Bürger von Maiins sie nannten.

Vieles erinnerte hier an die Zeiten Adjagards, und die Grabinschriften in *Nachflut* zeugten von der wieder erstarkten nationalen Identität des Wüstenreiches, was bei Djamila viele Fragen weckte, die Ash in den meisten Fällen nicht beantworten konnte. Zu wenig war er mit der Geschichte Ga Ta Ciens vertraut.

»Ist es nicht faszinierend, wie die Vergangenheit die Gegenwart bestimmt?« bemerkte sie. »Und wie eines zum anderen führt? Alles, was heute ist, hat Linien in die Vergangenheit.«

»Ich wusste gar nicht, dass du dich so für Historie interessierst.«

»Muss ich ja. Das wichtigste Unterrichtsfach, in dem junge Adlige gedrillt werden. Ist das anderswo anders?«

Ash dachte darüber nach. »Ich bin mir nicht sicher. In meiner Ausbildung hat Geschichte nur eine kleine Rolle gespielt. Ich hatte dafür viel mit Geographie und noch mehr mit kaufmännischen Fähigkeiten zu schaffen.«

»Du bist auch nicht adlig.«

»Nein, ich bin vollkommen bürgerlich. Auch wenn man das in Ciena vielleicht anders sehen würde. Wir haben keinen Adel, nur Patrizier.«

»Und dazu gehört deine Familie?«

»Ja.« Ash blieb stehen und zeigte auf eine eindrucksvolle Krypta. »Auch meine Familie hat ein solches Grabmal auf dem zentralen Friedhof von Ciena. Nur dass die Stadt von der Flut kaum betroffen war. Ist also alles noch so, wie es schon vor Jahrhunderten war.«

Ihre Augen glitzerten. »Ist das nicht toll?«

»Weiß nicht.« Ash betrachtete die verwitterten Inschriften der Krypta. »Ja und Nein. Der Weg der Gooregans war immer klar vorgezeichnet, weißt du? Es war nicht leicht, da auszubrechen.«

»Aber jetzt bist du hier.«

»Jetzt bin ich hier.«

»Und gehst du wieder weg?«

Er seufzte. Etwas verzweifelt suchte er in ihrer Frage nach einer Botschaft, etwas wie: »Bleib doch hier, ich hätte das gerne.« Aber wenn er ehrlich zu sich selbst war, hatte sie davon nichts gesagt.

»Ich habe gestern ein interessantes Angebot bekommen«, gestand er.

»Ah«, machte sie. »Das ist traurig.« Sie zupfte ein paar Grashalme und wickelte sie um ihren Finger. »Weißt du, auch wenn er es vielleicht nicht so gesagt hat... mein Onkel würde euch beide und eure Arbeit sehr vermissen.«

Das machte ihn bitter. »Der Herzog würde uns vermissen?» fragte er. »Der Herzog? Wirklich?«

»Ja natürlich!« Sie schaute verletzt, als frage sie sich, was sie jetzt falsch gemacht hatte. »Ist das verkehrt?«

Er warf theatralisch die Arme nach oben. »Djami, ich will nicht hören, dass dein Onkel mich vermisst! Ich will wissen, wie DU das siehst!« Er bremste sich, ließ die Arme fallen, sah sie verzeihend an. »Entschuldige.«

»Nein, ist ja gut.« Sie warf die Grashalme weg, zupfte neue. »Ich weiß das ja. Wir haben uns geküsst, und... ich weiß nicht.«

»Du weißt nicht.«

»Nein, wirklich. Du scheinst da irgendwie... eine Menge Gefühl reinzustecken. Das macht mir etwas Angst.« Ihre Stimme war ganz leise geworden.

»Angst?« fragte er fassungslos. »Ich mache dir Angst?«

»Ja... Nein... Du nicht.« Ihr Blick traf ihn mit Wucht, sie war plötzlich wütend. »Ich weiß nicht, was ich damit anfangen soll. Du willst irgend etwas von mir, aber du bist so gut wie schon wieder weg, und dann bist du so.... alt... und dann dieser eindrucksvolle Krieger, vor dem alle Ehrfurcht haben... und überhaupt. Ich kann gar nicht entscheiden, was ich fühle. Entweder ich halte Abstand, dann vermisse ich dich, oder ich komme näher, dann frisst du mich mit Haut und Haaren. Aber so richtig da für mich bist du nicht.«

»Natürlich bin ich für dich da!« rief Ash.

»Ach ja?« antwortete sie heftig. »Irgendwo in einem anderen Land, auf einem fernen Meer? Wie willst denn du für mich da sein? Du bist nicht einmal adlig, vermutlich würde mir niemand eine Verbindung mit dir gestatten!«

Er ließ sich auf einen Grabstein fallen und schaute sie verblüfft an. »Also da liegt der Hase im Pfeffer?« fragte er.

»Nein, das tut er nicht«, erwiderte sie. »Ich hab dir gerade gesagt, was los ist, und du hörst nur den letzten Satz! Was willst du denn überhaupt von mir?«

Erschrocken bemerkte er, dass er diese Frage tatsächlich gar nicht beantworten konnte. »Du hast Recht«, gestand er. »Ich müsste mich wohl entscheiden, hierzubleiben. Dann wäre manches für dich einfacher.«

»Versprechen kann ich dir nichts«, sagte sie schnell. »Weißt du, du bist wirklich ziemlich viel älter, und ich kann auch nicht alles selbst entscheiden... immerhin gehöre ich zur Familie des Herzogs.«

Die Hochnäsigkeit, mit der sie das sagte, stieß ihm unangenehm auf, aber er wollte lieber nichts dazu sagen. Nicht jetzt. In seinem Kopf drehte sich alles, und er wusste nicht, ob er dieses Gespräch nun positiv oder negativ finden sollte... nur eines war klar: Es würde seine Entscheidung, Ga Ta Cien zu verlassen, schwieriger machen.

Ein Rascheln unterbrach sie, dann erschien die Gestalt eines alten Mannes hinter den Grabsteinen. »Guten Tag«, grüßte er freundlich.

Ash nickte ebenso freundlich zurück. »Seid gegrüßt«, erwiderte er.

Der Mann wirkte sympathisch - sonnengegerbte Haut, unzählige Runzeln, Arbeiterhände, ein freundliches, onkelhaftes Lächeln, das gewaltige Zahnlücken enthüllte.

Ash hatte eine Vermutung, um wen es sich handelte: Der Gärtner des Friedhofs war weithin berühmt in Maiins, weil er Besucher freundlich willkommen hieß, jeden Zentimeter des Geländes kannte und gerne Geschichten erzählen.

Manch einer hielt ihn für furchterregend: Er sei ein Untoter, der schon seit Jahrhunderten auf diesem Gelände umginge.

Für Ash sah er nicht so aus. Ganz im Gegenteil: Er war fröhlich und zuvorkommend. Mit seinem Erscheinen klärte sich ganz plötzlich die Luft um sie herum. Er brachte eine Pause von den komplizierten Gedanken der letzten Minuten, einen willkommenen Ausweg aus einer quälenden Sackgasse.

Doch Djamila sah das anders. In ihrer Stimme lag alle Arroganz der Hofdame, als sie fragte: »Was willst du?«

Der alte Mann blieb freundlich: »Man nennt mich Louis, den Gärtner. Ich arbeite seit vielen Jahren hier, im Auftrag des Herzogs. Neuankömmlinge begrüße ich gerne persönlich, falls sie Fragen haben.«

Djamila runzelte leicht die Stirn und musterte Louis von oben bis unten. »Haben wir nicht. Keine Fragen. Siehst du nicht, dass du ein Gespräch störst?«

Die rüde Ansprache schien den alten Mann nicht zu stören. Mit einem Lächeln und einer angedeuteten schiefen Verbeugung sagte er: »Dann bitte ich vielmals um Verzeihung. Die meisten Besucher freuen sich, wenn sie jemand herumführt.«

Er nickte auch Ash freundlich zu, bevor er zwischen den Grabsteinen verschwand. »Vielen Dank«, rief dieser ihm noch nach und wurde mit einem kurzen Winken der Hand dafür belohnt.

»Ich hasse es, wenn Bedienstete so instinktlos stören«, sagte Djamila. Ihr Tonfall war zickig, ihre Körperhaltung ablehnend. Ash wusste nicht, was er dazu sagen sollte.

»Lass uns nach Hause gehen«, schlug er vor. »Du hast mir viel zu denken gegeben, ich glaube, damit muss ich ein bisschen alleine sein.«

»Ist gut«, entgegnete sie. Plötzlich klang ihre Stimme wieder sanft und warm. Es schien, sie hatte den Gärtner verscheucht wie andere Menschen eine Fliege. Er hatte sie gar nicht berührt.

Auch das gab ihm zu denken. Die Adligen an den vielen Höfen Isrogants dachten anders als er, und daran hatten auch die vielen Jahre nichts geändert, die er selbst in diesen Umgebungen verbracht hatte.

Sie verwirrte ihn, indem sie ihm zum Abschied einen kurzen Kuss auf die Lippen drückte.

***

Ash schlief schlecht in der folgenden Nacht. Er fühlte sich, als sei er aus einem verworrenen Traum erwacht. Sein Blick auf die letzten Monate war mit einem Mal klarer, und er gestand sich ein, dass er keine besonders gute Figur gemacht hatte als verknallter Jungspund.

Was genau hatte er eigentlich erwartet?

Übermüdet und deprimiert bewegte er sich in die Übungshalle und stellte fest, dass dort niemand seine Hilfe benötigte. Ix und er hatten hart daran gearbeitet, sich überflüssig zu machen, und zumindest im

Augenblick war das gelungen. Alle Anwesenden widmeten sich ihrem Training oder arbeiteten in Übungskämpfen miteinander.

In einer Ecke war Mynia mit Kräftigung und Gymnastik beschäftigt. Er grüßte sie freundlich, bemüht, sich nichts von seiner Stimmung anmerken zu lassen. Hier wussten ohnehin zuviele von seiner Schwäche für Djamila.

Mit einer fahrigen Bewegung löste er seinen Schwertgurt und ließ die Klinge aus der Scheide fahren. Fließend begann er mit den ersten Übungen seines Aufwärmprogramms, arbeitete sich langsam zur Form vor. Seine Glieder lockerten sich, und mit ihnen sein Geist. Er fühlte sich besser.

Mit gesteigertem Tempo versank er in seinen Übungen und bemerkte nichts mehr von dem, was um ihn herum geschah. Beruhigt und zuhause in sich selbst.

Erst mit dem Ende seiner Formenübung sah er auf und stellte fest, dass Mynia zu ihm herübergekommen war.

»Gut, Meister«, sagte sie.

Er lächelte. »Danke für das Lob.« Sie hatte sich so etwas noch niemals herausgenommen.

»Danke?« fragte sie, und ihre Stimme klang überrascht.

Im hinteren Teil der Halle rumpelte es vernehmlich. Beide sahen gleichzeitig hinüber. Einem der Schüler war das Schwert entglitten und mit lautem Geschepper auf den Holzboden gefallen, unmittelbar gefolgt von seinem Schild, das sein Trainingspartner ihm gleich danach aus der Hand gewischt hatte. Unachtsamkeit zog Strafe nach sich. Ash wusste das, er hatte sich dieser Sünde oft genug schuldig gemacht.

»Ich muss mit dir reden«, sagte Mynia, und er wandte seinen Blick zurück zu ihr.

»Gut«, sagte er langsam. Wartete, dass sie zu sprechen begann.

Sie schüttelte den Kopf. »Nicht hier«, meinte sie. »Komm mit, ich lade dich auf einen Kaffee ein.«

»Hör mal«, antwortete Ash, »ich wollte noch ein bisschen üben.«

»Ach was«, machte sie. »Du siehst nicht aus, als wolltest du wirklich trainieren. Aber ich will wirklich sprechen. Und ich glaube, du auch.«

Ash sah nachdenklich auf den Boden. Holzbohlen, glattgewetzt von vielen Füßen, mit Scharten und kleinen Rissen von den vielen Schwertern, Lanzen und Stöcken, die im Laufe der letzten Jahre auf ihnen gelandet waren. Wie viele solcher Holzböden hatte er schon gesehen? An wie vielen Orten in Isrogant?

»Gut«, sagte er. »Ich komme mit. Ich hoffe, du hast guten Kaffee.«

Und, mit einem Anflug von Lachen: »Die werden sich alle sonstwas denken, wenn ich kaum übe, und dann mit dir verschwinde.«

Mynia lachte nicht mit. »Glaub mir, Meister, die denken sowieso alle sonstwas. Schon lange.«

Ash folgte ihr aus der Halle.

***

Die Straßen waren dunkel, die Temperaturen gefallen, Herbst lag in der Luft. Auf unbestimmte Art machte ihn das traurig - und er wurde noch me–lancholischer, als sie am Haus von Mynias Eltern ankamen, das nur wenige Straßen von der Halle entfernt lag.

Wie seltsam, dass Mynia sich kaum von ihrem Elternhaus entfernt und doch einen so weiten Weg in ihrem Leben zurückgelegt hatte. War das möglich? Hatte er selbst nicht Tausende von Meilen reisen müssen auf seiner Suche nach... was?

Mynia schloß die Tür auf. Ash schaute zu, wie sie mit geschickten Griffen die Verriegelung löste. Ihr Schwert kam ihr in den Weg, und sie schob es beiläufig mit der Hand zurück. Mit fast der gleichen Bewegung strich sie eine Falte ihrer Jacke glatt. Er war fasziniert, wie betörend fraulich und gleichzeitig kraftvoll sie bei all dem wirkte. Ihm gefiel, wie stark sie war, ohne Brachialität. Frei von der rüden Härte, die männliche Krieger so gerne an den Tag legten, aber unbestreitbar kraftvoll.

Die Tür öffnete sich mit einem leisen Quietschen und gab den Blick frei auf einen gemütlichen Flur. Ein Sessel stand in diesem Vorraum, eine Garderobe und ein Regal, in dem sich Bücher stapelten.

»Herein in die gute Stube«, sagte Mynia. Das klang sehr bürgerlich, so normal und beruhigend, dass er es nicht mit ihr verbinden konnte. Für ihn war sie bislang eine ambitionierte Soldatin gewesen. Und eine recht aufregende Liebhaberin.

Solche Momente hatte er mit Djamila niemals erlebt. Bei aller theatralischen Leidenschaft, die er für sie empfand: Enttäuschte Hoffnungen und träumerisch-fiebrige Begegnungen waren häufiger gewesen als echte Nähe. Nicht körperlich, und auch nicht seelisch.

Ein Kuss am Strand. Er fühlte sich töricht. Wie sehr hatte er sich zum Narren gemacht? Und noch immer ließ der Gedanke an sie sein Herz schneller schlagen.

»Hey, komm rein«, wiederholte Mynia, ihre Stimme sanft. Mit einem leichten Kopfschütteln erwachte er aus seinen Gedanken.

»Entschuldige«, murmelte er.

»Kein Problem, starker Mann.«

Ein wenig Spott.

Leise folgte er ihr, durch eine weitere Tür in ein warmes Wohnzimmer, sehr wohnlich mit Möbeln aus Holz, die nach liebevoller Handarbeit aussahen.

»Wer hat die gemacht?« fragte er, und ließ seine Hand über einen der Stühle gleiten.

»Mein Vater«, antwortete sie. »Du wirst ihn leider nicht kennenlernen, er ist gestorben.«

»Das tut mir leid.«

»Och, es ist schon lange her.« Sie verschwand durch einen Vorhang im hinteren Teil des Raumes. »Meine Mutter ist auch nicht da«, rief sie über die Schulter zurück. »Sie hat irgendein Treffen mit Freundinnen. Das ist ihr immer sehr wichtig. Es wird spät werden, denke ich.«

»Gut«, meinte er und ließ die intensive Ausstrahlung von Heimat und Wärme auf sich wirken, die er in seinem eigenen Leben oft vermisste.

Allerdings hatte er auch alles getan, sich genau das vom Leib zu halten. Seine Heimat war immer dort gewesen, wo er sich gerade aufhielt. Was darüber hinaus ging, gab ihm schnell das Gefühl, eingesperrt zu sein.

Unwillkürlich tastete seine Hand nach dem Griff seines Schwertes. Sein wichtigster Besitz. Was hatte er sonst, was er nicht sofort hinter sich lassen und vergessen konnte?

Mynia kam zurück, mit zwei Bechern eines heißen Getränkes, von dem sie ihm einen reichte.

»Was ist das?« fragte er und schnupperte.

»Met«, entgegnete sie. »Etwas nordländisches. Aber sehr lecker.« Sie trank einen Schluck. »Süß«, sagte sie. Und dann, sehr unvermittelt: »Setz dich.«

Er gehorchte ohne Zögern und wunderte sich erst darüber, als er schon saß. Auf einem der Stühle, die ihr Vater mit seinen eigenen Händen gebaut hatte. Sie zog sich ebenfalls einen heran und setzte sich ihm gegenüber. Umgekehrt, mit der Lehne des Stuhls zwischen den Beinen.

»Warum tust du das?« fragte sie.

Er schaute überrascht. »Was?«

Sie nahm noch einen Schluck, stellte ihren Becher ab, verschränkte die Hände auf der Stuhllehne, legte ihren Kopf darauf und erwiderte seinen Blick.

»Das mit Djamila dei Liulan. Kaum sind wir wieder hier in Maiins, fängt das Techtelmechtel wieder an.«

Er sagte nichts.

»Wir alle fragen uns mittlerweile, warum du dir das antust. Niemand sonst würde dich behandeln wie sie.«

Ash schluckte. »Ich weiß nicht, ob dich das etwas angeht.«

»Hmmm«, machte sie. »Ich auch nicht. Aber Tatsache ist, dass es jemanden gibt, der dich respektlos behandelt wie das von uns keiner wagen würde. Auch wenn die Kleine nicht wirklich zu unserem Stall gehört - solange sie in der Halle herumläuft, stört es den Frieden und färbt auf die Truppe ab.«

»Quatsch.«

»Nein, nicht Quatsch. Sie untergräbt deine Autorität. Sie respektiert dich nicht.«

»Aber ich respektiere sie.«

»Das merkt man aber auch nicht. Es scheint, dass du einen Kampf mit ihr austrägst. Es ist nur nicht klar, welchen.«

Ash schloss die Augen und dachte nach. Was für ein fürchterlicher Augenblick. »Flut und Feuer!« fluchte er, stellte den Becher auf den Tisch und starrte eine Weile vor sich hin. Mit einem tiefen Seufzer sagte er schließlich: »Ich habe mich wohl etwas verliebt.«

Sie schwiegen. Mynia griff nach ihrem Becher.

»Schön«, sagte sie. »Und sie weiß das?«

Er nickte.

»Und? Was sagt sie dazu?«

Er hob die Schultern. »Es ist alles sehr kompliziert. Ich bin wohl nicht unbedingt ein Traummann für sie.«

»Na sowas.«

Das entlockte ihm ein bitteres Grinsen.

»Mach dich gefälligst nicht lustig über mich. Mir ist schon klar, dass ich nicht einer von den Typen bin, die jede Frau haben können.«

Mynia spitzte die Lippen. »Och, ich weiß nicht. Du bist klasse. Beeindruckend. Gut, du spinnst manchmal, du bist oft ziemlich launisch und ein arger Schinder... Manchmal fehlt dir ein bisschen Sensibilität, dass nicht jeder dein Talent mitbringt und deinen Intellekt... Außerdem bist du immer irgendwie auf der Flucht, aber sonst...«

Ash verschlug es die Sprache. »Das wird jetzt aber eine Generalabrechnung«, warf er matt ein.

»Manchmal bist du auch noch empfindlich«, entgegnete Mynia trocken.

»Touché«, grinste Ash.

»Also. Will sie dich nicht?«

»Ich weiß es nicht«, antwortete er, ratlos. »Und ich denke, sie weiß es auch nicht.«

»Nutzt sie dich aus?«

Ash machte eine abwehrende Handbewegung. »Wozu denn?« Er rieb sich die Augen. »Ist alles ein bisschen verworren. Sie ist ja nicht irgendwer, und auch noch viel jünger als ich. Eine Affäre mit ihr könnte ich mir kaum leisten. Ist aber auch nicht das, was ich will.«

Sein Redefluss stockte.

Mynia wartete.

Ash schwenkte seinen Becher hin und her, beobachtete, wie die Flüssigkeit hin- und herschwappte.

»Weißt Du«, sagte er leise, »ich denke, ich habe mich ein bisschen verlaufen. Auf der einen Seite denke ich, ich würde alles für sie tun, aber es würde mich wohl unglücklich machen, wenn ich mich für alle Zeiten hier am Hof festbinde. Und dann habe ich auch Zweifel, was sie denn für mich tun würde.«

Mynia nickte und leerte ihr Glas.

»Ich mag sie nicht besonders. Sie kommt mir vor wie eine verwöhnte junge Diva, die ein Spiel mit einem exotischen Diener am Hof ihres Onkels spielt. Aber vielleicht irre ich mich.«

Ash starrte sie betroffen an.

»Vielleicht irre ich mich«, wiederholte sie. »Aber das ist auch egal. Fälle eine Entscheidung und beende das. Es führt nirgendwo hin.«

Ash stellte den Becher auf den Tisch, strich sich mit der Hand über die Haare und atmete tief aus. »Ich habe ehrlich gesagt gedacht, du möchtest über etwas anderes sprechen.«

»Ach ja?« Sie deutete auf den Becher. »Willst du noch was?«

Kopfschüttelnd sagte er: »Nein danke. Ist aber wirklich lecker.«

»Klar! Vieles, was aus anderen Ländern kommt, ist ziemlich lecker.« Sie grinste. »Weißt du, dass unser Ausflug nach Skalorion das erste Mal war, dass ich Ga Ta Cien verlassen habe?«

»Kaum zu glauben. Du wirkst so... weltgewandt.«

»Tue ich das? In Wirklichkeit bin ich hier total festgebunden.« Ihre Hand beschrieb einen weiten Bogen durch den Raum. »Ich mag das alles, und ich hab mich immer um meine Mutter gekümmert, seit mein alter Herr gestorben ist... aber ich will hier nicht für immer bleiben, und ich will auch nicht heiraten oder sonst einen Unsinn, den andere junge Leute machen, um zu Hause rauszukommen.«

Ash nickte. »Bist doch auf dem richtigen Weg«, sagte er, froh, dass das Gespräch diese Wendung nahm und er sich von den Gedanken an Djamila verabschieden konnte. »Die Elitegarde des Herzogs, das ist eine ziemliche Karriere!«

»Ja, ich habe ein bisschen Talent, oder?«

»Das kann man so sagen.«

Sie stand auf, verschwand im Nebenraum und kam mit einem neuen Glas Met zurück. Schwungvoll setzte sie sich wieder auf ihren Stuhl, nahm einen Schluck, schaute ihn an. »Wann wirst du verschwinden hier?«

»Wie meinst Du?« fragte er, schon wieder überrumpelt.

»Erzähl mir doch nichts. Ihr seid auf dem Absprung, Ix und du. Und dass euch dieser dicke Mann besucht hat, gestern, das ist doch auch kein Zufall, oder?«

»Der dicke Mann!« rief Ash aus und begann zu lachen. »Das ist gut! Shivan Germont, der dicke Mann!«

Sie wirkte ein bisschen beleidigt ob seiner Reaktion. »Woher kennst du ihn? Ist das kein alter Gefährte von früher?«

Er wischte sich eine Lachträne aus dem Augenwinkel. »Doch doch«, sagte er. »Aber damals war er weniger dick. Du hättest Ix hören sollen, wie er ihn den ganzen Abend aufgezogen hat. Aber du hast Recht. Shivan Germont ist ein alter Kumpel. Und er war tatsächlich hier, um uns abzuwerben.«

»Wohin wird es gehen?« Ihr Interesse war geweckt.

»Das ist das Beste, Mynia: Überall hin. Shivan hat große Pläne. Und er braucht gute Krieger.« Er biss sich auf die Zunge. »Mynia, willst du wirklich weg von hier?«

»Ja!« bekräftigte sie. »Nichts sehnlicher als das! Ash, ich war auch in Skalorion. Meinst du, ich habe nicht mitbekommen, wie unsere eigenen Truppen dort hausen?«

»In Ordnung, habe ich verstanden.« Ash zeigte auf den Becher. »Gib mir doch noch einen davon. Und dann will ich nach Hause, sei mir nicht böse.«

»Gut«, sagte sie und verschwand in der Küche. Gemeinsam tranken sie. Dann verließ er das warme Wohnzimmer, ging schnell durch den heimeligen Flur, hinaus auf die ausgesprochen ungemütliche Straße, wo es jetzt zu regnen begonnen hatte. Zu spät, noch zurück in die Übungshalle zu gehen.

***

Wenig später klopfte er an die Tür von Shivan Germonts Hotelzimmer. Der alte Freund öffnete sie schwungvoll, und als er Ash sah, trat er sofort zur Seite.

»Herein mit dir!« sagte er aufgeräumt. »Schön, dich zu sehen! Wie war dein Tag?«

»Anstrengend«, antwortete Ash wahrheitsgemäß. »Aber ergebnisreich.«

Er trat ein, nahm die Atmosphäre des Raumes in sich auf, den Shivan auf geheimnisvolle Weise mit seiner Energie gefüllt hatte. Vielleicht lag es an den überall herumliegenden Kleidungs- und Ausrüstungsstücken, vielleicht auch an den vielen Papieren auf dem Schreibtisch. Auf einen Pferderücken passte all das nicht, leichtes Reisegepäck sah anders aus.

»Erzähl mir von deinen Ergebnissen!« Shivan schloss die Tür und schaute erwartungsvoll.

Ash atmete tief durch. »Ich bin dabei«, erklärte er dann. »Mir gefällt deine Idee, auch wenn sie mir noch ein bisschen wild vorkommt.«

»Ja! Gute Ideen sind immer etwas wild am Anfang, meinst du nicht?«

»Kann gut sein. Dann ist die hier eine sehr gute Idee.«

Ash grinste. Shivan auch.

»Ach, ich bringe noch eine Schülerin mit«, fügte Ash hinzu. »Du sagtest ja, du suchst viele gute Leute.«

»Großartig!« Shivan wirkte so energiegeladen, dass es ein Wunder war, dass er nicht durch den Raum hüpfte, sondern nur die Hand ausstreckte.

Ash ergriff sie und erweiterte den Handschlag zu einer freundschaftlichen Umarmung. Dann klopfte er dem Freund auf die Schulter. »Gut, gut. Das alles hat mich heute mehr erschöpft als unsere Flucht aus dem Reich der Elf Großen Stadtstaaten«, gab er zu. »Ich gehe jetzt ins Bett. Und morgen kläre ich meine Sachen hier.«

Zustimmendes Nicken. »Ich habe auch noch ein bisschen was zu tun. Geh schlafen, Alter. Wir sprechen morgen.«

Ash war schon fast aus der Tür, als er hinzufügte: »Das wird großartig, du wirst sehen!«

»Davon bin ich überzeugt.« Ash schloss die Tür und wanderte langsam den Gang hinunter. Aus einem Fenster warf er einen Blick auf Ga Ta Cien, sah die ewigen Flammen einiger Kirchen und in der Ferne die Silhouette von Zippadaidai gegen den Sonnenuntergang.

»Großartig«, flüsterte er.

Kapitel 8: Die Zauberin

In Maiins, Hauptstadt von Ga Ta Cien. 14 Jahre später.

Es war ein strahlender Tag, an dem Alica schließlich zurück wanderte in die Stadt Maiins, völlig entspannt, die Pfeife zwischen ihren Lippen. Wenn die Träume der Ersten Offenbarung so intensiv gewesen waren wie ihre letzten voller Erinnerungen an längst vergangene Zeiten und Persönlichkeiten – dann war sie nicht überrascht, dass sie zur Gründung der Ius Adjagard geführt hatten und die Kraft entfaltet hatten, das Imperium tausend Jahre zu erhalten.

Die Leute starrten ihr nach, als sie kleine Glöckchen aus ihrem Mund blies, die klingende Musik machten. Einige Kinder folgten ihr, fasziniert von der magischen Pfeife. Aus den Augenwinkeln sah sie, wie Erwachsene den Kopf schüttelten, missbilligend ob ihrer scheinbar magischen Kunststückchen, die sie als einen Angriff sahen auf den Einen Gott und seine natürlichen Regeln.

Sie hätte vorsichtiger sein sollen, zurückhaltender, weiser, wie es sich für eine Frau mit ihrer Ausbildung geziemte. Doch ihre gute Laune, vermischt mit der Melancholie, die sich mit Louis´ Tod verband, machte sie übermütig. Die Pfeife gab ihr das Gefühl, dass der alte Mann jeden Moment aus einer Ecke treten konnte, um ihr Anleitung zu geben wie ein Vorfahr, den sie niemals gehabt hatte.

Ihr unbekümmertes Auftreten sorgte für Aufsehen auch bei einem Mann, der an einer Straßenecke stand, wie er es gerne zu tun pflegte. Ein selbstbewusster, großspuriger Held seines Viertels, wie ihn

manche große Stadt hervorbrachte. Mit gierigen Augen musterte er
die Frau, die an ihm vorbeischritt wie eine Königin. Sorglos trug sie
zur Schau, dass sie zu jener geheimnisvollen Minderheit gehörte, die
man nur noch selten in Straßen der Wüstenstädte Ga Ta Ciens traf.
Eine Magierin, ohne Zweifel, dazu musste man gar nicht den kleinen
Kristall bemerken, der an einer Kette auf ihrer Brust hing, nicht die
traditionelle Kleidung, nicht die Tiefe der dunklen Augen. Sie zog
selbst alle Aufmerksamkeit auf sich, indem sie aus einer kleinen Pfeife
Rauch in den absonderlichsten Formen ausstieß.

Er sah die unglaubliche Chance, die sich ihm bot, die Herausforderung, sie zu erobern. Das war so viel besser als die üblichen
Abenteuer mit den zerbrechlichen, belanglosen Mädchen, die er
bislang verführt hatte. Gar nicht zu reden von den Huren, die für ihre
Dienste Entlohnung forderten, obwohl er fest davon überzeugt war,
dass er ihnen Dinge gab, wie andere Männer sie nicht zu bieten
hatten.

Sein Entschluss stand fest: Diese Frau hier wollte er ausprobieren.
Sie war stark, das konnte er sehen, und er mochte den Gedanken,
diese Energie zu bezwingen, sie zu kontrollieren.

Bei ihm standen zwei Kumpane – solche, die ihn bewunderten,
weil er stark und überlegen war, und hassten, aus denselben Gründen.
Schwächlinge, Idioten, Hunde in seinen Augen, und doch gute
Kameraden. Er winkte einen der beiden heran, mit lässiger
Handbewegung, und beugte sich zu ihm.

»Die dort. Ich will sie haben. Hol sie mir«, sagte er.

Der Mann nickte und zog seinen Freund am Ärmel.

***

Ebenso unbemerkt von Alica näherte sich auf der anderen Seite der
Straße ein junger Stadtgardist, in Gedanken versunken, bis er auf den
Trubel rund um ihre Person aufmerksam wurde.

Seine Kameraden nannten ihn Shield, weil er im Kampf von Mann
zu Mann besser parierte als angriff, und sie benutzten das dronische
Wort, weil er einst eine kleine Geschichte mit einem Mädchen aus
Droni gehabt hatte. Mit der Situation war er überfordert.

Er spürte, dass hier Aktivität von ihm verlangt wurde, aber genau
das war nicht seine Stärke: Sein Leben lang war er zurückhaltend
gewesen, und wenn nötig, hatte er sich verteidigt. Nicht zuletzt
deswegen hatte er sich der Stadtgarde angeschlossen. Die dem
Herzog von Maiins verpflichtete Truppe war ein Schutzschild für die

Stadt, und die stramme Hierarchie nahm Shield eigene Entscheidungen ab.

Doch jetzt war er alleine.

Die Frau mit der Pfeife blies jetzt Rauchvögel, die flatterten und sich verteilten, und die Kinder rundherum lachten und versuchten, die Vögel zu fangen.

Shield fragte sich, ob es sich hierbei um eine illegale, unbesteuerte Straßenvorstellung handelte, oder um eine Blasphemie gegenüber dem Einen Gott. Bei letzterem war er gar nicht sicher, ob und wie das geahndet werden müsste. Zum Glück gab es dafür Gerichte, so dass er mit einer reinen Festnahme vermutlich seine Pflicht erfüllen konnte.

Er blieb unsicher. So viele Menschen. Und er war alleine.

***

Später erinnerte Alica sich nur noch an ihre Überraschung und ein plötzliches Handgemenge. Alles ging sehr schnell, und in ihrer ungewohnt achtlosen Fröhlichkeit sah sie es nicht kommen. Plötzlich waren starke Hände auf ihren Schultern, die sie umgebende Menge wich eilig zurück, noch schneller, als sie erschrocken die Hände hoch riss, nach dem ersten greifend, was ihr einfiel: magische Feuerbälle entstanden auf ihren Handflächen, ein einfacher Zauber, und dennoch wirkungsvoll.

Sie hörte die Schreie des einen der beiden Angreifer, sah, wie er seine Hände vor die verbrannte Hälfte seines Gesichtes hielt.

Ein Stadtgardist tauchte aus dem Nichts auf, mutig genug, einzugreifen, und doch nur im Weg. Er kam ihr in die Quere, als der Zauber in ihren eigenen Händen explodierte.

Zu ihrer völligen Überraschung waren auch ihre Entführer magiekundig. Was sie taten, war so ursprünglich und simpel, dass Alica es nur selten in dieser Form erlebt hatte, und es war kaum Ergebnis der Ausbildung an einer mystischen Schule. Dennoch wirkte es. Ein Kraftfeld formte sich um sie herum, umhüllte sie wie ein Sack, presste sie zusammen und an den hilflosen Gardisten, ihre Arme und Beine zu einem Knäuel verschlungen. Sie wurden zur Seite gezogen, in eine Nebenstraße, während die Zeugen des Geschehens ihnen fassungslos hinterher blickten. Alicas erster Impuls war, sich gegen die Entführung zu wehren. Sie hatte die Kraft dazu, wie sie sehr wohl wusste. Der Zauber der Angreifer war schwach und simpel. Doch dann gewann ihr Verstand die Oberhand.

Sie hatte an diesem Tag genug verbraucht von ihrem kostbaren *glanhír*, der eigentlich gedacht war, sie ein Leben lang zu begleiten. Und sie war auffällig genug geworden mit ihrem gedankenlosen Auftritt in der Stadt. Jetzt bekam sie die Quittung, und die Lösung war nicht, noch mehr Magie zu wirken. Das war ein Kreislauf, den sie nicht hätte beginnen sollen. Es war nicht gut, sich Problemen stets auf so einfache Art und Weise zu entziehen.

Außerdem reizte sie das Abenteuer. Ihre Entführer waren still und zurückhaltend, sie spürte deutlich die Hierarchie unter ihnen, und sie fragte sich, was genau sie bewogen haben mochte, sie so drastisch von offener Straße zu rauben. Das Verhalten erschien ihr seltsam, zumal in einer Stadt wie Maiins, die eigentlich nicht für Straßenkriminalität bekannt war.

Nach kurzer Zeit stoppte ihre Gruppe vor einem Haus, das Alica bekannt vorkam. Das verunsicherte sie zuerst, dann kam die Erkenntnis: Dies war der Ort, an dem Bennus gestorben war. Das Haus, von dem Louis ihr gesagt hatte, dass sie hier Hilfe finden könnte, wann immer sie sie benötigte.

Es schien ihr, dass dies der richtige Zeitpunkt dafür sein könnte.

***

Tobwaan Ri erwachte mit schlechter Laune. Er wälzte sich aus dem Bett, brachte sich in aufrechte Position und atmete tief durch. Er bekam schlecht Luft dieser Tage, was an seinem Übergewicht. Oder an seinem Alter.

Die langen Jahre im Exil, meist unter der Erde der Stadt Maiins, hatten ihm nicht gut getan. Es war nicht das, was er sich als junger Magier erhofft hatte, vor vielen Jahren, bevor man ihn hier in die Unterwelt verbannt hatte, die in magischen Kreisen als Missage bekannt war. Wenn sie überhaupt jemand kannte.

Was früher ein wohl behütetes Geheimnis gewesen war – die Unterwelt Ga Ta Ciens, die mystisch geschützten Katakomben unter der Hauptstadt – war heute vergessen. Tobwaan, dessen Status als Regent von Missage vor Jahrhunderten Grund zum Stolz gewesen wäre, herrschte nun über ein Schattenreich ohne Wert.

Einen nichtsnutzigen Sohn und eine kleine Gruppe von Getreuen, das war alles, was Tobwaan Ri über die Jahre hinweg erreicht hatte. Vor allem der Sohn gab Grund zum Unmut: Er genoss die Position als Erbe von Missage viel zu sehr. Beinahe vierzig Jahre alt, war er eitel genug, nicht einen Tag älter als Neunundzwanzig aussehen zu wollen. Eine Wolke blonden Haars, ein breiter Schnurrbart, in morgendlichen Ritualen geölt und gepflegt, unterstrichen diesen Anspruch. Der Bursche dachte nicht daran, seine Prioritäten zu ändern. Noch immer jagte er nach jungen Frauen, statt eine Familie zu gründen und Verantwortung zu übernehmen. Tobwaan kannte die Gerüchte, die über Grewiph kursierten, nur all zu gut, doch was sollte er daran ändern? Er war zu alt, um neue und bessere Söhne zu machen.

Alt. Ja, Tobwaan fühlte sich tatsächlich alt, auch wenn er wusste, dass er eher erschöpft war als körperlich verbraucht. Er hatte noch viele Jahre vor sich, so oder so.

Mit dicken Fingern rieb er seine Augen, genoss den alt bekannten, stechenden Schmerz, der ihn begleitete, seit er sich vor vielen Jahren auf einen höchst gefährlichen Zauber eingelassen hatte. Ein schwarzmagischer Zauber, verpönt in den Jahruhunderten des Zeitalters der Mystik, vergessen in den Jahrhunderten der Ius Adjagard. Nicht achí, gebündelt und gesammelt aus den Magiewinden durch einen *glanhír*, schuf seine magische Wirkung, sondern die direkte Verbindung von Lebensenergie. Zwei Krähen, von ihm selbst gehätschelt und gepflegt, fütterte er mit einem Teil seines längst erblindeten Augapfels und schuf eine Verbindung, die ihn durch ihre Augen sehen ließ. Es war eine schmerzhafte Prozedur, und Tobwaan brauchte an jedem Morgen die Macht seines eigenen glanhírs, um die trüben Reste seines Auges zu erhalten und die Schmerzen zu lindern. Doch so schrecklich es auch sein mochte, die alte Formel wirkte, und er gewann an jedem Abend, wenn die beiden Krähen zurückkehrte, wertvolle Informationen aus ihren schlichten, aber aufmerksamen Erinnerungen.

Seine Krähen und der konstante Schmerz im rechten Auge gehörten seit Jahrzehnten zu Tobwaans Leben, es war der Preis für seinen Status als Herrscher von Missage. Reue war etwas für Menschen, die keine Träume hatten.

Geräusche im Flur vor seinem Raum unterbrachen seine Gedanken und machten ihn noch missmutiger. Er hörte die selbstbewussten, schweren Schritte, die er auch noch auf dem Totenbett erkennen würde: Es war sein Sohn, der sich dort draußen näherte.

***

Es gab nicht viel natürliches Licht in diesen Gewölben. Die Menschen hier lebten in ewiger Dunkelheit.

Der schweigsame Mann, der ihnen die Tür von Bennus altem Haus geöffnet hatte, führte sie tiefer und tiefer hinein in den Boden, auf schmalen Treppenstufen. Die Fackel, die er trug, war geradezu winzig, doch eine größere hätte auch keinen Platz auf der engen Wendeltreppe gehabt. Alica gab das Zählen der Treppenstufen schnell wieder auf. Es waren zu viele.

Das Kraftfeld, das sie umgeben hatte, löste sich langsam auf. Auch ohne Einsatz von Magie hätte sie es zu diesem Zeitpunkt bereits leicht wieder lösen können, doch sie wollte nach wie vor nicht. Sie war neugierig.

Sie warf einen Blick zu dem Stadtgardisten, der neben ihr herstolperte. Mit ihm stand die Sache anders: Er war noch immer nicht wieder voll bei Bewusstsein, sein Blick war leer, seine Schritte unsicher, und er hatte nicht darum gebeten, hier hineingezogen zu werden.

Aber das war nicht Alicas Sache. Sie hatte niemanden entführt, und derjenige, der es getan hatte, beherrschte alte Magie. Wer über solches Wissen vefügte, sollte im Stande sein, für sein Verhalten die Verantwortung zu übernehmen. Selbst, wenn es bisher schien, als seien ihre Entführer nicht die Hellsten.

In diesem Moment flammte helles Licht auf, so unerwartet, dass sie ihre Augen mit den Händen bedecken musste, um sie zu schützen. Sehr vorsichtig nahm sie sie wieder herunter und wischte sich Haare aus dem Gesicht, um die gewaltige Halle zu mustern, in deren Eingang sie standen. Das blendende Licht hatte seinen Ursprung in der Mitte des Raumes, breitete sich von dort aus und verlor zu den Wänden hin so unvermittelt an Stärke, dass es seltsam verwaschen wirkte. Der Stein an Alicas Halskette erwachte zu plötzlichem, warmen Leben.

»Dein *glanhír* reagiert auf die Gegenwart meines Schatzes, Kindchen«, sagte eine tiefe, zynisch klingende Stimme, die die Luft rundherum spaltete wie eine Axt einen Holzpflock. Doch schon beim nächsten Satz verlor sie ihre Schärfe und klang vor allem müde: »Mein Sohn, warum hast du diese Magierin in deinem Netz?«

Der Sprecher war ein sehr alter Mann am Ende des großen Raumes, dessen Haltung signalisierte, wie sehr er sich gestört fühlte. Sein Haar sah aus wie altes, trockenes Gras, die Sorte, die auch bei starkem Wind nicht brach. Alica bemerkte ein wenig angetrocknetes Blut auf seiner Wange unter einer beeindruckenden Augenklappe. Der Rest seiner Erscheinung schien nur aus wallender Kleidung und bleicher Haut zu bestehen.

Der Sessel, auf dem er saß, hatte etwas von einem Thron, an seinen Fingern prangten dicke Ringe und um seinen Hals hing ein beinahe obszön großer *glanhír* an einer ebenso verschwenderischen, goldenen Kette.

Da sein Sohn nicht gewillt schien, eine Antwort zu geben, war es wieder der alte Mann, der sprach: »Mein Name ist Tobwaan Ri, Mystischer Konsul und der Herr von Missage, der Unterwelt von Maiins. Ich bin mir nicht sicher, ob ich zu wissen brauche, warum mein Sohn Grewiph dich hierher verschleppt hat. Ich weiß nicht einmal, ob ich es wissen will. Aber ich kann sehen, dass es dich nicht viel Mühe kosten würde, deine magischen Fesseln zu lösen und dem Lümmel eine Tracht Prügel zu verpassen. Genau so klar sehe ich, dass der Jüngling neben dir alles andere als ein Zauberer ist.«

Alica nutzte die Gelegenheit und brach aus der magischen Blase, die sie umgab, achtlos aus, als sei sie aus harmlosem Seifenwasser. Der Mann, der sie gehalten hatte, schrak zurück, während der Stadtgardist zu Boden fiel, durch nichts mehr gestützt. Sie warf ihm einen kurzen Blick zu, doch er sah nicht aus, als werde er sich rühren, und so schaute sie weiter zu dem Mann hinter ihr – Grewiph, wie sie jetzt wusste, ein Lümmel, wie ihn sein Vater nannte, und jetzt ganz alleine. Seine beiden Kumpane, die Alica so rüde aus der Menge auf der Straße gerissen hatten, befanden sich auf dem Rückzug aus dem Saal. Mindestens einer von ihnen tat vermutlich gut daran, seine Brandwunden zu versorgen. Sie hatte den Verdacht, dass Grewiph angesicht der unverkennbaren Wut seines Vaters ohnehin später den beiden die Schuld geben würde.

»Ich bin Alica dei Xemotearzx, eine Freundin von Saint Louis«, stellte sie sich vor und trat gleichzeitig einige Schritte nach vorne. Weit genug, um deutlich zu machen, dass sie sich nicht als Gefangene sah, und nicht so weit, dass Tobwaan Ri es als Beleidigung hätte auffassen können.

Jetzt reagierte Grewiph, versuchte, sie am Arm zu fassen und zurück zu ziehen, während er sich erklärte: »Ich habe sie mitgebracht, mein Bett zu wärmen, Vater. Es spielt wohl keine Rolle, wessen Freund sie zu sein vorgibt.«

Er verstummte abrupt, als er dem glühenden Blick seines Vaters begegnete. Sein Gesicht verzog sich zu einem Schmollen, als sei ihm eine Süßigkeit verboten worden.

Der alte Mann musterte Alica, ohne auch nur einmal zu blinzeln, und nickte langsam. »Es ist schwierig hier in Maiins. Da gibt es den Weißen Berg und seine klugscheißerischen Bewohner, dann einige

Akademien rundum und ihre selbstgerechten Studenten, die alles besser wissen und erwarten, dass wir uns ihrem Ratschluss beugen. Und sie alle, jeder einzelne, sind eifrig darauf bedacht, im Verborgenen zu bleiben und die Menschen und ihre Anführer nicht spüren zu lassen, dass es uns noch gibt.« Jetzt blinzelte er doch, und seine Hand wischte über die Augenklappe. »Nur hier, unter der Erde, kann ich meine Position behaupten und selbst die Regeln schreiben. Und das bedeutet, auf meine eigene Art unsichtbar zu bleiben. Ich... und meine Untertanen.«

Wieder heftete sein gesundes Auge sich auf sie. »Schon von daher gleicht es fast einem Wunder, dass du uns gefunden hast, Alica.«

Er hielt inne, und sie wartete, darauf bedacht, ihn nicht zu unterbrechen.

»Eine Freundin von Louis genießt unsere absolute Gastfreundschaft. Ich entschuldige mich in aller Form für meinen Sohn und sein schäbiges Benehmen.«

Er erhob sich aus seinem Sessel, was ihn einiges an Kraft zu kosten schien. Jede seiner Bewegungen wirkte steif und ungelenk. Sein Atem rasselte, als er tief durchatmete und dann laut seufzte.

»Die Luft hier unten ist kalt und dünn. Hier gibt es nicht viel von Wert, doch meine Anhänger sind mir treu geblieben, und so ist es meine Pflicht, sie und ihre Nachkommen zu führen, so gut ich es kann. Wir sind hier schon eine lange Zeit, Mädchen. Der Mangel an Sonne lässt unsere Haut bleich werden, und die schlechte Luft macht unsere Lungen und unsere Herzen schwach.«

Sie hörte die Müdigkeit und die Enttäuschung.

»Wir haben Mäuler zu stopfen, und so gehen einige von uns aus, so oft es eben nötig ist. Zu bestimmten Zeiten und ohne aufzufallen. Wenn nicht einzelne Chaoten die Regeln brechen.«

Sein Blick richtete sich auf Grewiph, der sich duckte, als erwarte er eine Ohrfeige.

»Ich gehe davon aus, junge Lady, dass es nicht Euer Begehr ist, länger als nötig hier bei uns zu verweilen?«

Alica vernahm sehr wohl den Wechsel von der direkten zur formalen Ansprache, die Tobwaan noch unterstützte, indem er sich hoch aufrichtete. Seine eben noch zusammengesunkene Gestalt gewann an Kraft und Majestät, und sie sah den Mann, der er einmal gewesen sein mochte, bevor ihn welches Schicksal auch immer in die Katakomben unter der Stadt verbannte.

»Sohn, führe Lady Alica zu unserem besten Gästezimmer. Und zeig dich von deiner besten Seite, die Lady ist ein hochgeschätzter Gast und eine bessere Zauberin, als du jemals sein wirst.« Er stockte kurz, dann fügte er hinzu: »Und ich denke, du weißt, was mit dem jungen Gardisten zu geschehen hat.«

Damit verschwand er aus dem Raum, plötzlich schnell und behände, so dass Alica keine Gelegenheit mehr hatte, nachzufragen, was genau der Satz über ihren Mitgefangenen bedeutete.

***

Grewiph war verärgert und frustriert, das war deutlich zu spüren, aber er war auch höflich und zurückhaltend. Alica blieb still, während sie durch die Gänge einer verborgenen Unterwelt schritten, die sie niemals hier unten erwartet hätte.

Sie hatte das Gefühl, seine Gedanken lesen zu können. Er hatte Angst nicht nur vor seinem Vater, dessen Erbe er eines Tages antreten wollte, sondern auch vor ihr, die er falsch eingeschätzt hatte.

Zunehmend fühlte auch sie sich jetzt peinlich berührt von ihrem sinnlos-waghalsigen Auftritt in der Stadt, der ihr jetzt albern erschien.

Der Gardist wankte neben ihnen her, noch immer ohnmächtig, auch wenn sein Körper sich gehorsam bewegte. Vielleicht war sein Bewusstsein sogar zurückgekehrt, und er war nur unfähig, die Situation zu erfassen. Ein harmloser Junge, der sein Leben in jeder Hinsicht auf der Oberfläche führte und sich vor allem darum kümmerte, Essen auf den Tisch zu bekommen und seine täglichen Aufgaben vernünftig zu erfüllen.

Um sie herum entfaltete sich Missage. Ein endloser Tunnel, der permanent seine Form veränderte, vom schmalen Durchgang zur großen Halle, unterbrochen von kleineren Nebengängen mit Räumen unterschiedlicher Größe, bevölkert von Menschen, die ihren Verrichtungen nachgingen, oft fröhlich und laut, bis sie Grewiph sahen und in den meisten Fällen verstummten. Rund um ihn wurden die Menschen vorsichtig.

Schließlich hielt Alica es nicht mehr aus und entschied, den jungen Soldaten anzusprechen.

»Wie ist dein Name?« fragte sie. »Shield«, antwortete er prompt. Er war also wach. Seine Stimme klang gepresst.

Alica nickte, dann wandte sie sich an Grewiph: »Was passiert mit Shield?«

Der muskulöse Mann, abstoßend in seiner Pseudo-Jugendlichkeit, grinste bösartig, als gäbe ihm diese Frage einen Teil seiner Kraft zurück.

»Keine Nicht-Magier können hier herein und kommen je wieder heraus, um anderen zu erzählen, was sie gesehen haben«, antwortete er. Dann schien er zu bemerken, dass Alica mehr erfahren wollte, und folgerichtig sprach er nicht weiter – eine kleinliche Rache. Stattdessen begann er, sich als Reiseführer aufzuspielen, zeigte mit seinen Fingern in verschiedene Richtungen und gab Erläuterungen.

»In den höheren Ebenen von Missage haben wir Glasdecken, sehr dick, die nach oben hin unter kleinen Teichen versteckt sind. Sie lassen Licht herein, sehr schön. Die meisten Teiche dieser Art liegen in den Gärten reicher Mystiker, die uns hier unten unterstützen.«

Das weckte Alicas Neugier. Sie beschloss, später auf Shields Schicksal zurückzukommen.

»Im nächsttieferen Stockwerk benutzen wir Kerzen. Es gibt dort genug Sauerstoff, und es ist nicht zu tief, als dass im Fall von Feuer nicht alle sicher entkommen könnten. Das passiert aber ohnehin selten. In den Ebenen darunter benutzen sie Glühwürmchen. Sie sind nicht vergleichbar mit dem, was an der Oberfläche Glühwürmchen heißt...«

Er unterbrach sich, denn Alica nickte ungeduldig. Sie konnte sich nur zu gut an die Glühwürmchen in ihrer alten Magieschule in Droni erinnern, auch wenn dieses Leben so weit zurücklag, das es zu einem anderen Menschen zu gehören schien.

»Weiter unten.... nur Lagerräume. Kaum Licht, kaum Luft«, fügte er hinzu.

Sie nickte. Missage war beeindruckend, um so mehr, als sich niemand in der lauten Stadt direkt über ihren Köpfen daran erinnerte, dass hier unten eine Gemeinschaft nach eigenen Regeln lebte.

Regeln, die sie nicht akzeptieren konnte. Es kam überhaupt nicht in Frage, dass Grewiph den jungen Shield dafür bluten ließ, dass er selber ein gieriger Dummkopf war.

»Dies ist Euer Raum, Lady.« Grewiph war vor einer Tür aus stabilem Holz stehengeblieben, die er jetzt mit einem Schlüssel öffnete, den er ihr mit großer Geste übergab. »Ich werde Euch morgen früh abholen und hinaus geleiten.«

Er blinzelte ihr mit einem Auge zu und zeigte seine Zähne in einem wölfischen Lächeln, das zeigte, dass er sein Selbstbewusstsein langsam wieder erlangte.

Ihre Finger berührten geistesabwesend Louis´ Pfeife. Sie war sich ganz sicher, dass sie den Jungen retten konnte. Allerdings zweifelte sie daran, dass er danach in Maiins noch sicher sein würde. Womöglich galt das auch für sie.

Sie überlegte, wie sie dann in Zukunft den Alten Friedhof erreichen konnte. Bei sich beschloss sie, dass es dazu immer Mittel und Wege gab. Sie musste nicht durch das Zentrum der Stadt, um dorthin zu gelangen.

Ganz sicher würde es ihr gelingen, Shield aus Missage heraus zu bringen.

***

Alica öffnete die Tür und sah nach links und rechts. Das Licht einiger Kerzen malte kleine Schatten auf den Boden, sehr harmonisch und freundlich, was gut zu dem wunderschön eingerichteten Gästezimmer passte, das sie gerade verließ.

Es war arrogant und unbedacht, sie alleine dort zurückzulassen. Andererseits war eindeutig, dass Tobwaan Ri ihr bedingungslos vertraute, weil sie mit Louis´ Empfehlung kam.

Ein kleiner Stich schlechten Gewissens bewegte sie. Beging sie Verrat an dem alten Gärtner? Doch sie war ganz sicher, dass Saint Louis nicht gut geheißen hätte, einen Unschuldigen dem plumpen Ego eines dummen Thronerben zu opfern. Es war schlimm genug, dass Tobwaan seinem Sohn so freie Hand ließ. War es nicht vielmehr er, der damit das Andenken an Bennus und Louis beschmutzte?

Eine lange Reihe von Türen führte in beide Richtungen, glänzend vom Wachs, mit dem sie poliert worden waren, um sie vor der Feuchtigkeit zu schützen.

Alica wanderte durch den Tunnel, erstaunt darüber, wie vollkommen leer er jetzt war. Ihr Zeitgefühl trog sie vielleicht, es war wohl schon Abend oder sogar Nacht in der Stadt über Missage. Gingen die Einwohner der Unterwelt früh zu Bett?

Das mochte sein. Dennoch erwachte leises Misstrauen in ihr, weil die Gänge sich so geleert hatten in den wenigen Minuten, bevor sie die Verfolgung von Grewiph und Shield aufnahm. Sie wandte sich in die Richtung, in der die beiden verschwunden waren.

Je weiter sie wanderte, um so prächtiger wurden die Wände um sie herum. Gewachstes Holz verzierte den Stein und die Erde, aus der mancherorts die Wurzeln von Bäumen ragten, die überirdisch vermutlich ihre Wipfel weit in den Himmel streckten.

Maiins – in der Mitte der Wüste – verfügte über eine beachtliche Zahl an Bäumen und Parks, die mit kostbarem Wasser des Herzogs am Leben erhalten wurden. Das gesamte Stadtzentrum wirkte aufgeräumt und sehr sauber, der Wüstenstaub und die Trockenheit dominierte nur die äußeren Wohnbezirke. So ähnlich war es auch hier unter der Erde: Missage machte mitnichten den Eindruck eines schmutzigen Kellers.

Sie allerdings begann sich Sorgen zu machen, dass sie zu lange gewartet hatte, weil sie ganz sicher hatte gehen wollen. Es schien, Grewiph und sein Opfer waren sehr schnell verschwunden.

Ein Geräusch weckte ihre Aufmerksamkeit. Sie lauschte. Die Töne kamen von einer der Türen neben ihr, und sie legte vorsichtig ihr Ohr daran. Ein hektisches Flügelschlagen, das sich entfernte.

Einem Impuls folgend, öffnete sie die Tür und schlüpfte hindurch. Dahinter gab es kein Licht, nur das Flattern, das sich in der Dunkelheit entfernte.

Leise folgte sie ihm, wunderte sich ein wenig, dass ihre Intuition sie gerade hierhin geführt hatte und ob sie wohl das Richtige tat, während Shield in Gefahr schwebte.

Ein weicher Vorhang stoppte ihre Vorwärtsbewegung. Sie erschrak, hatte Mühe, kein Geräusch von sich zu geben, tastete mit den Fingern, schob den Vorhang beiseite. Was immer da vor ihr her geflattert war, wie war es hier hindurch gekommen?

Der Stoff war dick. Als sie ihn bewegte, wurde es heller von einem kleinen Licht im Raum dahinter. Zu ihrem Erstaunen fand sie sich in einem gemütlich eingerichteten Zimmer, und vor ihr auf einem Bett lag Tobwaan Ri, der Herrscher von Missage, zu dem sogar sein arroganter Sohn aufblickte. Er lag reglos, nicht einmal sein Atem war zu erkennen, und zwei Vögel flatterten über ihm: Krähen, schwarz und bedrohlich.

***

Tobwaans Kopf schmerzte höllisch, er fühlte sich wie Adjagard nach der Flut. Es war so unerträglich, dass er selber sich an die Schläfe schlug, was nicht half, ihm aber den bitteren Gedanken eingab, wie befremdet seine Untertanen reagieren würden, falls sie ihn jemals so sahen.

Er richtete sich auf, schwerfällig, fühlte sich wie auferstanden aus dem eigenen Grab.

Er hörte seine Krähen über sich flattern, ansonsten war alles still, die Gänge wie leergefegt, ganz wie er es befohlen hatte. Wenn er am Abend zu Bett ging und zuvor seine Krähen fütterte und sein Auge wieder heilte – eine Prozedur, die ihm an jedem Tag schwerer zu fallen schien – fühlte er sich wehrlos und schwach. Missage schlief, und niemand bewegte sich in seinen Gängen, während sein Herr zurückgezogen in seinem eigenen Raum schlief. So war es sein Wille, und bislang hatte sich seines Wissens noch niemand dem widersetzt.

Außer seinem Sohn, der wohl auch jetzt irgendwo durch die Gänge geisterte, um sich des armen jungen Toren zu entledigen, den er hier in die Tiefen unter Maiins gezogen hatte.

Aber er hörte noch etwas.

»Kommt heraus, Lady. Ich weiß, dass Ihr die Einzige seid, die hier in diesem Raum sein kann. Niemand sonst würde es wagen, meine Ruhe zu stören, nicht einmal mein wertloser Sohn, auch wenn er meine zweite Vermutung wäre.«

Alica, die nur wenige Schritte neben seinem Bett stand, bewegte sich nicht. Sie war fasziniert von der Ähnlichkeit, die Tobwaans Worte mit denen hatten, die viele Jahre zuvor Bennus über seinen eigenen Sprössling gefunden hatte. Hier gab es Verbindungen, das wurde ihr immer klarer. Missage war ein seltsamer Ort, fremdartig und schwer zu verstehen für einen Außenstehenden.

»Na, Lady, wollt Ihr Euch nicht zu erkennen geben? Oder muss ich annehmen, dass es doch mein Sohn ist, der endgültig beschlossen hat, meinem Leben ein Ende zu setzen? Eines Tages wird er sicherlich auf diese Weise die Herrschaft an sich reißen, die falsche Schlange.«

Sie hörte, wie er Kraft und Autorität in seine Stimme zu legen suchte, und doch klang er nur verwirrt.

Jetzt schüttelte er den Kopf.

»Nein, nein. Nicht Grewiph. Es ist Lady Alica, die während meiner blinden Stunde meine Gemächer betritt. Ich habe es sofort in Euch gespürt. Ihr seid nicht auf die übliche Art mit der Welt der Mystiker verbunden. Ihr seid ein Freigeist, der ein Leben lang immer wieder an Orten enden wird, an denen er am wenigsten erwartet wird. Ganz wie Louis. Ja, genau wie Louis. Er war ein listiger Mann, aber mit dem Herz an der rechten Stelle. Wie ist das bei Euch, Lady? Sitzt Euer Herz am richtigen Fleck?«

Alica fühlte Mitleid für den alten Mann, seine Hilflosigkeit, sein einsames Leben, das er mit den beiden Krähen teilte, die sich jetzt auf einem Schränkchen niedergelassen hatten und Alica anblickten, als verstünden sie, was vor sich ging.

Sanft setzte sie sich auf den Boden neben dem schweren, hölzernen Bett, kreuzte ihre Beine im Schneidersitz.

Sie sah, dass sein gesundes Auge sie jetzt erkannte. Er trug keine Augenklappe, sein rechtes Auge eine blutige Höhle frisch verheilten Fleisches.

Tobwaan Ri war verwirrt. Sie hatte noch immer nicht gesprochen, und was bei Feuer und Flut tat sie dort, neben ihm auf dem Boden sitzend? Er verstand sie nicht, aber er spürte, dass Gefahr von ihr ausging. Sie war noch unberechenbarer als Louis, da war er mit einem Mal ganz sicher.

»Lady, Ihr müsst gehen. Sofort«, sagte er, und jetzt verriet auch seine Stimme Unsicherheit. »Ich weiß nicht, wo Ihr herkommt und wie Ihr auf Louis getroffen seid, und ich weiß nicht, wohin Ihr unterwegs seid. Aber mein Sohn hat Euch in etwas hineingezogen, das Euch nichts angeht. Ihr solltet nicht hier sein.«

Sie nickte. Er mochte Recht haben.

Wahrscheinlicher aber schien ihr, dass ihr Besuch hier in Ga Ta Cien einen Grund hatte. Die Begegnung mit Saint Louis, die Entdeckung von Missage und dieses Gespräch mit Tobwaan Ri, in alldem steckte eine Botschaft, die sie entschlüsseln musste.

»Ich möchte den Jungen mitnehmen«, sagte sie. »Der, der mit mir angekommen ist. Er hat nichts falsches getan.«

Sie sah den alten Konsul zögern, aber sie wusste – wenn Shield noch lebte, würde er ihrem Wunsch nachgeben.

***

Es war nicht wirklich überraschend, dass es die beiden Krähen waren, die Alica zunächst zu dem Kerkerraum führten, in dem Shield gefangen gehalten wurde... und dann zu einer schweren, hölzernen Tür mit einem Guckloch aus schwerem Bleiglas, durch das sie hinaus sehen konnte.

Zu ihrem Erschrecken führte die Tür nicht in einen verborgenen Hinterhof oder ein Gebäude. Statt dessen erstreckte sich vor ihren Augen die grüne Fläche des berühmten Herzogsparks in der Mitte der Stadt. Genau vor dem Palast gelegen, gut gepflegt, ein beliebter Treffpunkt der Bürger und auch der Adligen der Hauptstadt, war das wohl kaum der richtige Ort, um unauffällig aus der Stadt zu verschwinden.

Schon an einem normalen Tag hätte das in den frühen Abendstunden wohl kaum funktioniert: Die Hitze des Tages ließ das Leben in Maiins oft langsam dahinfließen, so dass rund um den Sonnenuntergang die Menschen am aktivsten waren.

Doch heute war kein normaler Tag.

Im ganzen Park brannten Feuer und Fackeln. Lampions zierten die Bäume, zwischen denen wahre Menschenmengen tranken, aßen und feierten.

»Turnier«, sagte Shield neben ihr. Er hatte nicht viel gesprochen, seid sie die Tür zu seiner Zelle geöffnet hatte. Mit stoischer Ignoranz hatte er sich bemüht, die beiden Krähen zu ignorieren, die um sie herum flatterten und jetzt neben ihnen auf einem schmalen Sims an der Wand hockten.

»Turnier«, wiederholte Alica.

»Ja.« Es kam ein wenig Leben in seine Augen. »Mittelpunkt des Jahres. Für manche jedenfalls. Der Adel kämpft gegeneinander, die Bürgerlichen haben ihre eigenen Wettkämpfe.«

Alica nickte. Natürlich. Das große Turnier. Es war heute, und sein Mittelpunkt genau hier, im Herzogspark. Was hatte Tobwaan sich bloß dabei gedacht, sie genau hierhin zu leiten?

War das eine Falle? Sie blickte zu Shield hinüber, der reichlich hilflos neben ihr stand. Er war blutjung, mit einer milchigen, zarten Haut, fast wie ein Kind. Sicherlich hatte er Eltern, für die er zu sorgen hatte, vielleicht ein Feld irgendwo an einem der Kanäle in der Wüste, um dass er sich kümmern musste, wenn er nicht gerade Dienst in der Stadtgarde tat.

Sie wusste, dass die Jagd auf ihn früh genug beginnen würde. Er war eine Gefahr für Missage.

»Du weißt, dass du hier nicht bleiben kannst, oder?« fragte sie.

Er blickte verständnislos.

»Maiins kann nicht länger deine Heimat bleiben. Sie werden dich hetzen, genau wie mich, wann immer wir der Stadt zu nahe kommen. Vielleicht später, wenn du älter geworden bist und dein Aussehen veränderst. Jetzt bist du ein viel zu einfaches Ziel.«

Sie sah, wie das Begreifen in seine Augen einsickerte. Die rätselhafte Frau machte ihm Angst, und gleiches galt für die seltsame Umgebung. Er blickte in den langen Gang, der sich hinter ihnen in die Tiefe erstreckte, und nach vorne durch das Fenster auf den Herzogspark, den er seit seiner Kindheit kannte. Es war unglaublich, dass beides so nahe beieinanderlag.

Seine Finger verkrampften sich ineinander.

»Wenn wir hier herauskommen, geh in die andere Richtung. Bleib nicht bei mir, sondern geh so schnell es geht. Vermeide Menschen, die du kennst, und sag nicht Lebewohl zu denen, die dir nahestehen. Das würde sie zu gefährdeten Zeugen deiner Flucht machen, verstehst Du?«

Er nickte. Sie sah, wie er schwer schluckte.

Er war in den Schlamassel geraten, weil er ihr zu Hilfe kommen wollte. Sie hätte gerne mehr für ihn getan, aber sie war unendlich müde. Es gab nichts mehr, womit sie ihm helfen konnte.

Hinter der Tür, die sie verbarg, lag eine vollkommen andere Welt. Pferde schnaubten, Ritter zeigten ihre eindrucksvolle Ausrüstung, Frauen zwinkerten Verehrern zu. Die Wettkämpfe selbst waren um diese Uhrzeit wohl vorbei, dort draußen liefen die Siegesfeiern.

Sie holte tief Luft und drückte die Klinke herunter. Sie traten ins Freie, die Krähen blieben hinter ihnen im Dunkeln zurück, als die schwere Tür ins Schloss fiel. Es gab keinen Griff an der Außenseite.

Erst jetzt erkannte Alica, wie klug Tobwaan ihren Ausgang gewählt hatte. Die Tür war in eine lange Mauer eingebettet, als eine von vielen, und niemand in ihrem Umfeld dachte sich etwas dabei, dass zwei Menschen genau dort herauskamen. Es war ein leichtes, sich in die Menge zu mischen und darin zu verschwinden.

Sie wandte sich zu Shield.

»Viel Glück«, sagte sie.

Dann drehte sie sich um und wanderte davon. Eine Windböe schlug ihr ins Gesicht, und sie lächelte. Mit der Luft kamen Gerüche zu ihr: Sand und Wüste, frische Pflanzen, Menschen und Tiere. Sie weckten Erinnerungen.

Ein Blick zurück zeigte ihr, dass Shield noch immer dort stand, wo sie ihn verlassen hatte. Vielleicht würde er ihr eines Tages dankbar sein dafür, dass sie ihm geholfen hatte. Möglicherweise würde er auch bitter sein über ein Leben, das er verloren hatte.

Alica berührte die Pfeife in ihrer Tasche – Louis´ Pfeife.

Es würde einen Weg geben.

Damit verließ sie Maiins, die Hauptstadt von Ga Ta Cien.

Kapitel 9:
Der Krieger
und die Zauberin

Das Jahr 127 nach der Flut. 15 Jahre nach dem Skalorion-Feldzug.

Dsita war eine trutzige Stadt, an der schmalsten Stelle einer langen Schlucht gegründet, durch die einst eine der wichtigsten Handelsrouten der versunkenen Ius Adjagard geführt hatte.

Die Stadt sperrte sowohl die Handelsstraße als auch den durch das Tal fließenden Yregon-Fluss. Sie war an den Hängen des Tales nach oben gewachsen, und in beide Richtungen entlang des Flusses, dorthin, wo aus der schmalen Schlucht ein weites, fruchtbares Tal wurde.

Stadtmauern in ihrer Mitte zeugten davon, wie Dsita schrittweise in beide Richtungen gewachsen war. Ihre Höhe und Stärke betonte den kriegerischen Charakter der Metropole.

Entlang des Flusses gab es monumentale Deiche. Ash konnte sich sehr gut vorstellen, welche Verheerungen Hochwasser in einer Siedlung anrichten konnte, die so genau in die schmalste Stelle eines Flusstales eingepasst war.

Sein Blick wanderte die Hänge empor zu den gewaltigen Kastellen auf den Gipfeln zu beiden Seiten der Stadt. Sie sahen fast noch älter aus als das Zentrum selbst. Vermutlich hatten die Gründer Dsitas sehr schnell bemerkt, dass sie diese Höhen sichern mussten, damit der Gegner nicht von oben herab in ihre Stadt schießen konnte. Ash zügelte sein Pferd und glitt aus dem Sattel, um den Anblick noch ein wenig länger zu genießen.

»Es scheint, dass etwas dran ist an der Sturheit der Leute in Dsita«, sagte er zu dem Wallach, während er in den Satteltaschen nach einem Apfel suchte, ihn mit einem geschickten Griff teilte und dem Tier die Hälfte hinhielt.

Ein Schnauben war die Antwort, von dem Ash vermutete, dass es sich eher auf den Apfel bezog als auf seine Aussage. Trotzdem sprach er weiter, selbst in seine Hälfte der Frucht beißend.

»Ich meine - wer würde schon eine Stadt in ein Tal bauen und dann die Höhen mit Festungen bepflastern? Eine Burg an der Schmalstelle des Flusses, und die Siedlung ein bisschen weiter weg, wo sie leichter zu verteidigen ist... das klingt doch irgendwie sinnvoller, oder?«

Der Wallach kaute nur schmatzend vor sich hin, aber Ash hatte auch keine Antwort erwartet. Er lehnte sich an die Flanke des Pferdes, die Hand locker am Zügel, und beobachtete den regen Verkehr auf der Straße und dem Fluss im Tal.

Der Handel florierte und machte Dsita zu einer reichen Stadt. Berühmt war sie für ihre Schmieden, in denen herausragende Waffen hergestellt wurden. Vielleicht entstanden dort auch Schmuckstücke und Gebrauchsgegenstände, davon hatte er allerdings noch nie etwas gehört.

Er steckte den letzten Rest Apfel in den Mund, und seine Hand wanderte vollkommen unbewusst zum Messer an seinem Gürtel: Bester Dsita-Stahl, teuer erworben in seiner Heimatstadt Ciena. Er stieß an den Griff des Schwertes. Das stammte nicht aus Dsita, sondern aus Dan Dered, der berühmten Kriegerstadt im Reich der Elf Großen Stadtstaaten. Darin lag eine gewisse Ironie, denn die dort ausgebildeten Dandereden waren legendäre Krieger, und die Elitetruppen Dsitas standen in dauernder Konkurrenz zu ihnen. Deshalb war Ash heute hier. Er war als Ausbilder an den Hof des Fürsten Alexios von Dsita eingeladen worden - eine Ehre, die nur ausgesuchten Kämpfern zu Teil wurde.

Und ganz sicher würde Fürst Alexios niemals einen Dandereden an seinem Hof dulden.

Zwar war das Reich der Elf Großen Stadtstaaten weit genug entfernt von Dsita, dass die berühmten Krieger sich wohl nie auf einem Schlachtfeld begegnen würden. Aber von Fürst Alexios wurde gesagt, dass er unendlich ehrgeizig war und ununterbrochen im Wettbewerb mit anderen stand, ob sinnvoll oder nicht.

Davon zeugte schon der Name des in den letzten Jahren gewachsenen Reiches, in dem der Herrscher von Dsita den Ton angab, und durch das Ash in den letzten beiden Wochen gereist war: »Reich der Drei Mächte« hatten die Herrscher der drei Stadtstaaten ihr Bündnis genannt, als sie es durch den mittlerweile legendär gewordenen Vertrag von Biodrem besiegelt hatten.

Seitdem hatte es viel Unruhe in der Region gegeben, denn die Herrscher von Biodrem, Mywendra und Dsita beanspruchten die Ländereien zwischen ihren Städten fortan als Staatsgebiet. Vom Antheras-Gebirge im Norden bis zum Fryyywan-Meer im Süden fanden sich plötzlich viele unabhängige kleine Städte, herrenlose Grafschaften und kleine Fürstentümer gegen ihren Willen eingemeindet.

Wie Ash aus sicherer Quelle wusste, fühlten sich auch die Nachbarn bedroht: Inmitten des Binnenmeeres lag die Insel TschangFang, Freihandelszone des Inselreiches Droni, direkt daneben das für sein Salzmonopol berühmte Ga Ta Cien. Ash verband viele Erinnerungen mit diesem Wüstenreich, gute wie schlechte, und eines wusste er genau: Fürst Macuu von Maiins, der Herrscher Ga Ta Ciens, ließ sich nicht die Butter vom Brot nehmen.

Es roch nach Krieg rund um Fryyywan.

Nun, für ihn war es eins. Er hatte in Ga Ta Cien Spezialtruppen des Fürsten ausgebildet. Nun würde er sein Wissen an die Dsitaren weitergeben. In beiden Fällen ging es ihm weniger um das Geld, das er hier verdienen würde, sondern vor allem um die Erfahrungen, die er sammeln konnte, und um die Kontakte, die sich dabei knüpfen ließen.

Ash war seit vielen Jahren ein Wanderer in Sachen Kriegskunst. Er unterrichtete, und manchmal kämpfte er auch als elitärer Söldner, aber im wesentlichen lernte er - und was er lernte, nutzte er als Material für die Weiterentwicklung seiner eigenen Lehre des Kämpfens.

Er klopfte dem Wallach die Flanke, dann streckte er sich ausgiebig. Alte Narben ziepten, seine linke Hand litt unter einer noch relativ frischen Verletzung, seine Hüfte hatte ihn in den letzten Wochen geplagt, aber im Grunde fühlte er sich kein bisschen schlechter als damals in Ga Ta Cien. Wie lang war das her?

Er zählte im Kopf die Jahre ab und hielt erschrocken inne, als ihm klar wurde, dass seine Zeit am Hof des Fürsten Macuu von Maiins schon fünfzehn Jahre zurücklag. Fünfzehn Jahre!

Sein Vater kam ihm in den Sinn, ein alter Mann mittlerweile, wie er beim letzten Besuch in Ciena seine Stimme mahnend erhoben hatte. Eine Tradition zwischen ihnen beiden, Vater und Sohn, allerdings eine, die nie zur Routine wurde, sondern stets an Drängen zunahm.

»Wann hörst Du auf mit dem Vagabundieren?« hatte Rod Gooregan gefragt, Herrscher über eines der einflussreichsten Handelshäuser Cienas. »Wir brauchen Dich hier, und ich werde nicht jünger.«

Ash hatte reagiert wie immer - mit abweisender Handbewegung und dem Satz: »Du weißt, ich bin kein Handelsherr und kein Verwalter. Wir werden eine Lösung finden.«

In Momenten wie jetzt, auf einer Anhöhe am Yregon-Fluss, viele hundert Meilen von Ciena entfernt, eine Kriegerstadt zu seinen Füßen, von der andere nur in Legenden hörten - in solchen Augenblicken wurde ihm sein eigenes Alter bewusst. Auch wenn es ihm wie gestern vorkam, es war lange Zeit vergangen, seit er in Maiins gelehrt hatte.

»Ich bin Dreiundvierzig«, sagte er zu dem Wallach. »Dreiundvierzig. Viele Männer sterben in diesem stolzen Alter, und ich bin immer noch auf der Suche nach Abenteuern.« Er seufzte. »Vielleicht sollte ich auf meinen Vater hören.«

Mit diesen Worten schwang er sich zurück in den Sattel und machte sich an den letzten Teil seines Weges in die Stadt des Fürsten Alexios.

***

Das Klopfen an der Tür ihres Zimmers überraschte Alica. Sie erwartete niemanden, und wie sollte sie auch? Sie war gerade eben erst angekommen in der kleinen Fischerstadt am Fryyywan-Meer, nach einer abenteuerlichen Reise aus Ga Ta Cien in den Norden.

Das Reich der Drei Mächte schien ihr das richtige Ziel, auch wenn sie nicht gewusst hätte, warum.

Wer also besuchte sie hier, nachdem sie sich gerade zehn Minuten zuvor eingemietet hatte?

Sie öffnete die Tür vorsichtig, langsam.

Davor stand ein junger Mann, der sie auf befremdliche Art an Shield erinnerte. Erst bei zweitem Hinsehen bemerkte sie, dass es sich hier um einen echten Krieger handelte: Seine Gesichtszüge verrieten starken Willen, das Schwert an seiner Seite zeigte deutlich Gebrauchsspuren, seine Schultern waren breit, seine Haltung tadellos, aber ohne steif zu wirken.

Er machte ihr Angst. Sie trat einen Schritt zurück und sammelte sich, um einem möglichen Angriff zu begegnen.

Doch der Mann sprach ausgesucht höflich.

»Lady Alica dei Xemotearzx?« fragte er. »Fahrende Magierin?«

Sie atmete aus.

Beim Wasser des heiligen Geysirs, ja, das war sie wohl. Eine fahrende Magierin. Sie hatte sich noch nie so gesehen, und es hatte sie auch noch niemand so genannt.

Dann nickte sie.

»Ja, ich bin Alica dei Xemotearzx«, bestätigte sie.

Er nickte, als sei ihm das ohnehin klar gewesen.

»Ich habe eine Einladung für Euch, Lady«, sagte er. So höflich, dass sie annahm, sie können diese Einladung auch ausschlagen. Dann reichte er ihr ein zusammengefaltetes Blatt Pergament, wertvoll und teuer.

Sie nahm es entgegen, noch immer ein wenig misstrauisch.

Ein aufwändiges Wappen, ein protziges Siegel. Sie hatte es schon einmal gesehen.

»Dsita, Lady«, erläuterte ihr der Krieger, der ihre Verwirrung bemerkt hatte. »Das Schreiben stammt von Ardewan Kaleiros, dem Kanzler von Dsita.«

»Aha.«

Alica brach das Siegel, öffnete das Pergament und überflog die wenigen Zeilen. Alexios, Fürst von Dsita, lud sie an seinen Hof, weil er ihren mystischen Rat einholen wollte. Sie blickte ungläubig auf.

»Woher weiß Kanzler Kaleiros, dass ich hier bin?«

Der Krieger zuckte die Achseln und lächelte freundlich. »Dsita weiß eine Menge von dem, was im Reich der Drei Mächte vor sich geht. Fürst Alexios ist auf dem Laufenden.«

Sie runzelte die Stirn. »Kann ich ablehnen?« fragte sie.

»Ihr wollt ablehnen?« lautete die Gegenfrage. Der Krieger war unverändert freundlich.

»Ich bin mir nicht sicher.«

»Nun, Lady Alica, was haltet Ihr davon, wenn Ihr in Ruhe überlegt und mich über Eure Entscheidung in Kenntnis setzt? Ich werde unten im Gastraum warten. Falls Ihr mich positiv bescheidet, steht vor der Tür eine Karosse für Euch bereit.«

Damit nickte er noch einmal, drehte sich auf dem Absatz um, was zackig wirkte, aber nicht im geringsten übertrieben, und verschwand in Richtung Treppe.

Sie blickte ihm nach, das Pergament noch immer in den Händen, nachdenklich.

Alica war von Babygeschrei geweckt worden, was im Gästehaus des dsitarischen Fürsten unerwartet war.

So früh am Morgen, noch müde und empfindsam, machte es sie mürrisch. Sie war Achtundzwanzig, ein Alter, in dem die meisten ihrer Jugendfreundinnen schon mehrfache Mütter waren, während sie sich für einen gänzlich anderen Weg entschieden hatte. In ihrem Leben war auf absehbare Zeit für Mann oder Kinder kein Platz. Seit ihrer Flucht aus dem Reich der Elf Großen Stadtstaaten und ihrem Besuch in Ga Ta Cien war sie stets in Bewegung.

Ein Zustand, den sie genoss. Das ziellose Herumstreifen tat ihr gut. Erstaunlicherweise hatte es kaum einen Moment gegeben, in dem sie tatsächlich ohne eine Aufgabe gewesen wäre. Isrogant steckte voller mystischer Stätten, eine Parallelwelt, die von den modernen Menschen kaum noch wahrgenommen wurde. Wenn sie nicht an einer schrecklichen Krankheit litten, für die die Mediziner der kirchlichen Universitäten keine Heilung boten, oder Fragen hatten, auf die sie sich Antworten von den uralten Lehren der Mystiker erhofften.

So wie Fürst Alexios von Dsita. Mit einem gewissen Amüsement hatte sie festgestellt, dass dieser machtbewusste Mann noch gar nicht bis zu Ende durchdacht hatte, womit er sie zu beauftragen gedachte.

Die Expedition, die er ausrichtete, würde ihm möglicherweise eine Quelle ungeahnten Reichtums bescheren: Eine Fundstätte echter *glanhíre* war im modernen Isrogant selten geworden.

Wenn der Fürst weiter nachdachte, würde sein Ehrgeiz weiter wachsen. Alica war sich nicht im Klaren darüber, ob das zu viel Gutem führen würde. Die Bezahlung der Expedition allerdings war verlockend. Und angenommen, sie fanden tatsächlich *glanhíre* in den Bergen... es würde ihrer Zauberei ganz neue Perspektiven eröffnen.

Doch das alles lag in der Zukunft. Erst würde sie das Gebirge erklimmen müssen. Mit einem ihr unbekannten Ziel, in Begleitung einer ihr noch unbekannten Gruppe von Wissenschaftlern, die der Mystik in den meisten Fällen skeptisch gegenüberstanden – und Kriegern, von denen sie bislang nichts wusste. Ganz glücklich war sie nicht mit dieser Aussicht, aber dann wiederum: Das war ein Abenteuer, wie sie es liebte.

Als sie zum Frühstück in den Innenhof des Gästehauses hinunter ging, saß dort einer der Männer, die ihr am Abend vorher als mögliche Leiter des Expeditionsteams vorgestellt worden waren.

Er war in ein intensives Gespräch mit einem der Kellner vertieft. Ein vermutlich kluger Schachzug: Viele Menschen unterschätzten die Dienstboten, obwohl diese überall Zugang hatten und Geheimnisse kannten, die den Augen auch der aufmerksamsten Spione entgehen mochten.

Sie musterte ihren voraussichtlichen Begleiter: Ein schlanker, durchtrainierter Mann in mittleren Jahren, mit langen, dunklen Haaren, die erste graue Strähnen zeigten. Besonders eitel war er nicht, aber es war nicht zu übersehen, dass er auf Sauberkeit achtete.

Ein Schwert stand neben ihm an den Tisch gelehnt – nicht ganz so achtlos, wie es auf den ersten Blick wirkte, sondern in Griffweite. Die Form war ihr vertraut: Der lange Griff, die leicht geschwungene Klinge in der abgenutzten Scheide verrieten die traditionellen Waffen der Dandereden. Alica wusste, dass diese langen, aber leichten Schwerter gut zu handhaben waren und enorme Eleganz beim Kämpfen ermöglichten.

Mit ziemlicher Sicherheit kein plumper Söldner, kein Totschläger. Dennoch ging eine bedrohliche Aura von ihm aus. Es lag nicht viel Gnade in seinen blaugrauen Augen. Sie war sich recht sicher, dass er ein übergroßes Ego mit der Bereitschaft zur Brutalität verband, wie viele der reisenden Krieger, die sie kennengelernt hatte. Um so mehr, wenn er sich an die Philosophie der in Dan Dered gepflegten Kampfkunst hielt.

Dennoch... ihn jetzt kennenzulernen, war sicherlich besser, als später zwischen Tür und Angel. Und so packte sie den Stier entschlossen bei den Hörnern.

»Guten Morgen«, sagte sie zu Krieger und Kellner. Die schuldbewusste Reaktion des Letzteren ließ sie vermuten, dass sie selbst Thema gewesen war. Unerwartet, aber nicht wirklich überraschend.

»Kann ich mich zu Euch setzen?« Sie gab keine Zeit zu einer Ablehnung, sondern nahm selbstbewusst Platz.

Intensive Augen musterten sie. Der Blick war weniger kalt, als sie erwartet hatte, und auch seine Stimme war angenehm, als er antwortete: »Das ist eine schöne Idee.«

Strahlendes Lächeln verwandelte sein Gesicht und zeigte tiefe Falten, die von vielen Erlebnissen, aber auch der Bereitschaft zur Fröhlichkeit zeugten. Wie alt mochte er wirklich sein?

Ihre Augen wanderten zu seinen Händen, in denen er ein Stück Brot hielt, das er gerade mit einem Messer zerteilt hatte. Sie waren nicht knubbelig und hart, keine Pranken, wie sie angesichts seines

218

Berufs erwartet hätte. Stattdessen wirkten sie kräftig, aber feingliedrig, von vielen Adern durchzogen. Das gefiel ihr.

Das Messer jedoch hielt er professionell, etwas lässig.

Vermutlich hatte er vierhundert verschiedene Formen des Tötens mit diesem Instrument studiert, so wie sie die achtundzwanzig Formen der Verwandlung von Geminem Wondark geübt hatte... Egal wie empfindsam seine Hände sein mochten, sein Handwerk war doch das Töten.

Er missdeutete ihren Blick völlig und reichte ihr das Messer, den Griff voran.

»Ich bitte um Vergebung«, sagte er. »Ich habe nicht bedacht, dass es das einzige auf dem Tisch ist. Die letzten Tage habe ich hier immer alleine gesessen. Die anderen Gäste haben zu häufig gewechselt, um Bekanntschaft zu schließen.«

Sie nahm es schmunzelnd an.

»Danke.«

Das Essen war reichhaltig. Sie wählte ein Stück Käse, etwas Schinken, ein Stück Brot. Die Butter sah appetitlich aus, den Honig würde sie auf jeden Fall auch probieren.

Er sah ihr zu, wie sie ihr Brot aufschnitt und mit Schinken belegte. Etwas ironisch dachte sie, dass er vermutlich Menschen danach beurteilte, wie gut sie mit einer Waffe umgehen konnten. Nun, auch sie wusste, wie man eine Klinge benutzte, schon seit sie als Kind in Droni beim Schlachten von Tieren geholfen hatte, wie es sich für eine Bauerstochter gehörte.

Der Gedanke erinnerte sie an Goldie, und das machte sie traurig.

Als habe er ihre Gedanken gelesen, meinte er: »Ich habe gehört, Ihr stammt von der Insel.«

»Ich war lange nicht mehr dort«, antwortete sie.

»Ich auch nicht.«

Das ließ sie aufblicken. »Oh, Ihr habt Droni besucht?«

»Schon öfter. Es gibt She-Bashi-Schulen dort.«

»Davon habe ich gehört. Ihr habt etwas damit zu tun, ja?«

Er lächelte. »Es war die Idee eines engen Freundes. Ich arbeite ziemlich intensiv an der Entwicklung des Systems und unterrichte hier und dort.«

»Und jetzt in Dsita?«

»Hier geht es nicht so sehr um She-Bashi. Fürst Alexios sucht jemanden für seine Truppen.« Er nahm einen Schluck Milch aus seiner Tasse. »Aber es scheint, bevor ich mich der Ausbildung der Dsitaren widmen kann, muss ich mich erst noch beweisen.«

Das war genau die Art von Spruch, die sie von einem solchen Mann erwartet hatte. Er nahm die Expedition als Herausforderung für sich und seine Fähigkeiten und verpasste dabei die Tatsache, dass es kein bisschen um ihn ging. Schade. Sie hatte angefangen, ihn zu mögen.

»Beweisen...« sagte sie langsam. Sie ließ es nicht wie eine Frage klingen, aber er antwortete dennoch: »Ja, vor der Ausbildung anderer steht eine praktische Aufgabe. Es scheint, ich darf Euch begleiten in die Nordberge, um nach einer antiken Siedlung zu suchen.«

Das klang schon anders. Sie kaute ein bisschen auf ihrem Brot herum und dachte über Vorurteile nach. Ihre eigenen besonders. Wie viele Krieger hatte sie kennengelernt in ihrem Leben? Die meisten von ihnen waren Dandereden gewesen. Dieser fürchterlich arrogante Ritterorden war wohl kaum nicht repräsentativ - und ebenso wenig die rüden Söldner, mit denen sie es auf der Reise nach Ga Ta Cien zu tun gehabt hatte.

In diesen Gedanken verfangen, verpasste sie, was er als nächstes sagte.

»Entschuldigung«, sagte sie. »Ich war unkonzentriert. Könnt Ihr den letzten Satz wiederholen?«

Er machte ein so verdutztes Gesicht, dass sie lachen musste.

»Nein«, sagte er dann. »Tatsächlich nicht. Ich weiß nicht mehr, was ich gesagt habe. Es muss wohl irgendein Unsinn gewesen sein. Was man halt so redet, wenn man sein Gegenüber kein bisschen kennt und nicht unangenehm auffallen will.«

Er starrte auf die Butter, überlegte, dann schüttelte er langsam den Kopf. »Nein, ich weiß es wirklich nicht mehr. Ein dummer Satz. Entschuldigung.«

Sie musste wieder lachen. »Das kann doch nicht sein. Bitte, nehmt es mir nicht übel, aber man vergisst doch nicht, was man noch vor Sekunden gesagt hat!« Jetzt grinste auch er. »Vielleicht war es mir auch nur zu blöd, um es jetzt zu wiederholen.«

»Aha.« Das klang irgendwie schnippisch, was sie selbst von sich nicht kannte.

Eine kurze Zeit lang sahen sie beide sich an, dann sagte er: »Lady Alica, Ihr seid ganz und gar nicht so, wie ich Magier bislang kennen gelernt habe.« Schnell fügte er hinzu: »Soweit ich das nach diesen paar Minuten beurteilen kann.«

»Das beruht auf Gegenseitigkeit«, entgegnete sie. »Wann immer ich mit Soldaten zu tun hatte, haben sie einen anderen Eindruck bei mir hinterlassen.«

Er nahm wieder einen Schluck aus seiner Tasse.

»Ist das nicht toll?« fragte er.

»Was?«

»Dass wir einen ganz unvoreingenommenen Start machen können. Fernab von Herkunft und Profession.«

»Das ist toll«, bestätigte sie.

Er leerte seine Tasse und erhob sich. Mit einer Verbeugung reichte er ihr die Hand zum Abschied.

»Danke für das nette Kennenlernen«, sagte er.

Sie reichte ihm ihre Hand.

Ein fester Händedruck ohne jede Kraftmeierei.

»Danke für das Messer«, antwortete sie.

»Keine Ursache.« Er blieb noch kurz stehen und schaute wieder auf die Butter, als fände er dort Antworten auf nicht gestellte Fragen. Dann fügte er hinzu: »Ich glaube, das wird eine interessante Reise. Ich freue mich sehr, dass Ihr dabei seid.«

»Das tue ich auch«, sagte sie und zwinkerte ihm zu, was ihn wieder zum Lächeln brachte.

Sie sah ihm nach, als er im Haus verschwand. Er hatte Recht. Das würde eine interessante Reise werden.

- ENDE -

Die Reise geht weiter

Band 2:
Im Reich der Drei Mächte
ab Winter 2010

Band 3:
Diktatur
ab Sommer 2011

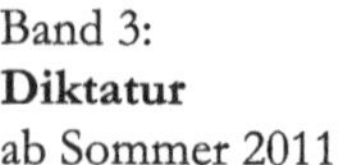

Adjagard ist untergegangen....

… die Herrschaft der Kaiser auf dem Geysirthron ist vorüber. Mit der Großen Flut begann eine neue Zeitrechnung. Auf dem Kontinent Isrogant ist nichts mehr wie zuvor. In einer Welt nach der Apokalypse schaffen die Überlebenden neue Realitäten: Grenzen verschieben sich, ganze Völker suchen eine neue Heimat, Traditionen aus tausend Jahren geraten ins Wanken.

Die Gemeinschaft der Mystiker ist zersplittert und zerfallen. Ihr Niedergang, schon vor der Großen Flut unausweichlich, wird jetzt noch beschleunigt von den Geistlichen aus dem Kloster Avenicum Dalor, die die Herrschaft in der Kirche des Einen Gottes an sich gerissen haben.

Bei anderen Überlebenden aus lang vergangenen, mythischen Zeitaltern scheint das anders zu sein: Gerüchten zufolge kehren die Drachen nach Isrogant zurück, die wasseratmenden Nainesher suchen Kontakt zu den Landbewohnern, und auch aus den Reichen der Orks hört man von neuen Aktivitäten.

Eine Welt im Umbruch... voller interessanter Lebensgeschichten und faszinierender Abenteuer. Reisen Sie mit nach Isrogant. Die Reise beginnt hier.

http://www.xin-publishing.eu

In Isrogant

Die Reihe von Erzählungen entführt die Leser
in die Weiten des Kontinents Isrogant.

Band 1 mit Geschichten der Isrogant-Erfinder
Gerhard Ludwig und Heero Miketta

Jetzt im Buchhandel